中国现当代文学精品导读（第二版）

第二卷

本卷主编　袁　进

上海大学出版社
·上海·

图书在版编目(CIP)数据

中国现当代文学精品导读. 第二卷/袁进主编. —2版. —上海:上海大学出版社,2020.12
ISBN 978-7-5671-4134-6

Ⅰ.①中… Ⅱ.①袁… Ⅲ.①中国文学-现代文学-文学欣赏②中国文学-当代文学-文学欣赏 Ⅳ.①I206.6

中国版本图书馆 CIP 数据核字(2020)第 258372 号

责任编辑 王 聪 江振新
封面设计 柯国富
技术编辑 金 鑫 钱宇坤

中国现当代文学精品导读 第二卷
(第二版)

本卷主编 袁 进

上海大学出版社出版发行
(上海市上大路99号 邮政编码200444)
(http://www.shupress.cn 发行热线 021-66135112)
出版人 戴骏豪

*

南京展望文化发展有限公司排版
江苏凤凰数码印务有限公司印刷 各地新华书店经销
开本 787mm×960mm 1/16 印张20.5 字数336千
2020年12月第1版 2020年12月第1次印刷
ISBN 978-7-5671-4134-6/I·617 定价 46.00元

版权所有 侵权必究
如发现本书有印装质量问题请与印刷厂质量科联系
联系电话: 025-57718474

《中国现当代文学精品导读》编委会

主　任　李友梅

委　员　王晓明　蔡　翔　王光东
　　　　王鸿生　袁　进

目录

Contents

张天翼《华威先生》导读 …………………………………… 周　羽　1
　　华威先生 …………………………………………………… 张天翼　4
沙汀《在其香居茶馆里》导读 ……………………………… 杨站军　10
　　在其香居茶馆里 …………………………………………… 沙　汀　14
萧红《呼兰河传》导读 ……………………………………… 赵连昌　25
　　呼兰河传（节选） ………………………………………… 萧　红　28
茅盾《白杨礼赞》导读 ……………………………………… 丁云亮　88
　　白杨礼赞 …………………………………………………… 茅　盾　92
郭沫若《屈原》导读 ………………………………………… 杨剑锋　94
　　屈原（节选） ……………………………………………… 郭沫若　97
冯至《十四行二十七首》导读 ……………………………… 杨剑锋　109
　　十四行二十七首 …………………………………………… 冯　至　112
赵树理《小二黑结婚》导读 ………………………………… 丁云亮　131
　　小二黑结婚 ………………………………………………… 赵树理　135
路翎《财主底儿女们》导读 ………………………………… 周　羽　146
　　财主底儿女们（节选） …………………………………… 路　翎　149

钱锺书《围城》导读························赵连昌 210

围城（节选）······························钱锺书 213

丁玲《太阳照在桑干河上》导读···············杨站军 265

太阳照在桑干河上（节选）······················丁　玲 269

张天翼《华威先生》导读

 **作家简介**

张天翼(1906—1985),原名张元定,号一之。祖籍湖南湘乡,出生于江苏南京一个破落的世家望族。1913年在杭县高等小学校读书时,常看童话作品和中国古典小说。1920年入杭州宗文中学,课余爱读林(琴南)译小说和鸳鸯蝴蝶派作品。1922年开始写滑稽小说和侦探小说。

1924年秋,张天翼中学毕业,考入上海美术专科学校。1926年考入北京大学预科。同年12月,在北京《晨报副刊》上发表散文《黑的颤动》,始用笔名张天翼。1927年暑期退学回杭州。此后数年间,往来于沪宁一带,先后当过家庭教师、职员、报刊编辑、记者,但失业时居多。1929年4月,张天翼在鲁迅、郁达夫主编的《奔流》上发表短篇小说《三天半的梦》。1931年发表短篇小说《二十一个》,引起左翼文坛的重视。同年9月,在上海加入中国左翼作家联盟,并参加了"左联"所属"文艺大众化研究会"和协助编辑"左联"刊物《十字街头》等活动。

此后,张天翼不仅大量写作短篇小说,还陆续创作了长篇小说《鬼土日记》《齿轮》《一年》《洋泾浜奇侠》《在城市里》,中篇小说《奇怪的地方》,以及长篇童话《大林和小林》《秃秃大王》《帝国主义的故事》。1937年全面抗战爆发后,张天翼参加发起上海市文艺界救亡协会,任《救亡日报》编委;后离沪抵长沙,先后任湖南省文艺界抗敌协会理事、《大众报》副刊编辑、《观察日报》副刊编辑等职。1938年发表短篇小说代表作《华威先生》。

1942年秋,张天翼患严重肺病,辍笔多年。1950年5月,病情好转,由澳门经广州抵北京。1951年任中央文学研究所副主任。1957年任《人民文学》主编,1963年任《儿童文学》编委。1979年11月中华全国文学艺术工作者第四次代表大会时,再次当选为中国文联全国委员会委员、中国作家协会理事,1984年12月被聘为中国作家协会顾问。1975年,张天翼患脑血栓症,不能讲话,长期住院治疗。但他仍继续从事儿童文学创作,直至去世。

时代背景

1937年抗日战争全面爆发,许多进步的革命作家积极投入民族救亡运动,开始创作反映抗战生活的小说。但是随着1938年后抗战陷入僵持状态,敏锐的作家逐渐把关注的目光从血腥的战场转向抗战大后方的社会现实。短篇小说《华威先生》1938年4月发表于《文艺阵地》创刊号上,是最早以小说形式揭露国统区抗日运动阴暗面的作品。就在小说发表的这个月,武汉国民党政府无理解散了"青救""民先""蚁社"等进步抗日团体,《新华日报》曾为此发表社论,表示抗议。

小说凭借华威这个"包而不办"的抗战文化官僚的典型形象和高超的讽刺艺术,立即在社会上引起强烈反响。围绕《华威先生》暴露和讽刺的问题,1939年国统区文艺界展开了关于抗战文艺要不要暴露和文艺的真实性等问题的长时间争论。20世纪40年代国统区文艺界涌现出许多的暴露作品,其首倡者便是《华威先生》。《华威先生》后来与作者同一时期写作的讽刺性短篇小说《谭九先生的工作》《新生》一起收入短篇小说集《速写三篇》。

作品评点

小说取第三人称旁观视角,从主人公的一个不很密切的亲戚的角度,以简洁有力、略带夸张的笔墨,展开小说叙述。这一独特的视角,既使整个叙述带有若即若离的微妙的分寸感,与小说整个冷冷然的讽刺笔调相和谐,也使略带类型化倾向的主人公增添了些许真实感。

小说的最大成就是作者运用他擅长的夸张讽刺手法,着力塑造了华威先生这个混迹抗日文化阵营的国民党小官僚的典型形象。华威这个典型人物,可以进入中国现代文学的人物画廊。小说选取最能表现人物特征的几个生活片段,通过生动的细节和个性化的语言,反复而富于变化地强调了主人公"忙"的外部特征,有力地揭示了其自命不凡而空虚丑恶的内心世界。

华威先生官职似乎很多,但具体分管哪一项工作,文中却没有交代。只知道他确实忙,"一天要开几十个有关抗战的会",他甚至还希望"取消晚上睡觉的制度","一天不止二十四小时"。看来,他的时间真的不够用。然而,他在忙些什么呢?他要到某主任那里去联络,要到各学校去演讲,要到各团体去开会;王委员打来三个电报,硬要他到汉口去一趟,他哪里抽得出身;刘主任起草的县长公余工作方案还等着他去修改。从下午3时起,他依次参加难民救济会、通俗文艺研究会、文化界抗敌总会、伤兵工作团……每个会他都是迟来先走,每个会他都要求提早发言。他的发言概括起来就是两条:一是强调工作的重要性,二是强调要"认定一个领导中心",并"在这一个领导中心领导之下"工作。

正因为他深知"领导中心"的重要性,所以尽管他很忙,但决不放弃领导。妇女界有些人组织战时保婴会这样明显没有"危险性"的团体因为没有去找他,他就吃了一大惊,经过严肃训话和两次谈判,终于使自己当上了战时保婴会委员,并"挟着皮包去会场坐了5分钟,发表了一两点意见"才如愿以偿。他又是色厉内荏的。一个新组织的难民读书会因为没通知他去参加,他就瞪着眼去查读书会"到底是什么背景"。对方顶了他几句,他竟被刺激得"嘴唇在颤抖",当晚"没命地喝了许多酒"。

尽管他很忙,但喝酒总是有时间的。华威先生每天不是别人请他吃饭,就是他请别人吃饭。华威爱喝酒,在一次作重要讲话前还忙里偷闲带着很机密、很严重的脸色问一下身边的小胡子:"昨晚你喝醉了没有?我不该喝了那三杯猛酒。尤其是汾酒,我不能猛喝。刘主任硬要我干掉——嗨,一回家就睡倒了。"

尽管他不愿放弃领导,但这么多的事情缠着他,就是千手观音也来不及啊!可华威先生有办法。他对比他小的领导说,"要是我不在家,你们跟密司黄(华太太)接头也可以,密司黄知道我的意见,她可以告诉你们"。

华威的忙,与解决任何抗日实际事务无关,他追求的是所有会议、所有团体都由他一人统领,这个人物所体现的是一个党派的狭隘利益和个人的无穷尽的权力欲。小说创作时抗日统一战线成立不久,张天翼独具慧眼,看清了统一战线内部争夺领导权的真相和统一战线所潜伏的危机。后来的历史证明,华威的形象是富有历史预见性的。无可否认,华威先生的形象因为略带夸张的幽默讽刺笔法,有法国古典主义的类型化的倾向。然而唯其如此,这个人物

"开会迷"的外部特征和他身上所散发着的要权不要命的流氓气质以及为了攫取权力而无所忌惮的亢奋劲头,反而使他具有了某种超越其具体时代背景的因素。今天,未曾经历抗战岁月的当代读者对于这个人物仍有似曾相识之感,读时仍能不时露出会心的微笑,可见这篇讽刺佳作拥有超越时代的永恒的艺术魅力。

(周 羽)

华 威 先 生

张天翼

转弯抹角算起来——他算是我的一个亲戚。我叫他"华威先生"。他觉得这种称呼不大好。

"天翼兄你真是!"他说。"为什么一定要个'先生'呢。你应当叫我'威弟'。再不然叫我'阿威'。"

把这件事交涉过了之后,他立刻戴上了帽子:

"我们改日再谈好不好,天翼兄。我总想畅畅快快跟你谈一次——唉,可总是没有时间。今天刘主任起草了一个县长公余工作方案,硬要叫我参加意见,叫我替他修改。三点钟又还有一个集会。"

这里他摇摇头,没奈何地苦笑了一下。他声明他并不怕吃苦:在抗战时期大家都应当苦一点。不过——时间总要够支配呀。

"王委员又打了三个电报来,硬要请我到汉口去一趟,我怎么跑得开呢,我的天!"

于是匆匆忙忙跟我握了握手,跨上他的包车。

他永远挟着他的公文皮包。并且永远带着他那根老粗老粗的黑油油的手杖。左手无名指上戴着他的结婚戒指。拿着雪茄的时候就叫这根无名指微微地弯着,而小指翘得高高的,构成一朵兰花的图样。

这个城市里的黄包车谁都不作兴跑,一脚一脚挺踏实地踱着,好象饭后千步似的。可是包车例外:Ding ding, Ding ding, Ding ding! ——一下子就抢到了前面。黄包车立刻就得往左边躲开,小推车马上打斜。担子很快地就让到路边。行人赶紧就避到两旁的店铺里去。

包车踏铃不断地响着。钢丝在闪着亮。还来不及看清楚——它就跑得老远老远的了,象闪电一样地快。

而——据这里有几位抗战工作者的上层分子的统计,跑得顶快的是那位华威先生的包车。

他的时间很要紧。他说过——

"我恨不得取消晚上睡觉的制度。我还希望一天不止二十四小时。救亡工作实在太多了。"

接着掏出表来看一看,他那一脸丰满的肌肉立刻紧张了起来。眉毛皱着,嘴唇使劲撮着,好象他在把全身的精力都要收敛到脸上似的。他立刻就走:他要到难民救济会去开会。

照例——会场里的人全到齐了坐在那里等着他。他在门口下车的时候总得顺便把踏铃踏它一下:Ding!

同志们彼此看着:唔,华威先生到会了。有几位透了一口气。有几位可就拉长了脸瞧着会场门口。有一位甚至于要准备决斗似的——抓着拳头瞪着眼。

华威先生的态度很庄严,用一种从容的步子走进去,他先前那副忙劲儿好象被他自己的庄严态度消解掉了。他在门口稍微停了一会儿,让大家好把他看个清楚,仿佛要唤起同志们的一种信任心,仿佛要给同志们一种担保——什么困难的大事也都可以放下心来。他并且还点点头。他眼睛并不对着谁,只看着天花板。他是在对整个集体打招呼。

会场里很静。会议就要开始。有谁在那里翻着什么纸张,窸窸窣窣的。

华威先生很客气地坐到一个冷角落里,离主席位子顶远的一角。他不大肯当主席。

"我不能当主席,"他拿着一支雪茄烟打手势。"工人救亡工作协会的指导部今天开常会。通俗文艺研究会的会议也是今天。伤兵工作团也要去的,等一下。你们知道我的时间不够支配:只容许我在这里讨论十分钟。我不能当主席。我想推举刘同志主席。"

说了就在嘴角上闪起一丝微笑,轻轻地拍几下手板。

主席报告的时候,华威先生不断地在那里括洋火点他的烟。把表放在面前,时不时象计算什么似的看着它。

"我提议!"他大声说。"我们的时间是很宝贵的:我希望主席尽可能报告得简单一点。我希望主席能够在两分钟之内报告完。"

他括了两分钟洋火之后,猛地站了起来。对那正在哇啦哇啦的主席摆摆手。

"好了,好了。虽然主席没有报告完,我已经明白了。我现在还要赴别的会,让我先发表一点意见。"

停了一停,抽两口雪茄,扫了大家一眼。

"我的意见很简单,只有两点,"他舔舔嘴唇。"第一点,就是——每个工作人员不能够怠工。而是相反,要加紧工作。这一点不必多说,你们都是很努力的青年,你们都能热心工作。我很感谢你们。但是还有一点——你们要时时刻刻不能忘记,那就是我要说的第二点。"

他又抽了两口烟,嘴里吐出来的可只有热气。这就又括了一根洋火。

"这第二点呢就是:青年工作人员要认定一个领导中心。你们只有在这一个领导中心的领导之下,大家团结起来,统一起来。也只有在一个领导中心的领导之下,救亡工作才能够展开。青年是努力的,是热心的,但是因为理解不够,工作经验不够,常常容易犯错误。要是上面没有一个领导中心,往往要弄得不可收拾。"

瞧瞧所有的脸色,他脸上的肌肉耸动了一下——表示一种微笑。他往下说:

"你们都是青年同志,所以我说得很坦白,很不客气。大家都要做救亡工作,没有什么客气可讲。我想你们诸位青年同志一定会接受我的意见。我很感激你们。好了,抱歉得很,我要先走一步。"

把帽子一戴,把皮包一挟,瞧着天花板点点头,挺着肚子走了出去。

到门口可又想起了一件什么事。他把当主席的同志搿开,小声儿谈了几句:

"你们工作——有什么困难没有?"他问。

"我刚才的报告提到了这一点,我们……"

华威先生伸出个食指顶着主席的胸脯:

"唔,唔,唔。我知道我知道。我没有多余的时间来谈这件事。以后——你们凡是想到的工作计划,你们可以到我家里去找我商量。"

坐在主席旁边那个长头发青年注意地看着他们,现在可忍不住插嘴了:

"星期三我们到华先生家里去过三次,华先生不在家……"

那位华先生冷冷地瞅他一眼,带着鼻音哼了一句——"唔,我有别的事,"又对主席低声说下去:

"要是我不在家,你们跟密司黄接头也可以。密司黄知道我的意见,她可以告诉你们。"

密司黄就是他的太太。他对第三者说起她来,总是这么称呼她的。

他交代过了这才真的走开。这就到了通俗文艺研究会的会场。他发现别人已经在那里开会,正有一个人在那里发表意见。他坐了下来,点着了雪茄,不高兴地拍了三下手板。

"主席!"他叫。"我因为今天另外还有一个集会,我不能等到终席。我现在有点意见,想要先提出来。"

于是他发表了两点意见:第一,他告诉大家——在座的人都是当地的文化人,文化人的工作是很重要的,应当加紧地做去。第二,文化人应当认清一个领导中心,文化人在当地的领导中心的领导之下团结起来,统一起来。

五点三刻他到了工人救亡协会指导部的会议室。

这回他脸上堆上了笑容,并且对每一个人点头。

"对不住得很,对不住得很:迟到了三刻钟。"

主席对他微笑一下,他还笑着伸了伸舌头,好象闯了祸怕挨骂似的。他四面瞧瞧形势,就拣在一个小胡子的旁边坐下来。

他带着很机密很严重的脸色——小声儿问那个小胡子:

"昨晚你喝醉了没有?"

"还好,不过头有点子晕。你呢?"

"我啊——我不该喝了那三杯猛酒,"他严肃地说。"尤其是汾酒,我不能猛喝。刘主任硬要我干掉——嗨,一回家就睡倒了。密司黄说要跟刘主任去算账呢:要质问他为什么要把我灌醉。你看!"

一谈了这些,他赶紧打开皮包,拿出一张纸条——写几个字递给了主席。

"请你稍微等一等,"主席打断了一个正在发言的人的话。"华威先生还有别的事情要走。现在他有点意见:要求先让他发表。"

华威先生点点头站了起来。

"主席!"腰板微微地一弯。"各位先生!"腰板微微地一弯。"兄弟首先要请求各位原谅:我到会迟了一点,而又要提前退席。……"

随后他说出了他的意见。他声明——这个指导部是个领导机关,这个指导部应该时时刻刻起领导中心作用。

"群众是复杂的。尤其是现在的群众,分子非常复杂。我们要是不能起领导作用,那就很危险,很危险。事实上,此地各方面的工作也非有个领导中心不可。我们的担子真是太重了,但是我们不怕怎样的艰苦,也要把这担子担起来。"

他反复地说明了领导中心作用的重要,这就戴起帽子去赴一个宴会。他每天都这么忙着。要到刘主任那里去办事。要到各团体去开会。而且每天——不是别人请他吃饭,就是他请人吃饭。

华威太太每次遇到我,总是代替华威先生诉苦。

"唉,他真苦死了!工作这么多,连吃饭的工夫都没有。"

"他不可以少管一点,专门去做某一种工作么?"我问。

"怎么行呢?许多工作都要他去领导呀。"

可是有一次,华威先生简直吃了一大惊。妇女界有些人组织了一个战时保婴会,竟没有去找他!

他开始打听、调查。他设法把一个负责人找来。

"我知道你们委员会已经选出来了。我想还可以多添加几个。"

他看见对方在那里踌躇,他把下巴挂了下来:

"问题是在这一点:你们委员是不是能够真正领导这工作?你能不能够对我担保——你们会内没有不良分子?你能不能担保——你们以后工作不至于错误,不至于怠工?你能不能担保,你能不能?你能够担保的话,那我要请你写个书面的东西给我,以后万一——如果你们的工作出了毛病,那你就要负责。"

接着他又声明:这并不是他自己的意思。他不过是一个执行者。这里他食指点点对方胸脯:

"如果我刚才说的那些你们办不到,那不是就成了非法团体了么?"

这么谈判了两次,华威先生当了战时保婴会的委员。于是在委员会开会的时候,华威先生挟着皮包去坐这么五分钟,发表了一两点意见就跨上了包车。

有一天他请我吃晚饭。他说因为家乡带来了一块腊肉。

我到他家里的时候,他正在那里对两个学生样的人发脾气。

"你昨天为什么不去,为什么不去?"他吼着。"我叫你拖几个人去的。但是我在台上一开始演讲,一看——连你都没有去听!我真不懂你们干了些什么?"

"昨天——我到了新组织的一个难民读书会去的。"

华威先生猛地跳起来了。

"什么!什么!——新组织的一个难民读书会?怎么我不知道,怎么不告诉我?"

"我们那天大家决议了的。我来找过华先生,华先生又是不在家——"

"好啊,你们秘密行动!"他瞪着眼。"你老实告诉我——这个读书会到底是什么背景,你老实告诉我!"

对方似乎也动了火:

"什么背景呢,都是中华民族!部务会议议决的,什么秘密行动也没有。……华先生又不到会,开会也不终席,来找又找不到……我们总不能把工作停顿起来。"

华威先生把雪茄一摔,狠命在桌上捶了一拳:Dung!

"浑蛋!"他咬着牙,嘴唇在颤抖着。"你们小心!你们,哼,你们!你们!……"他倒到了沙发上,嘴巴痛苦地抽得歪着。"妈的!这个这个——你们青年!……"

五分钟之后他抬起头来,害怕似的四面看一看。那两个客人已经走了。他叹一口长气:

"唉,你看你看!天翼兄你看!现在的青年怎么办,现在的青年!"

这晚他没命地喝了许多酒,嘴里嘶嘶地骂着那些小伙子。他打碎了一只茶杯。密司黄扶着他上了床,他忽然打个寒噤说:

"明天十点钟有个集会……"

原载 1938 年 4 月 16 日《文艺阵地》第 1 卷第 1 期

沙汀《在其香居茶馆里》导读

 **作家简介**

沙汀(1904—1992),原名杨朝熙,后改名杨子青,笔名沙汀、尹光。四川安县人。1904年12月19日出生于四川省安县一个地主家庭。1921年在成都就读于四川省立第一师范学校。1926年毕业后曾经准备投考北京大学,因考期已过而返回四川。1927年,沙汀参加共产党领导的革命活动,1929年因白色恐怖而抵达上海。

1931年,沙汀与省立师范的同学艾芜相遇,互相鼓励并开始文学创作。这一年,他们一同两次给鲁迅写信请教有关创作问题。1932年,出版小说集《法律外的航线》。同年底加入"左联"并继续创作。沙汀以《兽道》《代理县长》等写实之作著称于左翼文坛,被鲁迅誉为最优秀的左翼作家之一。1935年起,沙汀开始把描写领域转向自己熟悉的四川农村和小城镇生活,对生活的本质进行开掘,创作上出现新的面貌。全面抗战爆发后,沙汀由上海返回四川,任教于成都协进中学。1938年8月,沙汀与何其芳、卞之琳等人同赴延安,任"鲁艺"文学系代主任。同年又赴晋西北和冀中抗战前线工作。1939年冬返川工作,写出《随军散记》等。"皖南事变"后,南方局安排他回故乡蛰居,潜心于文学创作。抗日战争期间,沙汀的创作取得了重大成就,主要有两方面的内容:一是对抗战时期国统区政治黑暗的暴露、讽刺和战斗,如短篇小说集《播种者》《磁力》《勘察加小景》等。另外,还有《淘金记》和《困兽记》两部长篇。二是对抗日民主根据地新的斗争生活的反映和歌颂,主要有著名的报告文学《随军散记》、散文集《敌后琐记》和中篇小说《闯关》等作品。

国共和平谈判期间,沙汀受党派遣到重庆做文艺联络工作,遭到国民党的迫害,不得不避居乡村,其间仍然坚持创作,主要有短篇小说集《呼嚎》和《医生》。另外还创作了长篇小说《还乡记》。这一时期成为沙汀的第二个创作丰收期。

1949年后,沙汀历任川西区文联副主任、西南文联副主任、西南文协主席、四川省文联主席等职,并先后当选为第一、第二、第三届人大代表。1955年,回四川继续创作。"文化大革命"期间,沙汀遭到政治迫害,直到1976年冬才获得解放,回《四川文艺》编辑部工作。1977年何其芳去世后,沙汀继任中国社会科学院文学研究所所长。1981年调到作协任职。去世前为中国作协副主席,四川省文联、四川省作协名誉主席。有《沙汀作品选》《沙汀选集》《沙汀短篇小说集》等存世。

时代背景

《在其香居茶馆里》创作于1940年。这个作品的产生,有着非常复杂的社会背景。在沙汀的头脑中,四川农村小城镇中甲长、土豪劣绅为非作歹的事实积累了很多,他们在抗战中为发国难财而造成的兵役等问题上的弊端也见过许多,也有将他们加以暴露的欲望。但是,促使他这种愿望变得强烈的是这样一件事:1940年在重庆,沙汀主持一次以"文抗"总会名义召开的"小说座谈会",有听众递条子说:现在乡下拉壮丁,闹得乌烟瘴气,作家为什么不揭发?这张字条集中反映了国统区广大人民群众的民主要求,表达了他们对国民党反动派在兵役问题上弊政的愤怒和反抗。这种现实中的迫切问题触目惊心地提到作家面前,使沙汀提高了对问题的认识,更加激发了他反映和暴露兵役问题的政治责任感。而正在此时,生活中的一件事情使他发生了浓厚的兴趣。有一次"跑警报",他与重庆一位农艺师碰到一起,在闲谈中,他告诉沙汀,他的侄儿被抓壮丁,但经过他的"活动"已经释放了。问他怎样释放的,这位农艺师满不在乎地说:"晚上集合起来报数时,那娃故意把数目报错了。队长就说,你这样笨配打仗?快把军衣脱下来,滚!这不就放了。"这件事虽然很小,却引起沙汀深深的思考,触发了他对一个具体作品的构思。这样,原来分散的人物和事件,零碎的思想和印象便聚集在这个事件的周围,逐步形成了这个作品特有的题材。

作品评点

沙汀在抗战时期的小说创作中,最能体现他的讽刺风格特征的,是那些从国民党基层统治集团内部的反动、腐朽和农村、小城镇的丑恶现实入手,揭露抗战时期国统区种种痼疾的作品。正是通过这些作品,作者将讽刺的矛头指向了国民党的政府机构,指向了他们所推行的一系列反动政策和法令,表现了这些政策和法令在社会生活中的恶劣影响,从而对国统区黑暗、丑恶现象的政治根源进行了揭露。在这些针砭时弊和反映黑暗现实的作品中,暴露国统区地方官吏在兵役问题上丑恶本质的《在其香居茶馆里》是此类作品的杰出代表。

《在其香居茶馆里》并非直接描写抗战的作品,而是一部暴露当时"大后方"黑暗现实的讽刺小说。它不是对一般社会生活丑恶现象的暴露,而是以国民党基层政权和盘踞在大后方的土豪集团为批判对象的"暴露文学"。

小说的情节并不复杂,它集中描写了四川农村回龙镇上的两个头面人物——联保主任方治国和土豪邢么吵吵因抓壮丁一事在其香居茶馆里的一场争吵和斗殴。联保主任方治国因新任县长扬言要"整顿兵役",出于投机的目的向县兵役科上了一封密信,把邢么吵吵的已经缓过四次兵役的儿子捉到县城。为此,当邢么吵吵在茶馆里遇见方治国时,一场吵闹便不可避免地发生了。双方由口角升级为厮打,方治国被打得鼻青脸肿,淌着鼻血,邢么吵吵也吐着牙血。正在二人闹得不可开交之时,受邢么吵吵委托进城打探消息的蒋米贩子捎来消息说,邢么吵吵的二儿子已经被那个扬言决心"整顿兵役"的"新任县长"给"开革"出来了。小说到此戛然而止。这一短篇小说,恰似一幕绝妙的讽刺喜剧,淋漓尽致地揭露了抗战时期国统区在兵役问题上的黑暗,深刻地暴露了国民党政权的腐败和豪绅集团的横行不法,以及他们互相争斗又互相勾结、尔虞我诈、营私舞弊的丑恶本质。在国统区,兵役制度是一个直接与抗战有关的问题,而"征兵"则是国民党政权对农村进行直接迫害的手段之一。但是实际上,"征兵"的对象都是穷苦的劳动人民,那些有钱有势的头面人物是不在被征之列的,这已经成了上层人物的一种体面。邢么吵吵的二儿子已经缓役四次,这次是被方治国告密捉进县城的,但终于还是给"开革"了出来,方治国的告密除了惹出一场纠纷,被邢么吵吵打得鼻青脸肿之外,并没有任何结果。而邢么吵吵则因为"他大哥是全县极有声望的耆宿,他的舅子是财务委员、县上的活动分子"而使自己的二儿子再次得以逃过兵役。兵役制度是国统区政治的一个重要侧面,作者抓住这一题材,深刻而又尖锐地揭露了国民党当局伪装抗日、消极抗日、阻碍抗日甚至破坏抗日的真实面目,并且把尖锐的政治揭露和深入的社会批判结合起来,通过在其香居茶馆里发生的这场狗咬狗的丑剧,从一个侧面揭露了国民党兵役制度的欺骗性,深刻地表现了基层政权的丑恶本质和统治阶级内部尔虞我诈的肮脏内幕,在当时起到了"借一斑略知全豹,以一目尽传精神"的作用。因而,《在其香居茶馆里》被公认为沙汀的代表作。

沙汀的短篇小说有着新颖独特的艺术风格,他力求寻找体现他的思想和形象的独特途径和手段,使其思想和形象表达得更有趣、更富于表现力,《在其香居茶馆里》即是沙汀的独特风格走向成熟的标志。

首先,作者安排了一个精彩的开端:"坐在其香居茶馆里的联保主任方治国,当他看见从东头走来,嘴里照例扰攘不休的邢么吵吵,他简直立刻冷了半截,觉得身子快要坐不稳了。"这个含义丰富、极具表现力的开头,排除了我们常见的那种对环境和人物静态的铺陈和介绍,开门见山地通过联保主任的眼睛描写了另一位主要人物邢么吵吵的出场。这样简短的几句话,就交待了故事发生的地点,主人公的内心活动,以及两位主要人物相互对立的地位,并预示了矛盾冲突的端倪。对方治国内心活动的点染和对邢么吵吵扰攘不休的描写,不仅传神地点出这两个人物的性格特点,而且造成了引人入胜的悬念。作者采用纯熟自如的白描手法,冷静客观地让冲突双方的主要人物一开始就碰了面,然后以极其俭省的笔墨交代导致这场争斗的起因。接着,作品紧扣人物的性格特征来展开情节,争斗双方不同性格的冲突又直接影响和推动整个情节的起伏变化。最后,作者又给小说安排了一个极富讽刺力量的结尾。正当方、邢两人打得不可开交之时,进县城打探消息的蒋米贩子出场,把邢么吵吵的二儿子已经被新县长"开革"出来的消息带到了茶馆。这不仅使所有在场的人目瞪口呆,更使争斗的双方陷入尴尬的境地。故事到此戛然而止,构成了极为尖锐的讽刺。

作为一部暴露黑暗的短篇小说,《在其香居茶馆里》不是丑闻的堆砌,也没有枯燥乏味的说教,并且也不像张天翼讽刺作品那种漫画式的夸张手法,而是运用白描手法,把尖锐的讽刺,巧妙地隐藏在对人们司空见惯的现实生活画面的冷静的真实描绘中,形成了独特的艺术风格,至今仍焕发着经久不衰的艺术魅力。

(杨站军)

在其香居茶馆里

沙 汀

坐在其香居茶馆里的联保主任方治国,当他看见从东头走来,嘴里照例扰嚷不休的邢么吵吵,他简直立刻冷了半截,觉得身子快要坐不稳了。

使他发生这种异状的有下面几个原因:为了种种糊涂的措施,他目前正处在全镇市民的围攻当中,这是一;其次,么吵吵第二个儿子,因为缓役了四次好多人在讲闲话了;加之,新县长又是宣言了要整顿兵役的,于是他糊糊涂涂地上了一封密告,而在三天前被兵役科捉进城了。

但最重要的是:如全市所批评,么吵吵是不忌生冷的人,什么话都说得出来的。而他本人虽不可怕,但他的大哥是全县极有威望的耆宿,他的舅子是财务委员,县政上的活动分子,并且,就是主任的令尊在世的时候,也是对么吵吵那张嘴表示头痛的。

但么吵吵终于吵过来了。这是那种精力充足,对这世界上任何物事都抱了一种毫不在意的态度的典型男性。在这类人身上是找不出悲观和扫兴的。他常打着哈哈在茶馆里自白道:

"老子这张嘴么,就这样,说是要说的,吃也是要吃的;说够了回去两杯甜酒一喝,倒下去就睡……"

现在,他一面跨上其香居的阶沿,拖了把圈椅坐了下去,一面直着嗓子,干笑着嚷道:

"嗨,对!看阳沟里还把船翻了么!"

他所参加的桌子已经有着三个茶客,全是熟人:十年前当过视学的俞视学;前征收局的管账,现在靠着利金生活的黄光锐;会文纸店的老板汪世模汪二。

他们大家,以及旁的茶客,都向他打着招呼:

"拿碗来,茶钱我给了。"

"坐上来好吧,"视学客气道,"这里要舒服些。"

"我要那么舒服的做什么哇,"出乎意外,吵吵红着脸叫嚷道:"你知道么。我坐了上席会头昏的,……没有那个资格!"

本份人的视学禁不住红起脸来。但他立刻觉得么吵吵是针对着联保主任说的,因为在说的时候,他看见他满含恶意地瞥了坐在后面首席上的方治国一眼。

除却主任,那桌还坐着的有张三监爷。他们都说他是方治国的军师,但实际上,他只能跟主任坐坐酒馆。在紧要关头,尽点忠告。但这又并不特别,他原是对什么事也关心的,而往往忽略了自己。他的老婆在家里是经常饿着饭的。

同监爷对坐着的是黄毛牛肉,正在吞服着一种秘制的戒烟丸药。他是主任的重要助手;虽然并无过人之才,唯一的特点是毫无顾忌;"现在的事你管那么多做什么哇,"他常常说,"拿得到的你就拿!"

他应付这世界上一切足以使人大惊小怪的事变,只有一种态度,装作不懂。因此,他小声向主任说道:

"你不要管他的,"他眨眼而且努嘴,"发神经!"

"这回子把蜂窝戳破了。"主任发出苦笑说。

"我看要赶紧'缝'啊,"监爷拿着暗淡无光的黄铜水烟袋,沉吟道:"另外找一个人'抵'怎样?"

"已经来不及了呀。"

"不要管他的,"牛肉道,"他是个火炮性子。"

这时,么吵吵已经拍着桌子,放开嗓子叫了。但他的战术还停留在第一阶段上,即并不指出被攻击的人的姓名,只是隐射着,似乎象一通没头没脑的谩骂。

"搞到我名下来了。"他佯装着打了一串哈哈,"好得很!老子今天就要看他是什么鸡巴人出来的:人鸡巴,狗鸡巴,你们见过狗鸡巴么,嗨,那才有兴趣!"

于是他又比又说地形容起来了。虽然已经蓄了十年上下的胡子,但他是以粗鲁话出名的。许多闲着无事的人,有时甚至故意挑弄他说下流话。他所谓的"狗"是指他的仇人说的,因为主任的外祖当过衙役,而这又是方府上下人等最大的忌讳。

因为他形容得太难堪了,那视学插嘴道:

"少造点口孽,有道理讲得清的。"

"我有什么道理哇!"吵吵忽然正色道,"有道理我也当什么鸡巴主任了。

两眼墨黑,见钱就拿!"

"吓,邢表叔!"

气得脸青面黑的瘦小的主任,一下子忍不住站起来了。

"吓,邢表叔,"他说,"你说话要负责啊!"

"什么叫作负责哇!我就不懂,——什么人是你的表叔,你认错人了,是你表叔你也不吃我了!"

"对,对,对,我吃你。"主任解嘲地说,一面坐了下去。

"不是吗?"吵吵拍了一掌桌子,"兵役科的人亲自对我老大说的!你的报告真做得好呢。我倒要看你今天是长的几个卵子!……"

他愈说,就愈觉得这并非玩笑的事。如一向以来的瞎吵瞎闹一样,他感到愤激了。

他相信,要是一年或者半年以前,他是用不着怎样着急的,事情好办得很,只需给他大哥一个通知,他的老二就会自自由由走回来的。而且以往他就避掉过四次。但现在是不同了,一切都要照规矩办了。而且更重要的,他的老二已经抓进城了。

照经验,事情一露了头,弄得县长面前去了,就难办的。他已经派了老大进城,但带回来的口信是:因为新县长的脾气还不清楚,而且一接印就宣布他是要整顿兵役的,所以他的伯父和舅父都表示情形的险恶。额外那捎信人又说,壮丁就要送进省了。

凡是邢大老爷们都感觉棘手的事,人还能有什么办法呢?这也是说,他的老二只有作炮灰了。

"你怕我是聋子吧,"么吵吵简直在咆哮了,"去年蒋家寡母子的儿子五百,你放了;陈二靴子两百,你也放了!你比土匪头儿肖大个子还厉害,钱也拿了,脑壳也保住了,——老子也有钱!你要张一张嘴呀?……"

"说话要负责啊!邢么老爷!"

主任咕噜着,而且现出假装的笑容。

这是一个糊涂而胆怯的人。胆怯是因为富有,而且在这个边野地方,从来没有摸过枪炮的缘故。这里是每一个人都能来两手的。他一直规规矩矩地吃着祖宗的田产,在好几年以前,因为预征太多,许多人怕当公事,于是在一种策动下,他当团总了。

他明白这是阴谋。但一向忍气吞声的日子引诱他接受了这个挑战。他起初老是垫钱,但后来他发觉甜头了:回扣、黑粮等等,并且走进茶馆的时候,招呼茶钱的声音也来得更响亮,更众多了。

而在五年以前,他的大门上已经有了一道县长颁赠的匾额:

"尽瘁桑梓"

但不管怎样,如他自己所感觉的一般,在回龙镇,还是有人压住他的。他看得清楚,所以他现在很失悔做了糊涂事情。他老是强笑着,满不在意似的说道:

"你发气做什么啊,都不是外人。……"

"你也知道不是外人么?"对方反问道:"你知道不是外人,就不该搞我了,告我的密了!"

"我只问你一句!"

主任又站起来了。他笑问道:

"你说一句就是了:兵役科什么人告诉你的?"

"总有那个人呀!"

吵吵说,十分气派地摊在圈椅里面;一面冷笑着加添道:

"象还是我造谣呢。"

"不是,你要告诉我呀。"

看见吵吵松了劲,主任知道可以说理的机会到了,他就势坐向视学侧面去,赌咒发誓地分辩起来,说他是一辈子都不会做出这样胆大糊涂的事情来的。

但却并不向着吵吵,而是视学们。他说:

"你们想吧,"他平摊开手,侧仰他那瘦瘦的铁青的脸蛋,"你们想,我是吃饭长大的呀!并且,我一定要他去做什么呢?难道委员长会给我一个状元当么?没讲的话,这街上的事,一向糊得圆我总是糊的!"

"你才会糊!"吵吵叹着气抵了一句。

"那总是我吹牛啊!"主任无可奈何地说,"别的不讲,就拿公债来说吧,别人写的多少,你写的多少?"

他又挨近视学的耳朵呻唤道:

"连丁八字都是五百元呀!"

他之所以说得如此秘密的有两个原因,其一,是想充分表示出事情的重要性;又其一,是因为街上看热闹的人已经多了。公开宣布出来究竟太不光彩,而且容易引起纠纷。

大约视学相信了他的话,或者被他的诚意感动了。兼之又是出名的好好先生;因此他劝解道:

"么哥!我看这样啊,"他斯斯文文地扫了扫喉咙,"人不抓,已经抓去了,横竖是为了国家。……"

"这你才会说呢!"吵吵一下撑起来了:"这样会说,你怎么不把你自己的送去呢?"

"好!我不同你讲。"

视学红着脸说,故意勾脑袋吃茶去了。

"你讲呀!"吵吵重又坐了下去,继续道;"真是没有生过娃娃不晓得×痛!怎么把你个好好先生遇到了啊:东瓜做不做得甑子?做得。蒸垮了呢?那是要垮的,——你个老哥子真是!"

他的形容引来了一片笑声。但他自己并不笑,他把他那结实的身子移动了一下,抹抹胡子,宣言道:

"闲话少讲!方大主任,说不清楚你走不掉的!"

"好呀,"对方漫应着,一面懒懒退还原地方去;"回龙镇只有这样大一个地方哩。往那里跑?要跑也跑不脱的。"

他的声口和表情照例带着一种嘲笑的意味,至于是嘲笑自己或者对方,那就要凭你猜了。他是经常凭借了这点武器来掩护他自己的。而且经常弄得顽强的敌手哭笑不是。他们叫他做软硬人。

当回到原位的时候,他的助手一面吞服着戒烟丸,生气道:

"我白还懒得答呢,你就让他吵去!"

"不行不行,"监爷意味深长地说,"事情不同了。"

他一直这样坚持自己的意见是有理由的。他确信镇上已在进行一种大规模的控告;而且邢大老爷是可以左右它的;他可以使这成为事实,也可以打消它,所以联络邢家乃是一个必要的步骤。

何况谁知道新县长是怎样一副脾气的人呢!

这时候,茶堂里的来客已增多了。连平时懒于出门的陈新老爷也走来了。新老爷是科举时代最末一次的秀才,当了十年团总,十年哥老会的头目,八年前才退休的。但他的说话还是同团总一样有效。

这可见么吵吵已经布置好一台讲茶了。茶堂里响着一片呼唤声,有单向

堂倌叫拿茶来的,有站起来让座位的,有的甚至于怒气冲冲地吼道:

"不许乱收钱啦!嗨!这个龟儿子听到没有?……"

于是立刻跑去塞一张钞票在堂倌手里。

在这种种热情的骚动中间,争执的双方,已经变平静了。主任知道自己会亏理的,他在殷勤地争取着客人,希望能于自己有利。而么吵吵则一直闷气着,这是因为当着这许多漂亮人面前,他忽然直觉到,既然他的老二被抓,这就等于说他已经没面子了。

这镇上是流行着这样一种风气的,凡是按规矩行事的,就是平常人,重要人物都是站在一切规矩之外的。比如陈新老爷,他并不是惜疼金钱的角色,但就连打醮这种小事他也是没有份的;不然便是惹起人们大惊小怪,以为新老爷失了面子,快倒霉了。

面子在这里就如此的厉害,所以吵吵闷着脸,只是懒懒地打着招呼。直到新老爷问起他是否欠安的时候,他才稍稍振作地答道:

"人倒是好的,"他苦笑着,"就是眉毛快给人剪光了!"他一连打了一串干燥无味的哈哈。

"你瞎说!"新老爷严肃地晃着脑袋,切断他。"你瞎说!"

"当真哩,不然也不敢劳驾你老哥子动步了。"

为了表示关切,新老爷叹了口气;并且问道:

"大哥有信来没有呢?"

"他也没办法呀!"

吵吵呻唤了。但为了免除人们的误会,以为他的大哥已经成了没面子的角色,遂又立刻加上一番解释:

"你想吧,新县长的脾气又没有摸到,他怎么办呢?常言说,新官上任三把火,他又是闹起要搞兵役的;谁晓得他会发什么猫儿毛病呢!前天我又托蒋门神打听去了。"

"这个人怕难说话,"一个新近从城里回来的小商人插入道,"看样子就晓得了:戴他妈副黑眼镜子……"

但严肃沉默的空气没有使小商人说下去。

大家都不知道应该如何表示自己的感情才好。表示高兴是会得罪人的,因为情形确乎有些严重;但说是严重吧,也不对,这又将显得邢府上太无能了。所以彼此只好暧昧不明地摇头叹气,喝起茶来。

看出主任有点焦灼和担心的神情,似乎正在考虑一种行动,牛肉包着丸药,小声道:

"不要管,这么快县长就叫他们喂家了么!"

"去找新老爷是对的!"监爷说。

这个脸面浮肿,常以足智多谋自负的没落者的建议正投了主任的机,他是已经在考虑着这个必要的办法的了。

使他迟疑的是他和新老爷的关系,与新老爷同邢家的关系的比较。他觉得差得多,并且虽然在派款和收粮上面,并没有对不住团总的地方,但在几件小事情上,他是开罪过他的。

比如,有一回曾布客想压制他,抬出老团总的招牌来,说道:

"好的,我们在新老爷那里去说!"

"你把时候记错了!"他发火道,"前几年的皇历用不上了!——你想吓倒我不行!"

后来,事情虽然依然在团总的意志下和平解决,但他的话语也一定散播开去。团总给记下一笔账了。可是他终于站起身来,向了新老爷走去。

这行动立刻使人们振作起来了,他们都期待着一个新的开端和发展。有几人在大叫拿开水来,以图缓和一下他们紧张的心情。吵吵自然也是注意到主任的攻势的,但他不当作攻势看,以为他是要求新老爷转圆的。但他却猜不准转圆的方式。

而且,他又觉得,在他目前的处境上,任何调解他都是难于接受的。这不能道歉了事,也不能用金钱的赔偿弥补,那么剩下的只有上法庭了。然则在一个整饬兵役的县长面前这件事他会操胜算么!

他觉得苦恼,而且一切都不对劲。这个坚实乐观的人第一次被烦扰所袭击了。

他在桌面上拍了一掌,苦笑着自言自语道:

"哼,乱整把,老子大家乱整!"

"你又来了,"那视学说,"他总会拿话出来说呀。"

"这还有什么说的呢?你个老哥怎么不想想啊:难道什么天王老子还有面子把人给我取脱手么?!"

"不是那么讲。取不出来也有取不出来的办法的。"

"那我就请教你,"吵吵依旧忍耐着说,"什么办法呢?! 说一句对不住了事?打死了让他赔命?……"

"也不是那样讲。……"

"那又是怎样讲?"他简直大发起火了;"老实说吧!他就没有办法!我们只有到场外前大河里去喝水。"

他愤怒地吼叫着,真象要拼掉他的命了。

这宣言引起一阵新的骚动。许多人都象预感到节目的精彩部分了。一个看客,他是立在阶沿下人堆里的,他大声回绝着朋友的催促:

"你走你的嘛!我还要玩一会!"

茶堂倌也在兴高采烈叫道:

"让开点,你个龟儿子,看把脑壳烫肿!"

在当街的最末一张桌子上,那里离么吵吵隔着四张桌子,一种平心静气的谈判已近结束。但效果显然很少,因为长条子的团总,忽然板着脸站起来了。

他仰着脸把颈子一扭,大叫道:

"你倒说条鸟啊!"

但他随又坐了下去,手指很响地击着桌面。

"老弟!"他一直望着主任,"我不会害你的!一个人眼光要远大点,目前的事是谁也料不到的。"

"我知道呀!你都会害我么?"

"那你就该听大家劝呀?"

"查出来要这样呀,我的老先人?"

他苦滞地叫着,用手在后颈一比:他怕杀头。

这确也可虑,因为严惩兵役舞弊的明令,已经来过三四次了。这就算不上数,我们这里隔上峰还远,但县长于我们的情形却全然不相同了:他简直就在你的鼻子下面。并且既已捉去,要额外买人替换是更难了。

加之前一任县长正为壮丁问题撤职的,而新县长一上任便宣称他要扫除兵役上的种种积弊。谁知道也如一般新县长一样,说过了事,或者他更认真干一下?他的脾气又是怎么样的呢?

此外,他还有不能冒这危险的理由。他已经四十岁了,但他还没有取得父亲的资格。他的两个太太都不中用,虽然一般人把这责任归在他的先天不足上面,好象就是再活下去,他也将永远无济于事。

但不管如何,便从他那畏惧的性格着想,他也是决不冒险的了。所以停停,他又解嘲地继续道：

"我的老先人！这个险我是不敢冒的。你说认真是我密告他的我都想得过……"

他佯笑着,而且装得很安静的神情。同么吵吵一样,他也看出了事情的诸般困难的；而他应该否认那密告的责任。但他没料到,他是把新老爷激恼了。

那个人并不让他说完便很生气地,截住他道：

"你才会装呢！可惜是大老爷亲自听兵役科说的！"

"方大主任,"吵吵也直接插入了,"是人鸡巴搞出来的你就撑住吧！我告诉你：赖是赖不脱的！"

"嘴巴不要伤人啊！"

主任认真起来了；但对方的嗓子也更提高了：

"是的,老子说了,是人搞出来的你撑住！"

"好嘛,你多凶啊。"

"老子就是这样！"

"对对对,你是老子！哈哈！……"

联保主任干笑着,一壁退回自己原先的座位上去。他觉得他在全市镇的人家面前受了辱,他决心要同他的敌人斗了。

他的同伴依旧担心着他。那牛肉说：

"你愈让他就愈来了,是吧！"

"不行不行,事情不同了,"监生叹着气。

许多人都感到事情已经闹僵了局,接着而来的一定是谩骂,是散场了。因为情形很明显,争吵的双方都是不会动拳头的,有的人是在准备回家吃午饭了。

但茶客们却谁也不能动身,这会很失体统,得罪人的。并且新老爷已经请了吵吵过去,在互相商量着,希望能有一个顾全体面的办法,虽然一个二十岁的青年人的生命不会恰恰就和体面相等。

然而由于一种不得已的苦衷,么吵吵终至让步了；他带着决然忍受一切的神情,说道：

"好好,就照你哥子说的做吧！"

"那么方主任,"于是团总站起来宣布了,"这一下就看你怎样：一切用费么老爷出,人由你找。事情由你进城办；办不通还有他们大老爷,——"

"就请林大老爷不更方便些么!"主任插入说。

"是呀!也请他们大老爷,不过你负责就是了。"

"我负不了这个责。"

"什么呀?"

"你想,我怎么能负责呢?"

"好!"

新老爷简紧地说,闷着脸坐下去了。他显然是被对方弄得不快意了;但沉默一会,他随耐着性子问道:

"你是怕用的钱会推在你身上么?"

"笑话!我怕什么,又不是我的事。"

"那是什么人的事呢?"

"我晓得的呀!"

主任说这些话的时候一直带着一种做作的安闲态度,而且嘲弄似的笑着;好像他什么都不懂,因此什么也不觉可怕,但他没有料到吵吵冲过来了。而且那个气的胡子发抖的汉子一把扭牢了他。

他扭住他的领口朝街面上拖,嚷叫道:

"我晓得你是个软硬人,我晓得你是个软硬人!"

"有话好好说啊!"人们劝解着;"都是熟人熟事的!"

但一面劝解。一面偷溜开的人也就不少。堂倌已经在忙着收茶碗了。监爷在四处向人求援。

"这太不成了,"他摇着头说,"大家把他们分开吧!"

"我管不了!"视学微笑着说,"看血喷在我身上。"

牛肉在包裹着戒烟丸药,一面咕咕道:

"这样就好!那个没有生得有手么!好得很!"

但当他收拾停当的时候,他的朋友已经吃了亏了。他淌着鼻血,左眼睛已经青肿。他已经被团总解救出来;他一只手摸着眼睛,嚷叫道:

"你姓邢的是对的,你打得好!……"

"你嘴硬吧!"吵吵则在唾着牙血,喘气着,"你嘴硬吧!"

黄牛肉建议主任应该即到医生那里去,但他被拒绝了,反而要他赶快去租滑竿。他觉得还是保持原样得好,因为他就要进城向县署控告去了。

他的眷属,尤其是他的母亲,那个以悭吝出名的小老太婆,一看过主任的成绩便连连叫道：

"咦,兴这样打么！这样的眼睛不认人么！"

那么太太也在丈夫耳朵边咕咕哝哝着：

"眼睛都肿来象毛桃子了！"

"不要管！"吵吵吐着牙血,一面说,"打死了还有我报命！"

别的来看热闹的妇女也不少,整个市镇几乎全给翻了转来。吵架和打架本身就值得看,一对有面子的人的动手动脚,自然也就更可观了！

但正当人心沸腾的时候,一个左腿微跛,满脸胡须的矮汉子忽然挤将进来。这正是蒋米贩子,因为人呆滞尴尬,他又叫蒋门神。前天进城吵吵就托过他捎信的。所以他立刻为大家所注意了。首先拖住他的是么太太。

这是个顶着假发的胖妇人,爱做作,爱谈话,浑名九娘子。她担心地,颤声颤气地问道：

"怎么样了？……你坐下来说吧！"

"怎么样,"跛子冷淡地说。"人已经出来了。"

"当真的呀！"许多人吃惊了。

"那还是假话么！我走的时候还在十字口牌桌子上呢。昨天夜里点名,报数报错了,队长说他不够资格打国仗就开革了；打了一百军棍。"

"一百军棍？"又是许多声音。

"不是面子大,你就是挨一百也出来不了呢。起初都讲新县长厉害,其实很好说话。前天大老爷请客,一个人早就到了：戴他妈副黑眼镜子……"

正说着,他忽然注意到了么吵吵和联保主任。纵然是一个那么迟钝的人,他们的形状,也不免略略叫他吃惊起来了。

"你们是怎么搞的？"他问着,"你牙齿痛吗？你的眼睛怎么肿了？……"

原载 1940 年 12 月 1 日《抗战文艺》第 6 卷第 4 期

萧红《呼兰河传》导读

 **作家简介**

　　萧红(1911—1942),本名张乃莹,曾用笔名悄吟、田娣。1911年端午节出生于黑龙江呼兰县。九岁时母亲去世,父亲的冷落,继母的虐待,使她过着寄人篱下的生活。1927年,萧红去哈尔滨读中学,受到"五四"新文化的影响,因反抗包办婚姻而被迫退学。1930年冬,她离开封建家庭出走,与萧军相识,开始了共同的文学之旅。由于她的出色才华,很快成为东北作家群中最有影响的作家之一。1933年10月,她与萧军自费印行《跋涉》,遭到日伪当局查禁。1934年夏,与萧军相携乘船赴青岛,在此完成她的第一部重要作品《生死场》;10月赴上海,得到鲁迅的提携,代表作《生死场》列入鲁迅主编的"奴隶丛书",于1935年12月出版,使她成为引人注目的左翼女作家。由于与萧军的感情出现问题,1936年7月萧红前往日本。1938年春,萧红在山西临汾与萧军分手,和端木蕻良一起回到武汉。在武汉失守前夕,萧红孤身来到重庆。为求得较好的写作环境,于1940年春迁往香港。1942年1月22日,萧红病逝,葬于香港浅水湾畔。萧红在最后几年的漂泊生活中依然执着于文学创作,主要作品有小说《马伯乐》《旷野的呼喊》《小城三月》《呼兰河传》及散文《回忆鲁迅先生》等。

 时代背景

　　《呼兰河传》是萧红的最后一部重要作品,1940年12月完稿于香港。当时,作者的心境是苦闷和寂寞的。她在给白朗的信中说:"我的心情永久是如此的郁郁,这里的一切景物都是多么恬静和幽美,有山,有树,有漫山遍野的鲜花和婉声的鸟语,更有澎湃泛白的浪潮,面对着碧澄的海水,常会使人神醉的。这一切不都正是我往日所梦想的写作的佳境吗？然而呵，如今我却只感到寂寞！在这里我没有交往，因为没有推心置腹的朋友。"而她和端木蕻良的感情也并不融洽。他们"这两性格凑在一起，都在有所需求，而彼此在动荡的时代，都得不到对方给予的满足"。在这种情况下，自然更加容易引起她对于故乡的思念和对童年生活的回忆。于是，她在孤寂中完成了这部抒写她"幼年的记忆"的、带有自传性质的长篇小说。同年，她还发表了以呼兰老家后花园作为场景的自传体小说《后花园》。可见，这并非是她的"现实的创作源泉已经枯竭"的表现，而是因为呼兰故乡在她的漂泊生活中经常魂牵梦绕，是她创作灵感的重要源泉。

小说以童年生活的回忆为线索，写北国的自然风光，故乡小城的历史、风俗民情以及旧生活的悲剧。茅盾说"它是一篇叙事诗，一幅多彩的风土画，一串凄婉的歌谣"。

作品评点

《呼兰河传》是萧红后期的代表作。当时她在香港，贫病交加，这自然引起她对于乡土的思念，对于童年生活的回忆。小说所展现的是20世纪20年代中国东北一座小县城的生活图景。形形色色的地方风习，停滞、刻板的生活，人民饱受煎熬而又麻木的甚至愚昧的情景，都在作者笔下得到了生动的描绘。

美国学者葛浩文认为《呼兰河传》是萧红那注册商标个人回忆式文体的巅峰之作。的确，《呼兰河传》标志着萧红艺术风格的成熟，她创造了一种介于小说与散文之间的新型小说样式。茅盾的《序》说：

也许有人会觉得《呼兰河传》不是一部小说。

他们也许会这样说：没有贯穿全书的线索，故事和人物都是零零碎碎，都是片断的，不是整个的有机体，也许又有人觉得《呼兰河传》好像是自传，却又不完全像自传。

但是我却觉得正因其不完全像自传，所以更好，更有意义。

而且我们不也可以说：要点不在《呼兰河传》不像是一部严格意义的小说，而在于它这"不像"之外，还有些别的东西——一些比像一部小说更为"诱人"些的东西：它是一篇叙事诗，一幅多彩的风土画，一串凄婉的歌谣。

有讽刺，也有幽默。开始读时有些轻松之感，然而愈读下去心头就会一点一点沉重起来。可是,仍然有美,即使这美有点病态,也仍然不能不使你炫惑。

那些"别的东西""更诱人的东西"就是萧红小说的艺术特色所在,具体地说,就是把小说散文化、抒情诗化、绘画化。

我们所选的三章是能够体现这些特点的。

第三、第四章作者回忆自己童年时代的生活,与祖父相处难忘的往事;以感情的起伏脉络为主线贯穿事件的断片或生活场景,为我们勾勒出一幅幅生活场景的速写,信笔写来,娓娓而谈。萧红的童年是不幸的,母亲的早逝、父亲的冷酷、继母的虐待、祖母的专横,这些都伤害了她幼小的心灵。如果不是善良慈祥的祖父和那充满生机与自由的后花园,她的童年世界完全是凄凉黯淡的。因此,她从未忘记祖父的爱及祖孙间那段欢乐时光:

> 祖父只是自由自在地一天闲着;我想,幸好我长大了,我三岁了,不然祖父该多寂寞。我会走了,我会跑了。我走不动的时候,祖父就抱着我;我走动了,祖父就拉着我。一天到晚,门里门外,寸步不离,而祖父多半是在后园里,于是我也在后园里。

"后园"构成了她童年的重要世界,在这里她和大自然发生密切的接触,从而领略到对大自然的爱。院中的樱桃、李子、榆树,金的蜻蜓、绿的蚂蚱,还有各色的蝴蝶,使得她的生活色彩斑斓,生气蓬勃,并在以后的人生道路上魂牵梦绕。

对于这些,作者是充满了感情的。她以温馨的、极为蕴藉清新的诗的笔调来抒写,从而把小说抒情诗化了。有时她甚至径直用起诗歌惯用的"回环复沓"的艺术手法。如第四章第二节开头写:"我的家是荒凉的。……"第三节是:"我家的院子是荒凉的。……"第四节又是:"我家的院子是很荒凉的。……"第五节仍是:"我的家是荒凉的。……"借助"回环复沓",强化小说的诗的情感和氛围,读来感人肺腑,荡气回肠。同抒情诗一样,小说中还有一个鲜明的自我抒情形象。"我"单纯善良,天真无邪,富于幻想,勇于追求,在漫漫的黑暗中,挣扎着、憧憬着、奋斗着、呼唤着自由和美。仿佛那真挚动人的诗情,都是从"我"的心灵深处流淌出来的。

作者并未忘记那些在黑土地上挣扎与奋斗的灵魂。小说的第五章,写了小团圆媳妇被欺凌致死的故事,表现了下层人民不幸的命运,揭示了愚昧、保守而又自得其乐的农民身上的病态心理和被扭曲的性格。作者描绘了呼兰的自然风光,浸透其中的是人们卑琐平淡的灰色生活。那横在东二道街上的大泥坑极富象征意义,尽管它经常陷溺车马人畜,但从没人想到填平它,相反,空虚无聊的灵魂乐于从这里寻找闲话的材料和看热闹的乐趣。呼兰河就是这样的寂寞、沉滞。在这黑暗的王国里,各种人生悲剧的发生也就不可避免了。天真活泼的小团圆媳妇因"个儿长得太高""太大方",便招致众人的非议。她的婆婆为把她"规矩出一个好人来",百般折磨她,最终断送了这年轻的生命。然而所有的把小团圆媳妇送上旧生活的祭坛的人,又都不是有意害她,他们照着几千年传下来的习惯而思索,而生活:

> 她想一想,她一生没有做过恶事,面软、心慈,凡事都是自己吃亏,让着别人。虽然没有吃斋念佛,但是初一十五的素口也自幼就吃着。虽然不怎样拜庙烧香,但四月十八的庙会,也没有拉下过。娘娘庙前一把香,老爷庙前三个头。哪一年也都是烧香磕头的没有拉过"过场"。虽然是自小没有读过诗文,不认识字,但是"金刚经""灶王经"也会念上两套。虽然说不曾做过舍善的事情,没有补过路,没有修过桥,但是逢年过节,对那些讨饭的人,也常常给过他们剩汤剩饭的。虽然过日子不怎样俭省,但也没有多吃过一块豆腐。拍拍良心,对天对得起,对地也对得住。

这是多么愚昧而又可怕。这种被封建礼教严密地控制着的旧生活,像层层淤积起的泥沙吞没了可能萌发的新生活的生机。漂亮能干的王大姑娘爱上了赤贫如洗的磨工冯歪嘴子,自由结成夫妻,也使周围的人不能容忍,流言蜚语四起,致使王大姑娘在贫困、诽谤的重压下悲哀地死去。萧红曾说:"现在或者过去,作家们写作的出发点是对着人类的愚昧!"

(赵连昌)

呼兰河传(节选)

萧　红

第 三 章

一

呼兰河这小城里边住着我的祖父。

我生的时候,祖父已经六十多岁了,我长到四五岁,祖父就快七十了。

我家有一个大花园,这花园里蜂子、蝴蝶、蜻蜓、蚂蚱,样样都有。蝴蝶有白蝴蝶、黄蝴蝶。这种蝴蝶极小,不太好看。好看的是大红蝴蝶,满身带着金粉。

蜻蜓是金的,蚂蚱是绿的,蜂子则嗡嗡地飞着,满身绒毛,落到一朵花上,胖圆圆地就和一个小毛球似的不动了。

花园里边明晃晃的,红的红,绿的绿,新鲜漂亮。

据说这花园,从前是一个果园。祖母喜欢吃果子就种了果园。祖母又喜欢养羊,羊就把果树给啃了。果树于是都死了。到我有记忆的时候,园子里就只有一棵樱桃树,一棵李子树,因为樱桃和李子都不大结果子,所以觉得他们是并不存在的。小的时候,只觉得园子里边就有一棵大榆树。

这榆树在园子的西北角上,来了风,这榆树先啸,来了雨,大榆树先就冒烟了。太阳一出来,大榆树的叶子就发光了,它们闪烁得和沙滩上的蚌壳一样了。

祖父一天都在后园里边,我也跟着祖父在后园里边。祖父戴一个大草帽,我戴一个小草帽,祖父栽花,我就栽花;祖父拔草,我就拔草。当祖父下种,种小白菜的时候,我就跟在后边,把那下了种的土窝,用脚一个一个地溜平,哪里会溜得准,东一脚的,西一脚的瞎闹。有的把菜种不单没被土盖上,反而把菜子踢飞了。

小白菜长得非常之快。没有几天就冒了芽了。一转眼就可以拔下来吃了。

祖父铲地,我也铲地;因为我太小,拿不动那锄头杆,祖父就把锄头杆拔下来,让我单拿着那个锄头的"头"来铲。其实哪里是铲,也不过爬在地上,用锄头乱勾一阵就是了。也认不得哪个是苗,哪个是草。往往把韭菜当做野草一起地割掉,把狗尾草当做谷穗留着。

等祖父发现我铲的那块满留着狗尾草的一片,他就问我:

"这是什么?"

我说:

"谷子。"

祖父大笑起来,笑得够了,把草摘下来问我:

"你每天吃的就是这个吗?"

我说：

"是的。"

我看着祖父还在笑，我就说：

"你不信，我到屋里拿来你看。"

我跑到屋里拿了鸟笼上的一头谷穗，远远地就抛给祖父了。说：

"这不是一样的吗？"

祖父慢慢地把我叫过去，讲给我听，说谷子是有芒针的，狗尾草则没有，只是毛嘟嘟的真像狗尾巴。

祖父虽然教我，我看了也并不细看，也不过马马虎虎承认下来就是了。一抬头看见了一个黄瓜长大了，跑过去摘下来，我又去吃黄瓜去了。

黄瓜也许没有吃完，又看见了一个大蜻蜓从旁飞过，于是丢了黄瓜又去追蜻蜓去了。蜻蜓飞得多么快，哪里会追得上。好在一开初也没有存心一定追上，所以站起来，跟了蜻蜓跑了几步就又去做别的去了。

采一个倭瓜花心，捉一个大绿豆青蚂蚱，把蚂蚱腿用线绑上，绑了一会，也许把蚂蚱腿就绑掉，线头上只拴了一只腿，而不见蚂蚱了。

玩腻了，又跑到祖父那里去乱闹一阵，祖父浇菜，我也抢过来浇，奇怪的就是并不往菜上浇，而是拿着水瓢，拚尽了力气，把水往天空里一扬，大喊着：

"下雨了，下雨了。"

太阳在园子里是特大的，天空是特别高的，太阳的光芒四射，亮得使人睁不开眼睛，亮得蚯蚓不敢钻出地面来，蝙蝠不敢从什么黑暗的地方飞出来。是凡在太阳下的，都是健康的、漂亮的，拍一拍连大树都会发响的，叫一叫就是站在对面的土墙都会回答似的。

花开了，就像花睡醒了似的。鸟飞了，就像鸟上天了似的。虫子叫了，就像虫子在说话似的。一切都活了。都有无限的本领，要做什么，就做什么。要怎么样，就怎么样。都是自由的。倭瓜愿意爬上架就爬上架，愿意爬上房就爬上房。黄瓜愿意开一个谎花，就开一个谎花，愿意结一个黄瓜，就结一个黄瓜。若都不愿意，就是一个黄瓜也不结，一朵花也不开，也没有人问它。玉米愿意长多高就长多高，它若愿意长上天去，也没有人管。蝴蝶随意的飞，一会从墙头上飞来一对黄蝴蝶，一会又从墙头上飞走了一个白蝴蝶。它们是从谁家来的，又飞到谁家去？太阳也不知道这个。

只是天空蓝悠悠的，又高又远。

可是白云一来了的时候,那大团的白云,好像洒了花的白银似的,从祖父的头上经过,好像要压到了祖父的草帽那么低。

我玩累了,就在房子底下找个阴凉的地方睡着了。不用枕头,不用席子,就把草帽遮在脸上就睡了。

二

祖父的眼睛是笑盈盈的,祖父的笑,常常笑得和孩子似的。

祖父是个长得很高的人,身体很健康,手里喜欢拿着个手杖。嘴上则不住地抽着旱烟管,遇到了小孩子,每每喜欢开个玩笑,说:

"你看天空飞个家雀。"

趁那孩子往天空一看,就伸出手去把那孩子的帽给取下来了。有的时候放在长衫的下边,有的时候放在袖口里头。他说:

"家雀叼走了你的帽啦。"

孩子们都知道了祖父的这一手了,并不以为奇,就抱住他的大腿,向他要帽子,摸着他的袖管,撕着他的衣襟,一直到找出帽子来为止。

祖父常常这样做,也总是把帽放在同一的地方,总是放在袖口和衣襟下。那些搜索他的孩子没有一次不是在他衣襟下把帽子拿出来的,好像他和孩子们约定了似的:"我就放在这块,你来找吧!"

这样的不知做过了多少次,就像老太太永久讲着"上山打老虎"这一个故事给孩子们听似的,哪怕是已经听过了五百遍,也还是在那里回回拍手,回回叫好。

每当祖父这样做一次的时候,祖父和孩子们都一齐地笑得不得了。好像这戏还像第一次演似的。

别人看了祖父这样做,也有笑的,可不是笑祖父的手法好,而是笑他天天使用一种方法抓掉了孩子的帽子,这未免可笑。

祖父不怎样会理财,一切家务都由祖母管理。祖父只是自由自在地一天闲着;我想,幸好我长大了,我三岁了,不然祖父该多寂寞。我会走了,我会跑了。我走不动的时候,祖父就抱着我;我走动了,祖父就拉着我。一天到晚,门里门外,寸步不离,而祖父多半是在后园里,于是我也在后园里。

我小的时候,没有什么同伴,我是我母亲的第一个孩子。

我记事很早,在我三岁的时候,我记得我的祖母用针刺过我的手指,所以我很不喜欢她。我家的窗子,都是四边糊纸,当中嵌着玻璃。祖母是有洁癖的,以她屋的窗纸最白净。别人抱着把我一放在祖母的炕边上,我不加思索地就要往炕里边跑,跑到窗子那里,就伸出手去,把那白白透着花窗棂的纸窗给通了几个洞,若不加阻止,就必得挨着排给通破,若有人招呼着我,我也得加速的抢着多通几个才能停止。手指一触到窗上,那纸窗像小鼓似的,嘭嘭地就破了。破得越多,自己越得意。祖母若来追我的时候,我就越得意了,笑得拍着手,跳着脚的。

有一天祖母看我来了,她拿了一个大针就到窗子外边去等我去了。我刚一伸出手去,手指就痛得厉害。我就叫起来了。那就是祖母用针刺了我。

从此,我就记住了,我不喜她。

虽然她也给我糖吃,她咳嗽时吃猪腰烧川贝母,也分给我猪腰,但是我吃了猪腰还是不喜她。

在她临死之前,病重的时候,我还会吓了她一跳。有一次她自己一个人坐在炕上熬药,药壶是坐在炭火盆上,因为屋里特别的寂静,听得见那药壶骨碌骨碌地响。祖母住着两间房子,是里外屋,恰巧外屋也没有人,里屋也没人,就是她自己。我把门一开,祖母并没有看见我,于是我就用拳头在板隔壁上,咚咚地打了两拳。我听到祖母"哟"地一声,铁火剪子就掉了地上了。

我再探头一望,祖母就骂起我来。她好像就要下地来追我似的。我就一边笑着,一边跑了。

我这样地吓唬祖母,也并不是向她报仇,那时我才五岁,是不晓得什么的,也许觉得这样好玩。

祖父一天到晚是闲着的,祖母什么工作也不分配给他。只有一件事,就是祖母的地檩上的摆设,有一套锡器,却总是祖父擦的。这可不知道是祖母派给他的,还是他自动的愿意工作,每当祖父一擦的时候,我就不高兴,一方面是不能领着我到后园里去玩了,另一方面祖父因此常常挨骂,祖母骂他懒,骂他擦的不干净。祖母一骂祖父的时候,就常常不知为什么连我也骂上。

祖母一骂祖父,我就拉着祖父的手往外边走,一边说:

"我们后园里去吧。"

也许因此祖母也骂了我。

她骂祖父是"死脑瓜骨",骂我是"小死脑瓜骨"。

我拉着祖父就到后园里去了,一到了后园里,立刻就另是一个世界了。决不是那房子里的狭窄的世界,而是宽广的,人和天地在一起,天地是多么大,多么远,用手摸不到天空。而土地上所长的又是那么繁华,一眼看上去,是看不完的,只觉得眼前鲜绿的一片。

一到后园里,我就没有对象地奔了出去,好像我是看准了什么而奔去了似的,好像有什么在那儿等着我似的。其实我是什么目的也没有。只觉得这园子里边无论什么东西都是活的,好像我的腿也非跳不可了。

若不是把全身的力量跳尽了,祖父怕我累了想招呼住我,那是不可能的,反而他越招呼,我越不听话。

等到自己实在跑不动了,才坐下来休息,那休息也是很快的,也不过随便在秧子上摘下一个黄瓜来,吃了也就好了。

休息好了又是跑。

樱桃树,明是没有结樱桃,就偏跑到树上去找樱桃。李子树是半死的样子了,本不结李子的,就偏去找李子。一边在找,还一边大声地喊,在问着祖父:

"爷爷,樱桃树为什么不结樱桃?"

祖父老远的回答着:

"因为没有开花,就不结樱桃。"

再问:

"为什么樱桃树不开花?"

祖父说:

"因为你嘴馋,它就不开花。"

我一听了这话,明明是嘲笑我的话,于是就飞奔着跑到祖父那里,似乎是很生气的样子。等祖父把眼睛一抬,他用了完全没有恶意的眼睛一看我,我立刻就笑了。而且是笑了半天的工夫才能够止住,不知哪里来了那许多的高兴。把后园一时都让我搅乱了,我笑的声音不知有多大,自己都感到震耳了。

后园中有一棵玫瑰。一到五月就开花的。一直开到六月。花朵和酱油碟那么大。开得很茂盛,满树都是,因为花香,招来了很多的蜂子,嗡嗡地在玫瑰树那儿闹着。

别的一切都玩厌了的时候,我就想起来去摘玫瑰花,摘了一大堆把草帽脱下来用帽兜子盛着。在摘那花的时候,有两种恐惧,一种是怕蜂子的勾刺人,另一种是怕玫瑰的刺刺手。好不容易摘了一大堆,摘完了可又不知道做什么了。忽然异想天开,这花若给祖父戴起来该多好看。

祖父蹲在地上拔草,我就给他戴花。祖父只知道我是在捉弄他的帽子,而不知道我到底是在干什么。我把他的草帽给他插了一圈的花,红通通的二三十朵。我一边插着一边笑,当我听到祖父说:

"今年春天雨水大,咱们这棵玫瑰开得这么香。二里路也怕闻得到的。"

就把我笑得哆嗦起来。我几乎没有支持的能力再插上去。等我插完了,祖父还是安然的不晓得。他还照样地拔着垅上的草。我跑得很远的站着,我不敢往祖父那边看,一看就想笑。所以我借机进屋去找一点吃的来,还没有等我回到园中,祖父也进屋来了。

那满头红通通的花朵,一进来祖母就看见了。她看见什么也没说,就大笑了起来。父亲母亲也笑了起来,而以我笑得最厉害,我在炕上打着滚笑。

祖父把帽子摘下来一看,原来那玫瑰的香并不是因为今年春天雨水大的缘故,而是那花就顶在他的头上。

他把帽子放下,他笑了十多分钟还停不住,过一会一想起来,又笑了。

祖父刚有点忘记了,我就在旁边提着说:

"爷爷……今年春天雨水大呀……"

一提起,祖父的笑就来了。于是我也在炕上打起滚来。

就这样一天一天的,祖父,后园,我,这三样是一样也不可缺少的了。

刮了风,下了雨,祖父不知怎样,在我却是非常寂寞的了。去没有去处,玩没有玩的,觉得这一天不知有多少日子那么长。

三

偏偏这后园每年都要封闭一次的,秋雨之后这花园就开始凋零了,黄的黄、败的败,好像很快似的一切花朵都灭了,好像有人把它们摧残了似的。它们一齐都没有从前那么健康了,好像它们都很疲倦了,而要休息了似的,好像要收拾收拾回家去了似的。

大榆树也是落着叶子,当我和祖父偶尔在树下坐坐,树叶竟落在我的脸上来了。树叶飞满了后园。

没有多少时候,大雪又落下来了,后园就被埋住了。

通到园去的后门,也用泥封起来了,封得很厚,整个的冬天挂着白霜。

我家住着五间房子,祖母和祖父共住两间,母亲和父亲共住两间,祖母住的是西屋,母亲住的是东屋。

是五间一排的正房，厨房在中间，一齐是玻璃窗子，青砖墙，瓦房间。

祖母的屋子，一个是外间，一个是内间。外间里摆着大躺箱，地长桌，太师椅。椅子上铺着红椅垫，躺箱上摆着硃砂瓶，长桌上列着坐钟。钟的两边站着帽筒。帽筒上并不挂着帽子，而插着几个孔雀翎。

我小的时候，就喜欢这个孔雀翎，我说它有金色的眼睛，总想用手摸一摸，祖母就一定不让摸，祖母是有洁癖的。

还有祖母的躺箱上摆着一个坐钟，那坐钟是非常稀奇的，画着一个穿着古装的大姑娘，好像活了似的，每当我到祖母屋去，若是屋子里没有人，她就总用眼睛瞪我，我几次的告诉过祖父，祖父说：

"那是画的，她不会瞪人。"

我一定说她是会瞪人的，因为我看得出来，她的眼珠像是会转。

还有祖母的大躺箱上也尽雕着小人，尽是穿古装衣裳的，宽衣大袖，还戴顶子，带着翎子。满箱子都刻着，大概有二三十个人，还有吃酒的，吃饭的，还有作揖的……

我总想要细看一看，可是祖母不让我沾边，我还离得很远的，她就说：

"可不许用手摸，你的手脏。"

祖母的内间里边，在墙上挂着一个很古怪很古怪的挂钟，挂钟的下边用铁练子垂着两穗铁包米。铁包米比真的包米大了很多，看起来非常重，似乎可以打死一个人。再往那挂钟里边看就更稀奇古怪了，有一个小人，长着蓝眼珠，钟摆一秒钟就响一下，钟摆一响，那眼珠就同时一转。

那小人是黄头发，蓝眼珠，跟我相差太远，虽然祖父告诉我，说那是毛子人，但我不承认她，我看她不像什么人。

所以我每次看这挂钟，就半天半天的看，都看得有点发呆了。我想：这毛子人就总在钟里边待着吗？永久也不下来玩吗？

外国人在呼兰河的土语叫做"毛子人"。我四五岁的时候，还没有见过一个毛子人，以为毛子人就是因为她的头发毛烘烘地卷着的缘故。

祖母的屋子除了这些东西，还有很多别的，因为那时候，别的我都不发生什么趣味，所以只记住了这三五样。

母亲的屋里，就连这一类的古怪玩艺也没有了，都是些普通的描金柜，也是些帽筒，花瓶之类，没有什么好看的，我没有记住。

这五间房子的组织，除了四间住房一间厨房之外，还有极小的，极黑的两个小后房。祖母一个,母亲一个。

那里边装着各种样的东西,因为是储藏室的缘故。

坛子罐子、箱子柜子、筐子篓子。除了自己家的东西,还有别人寄存的。

那里边是黑的,要端着灯进去才能看见。那里边的耗子很多,蜘蛛网也很多。空气不大好,永久有一种扑鼻的和药的气味似的。

我觉得这储藏室很好玩,随便打开哪一只箱子,里边一定有一些好看的东西,花丝线,各种色的绸条、香荷包、搭腰、裤腿、马蹄袖、绣花的领子。古香古色,颜色都配得特别的好看。箱子里边也常常有蓝翠的耳环或戒指,被我看见了,我一看见就非要一个玩不可,母亲就常常随手抛给我一个。

还有些桌子带着抽屉的,一打开那里边更有些好玩的东西,铜环、木刀、竹尺、观音粉。这些个都是我在别的地方没有看过的。而且这抽屉始终也不锁的。所以我常常随意地开,开了就把样样,似乎是不加选择地都搜了出去,左手拿着木头刀,右手拿着观音粉,这里砍一下,那里画一下。后来我又得到了一个小锯,用这小锯,我开始毁坏起东西来,在椅子腿上锯一锯,在炕沿上锯一锯。我自己竟把我自己的小木刀也锯坏了。

无论吃饭和睡觉,我这些东西都带在身边,吃饭的时候,我就用这小锯,锯着馒头。睡觉做起梦来还喊着:

"我的小锯哪里去了?"

储藏室好像变成我探险的地方了。我常常趁着母亲不在屋我就打开门进去了。这储藏室也有一个后窗,下半天也有一点亮光,我就趁着这亮光打开了抽屉,这抽屉已经被我翻得差不多的了,没有什么新鲜的了。翻了一会,觉得没有什么趣味了,就出来了。到后来连一块水胶,一段绳头都让我拿出来了,把五个抽屉通通拿空了。

除了抽屉还有筐子笼子,但那个我不敢动,似乎每一样都是黑洞洞的,灰尘不知有多厚,蛛网蛛丝的不知有多少,因此我连想也不想动那东西。

记得有一次我走到这黑屋子的极深极远的地方去,一个发响的东西撞住我的脚上,我摸起来抱到光亮的地方一看,原来是一个小灯笼,用手指把灰尘一划,露出来是个红玻璃的。

我在一两岁的时候,大概我是见过灯笼的,可是长到四五岁,反而不认识了。我不知道这是个什么。我抱着去问祖父去了。

祖父给我擦干净了,里边点上个洋蜡烛,于是我欢喜得就打着灯笼满屋跑,跑了好几天,一直到把这灯笼打碎了才算完了。

我在黑屋子里边又碰到了一块木头,这块木头是上边刻着花的,用手一摸,很不光滑,我拿出来用小锯锯着。祖父看见了,说:

"这是印帖子的帖板。"

我不知道什么叫帖子,祖父刷上一片墨刷一张给我看,我只看见印出来几个小人。还有一些乱七八糟的花,还有字。祖父说:

"咱们家开烧锅的时候,发帖子就是用这个印的,这是一百吊的……还有五十吊的十吊的……"

祖父给我印了许多,还用鬼子红给我印了些红的。

还有戴缨子的清朝的帽子,我也拿了出来戴上。多少年前的老大的鹅翎扇子,我也拿了出来吹着风。翻了一瓶莎仁出来,那是治胃病的药,母亲吃着,我也跟着吃。

不久,这些八百年前的东西,都被我弄出来了。有些是祖母保存着的,有些是已经出了嫁的姑母的遗物,已经在那黑洞洞的地方放了多少年了,连动也没有动过,有些个快要腐烂了,有些个生了虫子,因为那些东西早被人们忘记了,好像世界上已经没有那么一回事了。而今天忽然又来到了他们的眼前,他们受了惊似的又恢复了他们的记忆。

每当我拿出一件新的东西的时候,祖母看见了,祖母说:

"这是多少年前的了!这是你大姑在家里边玩的……"

祖父看见了,祖父说:

"这是你二姑在家时用的……"

这是你大姑的扇子,那是你三姑的花鞋……都有了来历。但我不知道谁是我的三姑,谁是我的大姑。也许我一两岁的时候,我见过她们,可是我到四五岁时,我就不记得了。

我祖母有三个女儿,到我长起来时,她们都早已出嫁了。可见二三十年内就没有小孩子了。而今也只有我一个。实在的还有一个小弟弟,不过那时他才一岁半岁的,所以不算他。

家里边多少年前放的东西,没有动过,他们过的是既不向前,也不回头的生活,是凡过去的,都算是忘记了,未来的他们也不怎样积极地希望着,只是一天一天地平板地、无怨无尤地在他们祖先给他们准备好的口粮之中生活着。

等我生来了,第一给了祖父的无限的欢喜,等我长大了,祖父非常地爱我。

使我觉得在这世界上,有了祖父就够了,还怕什么呢?虽然父亲的冷淡,母亲的恶言恶色,和祖母的用针刺我手指的这些事,都觉得算不了什么。何况又有后花园!后园虽然让冰雪给封闭了,但是又发现了这储藏室。这里边是无穷无尽地什么都有,这里边宝藏着的都是我所想象不到的东西,使我感到这世界上的东西怎么这样多!而且样样好玩,样样新奇。

比方我得到了一包颜料,是中国的大绿,看那颜料闪着金光,可是往指甲上一染,指甲就变绿了,往胳臂上一染,胳臂立刻飞来了一张树叶似的。实在是好看,也实在是莫名其妙,所以心里边就暗暗地欢喜,莫非是我得了宝贝吗?

得了一块观音粉。这观音粉往门上一划,门就白了一道,往窗上一划,窗就白了一道。这可真有点奇怪,大概祖父写字的墨是黑墨,而这是白墨吧。

得了一块圆玻璃,祖父说是"显微镜"。他在太阳底下一照,竟把祖父装好的一袋烟照着了。

这该多么使人欢喜,什么什么都会变的。你看它是一块废铁,说不定它就有用,比方我捡到一块四方的铁块,上边有一个小窝。祖父把榛子放在小窝里边,打着榛子给我吃。在这小窝里打,不知道比用牙咬要快了多少倍。何况祖父老了,他的牙又多半不大好。

我天天从那黑屋子往外搬着,而天天有新的。搬出来一批,玩厌了,弄坏了,就再去搬。

因此使我的祖父、祖母常常地慨叹。

他们说这是多少年前的了,连我的第三个姑母还没有生的时候就有这东西。那是多少年前的了,还是分家的时候,从我曾祖那里得来的呢。又哪样哪样是什么人送的,而那家人家到今天也都家败人亡了,而这东西还存在着。

又是我在玩着的那葡蔓藤的手镯,祖母说她就戴着这个手镯,有一年夏天坐着小车子,抱着我大姑去回娘家,路上遇了土匪,把金耳环给摘去了,而没有要这手镯。若也是金的银的,那该多危险,也一定要被抢去的。

我听了问她:

"我大姑在哪儿?"

祖父笑了。祖母说:

"你大姑的孩子比你都大了。"

原来是四十年前的事情,我哪里知道。可是藤手镯却戴在我的手上,我举起手来,摇了一阵,那手镯好像风车似的,滴溜溜地转。手镯太大了,我的手太细了。

祖母看见我把从前的东西都搬出来了,她常常骂我:

"你这孩子,没有东西不拿着玩的,这小不成器的……"

她嘴里虽然是这样说,但她又在光天化日之下得以重看到这东西,也似乎给了她一些回忆的满足。所以她说我是并不十分严刻的,我当然是不听她,该拿还是照旧地拿。

于是我家里久不见天日的东西,经我这一搬弄,才得以见了天日。于是坏的坏,扔的扔,也就都从此消灭了。

我有记忆的第一个冬天,就这样过去了。没有感到十分的寂寞,但总不如在后园里那样玩着好。但孩子是容易忘记的,也就随遇而安了。

四

第二年夏天,后园里种了不少的韭菜,是因为祖母喜欢吃韭菜馅的饺子而种的。

可是当韭菜长起来时,祖母就病重了,而不能吃这韭菜了,家里别的人也没有吃这韭菜,韭菜就在园子里荒着。

因为祖母病重,家里非常热闹,来了我的大姑母,又来了我的二姑母。

二姑母是坐着她自家的小车子来的。那拉车的骡子挂着铃当,哗哗啷啷的就停在窗前了。

从那车上第一个就跳下来一个小孩,那小孩比我高了一点,是二姑母的儿子。

他的小名叫"小兰",祖父让我向他叫兰哥。

别的我都不记得了,只记得不大一会工夫我就把他领到后园里去了。

告诉他这个是玫瑰树,这个是狗尾草,这个是樱桃树。樱桃树是不结樱桃的,我也告诉了他。

不知道在这之前他见过我没有,我可并没有见过他。

我带他到东南角上去看那棵李子树时,还没有走到眼前,他就说:

"这树前年就死了。"

他说了这样的话,是使我很吃惊的。这树死了,他可怎么知道的?心中立刻来了一种忌妒的情感,觉得这花园是属于我的,和属于祖父的,其余的人连晓得也不该晓得才对的。

我问他：

"那么你来过我们家吗？"

他说他来过。

这个我更生气了，怎么他来我不晓得呢？

我又问他：

"你什么时候来过的？"

他说前年来的，他还带给我一个毛猴子。他问着我：

"你忘了吗？你抱着那毛猴子就跑，跌倒了你还哭了哩！"

我无论怎样想，也想不起来了。不过总算他送给我过一个毛猴子，可见对我是很好的，于是我就不生他的气了。

从此天天就在一块玩。

他比我大三岁，已经八岁了，他说他在学堂里边念了书的，他还带来了几本书，晚上在煤油灯下他还把书拿出来给我看。书上有小人、有剪刀、有房子。因为都是带着图，我一看就连那字似乎也认识了，我说：

"这念剪刀，这念房子。"

他说不对：

"这念剪，这念房。"

我拿过来一细看，果然都是一个字，而不是两个字，我是照着图念的，所以错了。

我也有一盒方字块，这边是图，那边是字，我也拿出来给他看了。

从此整天的玩。祖母病重与否，我不知道。不过在她临死的前几天就穿上了满身的新衣裳，好像要出门做客似的。说是怕死了来不及穿衣裳。

因为祖母病重，家里热闹得很，来了很多亲戚。忙忙碌碌不知忙些个什么。有的拿了些白布撕着，撕得一条一块的，撕得非常的响亮，旁边就有人拿着针在缝那白布。还有的把一个小罐，里边装了米，罐口蒙上了红布。还有的在后园门口拢起火来，在铁火勺里边炸着面饼了。问她：

"这是什么？"

"这是打狗饽饽。"

她说阴间有十八关，过到狗关的时候，狗就上来咬人，用这饽饽一打，狗吃了饽饽就不咬人了。

似乎是姑妄言之、姑妄听之，我没有听进去。

家里边的人越多,我就越寂寞,走到屋里,问问这个,问问那个,一切都不理解。祖父也似乎把我忘记了。我从后园里捉了一个特别大的蚂蚱送给他去看,他连看也没有看,就说:

"真好,真好,上后园去玩去吧!"

新来的兰哥也不陪我时,我就在后园里一个人玩。

五

祖母已经死了,人们都到龙王庙上去报过庙回来了。而我还在后园里边玩着。

后园里边下了点雨,我想要进屋去拿草帽去,走到酱缸旁边(我家的酱缸是放在后园里的),一看,有雨点拍拍的落到缸帽子上。我想这缸帽子该多大,遮起雨来,比草帽一定更好。

于是我就从缸上把它翻下来了,到了地上它还乱滚一阵,这时候,雨就大了。我好不容易才设法钻进这缸帽子去。因为这缸帽子太大了,差不多和我一般高。

我顶着它,走了几步,觉得天昏地暗。而且重也是很重的,非常吃力。而且自己已经走到哪里了,自己也不晓,只晓得头顶上拍拍拉拉地打着雨点,往脚下看着,脚下只是些狗尾草和韭菜。找了一个韭菜很厚的地方,我就坐下了,一坐下这缸帽子就和个小房似的扣着我。这比站着好得多,头顶不必顶着,帽子就扣在韭菜地上。但是里边可是黑极了,什么也看不见。

同时听什么声音,也觉得都远了。大树在风雨里边被吹得呜呜的,好像大树已经被搬到别人家的院子去似的。

韭菜是种在北墙根上,我是坐在韭菜上。北墙根离家里的房子很远的,家里边那闹嚷嚷的声音,也像是来在远方。

我细听了一会,听不出什么来,还是在我自己的小屋里边坐着。这小屋这么好,不怕风,不怕雨。站起来走的时候,顶着屋盖就走了,有多么轻快。

其实是很重的了,顶起来非常吃力。

我顶着缸帽子,一路摸索着,来到了后门口,我是要顶给爷爷看看的。

我家的后门坎特别高,迈也迈不过去,因为缸帽子太大,使我抬不起腿来。好不容易两手把腿拉着,弄了半天,总算是过去了。虽然进了屋,仍是不知道祖父在什么方向,于是我就大喊,正在这喊之间,父亲一脚把我踢翻了,差点没把我踢到灶口的火堆上去。缸帽子也在地上滚着。

等人家把我抱了起来，我一看，屋子里的人，完全不对了，都穿了白衣裳。

再一看，祖母不是睡在炕上，而是睡在一张长板上。

从这以后祖母就死了。

六

祖母一死，家里继续着来了许多亲戚，有的拿着香、纸，到灵前哭了一阵就回去了。有的就带着大包小包的来了就住下了。

大门前边吹着喇叭，院子里搭了灵棚，哭声终日，一闹闹了不知多少日子。

请了和尚道士来，一闹闹到半夜，所来的都是吃、喝、说、笑。

我也觉得好玩，所以就特别高兴起来。又加上从前我没有小同伴，而现在有了。比我大的，比我小的，共有四五个。我们上树爬墙，几乎连房顶也要上去了。

他们带我到小门洞子顶上去捉鸽子，搬了梯子到房檐头上去捉家雀。后花园虽然大，已经装不下我了。

我跟着他们到井口边去往井里边看，那井是多么深，我从未见过。在上边喊一声，里边有人回答。用一个小石子投下去，那响声是很深远的。

他们带我到粮食房子去，到碾磨房去，有时候竟把我带到街上，是已经离开家了，不跟着家人在一起，我是从来没有走过这样远。

不料除了后园之外，还有更大的地方，我站在街上，不是看什么热闹，不是看那街上的行人车马，而是心里边想：是不是我将来一个人也可以走得很远？

有一天，他们把我带到南河沿上去了，南河沿离我家本不算远，也不过半里多地。可是因为我是第一次去，觉得实在很远。走出汗来了。走过一个黄土坑，又过一个南大营，南大营的门口，有兵把守门。那营房的院子大得在我看来太大了，实在是不应该。我们的院子就够大的了，怎么能比我们家的院子更大呢？大得有点不大好看了，我走过了，我还回过头来看。

路上有一家人家，把花盆摆到墙头上来了，我觉得这也不大好，若是看不见人家偷去呢！

还看见了一座小洋房，比我们家的房不知好了多少倍。若问我，哪里好？我也说不出来，就觉得那房子是一色新，不像我家的房子那么陈旧。

我仅仅走了半里多路，我所看见的可太多了。所以觉得这南河沿实在远。

问他们:

"到了没有?"

他们说:

"就到的,就到的。"

果然,转过了大营房的墙角,就看见河水了。

我第一次看见河水,我不能晓得这河水是从什么地方来的?走了几年了。

那河太大了,等我走到河边上,抓了一把沙子抛下去,那河水简直没有因此而脏了一点点。河上有船,但是不很多,有的往东去了,有的往西去了。也有的划到河的对岸去的,河的对岸似乎没有人家,而是一片柳条林。再往远看,就不能知道那是什么地方了,因为也没有人家,也没有房子,也看不见道路,也听不见一点音响。

我想将来是不是我也可以到那没有人的地方去看一看。

除了我家的后园,还有街道。除了街道,还有大河。除了大河,还有柳条林。除了柳条林,还有更远的,什么也没有的地方,什么也看不见的地方,什么声音也听不见的地方。

究竟除了这些,还有什么,我越想越不知道了。

就不用说这些我未曾见过的。就说一个花盆吧,就说一座院子吧。院子和花盆,我家里都有。但说那营房的院子就比我家的大,我家的花盆是摆在后园里的,人家的花盆就摆到墙头上来了。

可见我不知道的一定还有。

所以祖母死了,我竟聪明了。

七

祖母死了,我就跟祖父学诗。因为祖父的屋子空着,我就闹着一定要睡在祖父那屋。

早晨念诗,晚上念诗,半夜醒了也是念诗。念了一阵,念困了再睡去。

祖父教我的有《千家诗》,并没有课本,全凭口头传诵,祖父念一句,我就念一句。

祖父说:

"少小离家老大回……"

我也说:

"少小离家老大回……"

都是些什么字,什么意思,我不知道,只觉得念起来那声音很好听。所以很高兴地跟着喊。我喊的声音,比祖父的声音更大。

我一念起诗来,我家的五间房都可以听见,祖父怕我喊坏了喉咙,常常警告着我说:

"房盖被你抬走了。"

听了这笑话,我略微笑了一会工夫,过不了多久,就又喊起来了。

夜里也是照样地喊,母亲吓唬我,说再喊她要打我。

祖父也说:

"没有你这样念诗的,你这不叫念诗,你这叫乱叫。"

但我觉得这乱叫的习惯不能改,若不让我叫,我念它干什么。每当祖父教我一个新诗,一开头我若听了不好听,我就说:

"不学这个。"

祖父于是就换一个,换一个不好,我还是不要。

"春眠不觉晓,处处闻啼鸟,

夜来风雨声,花落知多少。"

这一首诗,我很喜欢,我一念到第二句,"处处闻啼鸟"那处处两字,我就高兴起来了。觉得这首诗,实在是好,真好听"处处"该多好听。

还有一首我更喜欢的:

"重重叠叠上楼台,几度呼童扫不开。

刚被太阳收拾去,又为明月送将来。"

就这"几度呼童扫不开",我根本不知道什么意思,就念成西沥忽通扫不开。

越念越觉得好听,越念越有趣味。

还当客人来了,祖父总是呼我念诗的,我就总喜念这一首。

那客人不知听懂了与否,只是点头说好。

八

就这样瞎念,到底不是久计。念了几十首之后,祖父开讲了。

"少小离家老大回,乡音无改鬓毛衰。"

祖父说:

"这是说小的时候离开了家到外边去,老了回来了。乡音无改鬓毛衰,这是说家乡的口音还没有改变,胡子可白了。"

我问祖父:

"为什么小的时候离家? 离家到哪里去?"

祖父说:

"好比爷爷像你那么大离家,现在老了回来了,谁还认识呢? 儿童相见不相识,笑问客从何处来。小孩子见了就招呼着说:你这个白胡老头,是从哪里来的?"

我一听觉得不大好,赶快就问祖父:

"我也要离家的吗? 等我胡子白了回来,爷爷你也不认识我了吗?"

心里很恐惧。

祖父一听就笑了:

"等你老了还有爷爷吗?"

祖父说完了,看我还是不很高兴,他又赶快说:

"你不离家的,你哪里能够离家……快再念一首诗吧! 念春眠不觉晓……"

我一念起春眠不觉晓来,又是满口的大叫,得意极了。完全高兴,什么都忘了。

但从此再读新诗,一定要先讲的,没有讲过的也要重讲。似乎那大嚷大叫的习惯稍稍好了一点。

"两个黄鹂鸣翠柳,一行白鹭上青天。"

这首诗本来我也很喜欢的,黄梨是很好吃的。经祖父这一讲,说是两个鸟,于是不喜欢了。

"去年今日此门中,人面桃花相映红。

人面不知何处去,桃花依旧笑春风。"

这首诗祖父讲了我也不明白,但是我喜欢这首。因为其中有桃花。桃树一开了花不就结桃吗? 桃子不是好吃吗?

所以每念完这首诗,我就接着问祖父:

"今年咱们的樱桃树花开不开花?"

九

除了念诗之外,还很喜欢吃。

记得大门洞子东边那家是养猪的,一个大猪在前边走,一群小猪跟在后边。有一天一个小猪掉井了,人们用抬土的筐子把小猪从井吊了上来。吊上来,那小猪早已死了。井口旁边围了很多人看热闹,祖父和我也在旁边看热闹。

那小猪一被打上来,祖父就说他要那小猪。

祖父把那小猪抱到家里,用黄泥裹起来,放在灶坑里烧上了,烧好了给我吃。

我站在炕沿旁边,那整个的小猪,就摆在我的眼前,祖父把那小猪一撕开,立刻就冒了油,真香,我从来没有吃过那么香的东西,从来没有吃过那么好吃的东西。

第二次,又有一只鸭子掉井了,祖父也用黄泥包起来,烧上给我吃了。

在祖父烧的时候,我也帮着忙,帮着祖父搅黄泥,一边喊着,一边叫着,好像拉拉队似的给祖父助兴。

鸭子比小猪更好吃,那肉是不怎样肥的。所以我最喜欢吃鸭子。

我吃,祖父在旁边看着。祖父不吃。等我吃完了,祖父才吃。他说我的牙齿小,怕我咬不动,先让我选嫩的吃,我吃剩了的他才吃。

祖父看我每咽下去一口,他就点一下头,而且高兴地说:

"这小东西真馋,"或是"这小东西吃得真快。"

我的手满是油,随吃随在大襟上擦着,祖父看了也并不生气,只是说:

"快蘸点盐吧,快蘸点韭菜花吧,空口吃不好,等会要反胃的……"

说着就捏几个盐粒放在我手上拿着的鸭子肉上。我一张嘴又进肚去了。

祖父越称赞我能吃,我越吃得多。祖父看看不好了,怕我吃多了。让我停下,我才停下来。我明明白白的是吃不下去了,可是我嘴里还说着:

"一个鸭子还不够呢!"

自此吃鸭子的印象非常之深,等了好久,鸭子再不掉到井里,我看井沿有一群鸭子,我拿了秫秆就往井里边赶,可是鸭子不进去,围着井口转,而呱呱地叫着。我就招呼了在旁边看热闹的小孩子,我说:

"帮我赶哪!"

正在吵吵叫叫的时候,祖父奔到了,祖父说:

"你在干什么?"

我说:

"赶鸭子,鸭子掉井,捞出来好烧吃。"

祖父说:

"不用赶了,爷爷抓个鸭子给你烧着。"

我不听他的话,我还是追在鸭子的后边跑着。

祖父上前来把我拦住了,抱在怀里,一面给我擦着汗一面说:

"跟爷爷回家,抓个鸭子烧上。"

我想:不掉井的鸭子,抓都抓不住,可怎么能规规矩矩贴起黄泥来让烧呢? 于是我从祖父的身上往下挣扎着,喊着:

"我要掉井的! 我要掉井的!"

祖父几乎抱不住我了。

第 四 章

一

一到了夏天,蒿草长没大人的腰了,长没我的头顶了,黄狗进去,连个影也看不见了。

夜里一刮起风来,蒿草就刷拉刷拉地响着,因为满院子都是蒿草,所以那响声就特别大,成群结队的就响起来了。

下了雨,那蒿草的梢上都冒着烟,雨本来下得不很大,若一看那蒿草,好像那雨下得特别大似的。

下了毛毛雨,那蒿草上就迷漫得朦朦胧胧的,像是已经来了大雾,或者像是要变天了,好像是下了霜的早晨,混混沌沌的,在蒸腾着白烟。

刮风和下雨,这院子是很荒凉的了。就是晴天,多大的太阳照在上空,这院子也一样是荒凉的。没有什么显眼耀目的装饰,没有人工设置过的一点痕迹,什么都是任其自然,愿意东,就东,愿意西,就西。若是纯然能够做到这样,倒也保存了原始的风景。但不对的,这算什么风景? 东边堆着一堆朽木头,西边扔着一片乱柴火。左门旁排着一大片旧砖头,右门边晒着一片沙泥土。

沙泥土是厨子拿来搭炉灶的,搭好了炉灶的泥土就扔在门边了。若问他还有什么用处吗,我想他也不知道,不过忘了就是了。

至于那砖头可不知道是干什么的,已经放了很久了,风吹日晒,下了雨被雨浇。反正砖头是不怕雨的,浇浇又碍什么事。那么就浇着去吧,没人管它。其实也正不必管它,凑巧炉灶或是炕洞子坏了,那就用得着它了。就在眼前,伸手就来,用着多么方便。但是炉灶就总不常坏,炕洞子修的也比较结实。不知哪里找的这样好的工人,一修上炕洞子就是一年,头一年八月修上,不到第二年八月是不坏的,就是到了第二年八月,也得泥水匠来,砖瓦匠来用铁刀一块一块地把砖砍着搬下来。所以那门前的一堆砖头似乎是一年也没有多大的用处。三年两年的还是在那里摆着。大概总是越摆越少,东家拿去一块垫花盆,西家搬去一块又是做什么。不然若是越摆越多,那可就糟了。岂不是慢慢地会把房门封起来的吗？

其实门前的那砖头是越来越少的。不用人工,任其自然,过了三年两载也就没有了。

可是目前还是有的。就和那堆泥土同时在晒着太阳,它陪伴着它,它陪伴着它。

除了这个,还有打碎了的大缸扔在墙边上,大缸旁边还有一个破了口的坛子陪着它蹲在那里。坛子底上没有什么,只积了半坛雨水,用手攀着坛子边一摇动,那水里边有很多活物,会上下地跑,似鱼非鱼,似虫非虫,我不认识。再看那勉强站着的,几乎是站不住了的已经被打碎了的大缸,那缸里边可是什么也没有。其实不能够说那是"里边",本来这缸已经破了肚子。谈不到什么"里边""外边"了。就简称"缸磔"吧！在这缸磔上什么也没有,光滑可爱,用手一拍还会发响。小时候就总喜欢到旁边去搬一搬,一搬就不得了了,在这缸磔的下边有无数的潮虫。吓得赶快就跑。跑得很远地站在那里回头看着,看了一回,那潮虫乱跑一阵又回到那缸磔的下边去了。

这缸磔为什么不扔掉呢？大概就是专养潮虫。

和这缸磔相对着,还扣着一个猪槽子,那猪槽子已经腐朽了,不知扣了多少年了。槽子底上长了不少的蘑菇,黑森森的,那是些小蘑；看样子,大概吃不得,不知长着做什么。

靠着槽子的旁边就睡着一柄生锈的铁犁头。

说也奇怪,我家里的东西都是成对的,成双的。没有单个的。

砖头晒太阳,就有泥土来陪着。有破坛子,就有破大缸。有猪槽子就有铁犁头。像是它们都配了对,结了婚。而且各自都有新生命送到世界上来。比方缸子里的似鱼非鱼,大缸下边的潮虫,猪槽子上的蘑菇等等。

不知为什么,这铁犁头,却看不出什么新生命来,而是全体腐烂下去了。什么也不生,什么也不长,全体黄澄澄的。用手一触就往下掉末,虽然它本质是铁的,但沦落到今天,就完全像黄泥做的了,就像要瘫了的样子。比起它的同伴那木槽子来,真是远差千里,惭愧惭愧。这犁头假若是人的话,一定要流泪大哭:"我的体质比你们都好哇,怎么今天衰弱到这个样子?"

它不但它自己衰弱,发黄,一下了雨,它那满身的黄色的色素,还跟着雨水流到别人的身上去。那猪槽子的半边已经被染黄了。

那黄色的水流,一直流得很远,是凡它所经过的那条土地,都被它染得焦黄。

二

我家是荒凉的。

一进大门,靠着大门洞子的东壁是三间破房子,靠着大门洞子的西壁仍是三间破房子。再加上一个大门洞,看起来是七间连着串,外表上似乎是很威武的,房子都很高大,架着很粗的木头的房架。柁头是很粗的,一个小孩抱不过来。都一律是瓦房盖,房脊上还有透龙的用瓦做的花,迎着太阳看去,是很好看的。房脊的两梢上,一边有一个鸽子,大概也是瓦做的。终年不动,停在那里。这房子的外表,似乎不坏。

但我看它内容空虚。

两边的三间,自家用装粮食的,粮食没有多少,耗子可是成群了。

粮食仓子底下让耗子咬出洞来,耗子的全家在吃着粮食。耗子在下边吃,麻雀在上边吃。全屋都是土腥气。窗子坏了,用板钉起来,门也坏了,每一开就颤抖抖的。

靠着门洞子西壁的三间房,是租给一家养猪的。那屋里屋外没有别的,都是猪了。大猪小猪,猪槽子,猪粮食。来往的人也都是猪贩子,连房子带人,都弄得气味非常之坏。

说来那家也并没有养了多少猪,也不过十个八个的。每当黄昏的时候,那叫猪的声音远近得闻。打着猪槽子,敲着圈棚。叫了几声,停了一停。声音有高有低,在黄昏的庄严的空气里好像是说他家的生活是非常寂寞的。

除了这一连串的七间房子之外,还有六间破房子,三间破草房,三间碾磨房。

三间碾磨房一起租给那家养猪的了,因为它靠近那家养猪的。

三间破草房是在院子的西南角上,这房子它单独的跑得那么远,孤伶伶的,毛头毛脚的,歪歪斜斜的站在那里。

房顶的草上长着青苔,远看去,一片绿,很是好看。下了雨,房顶上就出蘑菇,人们就上房采蘑菇,就好像上山去采蘑菇一样,一采采了很多。这样出蘑菇的房顶实在是很少有,我家的房子共有三十来间,其余的都不会出蘑菇,所以住在那房里的人一提着筐子上房去采蘑菇,全院子的人没有不羡慕的,都说:

"这蘑菇是新鲜的,可不比那干蘑菇,若是杀一个小鸡炒上,那真好吃极了。"

"蘑菇炒豆腐,嗳,真鲜!"

"雨后的蘑菇嫩过了仔鸡。"

"蘑菇炒鸡,吃蘑菇而不吃鸡。"

"蘑菇下面,吃汤而忘了面。"

"吃了这蘑菇,不忘了姓才怪的。"

"清蒸蘑菇加姜丝,能吃八碗小米子干饭。"

"你不要小看了这蘑菇,这是意外之财!"

同院住的那些羡慕的人,都恨自己为什么不住在那草房里。若早知道租了房子连蘑菇都一起租来了,就非租那房子不可。天下哪有这样的好事,租房子还带蘑菇的。于是感慨唏嘘,相叹不已。

再说站在房间上正在采着的,在多少只眼目之中,真是一种光荣的工作。于是也就慢慢地采,本来一袋烟的工夫就可以采完,但是要延长到半顿饭的工夫。同时故意选了几个大的,从房顶上骄傲地抛下来,同时说:

"你们看吧,你们见过这样干净的蘑菇吗?除了是这个房顶,哪个房顶能够长出这样的好蘑菇来。"

那在下面的,根本看不清房顶到底那蘑菇全部多大,以为一律是这样大的,于是就更增加了无限的惊异。赶快弯下腰去拾起来,拿到家里,晚饭的时候,卖豆腐的来,破费二百钱捡点豆腐,把蘑菇烧上。

可是那在房顶上的因为骄傲,忘记了那房顶有许多地方是不结实的,已经露了洞了,一不加小心就把脚掉下去了,把脚往外一拔,脚上的鞋子不见了。

鞋子从房顶落下去,一直就落在锅里,锅里正是翻开的滚水,鞋子就在滚水里边煮上了。锅边漏粉的人越看越有意思,越觉得好玩,那一只鞋子在开水里滚着,翻着,还从鞋底上滚下一些泥浆来,弄得漏下去的粉条都黄忽忽的了。

可是他们还不把鞋子从锅拿出来,他们说,反正这粉条是卖的,也不是自己吃。

这房顶虽然产蘑菇,但是不能够避雨。一下起雨来,全屋就像小水罐似的。摸摸这个是湿的,摸摸那个是湿的。

好在这里边住的都是些个粗人。

有一个歪鼻瞪眼的名叫"铁子"的孩子。他整天手里拿着一柄铁锹,在一个长槽子里边往下切着,切些个什么呢?初到这屋子里来的人是看不清的,因为热气腾腾的这屋里不知都在做些个什么。细一看,才能看出来他切的是马铃薯。槽子里都是马铃薯。

这草房是租给一家开粉房的。漏粉的人都是些粗人,没有好鞋袜,没有好行李,一个一个的和小猪差不多,住在这房子里边是很相当的,好房子让他们一住也怕是住坏了。何况每一下雨还有蘑菇吃。

这粉房里的人吃蘑菇,总是蘑菇和粉配在一道,蘑菇炒粉,蘑菇炖粉,蘑菇煮粉。没有汤的叫做"炒",有汤的叫做"煮",汤少一点的叫做"炖"。

他们做好了,常常还端着一大碗米送给祖父。等那歪鼻瞪眼的孩子一走了,祖父就说:

"这吃不得,若吃到有毒的就吃死了。"

但那粉房里的人,从来没吃死过,天天里边唱着歌,漏着粉。

粉房的门前搭了几丈高的架子,亮晶晶的白粉,好像瀑布似的挂在上边。

他们一边挂着粉,也是一边唱着的。等粉条晒干了,他们一边收着粉,也是一边地唱着。那唱不是从工作所得到的愉快,好像含着眼泪在笑似的。

逆来顺受,你说我的生命可惜,我自己却不在乎。你看着很危险,我却自己以为得意。不得意怎么样?人生是苦多乐少。

那粉房里的歌声,就像一朵红花开在了墙头上。越鲜明,就越觉得荒凉。

> 正月十五正月正,
> 家家户户挂红灯。
> 人家的丈夫团圆聚,
> 孟姜女的丈夫去修长城。

只要是一个晴天,粉丝一挂起来了,这歌音就听得见的。因为那破草房是在西南角上,所以那声音比较的辽远。偶尔也有装腔女人的音调在唱"五更天"。

那草房实在是不行了,每下一次大雨,那草房北头就要多加一只支柱,那支柱已经有七八只之多了,但是房子还是天天的往北边歪。越歪越厉害,我一看了就害怕,怕从那旁边一过,恰好那房子倒了下来,压在我身上。那房子实在是不像样子了,窗子本来是四方的,都歪斜得变成菱形的了。门也歪斜得关不上了。墙上的大柁就像要掉下来似的,向一边跳出来了。房脊上的正梁一天一天的往北走,已经拔了榫,脱离别人的牵掣,而它自己单独行动起来了。那些钉在房脊上的椽杆子,能够跟着它跑的,就跟着它一顺水地往北边跑下去了;不能够跟着它跑的,就挣断了钉子,而垂下头来,向着粉房里的人们的头垂下来,因为另一头是压在檐外,所以不能够掉下来,只是滴里郎当地垂着。

我一次进粉房去,想要看一看漏粉到底是怎样漏法。但是不敢细看,我很怕那椽子头掉下来打了我。

一刮起风来,这房子就喳喳的山响,大柁响,马梁响,门框、窗框响。

一下了雨,又是喳喳的响。

不刮风,不下雨,夜里也是会响的,因为夜深人静了,万物齐鸣,何况这本来就会响的房子,哪能不响呢。

以它响得最厉害。别的东西的响,是因为倾心去听它,就是听得到的,也是极幽渺的,不十分可靠的。也许是因为一个人的耳鸣而引起来的错觉,比方猫、狗、虫子之类的响叫,那是因为他们是生物的缘故。

可曾有人听过夜里房子会叫的,谁家的房子会叫,叫得好像个活物似的,嚓嚓的,带着无限的重量。往往会把睡在这房子里的人叫醒。

被叫醒了的人,翻了一个身说:

"房子又走了。"

真是活神活现,听他说了这话,好像房子要搬了场似的。

房子都要搬场了,为什么睡在里边的人还不起来,他是不起来的,他翻了个身又睡了。

住在这里边的人,对于房子就要倒的这会事,毫不加戒心,好像他们已经有了血族的关系,是非常信靠的。

似乎这房一旦倒了,也不会压到他们,就像是压到了,也不会压死的,绝对地没有生命的危险。这些人的过度的自信,不知从哪里来的,也许住在那房子里边的人都是用铁铸的,而不是肉长的。再不然就是他们都是敢死队,生命置之度外了。

若不然为什么这么勇敢？生死不怕。

若说他们是生死不怕，那也是不对的，比方那晒粉条的人，从杆子上往下摘粉条的时候，那杆子掉下来了，就吓他一哆嗦。粉条打碎了，他还没有敲打着。他把粉条收起来，他还看着那杆子，他思索起来，他说：

"莫不是……"

他越想越奇怪，怎么粉打碎了，而人没打着呢。他把那杆子扶了上去，远远地站在那里看着，用眼睛捉摸着。越捉摸越觉得可怕。

"唉呀！这要是落到头上呢。"

那真是不堪想象了。于是他摸着自己的头顶，他觉得万幸万幸，下回该加小心。

本来那杆子还没有房椽子那么粗，可是他一看见，他就害怕，每次他再晒粉条的时候，他都是躲着那杆子，连在它旁边走也不敢走。总是用眼睛溜着它，过了很多日才算把这回事忘了。

若下雨打雷的时候，他就把灯灭了，他们说雷扑火，怕雷劈着。

他们过河的时候，抛两个铜板到河里去，传说河是馋的，常常淹死人的，把铜板一摆到河里，河神高兴了，就不会把他们淹死了。

这证明住在这嚓嚓响着的草房里的他们，也是很胆小的，也和一般人一样是颤颤惊惊地活在这世界上。

那么这房子既然要塌了，他们为么不怕呢？

据卖馒头的老赵头说：

"他们要的就是这个要倒的么！"

据粉房里的那个歪鼻瞪眼的孩子说：

"这是住房子啊，也不是娶媳妇要她周周正正。"

据同院住的周家的两位少年绅士说：

"这房子对于他们那等粗人，就再合适也没有了。"

据我家的有二伯说：

"是他们贪图便宜，好房子呼兰城里有的多，为啥他们不搬家呢？好房子人家要房钱的呀，不像是咱们家这房子，一年送来十斤二十斤的干粉就完事，等于白住。你二伯是没有家眷，若不我也找这样房子去住。"

有二伯说的也许有点对。

祖父早就想拆了那座房子的，是因为他们几次的全体挽留才留下来的。

至于这个房子将来倒兴不倒,或是发生什么幸与不幸,大家都以为这太远了,不必想了。

三

我家的院子是很荒凉的。

那边住着几个漏粉的,那边住着几个养猪的。养猪的那厢房里还住着一个拉磨的。

那拉磨的,夜里打着梆子通夜的打。

养猪的那一家有几个闲散杂人,常常聚在一起唱着秦腔,拉着胡琴。

西南角上那漏粉的则欢喜在晴天里边唱一个《叹五更》。

他们虽然是拉胡琴、打梆子、叹五更,但是并不是繁华的,并不是一往直前的,并不是他们看见了光明,或是希望着光明,这些都不是的。

他们看不见什么是光明的,甚至于根本也不知道,就像太阳照在了瞎子的头上了,瞎子也看不见太阳,但瞎子却感到实在是温暖了。

他们就是这类人,他们不知道光明在哪里,可是他们实实在在地感得到寒凉就在他们的身上,他们想击退了寒凉,因此而来了悲哀。

他们被父母生下来,没有什么希望,只希望吃饱了,穿暖了,但也吃不饱,也穿不暖。

逆来的,顺受了。

顺来的事情,却一辈子也没有。

磨房里那打梆子的,夜里常常是越打越响,他越打得激烈,人们越说那声音凄凉。因为他单单的响音,没有同调。

四

我家的院子是很荒凉的。

粉房旁边的那小偏房里,还住着一家赶车的,那家喜欢跳大神,常常就打起鼓来,喝喝咧咧唱起来了。鼓声往往打到半夜才止,那说仙道鬼的,大神和二神的一对一答。苍凉,幽渺,真不知今世何世。

那家的老太太终年生病,跳大神都是为她跳的。

那家是这院子顶丰富的一家,老少三辈。家风是干净利落,为人谨慎,兄友弟恭,父慈子爱。家里绝对的没有闲散杂人。绝对不像那粉房和那磨房,说唱就唱,说哭就哭。他家永久是安安静静的。跳大神不算。

那终年生病的老太太是祖母,她有两个儿子,大儿子是赶车的,二儿子也是赶车的。一个儿子都有一个媳妇。大儿媳妇胖胖的,年已五十了。二儿媳妇瘦瘦的,年已四十了。

除了这些,老太太还有两个孙儿,大孙儿是二儿子的。二孙儿是大儿子的。

因此他家里稍稍有点不睦,那两个媳妇妯娌之间,稍稍有点不合适,不过也不很明朗化。只是你我之间各自晓得。做嫂子的总觉得兄弟媳妇对她有些不驯,或者就因为她的儿子大的缘故吧。兄弟媳妇就总觉得嫂子是想压她,凭什么想压人呢?自己的儿子小。没有媳妇指使着,看了别人还眼气。

老太太有了两个儿子,两个孙子,认为十分满意了。人手整齐,将来的家业,还不会兴旺的吗?就不用说别的,就说赶大车这把力气也是够用的。看看谁家的车上是爷四个,拿鞭子的,坐在车后尾巴上的都是姓胡,没有外姓。在家一盆火,出外父子兵。

所以老太太虽然是终年病着,但很乐观,也就是跳一跳大神什么的解一解心疑也就算了。她觉得就是死了,也是心安理得的了,何况还活着,还能够看得见儿子们的忙忙碌碌。

媳妇们对于她也很好的,总是隔长不短的张罗着给她花几个钱跳一跳大神。

每一次跳神的时候,老太太总是坐在炕里,靠着枕头,挣扎着坐了起来,向那些来看热闹的姑娘媳妇们讲:

"这回是我大媳妇给我张罗的。"或是"这回是我二媳妇给我张罗的。"

她说的时候非常得意,说着说着就坐不住了。她患的是瘫病,就赶快招媳妇们来把她放下了。放下了还要喘一袋烟的工夫。

看热闹的人,没有一个不说老太太慈祥的,没有一个不说媳妇孝顺的。

所以每一跳大神,远远近近的人都来了,东院西院的,还有前街后街的也都来了。

只是不能够预先订座,来得早的就有凳子、炕沿坐。来得晚的,就得站着了。

一时这胡家的孝顺,居于领导的地位,风传一时,成为妇女们的楷模。

不但妇女,就是男人也得说:

"老胡家人旺,将来财也必旺。"

"天时、地利、人和,最要紧的还是人和。人和了,天时不好也好了。地利不利也利了。"

"将来看着吧,今天人家赶大车的,再过五年看,不是二等户,也是三等户。"

我家的有二伯说:

"你看着吧,过不了几年人家就骡马成群了。别看如今人家就一辆车。"

他家的大儿媳妇和二儿媳妇的不睦,虽然没有新的发展,可也总没有消灭。

大孙子媳妇通红的脸,又能干,又温顺。人长得不肥不瘦,不高不矮,说起话来,声音不大不小。正合适配到他们这样的人家。

车回来了,牵着马就到井边去饮水。车马一出去了,就喂草。看她那长样可并不是做这类粗活人,可是做起事来并不弱于人,比起男人来,也差不了许多。

放下了外边的事情不说,再说屋里的,也样样拿得起来,剪、裁、缝、补,做哪样像哪样,他家里虽然没有什么绫、罗、绸、缎可做的,就说粗布衣也要做个四六见线,平平板板,一到过年的时候,无管怎样忙,也要偷空给奶奶婆婆,自己的婆婆,大娘婆婆,各人做一双花鞋。虽然没有什么好的鞋面,就说青水布的,也要做个精致。虽然没有丝线,就用棉花线,但那颜色却配得水灵灵地新鲜。

奶奶婆婆的那双绣的是桃红的大瓣莲花。大娘婆婆的那双绣的是牡丹花。婆婆的那双绣的是素素雅雅的绿叶兰。

这孙子媳妇回了娘家,娘家的人一问她婆家怎样,她说都好都好,将来非发财不可。大伯公是怎样的兢兢业业,公公是怎样的吃苦耐劳。奶奶婆婆也好,大娘婆婆也好。凡是婆家的无一不好。完全顺心,这样的婆家实在难找。

虽然她的丈夫也打过她,但她说,哪个男人不打女人呢?于是也心满意足地并不以为那是缺陷了。

她把绣好的花鞋送给奶奶婆婆,她看她绣了那么一手好花,她感到了对这孙子媳妇有无限的惭愧,觉得这样一手好针线,每天让她喂猪打狗的,真是难为了她了。奶奶婆婆把手伸出来,把那鞋接过来,真是不知如何说好,只是轻轻地托着那鞋,苍白的脸孔,笑盈盈地点着头。

这是这样好的一个大孙子媳妇。二孙子媳妇也订好了,只是二孙子还太小,一时不能娶过来。

她家的两个妯娌之间的磨擦,都是为了这没有娶过来的媳妇,她自己的婆婆的主张把她接过来,做团圆媳妇,婶婆婆就不主张接来,说她太小不能干活,只能白吃饭,有什么好处。

争执了许多,来与不来,还没有决定。等下回给老太太跳大神的时候,顺便问一问大仙家再说吧。

五

我家是荒凉的。

天还未明,鸡先叫了;后边磨房里那梆子声还没有停止,天就发白了。天一发白,乌鸦群就来了。

我睡在祖父旁边,祖父一醒,我就让祖父念诗,祖父就念:

"春眠不觉晓,处处闻啼鸟。

夜来风雨声,花落知多少?"

"春天睡觉不知不觉地就睡醒了,醒了一听,处处有鸟叫着,回想昨夜的风雨,可不知道今早花落了多少。"

是每念必讲的,这是我的约请。

祖父正在讲着诗,我家的老厨子就起来了。

他咳嗽着,听得出来,他担着水桶到井边去挑水去了。

井口离得我家的住房很远,他摇着井绳哗拉拉地响,日里是听不见的,可是在清晨,就听得分外地清明。

老厨子挑完了水,家里还没有人起来。

听得见老厨子刷锅的声音刷拉拉地响。老厨子刷完了锅,烧了一锅洗脸水了,家里还没有人起来。

我和祖父念诗,一直念到太阳出来。

祖父说:

"起来吧。"

"再念一首。"

祖父说:

"再念一首可得起来了。"

于是再念一首,一念完了,我又赖起来不算了,说再念一首。

每天早晨都是这样纠缠不清地闹。等一开了门,到院子去。院子里边已经是万道金光了,大太阳晒在头上都滚热的了,太阳两丈高了。

祖父到鸡架那里去放鸡,我也跟在那里,祖父到鸭架那里去放鸭,我也跟在后边。

我跟着祖父,大黄狗在后边跟着我。我跳着,大黄狗摇着尾巴。

大黄狗的头像盆那么大,又胖又圆,我总想要当一匹小马来骑它。祖父说骑不得。

但是大黄狗是喜欢我的,我是爱大黄狗的。

鸡从架里出来了,鸭子从架里出来了,它们抖擞着毛,一出来就连跑带叫的,吵的声音很大。

祖父撒着通红的高粱粒在地上,又撒了金黄的谷粒子在地上。

于是鸡啄食的声音,咯咯地响成群了。

喂完了鸡,往天空一看,太阳已经三丈高了。

我和祖父回到屋里,摆上小桌,祖父吃一碗饭米汤,浇白糖,我则不吃,我要吃烧包米;祖父领着我,到后园去,趟着露水去到包米丛中为我擗一穗包米来。

擗来了包米,袜子、鞋,都湿了。

祖父让老厨子把包米给我烧上,等包米烧好了,我已经吃了两碗以上的饭米汤浇白糖了。包米拿来,我吃了一两个粒,就说不好吃,因为我已吃饱了。

于是我手里拿烧包米就到院子去喂大黄去了。

"大黄"就是大黄狗的名字。

街上,在墙头外面,各种叫卖声音都有了,卖豆腐的,卖馒头的,卖青菜的。

卖青菜的喊着,茄子、黄瓜、荚豆和小葱子。

一挑喊着过去了,又来了一挑;这一挑不喊茄子、黄瓜,而喊着芹菜、韭菜、白菜……

街上虽然热闹起来了,而我家里则仍是静悄悄的。

满院子蒿草,草里面叫着虫子。破东西,东一件西一样的扔着。

看起来似乎是因为清早,我家才冷静,其实不然的,是因为我家的房子多,院子大,人少的缘故。

哪怕就是到了正午,也仍是静悄悄的。

每到秋天,在蒿草的当中,也往往开了蓼花,所以引来了不少的蜻蜓和蝴蝶在那荒凉的一片蒿草上闹着。这样一来,不但不觉得繁华,反而更显得荒凉寂寞。

第 五 章

一

我玩的时候,除了在后花园里,有祖父陪着,其余的玩法,就只有我自己了。

我自己在房檐下搭了个小布棚,玩着玩着就睡在那布棚里了。

我家的窗子是可以摘下来的,摘下来直立着是立不住的,就靠着墙斜立着,正好立出一个小斜坡来,我称这小斜坡叫"小屋",我也常常睡到这小屋里边去了。

我家满院子是蒿草,蒿草上飞着许多蜻蜓,那蜻蜓是为着红蓼花而来的。可是我偏偏喜欢捉它,捉累了就躺在蒿草里边睡着了。

蒿草里边长着一丛一丛的天星星,好像山葡萄似的,是很好吃的。

我在蒿草里边搜索着吃,吃困了,就睡在天星星秧子的旁边了。

蒿草是很厚的,我躺在上边好像是我的褥子,蒿草是很高的,它给我遮着荫凉。

有一天,我就正在蒿草里边做着梦,那是下午晚饭之前,太阳偏西的时候。大概我睡得不太着实,我似乎听到了什么地方有不少的人讲着话,说说笑笑,似乎是很热闹。但到底发生了什么事情,却听不清,只觉得在西南角上,或者是院里,或者是院外。到底是院里院外,那就不大清楚了。反正是有几个人在一起嚷嚷着。

我似睡非睡地听了一会就又听不见了。大概我已经睡着了。

等我睡醒了,回到屋里去,老厨子第一个就告诉我:

"老胡家的团圆媳妇来啦,你还不知道,快吃了饭去看吧!"

老厨子今天特别忙,手里端着一盘黄瓜菜往屋里走,因为跟我指手划脚地一讲话,差一点没把菜碟子掉在地上,只把黄瓜丝打翻了。

我一走进祖父的屋去,只有祖父一个人坐在饭桌前面,桌子上边的饭菜都摆好了,却没有人吃,母亲和父亲都没有来吃饭,有二伯也没有来吃饭。祖父一看见我,祖父就问我:

"那团圆媳妇好不好?"

大概祖父以为我是去看团圆媳妇回来的。我说我不知道,我在草棵里边吃天星星来的。

祖父说:

"你妈他们都去看团圆媳妇去了,就是那个跳大神的老胡家。"

祖父说着就招呼老厨子,让他把黄瓜菜快点拿来。

醋拌黄瓜丝,上边浇着辣椒油,红的红,绿的绿,一定是那老厨子又重切了一盘的,那盘我眼看着撒在地上了。

祖父一看黄瓜菜也来了,祖父说:

"快吃吧,吃了饭好看团圆媳妇去。"

老厨子站在旁边,用围裙在擦着他满脸的汗珠,他每一说话就眨巴眼睛,从嘴里往外喷着唾沫星。他说:

"那看团圆媳妇的人才多呢!粮米铺的二老婆,带着孩子也去了。后院的小麻子也去了,西院老杨家也来了不少的人,都是从墙头上跳过来的。"

他说他在井沿上打水看见的。

经他这一喧惑,我说:

"爷爷,我不吃饭了,我要看团圆媳妇去。"

祖父一定让我吃饭,他说吃了饭他带我去。我急得一顿饭也没有吃好。我从来没有看过团圆媳妇,我以为团圆媳妇不知道多么好看呢!越想越觉得一定是很好看的,越着急也越觉得是非特别好看不可。不然,为什么大家都去看呢。不然,为什么母亲也不回来吃饭呢。

越想越着急,一定是很好看的节目都看过。若现在就去,还多少得见一点,若再去晚了,怕是就来不及了。我就催促着祖父。

"快吃,快吃,爷爷快吃吧。"

那老厨子还在旁边乱讲乱说,祖父间或问他一两句。

我看那老厨子打扰祖父吃饭,我就不让那老厨子说话。那老厨子不听,还是笑嘻嘻地说。我就下地把老厨子硬推出去了。

祖父还没有吃完,老周家的周三奶又来了,是她说她的公鸡总是往我这边跑,她是来捉公鸡的。公鸡已经捉到了,她还不走,她还扒着玻璃窗子跟祖父讲话,她说:

"老胡家那小团圆媳妇过来,你老爷子还没去看看吗?那看的人才多呢,我还没去呢,吃了饭就去。"

祖父也说吃了饭就去,可是祖父的饭总也吃不完。一会要点辣椒油,一会要点咸盐面的。我看不但我着急,就是那老厨子也急得不得了了。头上直冒着汗,眼睛直眨巴。

祖父一放下饭碗,连点一袋烟我也不让他点,拉着他就往西南墙角那边走。

一边走,一边心里后悔,眼看着一些看热闹的人都回来了。为什么一定要等祖父呢?不会一个人早就跑着来吗?何况又觉得我躺在草棵子里就已经听见这边有了动静了。真是越想越后悔,这事情都闹了一个下半天了,一定是好看的都过去了,一定是来晚了。白来了,什么也看不见了,在草棵子听到了这边说笑,为什么不就立刻跑来看呢?越想越后悔。自己和自己生气,等到了老胡家的窗前,一听,果然连一点声音也没有了。差一点没有气哭了。

等真的进屋一看,全然不是那么一回事,母亲,周三奶奶,还有些个不认的人,都在那里,与我想象的完全不一样,没有什么好看的,团圆媳妇在哪儿?我也看不见,经人家指指点点的,我才看见了。不是什么媳妇,而是一个小姑娘。

我一看就没有兴趣了,拉着爷爷就向外边走,说:

"爷爷回家吧。"

等第二天早晨她出来倒洗脸水的时候,我看见她了。

她的头发又黑又长,梳着很大的辫子,普通姑娘们的辫子都是到腰间那么长,而她的辫子竟快到膝间了。她脸长得黑忽忽的,笑呵呵的。

院子里的人,看过老胡家的团圆媳妇之后,没有什么不满意的地方。不过都说太大方了,不像个团圆媳妇了。

周三奶奶说:

"见人一点也不知道羞。"

隔院的杨老太太说:

"那才不怕羞呢!头一天来到婆家,吃饭就吃三碗。"

周三奶奶又说:

"哟哟!我可没见过,别说还是一个团圆媳妇,就说一进门就姓了人家的姓,也得头两天看看人家的脸色。哟哟!那么大的姑娘。她今年十几岁啦?"

"听说十四岁么!"

"十四岁会长得那么高,一定是瞒岁数。"

"可别说呀！也有早长的。"

"可是他们家可怎么睡呢？"

"可不是，老少三辈，就三铺小炕……"

这是杨老太太扒在墙头上和周三奶奶讲的。

至于我家里，母亲也说那团圆媳妇不像个团圆媳妇。

老厨子说：

"没见过，大模大样的，两个眼睛骨碌骨碌地转。"

有二伯说：

"介（这）年头是啥年头呢，团圆媳妇也不像个团圆媳妇了。"

只是祖父什么也不说，我问祖父：

"那团圆媳妇好不好？"

祖父说：

"怪好的。"

于是我也觉得怪好的。

她天天牵马到井边上去饮水，我看见她好几回，中间没有什么人介绍，她看看我就笑了，我看看她也笑了。我问她十几岁？她说：

"十二岁。"

我说不对。

"你十四岁的，人家都说你十四岁。"

她说：

"他们看我长得高，说十二岁怕人家笑话，让我说十四岁的。"

我不知道，为什么长得高还让人家笑话，我问她：

"你到我们草棵子里去玩好吧！"

她说：

"我不去，他们不让。"

二

过了没有几天，那家就打起团圆媳妇来了，打得特别厉害，那叫声无管多远都可以听得见。

这全院子都是没有小孩子的人家，从没有听到过谁家在哭叫。

邻居左右因此又都议论起来，说早就该打的，哪有那样的团圆媳妇一点也不害羞,坐到那儿坐得笔直,走起路来,走得风快。

她的婆婆在井边上饮马,和周三奶奶说:

"给她一个下马威。你听着吧,我回去我还得打她呢,这小团圆媳妇才厉害呢!没见过,你拧她大腿,她咬你;再不然,她就说她回家。"

从此以后,我家的院子里,天天有哭声,哭声很大,一边哭,一边叫。

祖父到老胡家去说了几回,让他们不要打她了;说小孩子,知道什么,有点差错教导教导也就行了。

后来越打越厉害了,不分昼夜,我睡到半夜醒来和祖父念诗的时候,念着念着就听西南角上哭叫起来了。

我问祖父:

"是不是那小团圆媳妇哭?"

祖父怕我害怕,说:

"不是,是院外的人家。"

我问祖父:

"半夜哭什么?"

祖父说:

"别管那个,念诗吧。"

清早醒了,正在念"春眠不觉晓"的时候,那西南角上的哭声又来了。

一直哭了很久,到了冬天,这哭声才算没有了。

三

虽然不哭了,那西南角上又夜夜跳起大神来,打着鼓,叮咣叮咣地响;大神唱一句,二神唱一句,因为是夜里,听得特别清晰,一句半句的我都记住了。

什么"小灵花呀",甚么"胡家让她去出马呀"。

差不多每天大神都唱些个这个。

早晨起来,我就模拟着唱:

"小灵花呀,胡家让她去出马呀……"

而且叮叮咣,叮叮咣的,用声音模拟着打打鼓。

"小灵花"就是小姑娘;"胡家"就是胡仙;"胡仙"就是狐狸精;"出马"就是当跳大神的。

大神差不多跳了一个冬天,把那小团圆媳妇就跳出毛病来了。

那小团圆媳妇,有点黄,没有夏天她刚一来的时候,那么黑了。不过还是笑呵呵的。

祖父带着我到那家去串门,那小团圆媳妇还过来给祖父装了一袋烟。

她看见我,也还偷着笑,大概她怕她婆婆看见,所以没和我说话。

她的辫子还是很大的。她的婆婆说她有病了,跳神给她赶鬼。

等祖父临出来的时候,她的婆婆跟出来了,小声跟祖父说:

"这团圆媳妇,怕是要不好,是个胡仙旁边的,胡仙要她去出马……"

祖父想要让他们搬家。但呼兰河这地方有个规矩,春天是二月搬家,秋天是八月搬家。一过了二八月就不是搬家的时候了。

我们每当半夜让跳神惊醒的时候,祖父就说:

"明年二月就让他们搬了。"

我听祖父说了好几次这样的话。

当我模拟着大神喝喝咧咧地唱着"小灵花"的时候,祖父也说那同样的话,明年二月让他们搬家。

四

可是在这期间,院子的西南角上就越闹越厉害。请一个大神,请好几个二神,鼓声连天地响。

说那小团圆媳妇若再去让她出马,她的命就难保了,所以请了不少的二神来,设法从大神那里把她要回来。

于是有许多人给他家出了主意,人哪能够见死不救呢?于是凡有善心的人都帮起忙来。他说他有一个偏方,她说她有一个邪令。

有的主张给她扎一个谷草人,到南大坑去烧了。

有的主张到扎彩铺去扎一个纸人,叫做"替身",把它烧了或者可以替了她。

有的主张给她画上花脸,把大神请到家里,让那大神看了,嫌她太丑,也许就不捉她当弟子了,就可以不必出马了。

周三奶奶则主张给她吃一个全毛的鸡,连毛带腿地吃下去,选一个星星出全的夜,吃了用被子把人蒙起来,让她出一身大汗。蒙到第二天早晨鸡叫,再把她从被子放出来。她吃了鸡,她又出了汗,她的魂灵里边因此就永远有一个鸡存在着,神鬼和胡仙黄仙就都不敢上她的身了。传说鬼是怕鸡的。

据周三奶奶说,她的曾祖母就是被胡仙抓住过的,闹了整整三年,差一点没死,最后就是用这个方法治好的。因此一生不再闹别的病了。她半夜里正做一个恶梦,她正吓得要命,她魂灵里边的那个鸡,就帮了她的忙,只叫了一声,恶梦就醒了。她一辈子没生过病。说也奇怪,就是到死,也死得不凡,她死那年已经是八十二岁了。八十二岁还能够拿着花线绣花,正给她小孙子绣花兜肚嘴。绣着绣着,就有点困了,她坐在木凳上,背靠着门扇就打一个盹。这一打盹就死了。

别人就问周三奶奶:

"你看见了吗?"

她说:

"可不是……你听我说呀,死了三天三夜按都按不倒。后来没办法,给她打着一口棺材也是坐着的,把她放在棺材里,那脸色是红朴朴的,还和活着的一样……"

别人问她:

"你看见了吗?"

她说:

"哟哟!你这问的可怪,传话传话,一辈子谁能看见多少,不都是传话传的吗!"

她有点不大高兴了。

再说西院的杨老太太,她也有个偏方,她说黄连二两,猪肉半斤,把黄连和猪肉都切碎了,用瓦片来焙,焙好了,压成面,用红纸包成五包包起来。每次吃一包,专治惊风,掉魂。

这个方法,倒也简单。虽然团圆媳妇害的病可不是惊风,掉魂,似乎有点药不对症。但也无妨试一试,好在只是二两黄连,半斤猪肉。何况呼兰河这个地方,又常有卖便宜猪肉的。虽说那猪肉怕是瘟猪,有点靠不住。但那是治病,也不是吃,又有什么关系。

"去,买上半斤来,给她治一治。"

旁边有着赞成的说:

"反正治不好也治不坏。"

她的婆婆也说:

"反正死马当活马治吧!"

于是团圆媳妇先吃了半斤猪肉加二两黄连。

这药是婆婆亲手给她焙的。可是切猪肉是他家的大孙子媳妇给切的。那猪肉虽然是连紫带青的,但中间毕竟有一块是很红的,大孙子媳妇就偷着把这块给留下来了,因为她想,奶奶婆婆不是四五个月没有买到一点荤腥了吗?于是她就给奶奶婆婆偷着下了一碗面疙瘩汤吃了。

奶奶婆婆问:

"可哪儿来的肉?"

大孙子媳妇说:

"你老人家吃就吃吧,反正是孙子媳妇给你做的。"

那团圆媳妇的婆婆是在灶坑里边搭起瓦来给她焙药。一边焙着,一边说:

"这可是半斤猪肉,一条不缺……"

越焙,那猪肉的味越香,有一匹小猫嗅到了香味而来了,想要在那已经焙好了的肉干上攫一爪,它刚一伸爪,团圆媳妇的婆婆一边用手打着那猫,一边说:

"这也是你动得爪的吗!你这馋嘴巴,人家这是治病呵,是半斤猪肉,你也想要吃一口?你若吃了这口,人家的病可治不好了。一个人活活地要死在你身上,你这不知好歹的。这整整半斤肉,不多不少。"

药焙好了,压碎了就冲着水给团圆媳妇吃了。

一天吃两包,才吃了一天,第二天早晨,药还没有再吃,还有三包压在灶王爷板上,那些传偏方的人就又来了。

有的说,黄连可怎么能够吃得?黄连是大凉药,出虚汗像她这样的人,一吃黄连就要泄了元气,一个人要泄了元气那还得了吗?

又一个人说:

"那可吃不得呀!吃了过不去两天就要一命归阴的。"

团圆媳妇的婆婆说:

"那可怎么办呢?"

那个人就慌忙的问:

"吃了没有呢?"

团圆媳妇的婆婆刚一开口,就被他家的聪明的大孙子媳妇给遮过去了,说:

"没吃,没吃,还没吃。"

那个人说:

"既然没吃就不要紧,真是你老胡家有天福,吉星高照,你家差点没有摊了人命。"

于是他又给出了个偏方,这偏方,据他说已经不算是偏方了,就是东二道街上"李永春"药铺的先生也常常用这个方单,是一用就好的,百试,百灵。无管男、女、老、幼,一吃一个好。也无管什么病,头痛、脚痛、肚子痛、五脏六腑痛,跌、打、刀伤,生疮、生疔、生疖子……

无管什么病,药到病除。

这究竟是什么药呢?人们越听这药的效力大,就越想知道究竟是怎样的一种药。

他说:

"年老的人吃了,眼花缭乱,又恢复到了青春。"

"年轻的人吃了,力气之大,可以搬动泰山。"

"妇女吃了,不用胭脂粉,就可以面如桃花。"

"小孩子吃了,八岁可以拉弓,九岁可以射箭,十二岁可以考状元。"

开初,老胡家的全家,都为之惊动,到后来怎么越听越远了。本来老胡家一向是赶车拴马的人家,一向没有考状元。

大孙子媳妇,就让一些围观的闪开一点,她到梳头匣子里拿出一根画眉的柳条炭来。

她说:

"快请把药方开给我们吧,好到药铺去赶早去抓药。"

这个出药方的人,本是"李永春"药铺的厨子。三年前就离开了"李永春"那里了。三年前他和一个妇人吊膀子,那妇人背弃了他,还带走了他半生所积下的那点钱财,因此一气而成了个半疯。虽然是个半疯了,但他在"李永春"那里所记住的药名字还没有全然忘记。

他是不会写字的,他就用嘴说:

"车前子二钱,当归二钱,生地二钱,藏红花二钱。川贝母二钱,白术二钱,远志二钱,紫河车二钱……"

他说着说着似乎就想不起来了,急得头顶一冒汗,张口就说红糖二斤,就算完了。

说完了,他就和人家讨酒喝。

"有酒没有,给两盅喝喝。"

这半疯,全呼兰河的人都晓得,只有老胡家不知道。因为老胡家是外来户,所以受了他的骗了。家里没有酒,就给了他两吊钱的酒钱。那个药方是根本不能够用的,是他随意胡说了一阵的结果。

团圆媳妇的病,一天比一天严重,据他家里的人说,夜里睡觉,她要忽然坐起来的。看了她会害怕的。她的眼睛里边老是充满了眼泪。这团圆媳妇大概非出马不可了。若不让她出马,大概人要好不了的。

这种传说,一传出来,东邻西邻的,又都去建了议,都说哪能够见死不救呢?

有的说,让她出马就算了。有的说,还是不出马的好。年轻轻的就出马,这一辈子可得什么才能够到个头。

她的婆婆则是绝对不赞成出马的,她说:

"大家可不要错猜了,以为我订这媳妇的时候花了几个钱,我不让她出马,好像我舍不得这几个钱似的。我也是那么想,一个小小的人出了马,这一辈子可什么时候才到个头。"

于是大家就都主张不出马的好,想偏方的,请大神的,各种人才齐聚,东说东的好,西说西的好。于是来了一个"抽帖儿的"。

他说他不远千里而来,他是从乡下赶到的。他听城里的老胡家有一个团圆媳妇新接来不久就病了。经过多少名医,经过多少仙家也治不好,他特地赶来看看,万一要用得着,救一个人命也是好的。

这样一说,十分使人感激。于是让到屋里,坐在奶奶婆婆的炕沿上。给他倒一杯水,给他装一袋烟。

大孙子媳妇先过来说:

"我家的弟妹,年本十二岁,因为她长得太高,就说她十四岁。又说又笑,百病皆无。自接到我们家里就一天一天的黄瘦。到近来就水不想喝,饭不想吃,睡觉的时候睁着眼睛,一惊一乍的。什么偏方都吃过了,什么香火也都烧过了。就是百般地不好……"

大孙子媳妇还没有说完,大娘婆婆就接着说:

"她来到我家,我没给她气受,哪家的团圆媳妇不受气,一天打八顿,骂三场。可是我也打过她,那是我要给她一个下马威。我只打了她一个多月,虽然说我打得狠了一点,可是不狠哪能够规矩出一个好人来。我也是不愿意狠打她的,打得连喊带叫的,我是为她着想,不打得狠一点,她是不能够中用的。有几回,我是把她吊在大梁上,让她叔公公用皮鞭子狠狠地抽了她几回,打得是着点狠了,打昏过去了。可是只昏了一袋烟的工夫,就用冷水把她浇过来了。是打狠了一点,全身也都打青了,也还出了点血。可是立刻就打了鸡蛋青子给她擦上了。也没有肿得怎样高,也就是十天半月地就好了。这孩子,嘴也是特别硬,我一打她,她就说她要回家。我就问她:'哪儿是你的家?这儿不就是你的家吗?'她可就偏不这样说。她说回她的家。我一听就更生气。人在气头上还管得了这个那个,因此我也用烧红过的烙铁烙过她的脚心。谁知道来,也许是我把她打掉了魂啦,也许是我把她吓掉了魂啦,她一说她要回家,我不用打她,我就说看你回家,我用索练子把你锁起来。她就吓得直叫。大仙家也过了,说是要她出马。一个团圆媳妇的花费也不少呢,你看她八岁我订下她的,一订就是八两银子,年年又是头绳钱,鞋面钱的,到如今又用火车把她从辽阳接来,这一路的盘费。到了这儿,就是今天请神,明天看香火,几天吃偏方。若是越吃越好,那还罢了。可是百般地不见好,将来谁知道来……到结果……"

不远千里而来的这位抽帖儿的,端庄严肃,风尘仆仆,穿的是蓝袍大衫,罩着棉袄。头上戴的是长耳四喜帽。使人一见了就要尊之为师。

所以奶奶婆婆也说:

"快给我二孙子媳妇抽一个帖吧,看看她的命理如何。"

那抽帖儿的一看,这家人家真是诚心诚意,于是他就把皮耳帽子从头上摘下来了。

一摘下帽子来,别人都看得见,这人头顶上梳着发卷,戴着道帽。一看就知道他可不是市井上一般的平凡的人。别人正想要问,还不等开口,他就说他是某山上的道人,他下山来是为的奔向山东的泰山去,谁知路出波折,缺少盘程,就流落在这呼兰河的左右,已经不下半年之久了。

人家问他,既是道人,为什么不穿道人的衣裳。他回答说:

"你们哪里晓得,世间三百六十行,各有各的苦。这地方的警察特别厉害,他一看穿了道人的衣裳,他就说三问四。他们那些叛道的人,无理可讲,说抓就抓,说拿就拿。"

他还有一个别号,叫云游真人,他说一提云游真人,远近皆知。无管什么病痛或是吉凶,若一抽了他的帖儿,则生死存亡就算定了。他说他的帖法,是张天师所传。

他的帖儿并不多，只有四个，他从衣裳的口袋里一个一个地往外摸，摸出一帖来是用红纸包着，再一帖还是红纸包着，摸到第四帖也都是红纸包着。

他说帖下也没有字，也没有影。里边只包着一包药面，一包红，一包绿，一包蓝，一包黄。抽着黄的就是黄金富贵，抽着红的就是红颜不老。抽到绿的就不大好了，绿色的是鬼火。抽到蓝的也不大好，蓝的就是铁脸蓝青，张天师说过，铁脸蓝青，不死也得见阎王。

那抽帖的人念完了一套，就让病人的亲人伸出手来抽。

团圆媳妇的婆婆想，这倒也简单、容易，她想赶快抽一帖出来看看，命定是死是活，多半也可以看出来个大概。不曾想，刚一伸出手去，那云游真人就说：

"每帖十吊钱，抽着蓝的，若嫌不好，还可以再抽，每帖十吊……"

团圆媳妇的婆婆一听，这才恍然大悟，原来这可不是白抽的，十吊钱一张可不是玩的，一吊钱捡豆腐可以捡二十块。三天捡一块豆腐，二十块，二三得六，六十天都有豆腐吃。若是隔十天捡一块，一个月捡三块，那就半年都不缺豆腐吃了。她又想，三天一块豆腐，哪有这么浪费的人家。依着她一个月捡一块大家尝尝也就是了，那么办，二十块豆腐，每月一块，可以吃二十个月，这二十个月，就是年半还多两个月。

若不是买豆腐，若养一口小肥猪，经心地喂着它，喂得胖胖的，喂到五六个月，那就是多少钱哪！喂到一年，那就是千八百吊了……

再说就是不买猪，买鸡也好，十吊钱的鸡，就是十来个，一年的鸡，第二年就可以下蛋，一个蛋，多少钱！就说不卖鸡蛋，就说拿鸡蛋换青菜吧，一个鸡蛋换来的青菜，够老少三辈吃一天的了……何况鸡会生蛋，蛋还会生鸡，永远这样循环地生下去，岂不有无数的鸡，无数的蛋了吗？岂不发了财吗？

但她可并不是这么想，她想够吃也就算了，够穿也就算了。一辈子俭俭朴朴，多多少少积储了一点也就够了。她虽然是爱钱，若说让她发财，她可绝对的不敢。

那是多么多呀！数也数不过来了。记也记不住了。假若是鸡生了蛋，蛋生了鸡，来回地不断的生，这将成个什么局面，鸡岂不和蚂蚁一样多了吗？看了就要眼花，眼花就要头痛。

这团圆媳妇婆婆，从前也养过鸡，就是养了十吊钱的。她也不多养，她也不少养。十吊钱的就是她最理想的。十吊钱买了十二个小鸡仔，她想：这就正好了，再多怕丢了，再少又不够十吊钱的。

在她一买这刚出蛋壳的小鸡子的时候,她就挨着个看,这样的不要,那样的不要。黑爪的不要,花膀的不要,脑门上带点的又不要。她说她亲娘就是会看鸡,那真是养了一辈子鸡呀!年年养,可也不多养。可是一辈子针啦,线啦,没有缺过,一年到头糜花过钱,都是拿鸡蛋换的。人家那眼睛真是认货,什么样的鸡短命,什么样的鸡长寿,一看就跑不了她老人家的眼睛的。就说这样的鸡下蛋大,那样的鸡下蛋小,她都一看就在心里了。

她一边买着鸡,她就一边怨恨着自己没有用,想当年为什么不跟母亲好好学学呢!唉!年青的人哪里会虑后事。她一边买着,就一边感叹。她虽然对这小鸡仔的选择上边,也下了万分的心思,可以说是选无可选了。那卖鸡子的人一共有二百多小鸡,她通通地选过了,但究竟她所选了的,是否都是顶优秀的,这一点,她自己也始终把握不定。

她养鸡,是养得很经心的,她怕猫吃了,怕耗子咬了。她一看那小鸡,白天一打盹,她就给驱着苍蝇,怕苍蝇把小鸡咬醒了,她让它多睡一会,她怕小鸡睡眠不足,小鸡的腿上,若让蚊子咬了一块疤,她一发现了,她就立刻泡了艾蒿水来给小鸡来擦。她说若不及早的擦呀,那将来是公鸡,就要长不大,是母鸡就要下小蛋。小鸡蛋一个换两块豆腐,大鸡蛋换三块豆腐。

这是母鸡。再说公鸡,公鸡是一刀菜,谁家杀鸡不想杀胖的。小公鸡是不好卖的。

等她的小鸡,略微长大了一点,能够出了屋了,能够在院子里自己去找食吃去的时候,她就把它们给染了六匹红的,六匹绿的。都是在脑门上。

至于把颜色染在什么地方,那就先得看邻居家的都染在什么地方,而后才能够决定。邻居家的小鸡把色染在膀梢上,那她就染在脑门上。邻居家的若染在了脑门上,那她就要染在肚囊上。大家切不要都染在一个地方,染在一个地方可怎么能够识别呢?你家的跑到我家来,我家的跑到你家去,那么岂不又要混乱了吗?

小鸡上染了颜色是十分好看的,红脑门的,绿脑门的,好像它们都戴了花帽子。好像不是养的小鸡,好像养的是小孩似的。

这团圆媳妇的婆婆从前她养鸡的时候就说过:

"养鸡可比养小孩更娇贵,谁家的孩子还不就是扔在旁边他自己长大的,蚊子咬咬,臭虫咬咬,那怕什么的,哪家的孩子的身上没有个疤拉疖子的。没有疤拉疖子的孩子都不好养活,都要短命的。"

据她说，她一辈子的孩子并不多，就是这一个儿子，虽然说稀少，可是也没有娇养过。到如今那身上的疤也有二十多块。

她说：

"不信，脱了衣裳给大家伙看看……那孩子那身上的疤拉，真是多大的都有，碗口大的也有一块。真不是说，我对孩子真没有娇养过。除了他自个儿跌的摔的不说，就说我用劈柴棒子打的也落了好几个疤。养活孩子可不是养活鸡鸭的呀！养活小鸡，你不好好养它，它不下蛋。一个蛋，大的换三块豆腐，小的换两块豆腐，是闹玩的吗？可不是闹着玩的。"

有一次，她的儿子踏死了一个小鸡仔，她打了她儿子三天三夜，她说：

"我为什么不打他呢？一个鸡子就是三块豆腐，鸡仔是鸡蛋变的呀！要想变一个鸡仔，就非一个鸡蛋不行，半个鸡蛋能行吗？不但半个鸡蛋不行，就是差一点也不行，坏鸡蛋不行，陈鸡蛋不行。一个鸡要一个鸡蛋，那么一个鸡不就是三块豆腐是什么呢？眼睁睁地把三块豆腐放在脚底踩了，这该多大的罪，不打他，哪儿能够不打呢？我越想越生气，我想起来就打，无管黑夜白日，我打了他三天。后来打出一场病来，半夜三更的，睡得好好的说哭就哭。可是我也没有当他是一回子事，我就拿饭勺子敲着门框，给他叫了叫魂。没理他也就好了。"

她这有多少年没养鸡了，自从订了这团圆媳妇，把积存下的那点针头线脑的钱都花上了。这还不说，还得每年头绳钱啦，腿带钱的托人捎去，一年一个空，这几年来就紧得不得了。想养几个鸡，都狠心没有养。

现在这抽帖的云游真人坐在她的眼前，一帖又是十吊钱。若是先不提钱，先让她把帖抽了，哪管抽完了再要钱呢，那也总算是没有花钱就抽了帖的。可是偏偏不先，那抽帖的人，帖还没让抽，就是提到了十吊钱。

所以那团圆媳妇的婆婆觉得，一伸手，十吊钱，一张口，十吊钱。这不是眼看着钱往外飞吗？

这不是飞，这是干什么，一点声响也没有，一点影子也看不见。还不比过河，往河里扔钱，往河里扔钱，还听一个响呢，还打起一个水泡呢。这是什么代价也没有的，好比自己发了昏，把钱丢了，好比遇了强盗，活活地把钱抢去了。

团圆媳妇的婆婆，差一点没因为心内的激愤而流了眼泪。她一想十吊钱一帖，这哪里是抽帖，这是抽钱。

于是她把伸出去的手缩回来了。她赶快跑到脸盆那里去，把手洗了，这可不是闹笑话的,这是十吊钱哪！她洗完了手又跪在灶王爷那里祷告了一翻。祷告完了才能够抽帖的。

她第一帖就抽了个绿的,绿的不大好,绿的就是鬼火。她再抽一抽,这一帖就更坏了,原来就是那最坏的,不死也得见阎王的里边包着蓝色粉的那张帖。

团圆媳妇的婆婆一见两帖都坏,本该抱头大哭,但是她没有那么的。自从团圆媳妇病重了,说长的、道短的、说死的、说活的,样样都有。又加上已经左次右番的请胡仙、跳大神、闹神闹鬼,已经使她见过不少的世面了。说活虽然高兴,说出见阎王也不怎样悲哀,似乎一时也总像见不了的样子。

于是她就问那云游真人,两帖抽的都不好。是否可以想一个方法可以破一破？云游真人就说了：

"拿笔拿墨来。"

她家本也没有笔,大孙子媳妇就跑到大门洞子旁边那粮米铺去借去了。

粮米铺的山东女老板,就用山东腔问她：

"你家做啥？"

大孙子媳妇说：

"给弟妹画病。"

女老板又说：

"你家的弟妹,这一病就可不浅,到如今好了点没？"

大孙子媳妇本想端着砚台,拿着笔就跑,可是人家关心,怎好不答,于是去了好几袋烟的工夫,还不见回来。

等她抱了砚台回来的时候,那云游真人,已经把红纸都撕好了。于是拿起笔来,在他撕好的四块红纸上,一块上边写了一个大字,那红纸条也不过半寸宽,一寸长。他写的那字大得都要从红纸的四边飞出来了。

这四个字,他家本没有识字的人,灶王爷上的对联还是求人写的。一模一样,好像一母所生,也许写的就是一个字。大孙子媳妇看看不认识,奶奶婆婆看看也不认识。虽然不认识,大概这个字一定也坏不了,不然,就用这个字怎么能破开一个人不见阎王呢？于是都一齐点头称好。

那云游真人又命拿浆糊来。她们家终年不用浆糊,浆糊多么贵,白面十多吊钱一斤。都是用黄米饭粒来黏鞋面的。

大孙子媳妇到锅里去铲了一块黄黏米饭来。云游真人,就用饭粒贴在红纸上了。于是掀开团圆媳妇蒙在头上的破棉袄,让她拿出手来,一个手心上给她贴一张。又让她脱了袜子,一只脚心上给她贴上一张。

云游真人一见,脚心上有一大片白色的疤痕,他一想就是方才她婆婆所说的用烙铁给她烙的。可是他假装不知,问说:

"这脚心可是生过什么病症吗?"

团圆媳妇的婆婆连忙就接过来说:

"我方才不是说过吗,是我用烙铁给她烙的。哪里会见过的呢?走道像飞似的,打她,她记不住,我就给她烙一烙。好在也没什么,小孩子肉皮活,也就是十天半月的下不来地,过后也就好了。"

那云游真人想了一想,好像要吓唬她一下,就说这脚心的疤,虽然是贴了红帖,也怕贴不住,阎王爷是什么都看得见的,这疤怕是就给阎王爷以特殊的记号,有点不大好办。

云游真人说完了,看一看她们怕不怕,好像是不怎样怕。于是他就说得严重一些:

"这疤不掉,阎王爷在三天之内就能够找到她,一找到她,就要把她活捉了去的。刚才的那帖是再准也没有的了,这红帖也绝没有用处。"

他如此的吓唬着她们,似乎她们从奶奶婆婆到孙子媳妇都不大怕。那云游真人,连想也没有想,于是开口就说:

"阎王爷不但要捉团圆媳妇去,还要捉了团圆媳妇的婆婆去,现世现报,拿烙铁烙脚心,这不是虐待,这是什么,婆婆虐待媳妇,做婆婆的死了下油锅,老胡家的婆婆虐待媳妇……"

他就越说越声大,似乎要喊了起来,好像他是专打抱不平的好汉,而变了他原来的态度了。

一说到这里,老胡家的老少三辈都害怕了,毛骨悚然,以为她家里又是撞进来了什么恶魔。而最害怕的是团圆媳妇的婆婆,吓得乱哆嗦,这是多么骇人听闻的事情,虐待媳妇世界上能有这样的事情吗?

于是团圆媳妇的婆婆赶快跪下了,面向着那云游真人,眼泪一对一双地往下落:

"这都是我一辈子没有积德,有孽遭到儿女的身上,我哀告真人,请真人诚心的给我化散化散,借了真人的灵法,让我的媳妇死里逃生吧。"

那云游真人立刻就不说见阎王了,说她的媳妇一定见不了阎王,因为他还有一个办法一办就好的;说来这法子也简单得很,就是让团圆媳妇把袜子再脱下来,用笔在那疤痕上一画,阎王爷就看不见了。当场就脱下袜子来在脚心上画了。一边画着还嘴里嘟嘟地念着咒语。这一画不知费了多大力气,旁边看着的人倒觉十分地容易,可是那云游真人却冒了满头的汗,他故意的咬牙切齿,皱面瞪眼。这一画也并不是容易的事情,好像他在上刀山似的。

画完了,把钱一算,抽了两帖二十吊。写了四个红纸贴在脚心手心上,每帖五吊是半价出售的,一共是四五等于二十吊。外加这一画,这一画本来是十吊钱,现在就给打个对折吧,就算五吊钱一只脚心,一共画了两只脚心,又是十吊。

二十吊加二十吊,再加十吊。一共是五十吊。

云游真人拿了这五十吊钱乐乐呵呵地走了。

团圆媳妇的婆婆,在她刚要抽帖的时候,一听每帖十吊钱,她就心痛得了不得,又要想用这钱养鸡,又要想用这钱养猪。等到现在五十吊钱拿出去了,她反而也不想鸡了,也不想养猪了。因为她想,来到临头,不给也是不行了。帖也抽了,字也写了,要想不给人家钱也是不可能的了。事到临头,还有什么办法呢?别说五十吊,就是一百吊钱也得算着吗?不给还行吗?

于是她心安理得地把五十吊钱给了人家了。这五十吊钱,是她秋天出城去在豆田里拾黄豆粒,一共拾了二升豆子卖了几十吊钱。在田上拾黄豆粒也不容易,一片大田,经过主人家的收割,还能够剩下多少豆粒呢?而况穷人聚了那么大的一群,孩子、女人、老太太……你抢我夺的,你争我打的。为了二升豆子就得在田上爬了半月二十天的,爬得腰酸腿疼。唉,为着这点豆子,那团圆媳妇的婆婆还到"李永春"药铺,去买过二两红花的。那就是因为在土上爬豆子的时候,有一棵豆秧刺了她的手指甲一下。她也没有在乎,把刺拔出来也就去他的了。该拾豆子还是拾豆子。就因此那指甲可就不知怎么样,睡了一夜那指甲就肿起来了,肿得和茄子似的。

这肿一肿又算什么呢?又不是皇上娘娘,说起来可真娇惯了,哪有一个人吃天靠天,而不生点天灾的?

闹了好几天,夜里痛得火喇喇地不能睡觉了。这才去买了二两红花来。

说起买红花来,是早就该买的,奶奶婆婆劝她买,她不买。大孙子媳妇劝她买,她也不买。她的儿子想用孝顺来征服他的母亲,他强硬地要去给她买,因此还挨了他妈的一烟袋锅子,这一烟袋锅子就把儿子的脑袋给打了鸡蛋大的一个包。

"你这小子,你不是败家吗?你妈还没死,你就作了主了。小兔崽子,我看着你再说买红花的!大兔崽子我看着你的。"

就这一边骂着,一边烟袋锅子就打下来了。

后来也到底还是买了,大概是惊动了东邻西舍,这家说说,那家讲讲的,若再不买点红花来,也太不好看了,让人家说老胡家的大儿媳妇,一年到头,就能够寻寻觅觅的积钱,钱一到她的手里,就好像掉了地缝了,一个钱也再不用想从她的手里拿出来。假若这样地说开去,也是不太好听,何况这拣来的豆子能卖好几十吊呢,花个三吊两吊的就花了吧。一咬牙,去买上二两红花来擦擦。

想虽然是这样想过了,但到底还没有决定,延持了好几天还没有"一咬牙"。

最后也毕竟是买了,她选择了一个顶严重的日子,就是她的手,不但一个指头,而是整个的手都肿起来了,那原来肿得像茄子的指头,现在更大了,已经和一个小冬瓜似的了。而且连手掌也无限度地胖了起来,胖得和张大簸箕似的。她多少年来,就嫌自己太瘦,她总说,太瘦的人没有福分。尤其是瘦手瘦脚的,一看就不带福相。尤其是精瘦的两只手,一伸出来和鸡爪似的,真是轻薄的样子。

现在她的手是胖了,但这样胖法,是不大舒服的。同时她也发了点热,她觉得眼睛和嘴都干,脸也发烧,身上也时冷时热,她就说:

"这手是要闹点事吗?这手……"

一清早起,她就这样地念了好几遍。那胖得和小簸箕似的手,是一动也不能动了,好像一匹大猫或者一个小孩的头似的,她把它放在枕头上和她一齐地躺着。

"这手是要闹点事的吧!"

当她的儿子来到她旁边的时候,她就这样说。

她的儿子一听她母亲的口气,就有些了解了。大概这回她是要买红花的了。

于是她的儿子跑到奶奶的面前,去商量着要给她母亲去买红花,她们家住的是南北对面的炕,那商量的话声,虽然不甚大,但是他的母亲是听到的了。听到了,也假装没有听到,好表示这买红花可到底不是她的意思,可并不是她的主使,她可没有让他们去买红花。

在北炕上,祖孙二人商量了一会,孙子说向她妈去要钱去。祖母说:

"拿你奶奶的钱先去买吧,你妈好了再还我。"

祖母故意把这句说得声音大一点,似乎故意让她的大儿媳妇听见。

大儿媳妇是不但这句话,就是全部的话也都瞭然在心了,不过装着不动就是了。

红花买回来了,儿子坐到母亲的旁边,儿子说:

"妈,你把红花酒擦上吧。"

母亲从枕头上转过脸儿来,似乎买红花这件事情,事先一点也不晓得,说:

"哟!这小鬼羔子,到底买了红花来……"

这回可并没有用烟袋锅子打,倒是安安静静地把手伸出来,让那浸了红花的酒,把一只胖手完全染上了。

这红花到底是二吊钱的,还有三吊钱的,若是二吊钱的倒给的不算少,若是三吊钱的,那可贵了一点。若是让她自己去买,她可绝对地不能买这么多,也不就是红花吗!红花就是红的就是了,治病不治病,谁晓得?也不过就是解解心疑就是了。

她想着想着,因为手上涂了酒觉得凉爽,就要睡一觉,又加上烧酒的气味香扑扑的,红花的气味药忽忽的。她觉得实在是舒服了不少。于是她一闭眼睛就做了一个梦。

这梦做的是她买了两块豆腐,这豆腐又白又大。是用什么钱买的呢?就是用买红花剩来的钱买的。因为在梦里边她梦见是她自己去买的红花。她自己也不买三吊钱的,也不买两吊钱的,是买了一吊钱的。在梦里边她还算着,不但今天有两块豆腐吃,哪天一高兴还有两块吃的!三吊钱才买了一吊钱的红花呀!

现在她一遭就拿了五十吊钱给了云游真人。若照她的想法来说,这五十吊钱可该买多少豆腐了呢?

但是她没有想,一方面因为团圆媳妇的病也实在病得缠绵,在她身上花钱也花得大手大脚的了。另一方面就是那云游真人的来势也过于猛了点,竟打起抱不平来,说她虐待团圆媳妇。还是赶快地给了他钱,让他滚蛋吧。

真是家里有病人是什么气都受得呵。团圆媳妇的婆婆左思右想,越想越是自己遭了无妄之灾,满心的冤屈,想骂又没有对象,想哭又哭不出来,想打也无处下手了。

那小团圆媳妇再打也就受不住了。

若是那小团圆媳妇刚来的时候,那就非先抓过她来打一顿再说。做婆婆的打了一只饭碗,也抓过来把小团圆媳妇打一顿。她丢了一根针也抓过来把小团圆媳妇打一顿。她跌了一个筋斗,把单裤膝盖的地方跌了一个洞,她也抓过来把小团圆媳妇打一顿。总之,她一不顺心,她就觉得她的手就想要打人。她打谁呢!谁能够让她打呢?于是就轮到小团圆媳妇了。

有娘的,她不能够打。她自己的儿子也舍不得打。打猫,她怕把猫打丢了。打狗,她怕把狗打跑了。打猪,怕猪掉了斤两。打鸡,怕鸡不下蛋。

惟独打这小团圆媳妇是一点毛病没有,她又不能跑掉,她又不能丢了。她又不会下蛋,反正也不是猪,打掉了一些斤两也不要紧,反正也不过秤。

可是这小团圆媳妇,一打也就吃不下饭去。吃不下饭去不要紧,多喝一点饭米汤好啦,反正饭米汤剩下也是要喂猪的。

可是这都成了已往的她光荣的日子了,那种自由的日子恐怕一时不会再来了。现在她不用说打,就连骂也不大骂她了。

现在她别的都不怕,她就怕她死,她心里总有一个阴影,她的小团圆媳妇可不要死了呵。

于是她碰到了多少的困难,她都克服了下去,她咬着牙根,她忍住眼泪,她要骂不能骂,她要打不能打。她要哭,她又止住了。无限的伤心,无限的悲哀,常常一齐会来到她的心中的。她想,也许是前生没有做了好事,此生找到她了。不然为什么连一个团圆媳妇的命都没有。她想一想,她一生没有做过恶事,面软、心慈,凡事都是自己吃亏,让着别人。虽然没有吃斋念佛,但是初一十五的素口也自幼就吃着。虽然不怎样拜庙烧香,但四月十八的庙会,也没有拉下过。娘娘庙前一把香,老爷庙前三个头。哪一年也都是烧香磕头的没有拉过"过场"。虽然是自小没有读过诗文,不认识字,但是"金刚经""灶王经"也会念上两套。虽然说不曾做过舍善的事情,没有补过路,没有修过桥,但是逢年过节,对那些讨饭的人,也常常给过他们剩汤剩饭的。虽然过日子不怎样俭省,但也没有多吃过一块豆腐。拍拍良心,对天对得起,对地也对得住。那为什么老天爷明明白白的却把祸根种在她身上?

她越想,她越心烦意乱。

"都是前生没有做了好事,今生才找到了。"

她一想到这里,她也就不再想了,反正事到临头,瞎想一阵又能怎样呢?

于是她自己劝着自己就又忍着眼泪,咬着牙根,把她那兢兢业业的,养猪喂狗所积下来的那点钱,又一吊一吊的,一五一十的,往外拿着。

东家说看着个香火,西家说吃个偏方。偏方、野药、大神、赶鬼、看香、扶乩,样样都已经试过。钱也不知花了多少,但是都不怎样见效。

那小团圆媳妇夜里说梦话,白天发烧。一说起梦话来,总是说她要回家。

"回家"这两个字,她的婆婆觉得最不祥,就怕她是阴间的花姐,阎王奶奶要把她叫了回去。于是就请了一个圆梦的。那圆梦的一圆,果然不错,"回家"就是回阴间地狱的意思。

所以那小团圆媳妇,做梦的时候,一梦到她的婆婆打她,或者是用梢子绳把她吊在房梁上了,或是梦见婆婆用烙铁烙她的脚心,或是梦见婆婆用针刺她的手指尖。一梦到这些,她就大哭大叫,而且嚷她要"回家"。

婆婆一听她嚷回家,就伸出手去在大腿上拧着她。日子久了,拧来,拧去,那小团圆媳妇的大腿被拧得像一个梅花鹿似的青一块、紫一块的了。

她是一份善心,怕是真的她回了阴间地狱,赶快地把她叫醒来。

可是小团圆媳妇睡得朦里朦胧的,她以为她的婆婆可又真的在打她了,于是她大叫着,从炕上翻身起来,就跳下地去,拉也拉不住她,按也按不住她。

她的力气大得惊人,她的声音喊得怕人。她的婆婆于是觉得更是见鬼了、着魔了。

不但她的婆婆,全家的人也都相信这孩子的身上一定有鬼。

谁听了能够不相信呢?半夜三更的喊着回家,一招呼醒了,她就跳下地去,瞪着眼睛,张着嘴,连哭带叫的,那力气比牛还大,那声音好像杀猪似的。

谁能够不相信呢?又加上她婆婆的渲染,说她眼珠子是绿的,好像两点鬼火似的,说她的喊声,是直声拉气的,不是人声。

所以一传出去,东邻西舍的,没有不相信的。

于是一些善人们,就觉得这小女孩子也实在让鬼给捉弄得可怜了。哪个孩儿是没有娘的,哪个人不是肉生肉长的。谁家不都是养老育小,……于是大动恻隐之心。东家二姨,西家三姑,她说她有奇方,她说她有妙法。

于是就又跳神赶鬼、看香、扶乩,老胡家闹得非常热闹。传为一时之盛。若有不去看跳神赶鬼的,竟被指为落伍。

因为老胡家跳神跳得花样翻新,是自古也没有这样跳的,打破了跳神的纪录,给跳神开了一个新纪元。若不去看看,耳目因此是会闭塞了的。

当地没有报纸,不能记录这桩盛事。若是患了半身不遂的人,患了瘫病的人,或是大病卧床不起的人,那真是一生的不幸,大家也都为他惋惜,怕是他此生也要孤陋寡闻,因为这样的隆重的盛举,他究竟不能够参加。

呼兰河这地方,到底是太闭塞,文化是不大有的。虽然当地的官、绅,认为已经满意了,而且请了一位满清的翰林,作了一首歌,歌曰:

溯呼兰天然森林,自古多奇材。

这首歌还配上了从东洋流来的乐谱,使当地的小学都唱着。这歌不止这两句这么短,不过只唱这两句就已经够好的了。所好的是使人听了能够引起一种自负的感情来,尤其当清明植树节的时候,几个小学堂的学生都排起队来在大街上游行,并唱着这首歌。使老百姓听了,也觉得呼兰河是个了不起的地方,一开口说话就"我们呼兰河";那在街道上捡粪蛋的孩子,手里提着粪耙子,他还说"我们呼兰河!"可不知道呼兰河给了他什么好处。也许那粪耙子就是呼兰河给了他的。

呼兰河这地方,尽管奇才很多,但到底太闭塞,竟不会办一张报纸。以至于把当地的奇闻妙事都没有记载,任它风散了。

老胡家跳大神,就实在跳得奇。用大缸给团圆媳妇洗澡,而且是当众就洗的。

这种奇闻盛举一经传了出来,大家都想去开开眼界,就是那些患了半身不遂的,患了瘫病的人,人们觉得他们瘫了倒没有什么,只是不能够前来看老胡家团圆媳妇大规模地洗澡,真是一生的不幸。

五

天一黄昏,老胡家就打起鼓来了。大缸,开水,公鸡,都预备好了。

公鸡抓来了,开水烧滚了,大缸摆好了。

看热闹的人,络绎不绝地来看。我和祖父也来了。

小团圆媳妇躺在炕上,黑忽忽的,笑呵呵的。我给她一个玻璃球,又给她一片碗碟,她说这碗碟很好看,她拿在眼睛前照一照。她说这玻璃球也很好玩,她用手指甲弹着。她看一看她的婆婆不在旁边,她就起来了,她想要坐起来在炕上弹这玻璃球。

还没有弹,她的婆婆就来了,就说:

"小不知好歹的,你又起来风什么?"

说着走近来,就用破棉袄把她蒙起来了,蒙得没头没脑的,连脸也露不出来。

我问祖父她为什么不让她玩?

祖父说:

"她有病。"

我说:

"她没有病,她好好的。"

于是我上去把棉袄给她掀开了。

掀开一看,她的眼睛早就睁着。她问我,她的婆婆走了没有,我说走了,于是她又起来了。

她一起来,她的婆婆又来了。又把她给蒙了起来说:

"也不怕人家笑话,病得跳神赶鬼,哪有的事情,说起来,就起来。"

这是她婆婆向她小声说的,等婆婆回过头去向着众人,就又那么说:

"她是一点也着不得凉的,一着凉就犯病。"

屋里屋外,越张罗越热闹了,小团圆媳妇跟我说:

"等一会你看吧,就要洗澡了。"

她说着的时候,好像说着别人地一样。

果然,不一会工夫就洗起澡来了,洗得吱哇乱叫。

大神打着鼓,命令她当众脱了衣裳。衣裳她是不肯脱的,她的婆婆抱住了她,还请了几个帮忙的人,就一齐上来,把她的衣裳撕掉了。

她本来是十二岁,却长得十五六岁那么高,所以一时看热闹的姑娘媳妇们,看了她。都难为情起来。

很快地小团圆媳妇就被抬进大缸去。大缸里满是热水,是滚熟的热水。

她在大缸里边,叫着、跳着,好像她要逃命似的狂喊。她的旁边站着三四个人从缸里搅起热水来往她的头上浇。不一会,浇得满脸通红,她再也不能够挣扎了,她安稳地在大缸里边站着,她再不往外边跳了,大概她觉得跳也跳不出来了。那大缸是很大的,她站在里边仅仅露着一个头。

我看了半天,到后来她连动也不动,哭也不哭,笑也不笑。满脸的汗珠,满脸通红,红得像一张红纸。

我跟祖父说:

"小团圆媳妇不叫了。"

我再往大缸里一看,小团圆媳妇没有了。她倒在大缸里了。

这时候,看热闹的人们,一声狂喊,都以为小团圆媳妇是死了,大家都跑过去拯救她,竟有心慈的人,流下眼泪来。

小团圆媳妇还活着的时候,她像要逃命似的。前一刻她还求救于人的时候,并没有一个人上前去帮忙她,把她从热水里解救出来。

现在她是什么也不知道了,什么也不要求了。可是一些人,偏要去救她。

把她从大缸里抬出来,给她浇一点冷水。这小团圆媳妇一昏过去,可把那些看热闹的人可怜得不得了,就是前一刻她还主张着"用热水浇哇!用热水浇哇!"的人,现在也心痛起来。怎能够不心痛呢,活蹦乱跳的孩子,一会工夫就死了。

小团圆媳妇摆在炕上,浑身像火炭那般热,东家的婶子,伸出一只手来,到她身上去摸一摸,西家大娘也伸出手来到她身上去摸一摸。

都说:

"哟哟,热得和火炭似的。"

有的说,水太热了一点,有的说,不应该往头上浇,大热的水,一浇哪有不昏的。

大家正在谈说之间,她的婆婆过来,赶快拉了一张破棉袄给她盖上了,说:

"赤身裸体羞不羞!"

小团圆媳妇怕羞不肯脱下衣裳来,她婆婆喊着号令给她撕下来了。现在她什么也不知道了,她没有感觉,婆婆反而替她着想了。

大神打了几阵鼓,二神向大神对了几阵话。看热闹的人,你望望他,他望望你。虽然不知道下文如何,这小团圆媳妇到底是死是活。但却没有白看一场热闹,到底是开了眼界,见了世面,总算是不无所得的。

有的竟觉得困了,问着别人,三道鼓是否加了横锣,说他要回家睡觉去了。

大神一看这场面不大好,怕是看热闹的人都要走了,就卖一点力气叫一叫座,于是痛打了一阵鼓,喷了几口酒在团圆媳妇的脸上,从腰里拿出银针来,刺着小团圆媳妇的手指尖。

不一会,小团圆媳妇就活转来了。

大神说,洗澡必得连洗三次,还有两次要洗的。

于是人心大为振奋,困的也不困了,要回家睡觉的也精神了。这来看热闹的,不下三十人,个个眼睛发亮,人人精神百倍。看吧,洗一次就昏过去了,洗两次又该怎样呢?洗上三次,那可就不堪想象了。所以看热闹的人的心里,都满怀奥秘。

果然的,小团圆媳妇一被抬到大缸里去,被热水一烫,就又大声地怪叫了起来,一边叫着一边还伸出手来把着缸沿想要跳出来。这时候,浇水的浇水,按头的按头,总算让大家压服又把她昏倒在缸底里了。

这次她被抬出来的时候,她的嘴里还往外吐着水。

于是一些善心的人,是没有不可怜这小女孩子的。东家的二姨,西家的三婶,就都一齐围拢过来,都去设法施救去了。

她们围拢过去,看看有没有死?(若还有气,那就不用救。若是死了,那就赶快浇凉水。)

若是有气,她自己就会活转来的。若是断了气,那就赶快施救,不然,怕她真的死了。

六

小团圆媳妇当晚被热水烫了三次,烫一次,昏一次。

闹到三更天才散了场。大神回家去睡觉去了。看热闹的人也都回家去睡觉去了。

星星月亮,出满了一天,冰天雪地正是个冬天。雪扫着墙根,风刮着窗棂。鸡在架里边睡觉,狗在窝里边睡觉,猪在栏里边睡觉,全呼兰河都睡着了。

只有远远的狗叫,那或许是从白旗屯传来的,或者是从呼兰河的南岸那柳条林子里的野狗的叫唤。总之,那声音是来得很远,那已经是呼兰河城以外的事情了。而呼兰河全城,就都一齐睡着了。

前半夜那跳神打鼓的事情一点也没有留下痕迹。那连哭带叫的小团圆媳妇,好像在这世界上她也并未曾哭过叫过,因为一点痕迹也并未留下。家家户户都是黑洞洞的,家家户户都睡得沉实实的。

团圆媳妇的婆婆也睡得打呼了。

因为三更已经过了,就要来到四更天了。

七

第二天小团圆媳妇昏昏沉沉地睡了一天,第三天,第四天,也都是昏昏沉沉地睡着,眼睛似睁非睁的,留着一条小缝,从小缝里边露着白眼珠。

家里的人,看了她那样子,都说,这孩子经过一番操持,怕是真魂就要附体了,真魂一附了体,病就好了。不但她的家里人这样说,就是邻人也都这样说。所以对于她这种不饮不食,似睡非睡的状态,不但不引以为忧,反而觉得应该庆幸。她昏睡了四五天,她家的人就快乐了四五天,她睡了六七天,她家的人就快乐了六七天。在这期间,绝对的没有使用偏方,也绝对的没有采用野药。

但是过了六七天,她还是不饮不食地昏睡,要好起来的现象一点也没有。

于是又找了大神来,大神这次不给她治了,说这团圆媳妇非出马当大神不可。

于是又采用了正式的赶鬼的方法,到扎彩铺去,扎了一个纸人,而后给纸人缝起布衣来穿上,——穿布衣裳为的是绝对的像真人——擦脂抹粉,手里提着花手巾,很是好看,穿了满身花洋布的衣裳,打扮成一个十七八岁的大姑娘。用人抬着,抬到南河沿旁边那大土坑去烧了。

这叫做烧"替身",据说把这"替身"一烧了,她可以替代真人,真人就可以不死。

烧"替身"的那天,团圆媳妇的婆婆为着表示虔诚,她还特意地请了几个吹鼓手,前边用人举着那扎彩人,后边跟着几个吹鼓手,鸣哇唢、鸣哇唢地向着南大土坑走去了。

那景况说热闹也很热闹,喇叭曲子吹的是句句双。说凄凉也很凄凉,前边一个扎彩人,后边三五个吹鼓手,出丧不像出丧,报庙不像报庙。

跑到大街上来看这热闹的人也不很多,因为天太冷了,探头探脑地跑出来的人一看,觉得没有什么可看的,就关上大门回去了。

所以就孤孤单单的,凄凄凉凉在大土坑那里把那扎彩人烧了。

团圆媳妇的婆婆一边烧着还一边后悔,若早知道没有什么看热闹的人,那又何必给这扎彩人穿上真衣裳。她想要从火堆中把衣裳抢出来,但又来不及了,就眼看着让它烧去了。这一套衣裳,一共花了一百多吊钱。于是她看着那衣裳的烧去,就像眼看着烧去了一百多吊钱。

她心里是又悔又恨,她简直忘了这是她的团圆媳妇烧替身,她本来打算念一套祷神告鬼的词句。她回来的时候,走在路上才想起来。但想起来也晚了,于是她自己感到大概要白白的烧了个替身,灵不灵谁晓得呢!

八

后来又听说那团圆媳妇的大辫子,睡了一夜觉就掉下来了。

就掉在枕头旁边,这可不知是怎么回事。

她的婆婆说这团圆媳妇一定是妖怪。

把那掉下来的辫子留着,谁来给谁看。

看那样子一定是什么人用剪刀给她剪下来的。但是她的婆婆偏说不是,就说,睡了一夜觉就自己掉下来了。

于是这奇闻又远近地传开去了。不但她的家人不愿意和妖怪在一起,就是同院住的人也都觉得太不好。

夜里关门关窗户的,一边关着于是就都说:

"老胡家那小团圆媳妇一定是个小妖怪。"

我家的老厨子是个多嘴的人,他和祖父讲老胡家的团圆媳妇又怎样怎样了。又出了新花头,辫子也掉了。

我说:

"不是的,是用剪刀剪的。"

老厨子看我小,他欺侮我,他用手指住了我的嘴。他说:

"你知道什么,那小团圆媳妇是个妖怪呀!"

我说:

"她不是妖怪,我偷着问她,她头发是怎么掉了的,她还跟我笑呢!她说她不知道。"

祖父说:"好好的孩子快让他们捉弄死了。"

过了些日子,老厨子又说:

"老胡家要'休妻'了,要'休'了那小妖怪。"

祖父以为老胡家那人家不大好。

祖父说:"二月让他搬家。把人家的孩子快捉弄死了,又不要了。"

九

还没有到二月,那黑忽忽的,笑呵呵的小团圆媳妇就死了。是一个大清早晨,老胡家的大儿子,那个黄脸大眼睛的车老板子就来了。一见了祖父,他就双手举在胸前作了一个揖。

祖父问他什么事?

他说:

"请老太爷施舍一块地方,好把小团圆媳妇埋上……"

祖父问他：

"什么时候死的？"

他说：

"我赶着车，天亮才到家。听说半夜就死。"

祖父答应了他，让他埋在城外的地边上。并且招呼有二伯来，让有二伯领着他们去。

有二伯临走的时候，老厨子也跟去了。

我说，我也要去，我也跟去看看，祖父百般地不肯。祖父说：

"咱们在家下压拍子打小雀吃……"

我于是就没有去。虽然没有去，但心里边总惦着有一回事。等有二伯也不回来，等那老厨子也不回来。等他们回来，我好听一听那情形到底怎样？

一点多钟，他们两个在人家喝了酒，吃了饭才回来的。前边走着老厨子，后边走着有二伯。好像两个胖鸭子似的，走也走不动了，又慢又得意。

走在前边的老厨子，眼珠通红，嘴唇发光。走在后边的有二伯，面红耳热，一直红到他脖子下边的那条大筋。

进到祖父屋来，一个说：

"酒菜真不错……"

一个说：

"……鸡蛋汤打得也热乎。"

关于埋葬团圆媳妇的经过，却先一字未提。好像他们两个是过年回来的，充满了欢天喜地的气象。

我问有二伯，那小团圆媳妇怎么死的，埋葬的情形如何。

有二伯说：

"你问这个干什么，人死还不如一只鸡……一伸腿就算完事……"

我问：

"有二伯，你多咱死呢？"

他说：

"你二伯死不了的……那家有万贯的，那活着享福的，越想长寿，就越活不长……上庙烧香，上山拜佛的也活不长。像你有二伯这条穷命，越老越结实。好比个石头疙瘩似的，哪儿死啦！俗语说得好，'有钱三尺寿，穷命活不够'。像二伯就是这穷命，穷命鬼阎王爷也看不上眼儿来的。"

到晚饭,老胡家又把有二伯他们二位请去了。又在那里喝的酒。因为他们帮了人家的忙,人家要酬谢他们。

十

老胡家的团圆媳妇死了不久,他家的大孙子媳妇就跟人跑了。

奶奶婆婆后来也死了。

他家的两个儿媳妇,一个为着那团圆媳妇瞎了一只眼睛。因为她天天哭,哭她那花在团圆媳妇身上的倾家荡产的五千多吊钱。

另外的一个因为她的儿媳妇跟着人家跑了,要把她羞辱死了,一天到晚的,不梳头,不洗脸地坐在锅台上抽着烟袋,有人从她旁边过去,她高兴的时候,她向人说:

"你家里的孩子、大人都好哇?"

她不高兴的时候,她就向着人脸,吐一口痰。

她变成一个半疯了。

老胡家从此不大被人记得了。

十一

我家的背后有一个龙王庙,庙的东角上有一座大桥。人们管这桥叫"东大桥"。

那桥下有些冤魂枉鬼,每当阴天下雨,从那桥上经过的人,往往听到鬼哭的声音。

据说,那团圆媳妇的灵魂,也来到了东大桥下。说她变了一只很大的白兔,隔三差五的就到桥下来哭。

有人问她哭什么?

她说她要回家。

那人若说:

"明天,我送你回去……"

那白兔子一听,拉过自己的大耳朵来,擦擦眼泪,就不见了。

若没有人理她,她就一哭,哭到鸡叫天明。

原载《中国新文学大系 1937—1949　第八集　长篇小说卷一》,
上海文艺出版社 1990 年版

茅盾《白杨礼赞》导读

 **作家简介**

  茅盾(1896—1981),作家、社会活动家。浙江桐乡人。原名沈德鸿,字雁冰,常用笔名有茅盾、玄珠、止敬、形天等。茅盾的父亲沈永锡是清末秀才,通晓中医,喜欢自然科学和进步的社会科学著作,属于具有开明思想的维新派人物。母亲陈爱珠也是一位有独立见识、性格坚强的妇女。茅盾10岁丧父,母亲是他的第一个启蒙老师。

  1909年,茅盾考入浙江湖州第三中学堂,插班二年级读书,1911年秋季转入嘉兴中学堂。辛亥革命爆发,茅盾热心地做起革命的义务宣传员来,并在学校里发动了抨击一个不得众望的学监的活动,为此被学校除名。于是,他便转入杭州安定中学学习,并在那里毕业。中学时代的生活,虽给茅盾以古典文学的修养,但在他的回忆里更多的却是陈旧的教育方式和令人窒息的生活内容,他几乎把课余时间都消磨在看小说上。

  1913年,茅盾考入北京大学预科。由于家庭经济的窘迫,毕业后便开始谋生。1916年8月,到上海商务印书馆工作。开始在英文部修改课卷、合作译书。这样,便有最初的翻译作品《衣食住》问世。很快,还参与《学生杂志》的编辑工作。1920年初,茅盾开始主持大型文学刊物《小说月报》"小说新潮栏"的编务工作。同年11月,茅盾接编并全面革新了《小说月报》;12月底,与郑振铎、王统照、叶绍钧、周作人等联系,并于1921年1月成立了"文学研究会"。这时的茅盾,主要从事文学理论的探讨、文学批评和外国文学的翻译工作;同时,积极参加社会革命活动,是中国共产党最早的党员之一。

  1927年9月,茅盾发表《幻灭》,至次年6月,又先后完成《动摇》《追求》——即《蚀》三部曲的创作。同年7月,离上海去东京,后迁京都。客居日本期间写有长短篇小说、散文、诗作,以及《神话杂论》《西洋文学通论》等著作、论文。1930年回国,并加入中国左翼作家联盟,一度担任"左联"执行书记。从此,茅盾和鲁迅在一起,从事革命文艺活动和社会斗争。1927年至1937年是茅盾创作的成熟和丰收的时期。其中《子夜》是大规模地描写20世纪30年代中国社会状貌的作品,被视为"中国第一部写实主义的成功的长篇小说"(瞿秋白语)。抗战初期,茅盾参加了《救亡日报》的工作,主编《呐喊》(后改名《烽火》)。上海沦陷后,辗转长沙、武汉、香港、广州等地。1938年3月,中华全国文艺界抗敌协会在汉口成立,茅盾当选为理事。

1948年6月,茅盾和香港各界爱国人士联名响应中共中央号召,吁请海内外同胞团结起来,促成新政治协商会议早日召开。7月,参与了《小说》月刊的编委工作,9月,主编在香港复刊的《文汇报·文艺周刊》。1949年2月,受中国共产党的邀请,茅盾夫妇到达和平解放后的北平,参加中国人民政治协商会议的筹备工作。7月,茅盾出席了中国文学艺术工作者代表大会,并在会上作了《在反动派压迫下斗争和发展的国统区文艺》的报告。会上,当选为中国文学艺术界联合会副主席和中国文学工作者协会(后改为中国作家协会)主席。中华人民共和国成立后,茅盾担任中央人民政府文化部部长职务,主编《人民文学》杂志,并有《鼓吹集》《鼓吹续集》《夜读偶记》《关于历史和历史剧》等著述。1981年3月27日,茅盾病逝于北京。人民文学出版社自1983年起陆续出版的40卷本《茅盾全集》,收录了他的全部文学著作。

 时代背景

20世纪30年代,日本帝国主义大举入侵中国。1937年,全面抗战爆发。在这中华民族生死存亡的紧急关头,国民党政府奉行"攘外必先安内"的政策,多次制造事端,发动反共高潮,并使日本帝国主义得以集中兵力向抗日根据地疯狂进攻。在这种情况下,中国共产党人没有气馁,他们努力克服艰苦的条件和恶劣的环境,领导人民进行抗战,成为民族解放战争的一支中坚力量。在困难的岁月里,建立了多个敌后根据地,通过施行民主集中制议政原则,使得老百姓获得更多的权益,生活得到一定程度的改善。

1939年3月,茅盾应友人之邀赴新疆从事文化教育活动。4月,新疆文化协会成立,被推举为会长。1940年,新疆的政治环境恶化,军阀盛世才反共面目日益显露,茅盾被迫于4月底离开新疆,途经兰州、西安,于5月末抵达延安。在延安期间,曾在鲁迅艺术文学院、陕甘宁边区文化协会讲学。在《中国文化》《大众文艺》等报刊撰文多篇。在革命圣地延安生活的半年时间,使他对根据地有了深刻的了解、体认。在回重庆后不久,饱含激情写下了《白杨礼赞》这篇著名的散文。

文章写于1941年3月,作者曾写道:"《白杨礼赞》非取材于一地或一时,乃在西北高原走了一趟(即赴新疆,离新疆赴延安,又离延安至重庆)以后在重庆写的。"那时,正处于抗日战争的相持阶段。重庆的报刊还面临严格的审查制度,不允许直接歌颂共产党领导的抗日军民。但是,文中的情绪属于有感而发,虽然曲折隐晦,其意涵的明晰性、丰富性还是不言而喻的。

作品评点

茅盾是靠写评论成名的,其后从事小说创作,奉献过许多脍炙人口的佳作。但1940年前后西北地区的奔波,使他对当时国内形势有了新的认识,特别是到了延安工作、生活之后,亲身体验到党领导的敌后抗日根据地人民火热的斗争场面,留下极为深刻的印象。这些坚守在一隅,却拥有坚强乐观的情绪、必胜的革命信念的人们,使他深受震动。他把这种炽热的情怀熔铸成优美的散文,文字显得炽热、浓烈、真挚。

《白杨礼赞》是一篇托物寄意之作。作者在行文过程中,没有直接讴歌中国共产党及其领导下的抗日军民的伟大斗争,而是通过隐喻和象征的手法来抒写自己的情怀。"白杨树实在不是平凡的,我赞美白杨树!"以此开头,既凸显了这篇散文整体上的抒情风格,又引起下文直接要叙写的对象。白杨树是北方常见的树种,平凡而普通,但正是它的平常,才有别于其他高贵的树种,很容易让人联想到敌后根据地默默无闻、坚持抗战的广大人民,对白杨树的描写和赞美,便成为对民族解放斗争中表现出来的正直、朴质的高尚品格和傲然挺立的英雄气概的颂扬,成为对英勇顽强的斗争精神和不屈不挠的革命意志的讴歌,进而肯定了中国共产党及其所推行的抗日民族统一战线的正确。

用一事物来象征另一件事物,要求两者必须在本质上有一致的地方,并且以这种一致为媒介,把两者有机地联系起来,以引起读者的联想、想像,达到借物寓意的效果。这篇散文所以用白杨树来象征北方农民,象征守卫家乡的哨兵,就是因为白杨树和北方农民、哨兵有着这种本质上的共通性。白杨树笔直挺拔就像北方农民在敌寇面前的严肃朴质、威武不屈;白杨树的坚强不屈、傲然挺立就像抗击外来入侵、捍卫领土主权的哨兵;白杨树枝桠向上,紧紧靠拢,绝无横逸斜出,就像千千万万劳苦大众的团结一致、并肩战斗,他们正直刚毅、不出风头;而白杨树的普通常见、极易生长,也正像生活在黄土高原上的农民的朴实、平凡、有着顽强的生命力。作者紧紧地抓住了两者之间这种本质上的一致,特别是精神品质上的内在联系,首先细致具体地描写白杨树的特征,然后用三个递进反问的句式(难道……难道……难道……),逐层深入,强化肯定的效果,作为点题之笔,引出了作文的本意,十分准确鲜明地揭示了本文隐含的主旨。

这篇散文不仅在立意构思上别出心裁,而且在谋篇布局上也颇具匠心,体现了作者深厚的艺术功力和写作才能。作者在开头开门见山地点出白杨树以后,并没有紧承上文,具体描写白杨树的外表,而是把笔锋一转,推出一个远镜头,描写了那一望无际的黄土高原,写它的"麦浪"、远山之雄伟、壮观,也写它带来的视觉疲劳——单调。接着,作者用工笔画的手法,精雕细刻地描绘状貌,写它的干、枝、叶,以形写神,突出"力争上游"的形象。这种由远及近的视角转换,不仅给白杨树铺设了一个非凡的背景,有力地烘托了白杨树的伟岸、挺拔,而且在感受上起到一种反衬的作用,从而更激发起人们对白杨树的注意,聚焦白杨树的独特品格,并且为后文正面的意蕴升华,对忽视白杨树、看不起民众的批评,提供了很好的铺垫,使得文脉贯通,形成一个完美的整体。

以白杨树为题材的文学作品,此前并不少见,像《古诗十九首》中就有"白杨多悲风,萧萧愁杀人"的诗句,白杨、悲风、愁绪意象群的组合,构成凄凉、悲戚的情感基调,虽通过节令往复写出个体生命的惨淡,却缺乏向上之力。茅盾的《白杨礼赞》是一曲献给根据地抗日军民的赞歌。与此相适应,它的语言热情奔放、气势雄浑、诗意盎然,给人以巨大的鼓舞和力量。"白杨树实在不是平凡的,我赞美白杨树!"这样的句式明快爽朗、铿锵有力,一扫过往诗文里低沉的格调,转而形成昂扬的风格。作者运用了比喻、设问、反问、排比、拟人、夸张、象征等多种表现手法歌颂白杨树。特别是在不长的篇幅中,以隔离反复的修辞方法,先后重复五次,起到突出、强调的效果,使读者不仅在情感上,而且在理智上认同白杨树及其象征的意蕴。

(丁云亮)

白杨礼赞

茅 盾

白杨树实在不是平凡的,我赞美白杨树!

当汽车在望不到边际的高原上奔驰,扑入你的视野的,是黄绿错综的一条大毡子;黄的,那是土,未开垦的处女土,几十万年前由伟大的自然力所堆积成功的黄土高原的外壳;绿的呢,是人类劳力战胜自然的成果,是麦田,和风吹送,翻起了一轮一轮的绿波——这时你会真心佩服昔人所造的两个字"麦浪",若不是妙手偶得,便确是经过锤炼的语言的精华;黄与绿主宰着,无边无垠,坦荡如砥,这时如果不是宛若并肩的远山的连峰提醒了你(这些山峰凭你的肉眼来判断,就知道是在你脚底下的),你会忘记了汽车是在高原上行驶,这时你涌起来的感想也许是"雄壮",也许是"伟大",诸如此类的形容词,然而同时你的眼睛也许觉得有点倦怠,你对当前的"雄壮"或"伟大"闭了眼,而另一种味儿在你心头潜滋暗长了——"单调"!可不是,单调,有一点儿罢?

然而刹那间,要是你猛抬眼看见了前面远远地有一排,——不,或者甚至只是三五株,一二株,傲然地耸立,象哨兵似的树木的话,那你的恹恹欲睡的情绪又将如何?我那时是惊奇地叫了一声的!

那就是白杨树,西北极普通的一种树,然而实在不是平凡的一种树!

那是力争上游的一种树,笔直的干,笔直的枝。它的干呢,通常是丈把高,象是加以人工似的,一丈以内,绝无旁枝;它所有的桠枝呢,一律向上,而且紧紧靠拢,也象是加以人工似的,成为一束,绝无横斜逸出;它的宽大的叶子也是片片向上,几乎没有斜生的,更不用说倒垂了;它的皮,光滑而有银色的晕圈,微微泛出淡青色。这是虽在北方的风雪的压迫下却保持着倔强挺立的一种树!哪怕只有碗来粗细罢,它却努力向上发展,高到丈许,二丈,参天耸立,不折不挠,对抗着西北风。

这就是白杨树,西北极普通的一种树,然而决不是平凡的树!它没有婆娑的姿态,没有屈曲盘旋的虬枝,也许你要说它不美丽,——如果美是专指"婆娑"或"横斜逸出"之类而言,那么白杨树算不得树中的好女子;但是它却是伟岸,正直,朴质,严肃,也不缺乏温和,更不用提它的坚强不屈与挺拔,它是树中的伟丈夫！当你在积雪初融的高原上走过,看见平坦的大地上傲然挺立这么一株或一排白杨树,难道你觉得树只是树,难道你就不想到它的朴质,严肃,坚强不屈,至少也象征了北方的农民;难道你竟一点也不联想到,在敌后的广大土地上,到处有坚强不屈,就象这白杨树一样傲然挺立的守卫他们家乡的哨兵！难道你又不更远一点想到这样枝枝叶叶靠紧团结,力求上进的白杨树,宛然象征了今天在华北平原纵横激荡用血写出新中国历史的那种精神和意志。

白杨不是平凡的树。它在西北极普遍,不被人重视,就跟北方农民相似;它有极强的生命力,磨折不了,压迫不倒,也跟北方的农民相似。我赞美白杨树,就因为它不但象征了北方的农民,尤其象征了今天我们民族解放斗争中所不可缺的朴质,坚强,以及力求上进的精神。

让那些看不起民众,贱视民众,顽固的倒退的人们去赞美那贵族化的楠木(那也是直干秀颀的),去鄙视这极常见,极易生长的白杨罢,但是我要高声赞美白杨树！

原载 1941 年 3 月 10 日《文艺阵地》月刊第 6 卷第 3 期

郭沫若《屈原》导读

 **作家简介**

郭沫若(1892—1978),原名郭开贞,号尚武。四川乐山人。出生于一个地主兼商人的家庭,父亲郭朝沛是一个精明的商人,母亲杜遨贞则是一个没落官宦人家的女儿,爱好文学。郭沫若童年时,母亲就教他背诵唐诗,这对郭沫若倾向诗歌和文艺产生了决定性的影响。

郭沫若幼年受到的是传统的家塾教育,1910年入成都高等学堂读书,受到革命思想的影响。1914年,在大哥的资助下,郭沫若赴日留学。"五四"运动爆发,郭沫若受到革命思想的极大鼓舞。1919年下半年到1920年上半年,创作了大量具有浪漫主义风格的诗作,如《凤凰涅槃》《地球,我的母亲!》《天狗》《炉中煤》等名篇,后来收入诗集《女神》。

1923年4月,郭沫若返回祖国。这时我国工农运动出现新的高涨,马克思主义思想影响日益扩大,使郭沫若的思想产生了巨大变化,"从文艺运动的阵营里转进到革命运动的战线里来了"。北伐失败后,郭沫若写了《请看今日之蒋介石》这篇著名的檄文,揭露蒋介石背叛革命的罪行。

全面抗战爆发后,郭沫若先后担任国民政府军事委员会政治部第三厅厅长、文化工作委员会主任等职,领导文化界抗日宣传工作。"皖南事变"前后,郭沫若创作了《棠棣之花》《屈原》等6部历史剧,迎来了创作生涯的又一高峰。

1949年7月,郭沫若当选为中华全国文学艺术界联合会主席。中华人民共和国成立后,他历任中央人民政府委员、政务院副总理、中国科学院院长、全国人民代表大会常务委员会副委员长等职。1978年6月12日在北京逝世。

在现代文学史上,郭沫若是一位杰出的浪漫主义作家,他的新诗集《女神》《星空》,历史剧《棠棣之花》《屈原》等堪称中国文学史上的宝贵财富。郭沫若还是出色的历史学家、古文字学家、翻译家、社会活动家,在多方面成就斐然,著作等身。

 ## 时代背景

五幕历史剧《屈原》产生于中国现代史上黑暗和光明进行决战的悲壮年代。1940年10月,国民党反动派掀起第二次反共高潮,中国共产党领导的边区政府被国民党军队层层封锁;次年,"皖南事变"发生,江南的抗日新四军遭到国民党军队的伏击,损失惨重;而在大后方国统区的"最黑暗的重庆","无数的爱国青年、革命同志失踪了,关进了集中营"。在这样的背景下,郭沫若创作了历史剧《屈原》。

当郭沫若刚决定着手写这个剧本时,消息传出,就有人在报纸上预言:"今年将有《罕默雷特》和《奥赛罗》型的史剧出现。"这热切的期待,既是一种鼓励,也是一种精神上的压迫。郭沫若从1942年1月2日开始执笔写作,最初准备写上下两部,上部写楚怀王时代,下部写楚顷襄王时代,前后相距30余年。他边写边想,边写边改,到1月11日全部写出,只用了10天时间,而剧本已由两部并为一部,剧情的发展由原来的30年压缩到一天,面貌与最初的设想迥然不同。

剧本以战国时期诸侯相争为背景,描写楚国三闾大夫屈原主张对内革新政治,对外联齐抗秦,曾得楚怀王信任。但南后郑袖却勾结秦国密使张仪,以"淫乱宫廷"之罪陷害屈原。怀王听信谗言,将屈原囚禁,并废弃齐楚盟约,依附强秦。此时被屈原寄予厚望的弟子宋玉卖身投靠南后,忠诚追随诗人的侍女婵娟也遭囚禁。宫廷卫士救出婵娟,并一起去营救屈原,不料婵娟误饮欲害屈原的毒酒身死。卫士杀死谋害屈原的郑詹尹,焚烧神庙,跟随诗人走向汉北。全剧洋溢着炽热的爱国激情,愤怒谴责了迫害忠臣、出卖国家的奸贼。

《屈原》创作的目的,是要"把这时代的愤怒复活在屈原时代里去",是要"借了屈原的时代来象征我们当前的时代"。1942年春天,《屈原》在重庆上演,"从进步方面都受到了前所未有的热烈的欢迎"。演出期间,剧场内外,台上台下,群情激昂,人们称赞《屈原》充溢着正气,是一篇"新正气歌"。尽管《屈原》后来被国民党反动当局禁演,但是《雷电颂》的声音仍然回响在整个山城,常常可以听到群众发出"爆炸了吧……"的怒吼声,"在当时起了显著的政治作用"。

作品评点

《屈原》是郭沫若历史剧中成就最高、影响最大的代表作。这个剧本取材于战国时代楚国爱国诗人屈原一生的故事,以楚怀王对秦外交上两条路线的斗争作为全剧的情节线索,构成代表爱国路线的屈原与代表卖国路线的南后等人之间的戏剧冲突。它的成就,主要表现在塑造了不朽的悲剧典型——屈原的光辉形象,从而深刻地表现了为祖国和人民不畏暴虐、坚持斗争的主题。

鲁迅曾经说过,悲剧是将人生有价值的东西毁灭给人看。作者竭力挖掘屈原身上的悲剧因素,着力表现他的理想的光辉和品格的崇高,说明这一切都是符合人民的愿望和历史要求的,具有无上的人生的价值。但这一切都不能得到实现和认同,相反却遭到残酷的打击和陷害。

剧中的屈原,是一个伟大的政治家兼诗人的典型。作者赋予他以深切的爱国爱民思想和英勇无畏的斗争精神,并把他放在尖锐的政治斗争中来表现他的理想、抱负和情操,以便从总体上揭示他的全部人格。屈原心中时时系念的是祖国和人民的命运前途。他之所以力主联齐抗秦的外交路线,就是因为他看透了秦国侵吞六国的意图,认为唯有联合抗秦才能保国安民。但是没有料到张仪、南后之流竟然采取卑鄙无耻的手段陷害他,横加以"淫乱宫廷"之类的罪名。但是即使在这种含冤莫白的情况下,屈原拳拳关注的仍然只是祖国和人民。他"沉着而沉痛地"劝诫楚怀王,千万不要因此丢弃联齐抗秦的正确路线,"要多替楚国老百姓设想"。他所以愤怒斥责南后,也是恨她因此危害了祖国:"你陷害了的不是我,是我们整个儿的楚国啊!我是问心无愧,我是视死如归,曲直忠邪,自有千秋的判断。你陷害了的不是我……是我们整个儿的赤县神州呀!"屈原把祖国的安危和人民的祸福,看得远远重于自身的利害得失。对于祖国和人民爱得愈深,使他对卖国集团恨得愈甚,而且终于使他冲破一切思想束缚去进行英勇的斗争。

本书所选的第五幕第二场是全剧的高潮。面对正在沉入黑暗的祖国,失去自由的诗人的满腔忧愤无比猛烈地迸发出来,这就是著名的《雷电颂》。他呼唤着咆哮的风,去"吹掉这比铁还沉重的眼前的黑暗";他呼唤着轰隆隆的雷,把他载到"那没有阴谋,没有污秽,没有自私自利"的地方去;他呼唤着闪电,要把闪电作为他心中无形的长剑,"把这比铁还坚固的黑暗,劈开,劈开,劈开!"他呼唤着在黑暗中咆哮着,闪耀着的一切的一切,"发挥出无边无际的怒火把这黑暗的宇宙,阴惨的宇宙,爆炸了吧,爆炸了吧!"这时的诗人,就像燃烧在黑暗中的一团熊熊的烈火。他渴望"这熊熊地燃烧着的生命",为祖国和人民"迸射出光明"。《雷电颂》是屈原斗争精神最突出的体现。在这激情的喷发中,屈原爱国爱民的深切感情和刚直的性格得到酣畅淋漓的表现。

《雷电颂》与莎士比亚著名悲剧《李尔王》的"暴风雨独白"有明显的继承关系。但《雷电颂》所表达的愤怒超越了李尔那呼天骂地以倾泻个人不平,要自然力向一切恶人报复的人文主义者的个人情感。它所倾泻的不仅是屈原的愤怒,也是那个时代的愤怒,使人从中听到人民的呐喊和时代的呼声。

婵娟的形象是《屈原》中另一个杰出的创造,是屈原形象的完美补充。她本是屈原的使女,不像宋玉、子兰那样能够跟着屈原吟诗作赋,谈论国家大事。但凭着她的一片纯真,凭着她在心灵上与屈原的相通,却得到屈原的真传,也最懂得屈原的价值。她以无可争辩的语气对宋玉说:"先生一人的存在关系着楚国的安危,先生是我们楚国的灵魂。先生如果死掉,那我们的楚国就会完了。"这是对屈原价值的深刻理解和认定。正是基于这种理解,她对屈原无比信赖,坚定不移,不随波逐流,而这也正是屈原所固有的品格。婵娟的纯洁坚定,反衬出宋玉、子兰的软弱卑鄙和张仪、南后的阴险狠毒。她没有辜负屈原的教诲和期望,为了营救屈原,婵娟误饮毒酒而死,用自己的生命保全了屈原的生命。《橘颂》最后成为婵娟的颂词,是再恰当不过了。因此在郭沫若看来,婵娟可以称得上是屈原辞赋的象征,是道义美的形象化,是诗魂。

郭沫若以浪漫主义诗人的笔力完成《屈原》剧本,整个剧本便是一首淳美崇高的诗。悲壮激越的情感,紧张激烈的剧情,崩山倒海一般的气势,震撼人心的艺术力量,都使它在现代文学史上散发着灿烂的光芒。

(杨剑锋)

屈 原(节 选)

郭沫若

第五幕 第二场

(东皇太一店之正殿。与第二幕明堂相似,四柱三间,唯无帘幕。三间靠壁均有神像。中室正中东皇太一与云中君并坐,其前左右二侧山鬼与国殇立侍,右首东君骑黄马,左首河伯乘龙,均斜向。马首向左,龙首向右。左室为一龙船,船首向右,湘君坐船中吹笙,湘夫人立船尾摇橹。右室一片云彩之上现大司命与少司命。左右二室后壁靠外侧均有门,左者开放,右者掩闭。各室均有灯,光甚昏暗,室外雷电交加,时有大风咆哮。)

(靳尚带卫士二人,各蒙面,诡谲地由右侧登场。)

靳　(命卫士乙)你去叫太卜郑詹尹来见我。

卫士乙　是。(向湘夫人神像左侧门走入。)

　　(俄顷,一瘦削而阴沉的老人,左手提灯,随卫士乙由左侧门入场。靳尚除去面罩,向郑詹尹走去。)

靳　刚才我叫人送了一通南后的密令来,你收到了吗?

詹　(鞠躬)收到了,上官大夫,我正想来见你啦。

靳　罪人怎样处置了?

詹　还锁在这神殿后院的一间小屋子里面。

靳　你打算什么时候动手?

詹　(迟疑地)上官大夫,我觉得有点为难。

靳　(惊异)什么?

詹　屈原是有些名望的人,毒死了他,不会惹出乱子吗?

靳　哼,正是为了这样,所以非赶快毒死他不可啦!那家伙惯会收揽人心,把他囚在这里,都城里的人很多愤愤不平。再缓三两日,消息一传开了。会引起更大规模的骚动。待消息传到国外,还会引起关东诸国的非难。到那时你不放他吧,非难是难以平息的。你放他吧,增长了他的威风,更有损秦、楚两国的交谊。秦国已经允许割让的商于之地六百里,不用说,就永远得不到了。因此,非得在今晚趁早下手不可。你须得用毒酒毒死了他,然后放火焚烧大庙。今晚有大雷电,正好造个口实,说是着了雷火。这样,老百姓便只以为他是遭了天灾,一场大祸就可以消灭于无形了。

詹　上官大夫,屈原不是不喝酒的吗?

靳　你可以想出方法来劝他。你要做出很宽大,很同情他的样子。不要老是把他锁在小屋子里。你可让他出来,走动走动。他带着脚镣手铐,逃不了的。

詹 (迟疑地)你们是不是有点小题大做呢?

靳 (含怒)你这是什么话?

詹 我觉得你们把屈原又未免估计得过高。他其实只会做几首谈情说爱的山歌,时而说些哗众取宠的大话罢了,并没有什么大本领。只要你们不杀他,老百姓就不会闹乱子。何苦为了一个夸大的诗人,要烧毁这样一座庄严的东皇太一庙?我实在有点不了解。

靳 哈哈,你原来是在心疼你的这座破庙吗?这烧了有什么可惜?国王会给你重新造一座真正庄严的庙宇。好了,我不再和你多说了。你烧掉它,这是南后的意旨。你毒死他,这是南后的意旨。要快,就在今晚,不能再迟延。南后的脾气,你是知道的。你尽管是她的父亲,但如果不照着她的意旨办事,她可以大义灭亲,明天便把你一齐处死。(把面巾蒙上,向卫士)走!我们从小路赶回城去!

(靳尚与二卫士由左首下场。)

(郑詹尹立在神殿中,沉默有间,最后下出了决心,向东君神像右侧门走入,俄顷,将屈原带出。)

詹 三闾大夫,请你在这神殿上走动走动,舒散一下筋骨吧。这儿的壁画,是你平常所喜欢的啦,我不奉陪了。(屈原略略点头,郑詹尹走入左侧门。)

(屈原手足已戴刑具,颈上并系有长链,仍着其白日所着之玄衣,披发,在殿中徘徊。因有脚镣行步甚有限制,时而伫立睥睨,目中含有怒火。手有举动时,必两手同时举出。如无举动时,则拳曲于胸前。)

屈 (向风及雷电)风!你咆哮吧!咆哮吧!尽力地咆哮吧!在这暗无天日的时候,一切都睡着了,都沉在梦里,都死了的时候,正是应该你咆哮的时候,应该你尽力咆哮的时候!

尽管你是怎样的咆哮,你也不能把他们从梦中叫醒,不能把死了的吹活转来,不能吹掉这比铁还沉重的眼前的黑暗,但你至少可以吹走一些灰尘,吹走一些砂石,至少可以吹动一些花草树木。你可以使那洞庭湖,使那长江,使那东海,为你翻波涌浪,和你 同地大声咆哮呵!

啊,我思念那洞庭湖,我思念那长江,我思念那东海,那浩浩荡荡的无边无际的波澜呀!那浩浩荡荡的无边无际的伟大的力呀!那是自由,是跳舞,是音乐,是诗!

啊,这宇宙中的伟大的诗!你们风,你们雷,你们电,你们在这黑暗中咆哮着的,闪耀着的一切的一切,你们都是诗,都是音乐,都是跳舞。你们宇宙中伟大的艺人们呀,尽量发挥你们的力量吧。发泄出无边无际的怒火把这黑暗的宇宙,阴惨的宇宙,爆炸了吧!爆炸了吧!

雷!你那轰隆隆的,是你车轮子滚动的声音!你把我载着拖到洞庭湖的边上去,拖到长江的边上去,拖到东海的边上去呀!我要看那滚滚的波涛,我要听那鞺鞺鞳鞳的咆哮,我要飘流到那没有阴谋、没有污秽、没有自私自利的没有人的小岛上去呀!我要和着你,和着你的声音,和着那茫茫的大海,一同跳进那没有边际的没有限制的自由里去!

啊,电!你这宇宙中最犀利的剑呀!我的长剑是被人拔去了,但是你,你能拔去我有形的长剑,你不能拔去我无形的长剑呀。电,你这宇宙中的剑,也正是,我心中的剑。你劈吧,劈吧,劈吧!把这比铁还坚固的黑暗,劈开,劈开,劈开!虽然你劈它如同劈水一样,你抽掉了,它又合拢了来,但至少你能使那光明得到暂时间的一瞬的显现,哦,那多么灿烂的,多么眩目的光明呀!

光明呀,我景仰你,我景仰你,我要向你拜手,我要向你稽首。我知道,你的本身就是火,你,你这宇宙中的最伟大者呀,火!你在天边,你在眼前,你在我的四面,我知道你就是宇宙的生命,你就是我的生命,你就是我呀!我这熊熊地燃烧着的生命,我这快要使我全身炸裂的怒火,难道就不能迸射出光明了吗?

炸裂呀,我的身体!炸裂呀,宇宙!让那赤条条的火滚动起来,象这风一样,象那海一样,滚动起来,把一切的有形,一切的污秽,烧毁了吧,烧毁了吧!把这包含着一切罪恶的黑暗烧毁了吧!

把你这东皇太一烧毁了吧!把你这云中君烧毁了吧!你们这些土偶木梗,你们高坐在神位上有什么德能?你们只是产生黑暗的父亲和母亲!

你，你东君，你是什么个东君？别人说你是太阳神，你，你坐在那马上丝毫也不能驰骋。你，你红着一个面孔，你也害羞吗？啊，你，你完全是一片假！你，你这土偶木梗，你这没心肝的，没灵魂的，我要把你烧毁，烧毁，烧毁你的一切，特别要烧毁你那匹马！你假如是有本领，就下来走走吧！

什么个大司命，什么个少司命，你们的天大的本领就只有晓得播弄人！什么个湘君，什么个湘夫人，你们的天大的本领也就只晓得痛哭几声！哭，哭有什么用？眼泪，眼泪有什么用？顶多让你们哭出几笼湘妃竹吧！但那湘妃竹不是主人们用来打奴隶的刑具么？你们滚下船来，你们滚下云头来，我都要把你们烧毁！烧毁！烧毁！

哼，还有你这河伯……哦，你河伯！你，你是我最初的一个安慰者！我是看得很清楚的呀！当我被人们押着，押上了一个高坡，卫士们要息脚，我也就站立在高坡上，回头望着龙门。我是看得很清楚，很清楚的呀！我看见婵娟被人虐待，我看见你挺身而出，指天画地有所争论。结果，你是被人押进了龙门，婵娟她也被人押进了龙门。

但是我，我没有眼泪。宇宙，宇宙也没有眼泪呀！眼泪有什么用呵？我们只有雷霆，只有闪电，只有风暴，我们没有拖泥带水的雨！这是我的意志，宇宙的意志。鼓动吧，风！咆哮吧，雷！闪耀吧，电！把一切沉睡在黑暗怀里的东西，毁灭，毁灭，毁灭呀！

（郑詹尹左手提灯，右手执爵，由湘夫人神像左侧之门入场。）

詹 三闾大夫，你又在做诗了吗？你的声音比风还要宏大，比雷霆还要有威势啦。啊，象这样雷电交加的深夜，实在可怕。我连庙门都不敢去关了。你怎么老是不去睡呢？是的，我看你好象朗诵了好长的一首诗啦。你怕口渴吧。我给你备了一杯甜酒来，虽然没有下酒的东西，请你润润喉，也好啦。

屈 多谢你，请你放在那神案上，手足不方便，对你不住。

詹 唉，真是不知道要闹成个什么世界了。本来是"刑不上大夫，礼不下庶人"的，这个体统也弄得来扫地无存了。连我们的三闾大夫，也要让他带脚镣手铐。三闾大夫，这脚镣手铐假如是有钥匙，我一定要替你打开的啦。可恨的是他们把钥匙都带走了啊。

屈 多谢你，这脚镣手铐我倒并不感觉痛苦，有这些东西在身上，倒反而增加了我的力量,不过行动不方便些罢了。

詹 我看你的喉咙一定渴得很厉害的,这酒我捧着让你喝。还要睡一睡才能天亮呢。

屈 多谢你,我现在口不渴。我本来也是不喜欢喝酒的人。回头我口渴了,一定领你的盛情好了。请你不要关照。

詹 (将爵放在神案上)慢慢喝也好。其实酒倒也并不是坏东西。只要喝得少一点,有个节制,倒也是很好的东西啦。

屈 是的,我也明白。我的吃亏处,便是大家都醉而我偏不醉,马马虎虎的事我做不来。

詹 真的,这些地方正是好人们吃亏的地方啦。说起你吃亏的事情上来,我倒是感觉着对你不住呢!

屈 怎么的?

詹 三闾大夫,你忘记了吧,郑袖是我的女儿啦。

屈 哦,是的,可是差不多一般的人都把这事情忘记了。

詹 也是应该的喽。她母亲早死,我又干着这占筮卜卦的事体,对于她的教育没有做好。后来她进了宫庭,我更和她断绝了父女的关系。她近来简直是愈闹愈不成个体统,她把你这样忠心耿耿的人都陷害成这个样子了。

屈 太卜,请你相信我,我现在只恨张仪,对于南后倒并不怨恨。南后她平常很喜欢我的诗,在国王面前也很帮助过我。今天的事情我起初不大明白,后来才知道是那张仪在作怪啦。一般的人也使我很不高兴,成了张仪的应声虫。张仪说我是疯子,大家也就说我是疯子。这简直是把凤凰当成鸡,把麒麟当成羊子啦。这叫我怎么能够忍受?所以别人愈要同情我,我便愈觉得恶心,我要那无价值的同情来做什么?

詹 真的啦,一般的老百姓真是太厚道了。

屈 不过我的心境也很复杂,我虽然不高兴他们的厚道,但我又爱他们的厚道。又如南后的聪明吧,我虽然能够佩服,但我却不喜欢。这矛盾怕是不可以调和的吧?我想要的是又聪明又厚道,又素朴又绚烂,亦圣亦狂,即狂即圣,个个老百姓都成为绝顶聪明,你看我这个见解是不是可以成立的呢?

詹 这是所谓"大智若愚,大巧若拙"的话啦。

屈 不,不是那样。我不是要人装傻,而是要人一片天真。人人都有好脾胃,人人都有好性情,人人都有好本领。可是我自己就办不到!我的性情太激烈了,我自己也觉得有点偏,要想矫正却不能够。你看我怎样的好呢?我去学农夫吧?我又拿不来锄头。我跑到外国去吧?我又舍不得丢掉楚国。我去向南后求情,请她容恕我吧?她能够和张仪合作,我却万万不能够和张仪合作。你看我怎样办的好呢?

詹 三闾大夫,对你不住。你把这些话来问我,我拿着也没有办法。其实卜卦的事老早就不灵了。不怕我是在做太卜的官,恐怕也是我在做太卜的官,所以才愈见晓得它的不灵吧。古时候似乎灵验过来,现在是完全不行了。认真说:我就是在这儿骗人啊。但是对于你,我是不好骗得的。三闾大夫,象我这样骗人的生活,假使你能够办得到,恐怕也是好的吧。我们确实是做到了"大愚若智,大拙若巧"的地步,呵哈哈哈哈……风似乎稍微止息了一点,你还是请进里面去休息一下吧,怎么样呢?

屈 不,多谢你,我也不想睡,请你自己方便吧。

詹 把酒喝一点怎么样呢?

屈 我回头一定领情的啦,太卜。

詹 你该不会疑心这酒里有毒的吧?

屈 果真有毒,倒是我现在所欢迎的。唉,我们的祖国被人出卖了,我真不忍心活着看见它会遭遇到的悲惨的前途呵。

詹 真的啦,象这样难过的日子,连我们上了年纪的人,都不想再混了。

屈 大家都不想活的时候,生命的力量是会爆发的。

詹 好的,你慢慢喝也好,我还想去躺一会儿。

屈 请你方便,怕还有一会天才能亮呢。

(郑詹尹复提着灯笼由原道下场。)

(大风渐息,雷电亦止,月光复出,斜照殿上。)

屈 啊,宇宙你也恬淡起来了。真也奇怪,我现在的心境又起了一个不可思议的变换。我想,毕竟还是人是最可亲爱的呵。不怕就是你所不高兴的人,在你极端孤寂的时候和他说了几句话,似乎也是镇定精神的良药啦。(复在殿中徘徊)

啊,河伯!(徘徊有间之后,在河伯前伫立)请让我还是把你当成朋友,让我再和你谈谈心吧。你知道么?现在我所最担心的是我的婵娟啊!她明明是被人家抓去了的。她是很尊敬我的一个人,她把我当成了她的父亲、她的师长,她把我看待得比她自己的性命还要贵重。(稍停)她最能够安慰我。我也把她当成了我自己的女儿,当成了我自己最珍爱的弟子。唉,我今天实在不应该抛撇了她,跑了出来。她虽然在后园子里面看着那些人胡闹,她虽然把我的衣裳拿了一件出去,但我相信那一定是宋玉要她做的,宋玉那孩子,他是太阴柔了。

(将神案上的酒爵拿起将饮,复搁置)

唉,这酒的气味,我终竟是不高兴。

河伯,你是不是喜欢喝酒的呢?你现在的情形又是怎样?我也明明看见,别人也把你抓去了。你明明是为我而受难,为正义而受难呀。啊,我真不知道该怎样报答你的好呵!

(复在神殿中徘徊。)

(此时卫士甲与婵娟由右首出场。屈原瞥见人影,顿吃一惊。)

屈　是谁?

婵　啊,先生在这儿啦,我婵娟啦!

(婵娟用尽全力,踉跄奔上神殿,跪于屈原前,拥抱其膝,仰头望之,似笑,又似干哭。)

屈　(呈极凄绝之态)啊,婵娟,你怎么来的?你脸上怎么有伤呀?你怎么这样的装束?

婵　(断续地)先生,我高兴得很。……你请……不要问我。……我……我是什么话都不想说。我只想……就这样……就这样抱着先生的脚,……抱着先生的脚,……就这样……死了去吧。(屈原不禁凄然,两手抚摩着婵娟的头,昂头望着天。如此有间。婵娟始终仰望屈原,喘息甚烈。)

屈　(俯首安慰)婵娟,我没有想到还能够看见你,你一定是逃走出来的,你是超过了死线了。你知道宋玉是怎样吗?

婵　(仍喘息)他……他跟着公子子兰……搬进宫里去了。

屈　那也由他去吧。谁能够不怕艰险,谁才可以登上高山。正义的路是崎岖的路，它只欢迎勇敢的人。……那位钓鱼的人呢？

婵 听说丢进监里去了。

屈 （沉默一忽之后）婵娟，你口渴吧？

（婵娟点头。）

屈 （两手移去，将案上酒爵取来）这儿有杯甜酒，你喝了它吧。

（婵娟就爵，一饮而尽，饮之甚甘，自己仍跪于地，紧紧拥抱着屈原的两膝，昂首望之。屈原以两手置爵于神案上之后，仍抚摩其头。俄而婵娟脸色渐变，全身痉挛。）

屈 （屈膝俯身，以两手套其颈，拥之于怀）啊，婵娟，你怎样？你怎样？

婵 （凝目摇头）先生，……那酒……那酒……有毒。……可我……我真高兴……我……真高兴！（振作起来）我能够代替先生，保全了你的生命，我是多么地幸运呵！……先生，我是一个普通人家的女儿，我受了你的感化，知道了做人的责任。我始终诚心诚意地服侍着你，因为你就是我们楚国的柱石。……我爱楚国，我就不能不爱先生。……先生，我经常想照着你的指示，把我的生命献给祖国。可我没有想到，我今天是果然作到了。（渐渐衰弱）我把我这微弱的生命，代替了你这样可宝贵的存在。先生，我真是多么地幸运呵！……啊，我……我真高兴！……真高兴！……

屈 （紧紧拥抱着婵娟）婵娟！你要活下去呵！活下去呵！婵娟！婵娟！……

婵 （更衰弱）……啊，我……真高兴！……（喘息与痉挛愈烈。终竟作最大痉挛一次，死于屈原怀中，殿上灯火全体熄灭，只余月光。）

（屈原无言，拥着婵娟尸体，昂首望天，眼中复燃起怒火。卫士甲在前直静立于殿下，至此始上殿至屈原之前。）

卫士甲 三闾大夫，请你告诉我，那酒是谁个送给你的？

屈 （回顾，含怒而平淡地）是这儿的太卜郑詹尹。（说罢复其原有姿态。）

卫士甲 哼，就是那南后的父亲吗？我是认识他的。（急骤地向左侧房屋走入。）

（屈原仍如塑像一般，寂立不动。）

（少顷，卫士甲复急骤而出。）

卫士甲 三闾大夫，请你容恕我，我把那恶人郑詹尹刺杀了。在他的身上还搜出了一通密令,我念给你听。"太卜执事:比奉南后意旨,望执事于今夜将狂人毒死,放火焚庙,以灭其迹。上官大夫靳尚再拜。"密令是这样,因此我也就照着南后的意旨,在郑詹尹的床上放了一把火。这罪恶的神庙看看也就要和那罪恶的尸体一道消灭了。

屈　那很好。我还希望你帮助我,把婵娟安放在神案上,我们应该为她举行一个庄严的火葬。

卫士甲　待我先解除先生的刑具。(解除其刑具)婵娟姑娘穿的还是更夫的衣裳,应该给她脱掉啦。

屈　(起立先解婵娟之衣)哦,戴得有这样的花环。(更进行其它动作。)

卫士甲　(一面帮助,一面诉说)先生,这还是你编的花环呢。在东门外被南后给你要去了,后来南后又给了婵娟姑娘。她一身都是挨了鞭打的,你看这手上都有伤,脸上都有伤,鞭打得很厉害。南后更打算明天便处死她,把她装在囚槛里,由我看守。……夜半将近的时分,你的两位弟子宋玉和公子子兰走来劝婵娟,要她听从公子子兰的要求,做他的侍女,他们便搭救她。但是婵娟始终不肯。……她所说的话和她的精神太使我感动了,因此我就决心救她。从宋玉口中听说先生今晚上也有生命的危险,所以我也就决心陪着她来救你。……我们是从宫中逃出来的,就是用了一点诡计把一个更夫来顶替了婵娟。在我替她换上更夫装束的时候,婵娟姑娘她还坚决地不肯把你这花环丢掉呢!

(二人已经将婵娟妥置于神案,头在左侧。)

屈　(整理婵娟胸部,自其怀中取出帛书一卷,展视之)哦,这是我清早写的《橘颂》啦。我是写给宋玉的,是宋玉又给了你吧!婵娟,你倒是受之而无愧的。唉,我真没有想出,我这《橘颂》才完全是为你写出的哀辞呀。

卫士甲　先生,那么,你好不就拿给我念,我们来向婵娟姑娘致祭。

屈　好的,你就请从这后半读起。(授书并指示)一首一尾你要加些什么话,也由你斟酌好了。

(屈原移至婵娟脚次,垂拱而立,左翼已有火光及烟雾冒出。)

卫士甲　(立于屈原之右,在神案右后隅,展读哀辞)维楚大夫屈原率其仆夫致祭于婵娟之前而颂曰:

呵，年青的人，你与众不同。

你志趣坚定，竟与橘树同风。

你心胸开阔，气度那么从容！

你不随波逐流，也不故步自封。

你谨慎存心，决不胡思乱想。

你至诚一片，期与日月同光。

我愿和你永做个忘年的朋友。

不挠不屈，为真理斗到尽头！

你年纪虽小，可以为世楷模。

足比古代的伯夷，永垂万古！——哀哉尚飨。

（屈原再拜，卫士甲亦移至其后再拜。礼毕，卫士甲将帛书卷好，奉还屈原。）

屈 现在一切都完毕了，请问你叫什么名字？

卫士甲 先生，你不必问我的姓名，我要永远做你的仆人，你就叫我"仆夫"吧。

屈 你今后打算要我怎样？

卫士甲 先生，你怎么这样问我呢？

屈 因为我现在的生命是你和婵娟给我的，婵娟她已经死了。我也就只好问你了。

卫士甲 先生，我们楚国需要你，我们中国也需要你，这儿太危险了，你是不能久呆的。我是汉北的人，假使先生高兴，我要把先生引到汉北去。我们汉北人都敬仰先生，受了先生的感召，我们知道爱真理，爱正义，抵御强暴，保卫楚国。先生，我们汉北人一定会保护你的。

屈 好的，我遵从你的意思。我决心去和汉北人民一道，就做一个耕田种地的农夫吧。你赶快把服装换掉啦。那儿有现成的衣帽。（指示更夫衣帽。）

卫士甲 哦，我真糊涂，简直没有想到，幸好有这一套啦。（换衣。）（火光烟雾愈燃愈烈。）

屈 （高举手中帛书）啊，婵娟，我的女儿！婵娟，我的弟子！婵娟，我的恩人呀！你已经发了火，你把黑暗征服了。你是永远永远的光明的使者呀！（执帛书之一端向婵娟抛去，帛书展布于尸上。）

（幕徐徐下）幕后唱《礼魂》之歌：

> 唱着歌，打着鼓，
> 手拿着花枝齐跳舞。
> 我把花给你，你把花给我，
> 心爱的人儿，歌舞两婆娑。
> 春天有兰花，秋天有菊花，
> 馨香百代，敬礼无涯。

一九四二年一月十一日夜

1942年1月24日起连载于《中央日报》

冯至《十四行二十七首》导读

 **作家简介**

  冯至(1905—1993),原名冯承植。河北涿县人。1921年考入北京大学,1923年后受到新文化运动的影响,开始发表新诗。1923年起先后参加和发起组织浅草社和沉钟社,编印《沉钟》杂志和《沉钟丛刊》。1927年4月出版第一部诗集《昨日之歌》,1929年8月出版第二部诗集《北游及其他》,记录自己大学毕业后的哈尔滨教书生活。冯至在20世纪20年代以创作抒情诗著称,诗情含蓄深沉,风致幽婉动人,被鲁迅称为"中国最为杰出的抒情诗人"(《〈中国新文学大系〉小说二集序》)。

  1930年,冯至赴德国留学,专攻德国文学,兼修美术史和哲学,其间受到德语诗人里尔克的影响。1935年获德国海德堡大学哲学博士学位,同年回国。1941年创作了一组后来结集为《十四行集》的诗作,影响甚大。冯至的小说与散文也均十分出色,小说的代表作有20世纪20年代的《蝉与晚秋》《仲尼之将丧》,40年代的《伍子胥》等;散文则有1943年编的《山水》集。

  中华人民共和国成立后,冯至致力于翻译、教学和外国文学的研究工作,并坚持创作,还多次出国访问,从事对外友好和文化交流活动。先后担任北京大学西语系主任、中国社会科学院外国文学研究所所长、中国作家协副主席、中国外国文学学会会长等职。出版有散文集《东欧杂记》、传记《杜甫传》、诗集《十年诗抄》、论文集《诗与遗产》、译作《海涅诗选》和海涅长诗《德国,一个冬天的童话》等。十年动乱中他横遭批判,年近七十高龄时仍被送到河南劳动。1977年恢复原职。由于他在研究歌德、译介海涅作品方面取得的杰出成就,1983年获德意志联邦共和国慕尼黑歌德剧院颁发的歌德奖章;1987年又获该国国际交流中心授予的1987年国际交流中心艺术奖。晚年积极从事写作、教学、研究和促进中外文化交流,曾获得多种国际荣誉。1993年2月22日在北京逝世,终年87岁。

 时代背景

1937年7月,日寇发动全面侵华战争,北平、天津相继沦陷,"华北之大,容不下一张安静的书桌"。清华、北大、南开的师生万里迁徙,辗转南下,在昆明共同组成了西南联大。云南地方当局对战时流亡昆明办学的西南联大,不仅表示欢迎,而且主动承担起保护其安全的责任,这就为西南联大的学术自由和创作自由提供了良好的政治社会环境。

1939年,冯至被聘为西南联大外文系教授。1940年至1941年他在昆明市郊的杨家山林场居住。杨家山林场森林茂密,景色秀丽,既可以躲避日军飞机的轰炸,也有利于文学创作。在这样的环境中,冯至内心里涌出创作的冲动:"在抗日战争时期的四十年代,我在昆明,既接触现实,也缅怀过去,诗兴大发,写了一部《十四行集》。""于是从历史上不朽的精神到无名的村童农妇,从远方的千古的名城到山坡上的飞虫小草,从个人的一小段生活到许多人共同的遭遇,凡是和我的生命发生深切的关联的,对于每件事物我都写出一首诗;有时一天写出两三首,有时写出半首便搁浅了,过了一个长久的时间才能续成,这样一共写了27首。"

《十四行集》用一种客观的体验的方式去感受和领悟个体生命的存在,表达人世间和自然界相互联系的哲理,进入了形而上的沉思,出版后获得了极大的成功,被认为是中国"现代主义诗的代表作之一"(袁可嘉语)。

作品评点

十四行诗,又称"商籁体"(sonnet),是欧洲一种格律严谨的抒情体诗。孙大雨、朱湘等诗人都曾试验着写过十四行诗,但真正能够切入现代汉语的音节和诗意的方式、试验出色者,当数冯至。他的《十四行集》,并不严格遵守十四行的传统格律,主要利用十四行体结构上的特点,适当融入古典汉语诗词格律的有益成分,旨在追求现代汉语的音节和语调的自然,体现了浓郁婉转的东方抒情风格。在诗意表达上,虽明显受里尔克的影响,却完全从自身的艺术体验出发,以精妙含蓄的汉语,抒写内心真实。冯至的十四行诗,不是一般的移植和仿造,而是不同诗歌语言之间的转化,是西方十四行的一种变体。《十四行集》不仅代表了冯至诗歌创作的新成就,也代表着十四行体在中国的最高水平,堪称中国十四行诗成熟的标志。

作为中国"现代主义诗的代表作之一",《十四行集》体现出诗与哲学的结合,现实和艺术的结合,中西诗艺的结合,标志着中国现代主义诗歌的成熟。

(1) 知性与感性的结合。中国诗歌一向以"主情"为主,论诗必重其情感;虽宋诗以理入诗,但多为后世诗论家诟病,不算诗之正道。在西方诗歌传统中,诗与理性思维也是相互对立的。在这部由27首十四行诗组成的诗集中,冯至把感觉与智力、诗情与哲理这些看似矛盾的力量有机地融合起来,他是一个"从敏锐的感觉出发,在日常的境界里体味出精微的哲理的诗人",他写出了中国新诗史上以前未有的"沉思的诗"。诸如对生命、生存、生死问题的思考都体现出诗人对于生命形而上的整体性的哲学思考。第三首《有加利树》,"有加利树"成为生命永恒的象征,诗人以此肯定人的生命的自觉有为,肯定生命的坚韧充实,表现了正视生命、超越生命的哲学态度。但全诗以"树"的形象展开,用朴素而贴切的语言形象化地描绘生命的庄重和永恒,没有任何一个抽象的哲学术语,却给人以深刻的哲学启迪。

(2) 现实和艺术的结合。"从历史上不朽的精神到无名的村童农妇,从远方的千古名城到山坡上的飞虫小草,从个人的一小段生活到许多人共同的遭遇,凡是和我的生命发生深切的关联的,对于每件事物我都写出一首诗。"由此可见,冯至并非是为了写诗而写诗,他正是因关注社会才有感而发。第六首《原野的哭声》、第七首《我们来到郊外》、第九首《给一个战士》都是具有较强的现实针对性的。有加利树、鼠曲草、驮马、初生的小狗,这些极平常的事物,在冯至的诗中却都有它们的超乎平凡的、永远而又普遍的含意。正如李广田的评价:"诗在日常生活中,在平常现象中,却不一定是在血与火里,泪与海里,或是爱与死亡里。那在平凡中发现了最深的东西的,是最好的诗人。"

(3) 中西诗艺的结合。冯至的《十四行集》一方面达到了内容和形式的有机统一,另一方面也达到了中西诗艺的完美结合。朱自清在《新诗杂话》中评价说:"这集子可以说建立了中国十四行的基础,使得向来怀疑这诗体的人也相信它可以在中国诗里活下去。"

冯至的十四行诗成熟的标志有二个方面:

第一,这是中国新诗史上唯一一部全由十四行诗组成的具有整体性意义的现代主义诗集。

第二,这是中国十四行诗由模仿吸收而至创新发展成功的标志。中国早期的十四行诗,是模仿大于创作。20世纪二三十年代闻一多模仿其结构,孙大雨模仿其音组,戴望舒模仿其段式,总的说来是颇有些幼稚和生硬的。到了三四十年代梁宗岱、卞之琳等人的十四行诗,虽然已脱离了模仿阶段,但却没有使之真正地中国化,像梁宗岱十四行诗中大量的欧化语言、卞之琳诗中过于朦胧的意象等等,都影响了对他们的十四行诗的接受。冯至的《十四行集》由模仿吸收到创新发展,在自由和限制中寻求统一,从而使十四行诗具有中国化的特色,为中国新诗的发展开辟了一条新路。

第三,这是中国古典律诗与西方格律体诗融合发展的标志。中国古典律诗与十四行诗在结构和用意上有较多的相似之处,律诗十分讲究构思布局,它的首颔颈尾四联,构成一个起承转合的统一体,这使得中国古典诗歌显得层次分明,委婉曲折,回味无穷。十四行诗,"它的结构大都是有起有落,有张有弛,有期待有回答,有前题有后果",这种体式也有着类似的起承转合的结构;但与中国律诗相比,十四行体具有更大的灵活性,它没有平仄对仗的讲究,音数和音步都可根据内容需要自由掌握,用韵也比较灵活,比较适宜表达现代复杂的生活内容。因而,冯至承认:"我用这形式,只因为这形式帮助了我。"相比较新诗史上其他诗人的十四行诗,他比较好地调和了西方体式和中国语言的关系。在他的《十四行集》中,抒情方式是中国式的,没有特别突兀的跨句跨段;语言也都是现代口语,没有过于欧化的语言;并且融汇了中国古典诗词的意象和境界。

《十四行集》利用外来形式创造现代新诗,使一度中断了的中国现代主义诗歌在深化的基础上得到继续发展。

(杨剑锋)

十四行二十七首

冯 至

一

我们准备着深深地领受

那些意想不到的奇迹，
在漫长的岁月里忽然有
彗星的出现，狂风乍起：

我们的生命在这一瞬间，
仿佛在第一次的拥抱里
过去的悲欢忽然在眼前
凝结成屹然不动的形体。

我们赞颂那些小昆虫，
它们经过了一次交媾
或是抵御了一次危险，

便结束它们美妙的一生。
我们整个的生命在承受
狂风乍起，彗星的出现。

二

什么能从我们身上脱落，
我们都让它化作尘埃：
我们安排我们在这时代
像秋日的树木，一棵棵

把树叶和些过迟的花朵
都交给秋风，好舒开树身
伸入严冬；我们安排我们
在自然里，像蜕化的蝉蛾

把残壳都丢在泥里土里；
我们把我们安排给那个
未来的死亡，像一段歌曲，

歌声从音乐的身上脱落，
归终剩下了音乐的身躯
化作一脉的青山默默。

三①

你秋风里萧萧的玉树——
是一片音乐在我耳旁
筑起一座严肃的庙堂，
让我小心翼翼地走入；

又是插入晴空的高塔
在我的面前高高耸起，
有如一个圣者的身体，
升华了全城市的喧哗。

你无时不脱你的躯壳，
凋零里只看着你生长；
在阡陌纵横的田野上

我把你看成我的引导：
祝你永生，我愿一步步
化身为你根下的泥土。

四②

我常常想到人的一生，
便不由得要向你祈祷。
你一丛白茸茸的小草
不曾辜负了一个名称；

---

① 十四行第三首：有加利树（Eucalyptus globulus）。
② 鼠曲草在欧洲许多国家都称作 Edelweiss，这是一个德国字，可译为"贵白草"。

但你躲避着一切名称，
过一个渺小的生活，
不辜负高贵和洁白，
默默地成就你的死生。

一切的形容、一切喧嚣
到你身边，有的就凋落，
有的化成了你的静默：

这是你伟大的骄傲
却在你的否定里完成。
我向你祈祷，为了人生。

五①

我永远不会忘记
西方的那座水城，
它是个人世的象征，
千百个寂寞的集体。

一个寂寞是一座岛，
一座座都结成朋友。
当你向我拉一拉手，
便象一座水上的桥；

当你向我笑一笑，
便象是对面岛上
忽然开了一扇楼窗。

等到了夜深静悄，

---

① 十四行第五首：威尼斯。

只看见窗儿关闭,
桥上也敛了人迹。

六

我时常看见在原野里
一个村童,或一个农妇
向着无语的晴空啼哭,
是为了一个惩罚,可是

为了一个玩具的毁弃?
是为了丈夫的死亡,
可是为了儿子的病创?
啼哭得那样没有停息,

像整个的生命都嵌在
一个框子里,在框子外
没有人生,也没有世界。

我觉得他们好象从古来
就一任眼泪不住地流
为了一个绝望的宇宙。

七①

和暖的阳光内
我们来到郊外,
象不同的河水
融成一片大海。

有同样的警醒

---

① 十四行第七首:空袭警报时,昆明的市民都躲到郊外。

在我们的心头,
是同样的运命
在我们的肩头。

共同有一个神
他为我们担心:
等到危险过去,

那些分歧的街衢
又把我们吸回,
海水分成河水。

八

是一个旧日的梦想,
眼前的人世太纷杂,
想依附着鹏鸟飞翔
去和宁静的星辰谈话。

千年的梦像个老人
期待着最好的儿孙——
如今有人飞向星辰,
却忘不了人世的纷纭。

他们常常为了学习
怎样运行,怎样陨落,
好把星秩序排在人间,

便光一般投身空际。
如今那旧梦却化作
远水荒山的陨石一片。

九①

你长年在生死的中间生长，
一旦你回到这堕落的城中，
听着这市上的愚蠢的歌唱，
你会象是一个古代的英雄

在千百年后他忽然回来，
从些变质的堕落的子孙
寻不出一些盛年的姿态，
他会出乎意外，感到眩昏。

你在战场上，像不朽的英雄
在另一个世界永向苍穹，
归终成为一只断线的纸鸢：

但是这个命运你不要埋怨，
你超越了他们，他们已不能
维系住你的向上，你的旷远。

十②

你的姓名，常常排列在
许多的名姓里边，并没有
什么两样，但是你却永久
暗自保持住自己的光彩；

---

① 十四行第九首：给一个在前线作战经年的友人。
② 写于一九四一年三月五日，这天是蔡元培逝世一周年纪念日。末四行用里尔克 (Rilke)在欧战期内于一九一七年十一月十九日与某夫人论罗丹(Rodin)及凡尔哈仑 (Verhaeren)逝世信中语意。信里这样说："如果这可怕的烟雾（战争）消散了，他们再也不在人间，并且不能帮助那些将要整顿和扶植这个世界的人们。"

我们只在黎明和黄昏
认识了你是长庚,是启明,
到夜半你和一般的星星
也没有区分:多少青年人

赖你宁静的启示才得到
正当的死生。如今你死了,
我们深深感到,你已不能

参加人类的将来的工作——
如果这个世界能够复活,
歪扭的事能够重新调整。

十 一

在许多年前的一个黄昏
你为几个青年感到"一觉"①;
你不知经验过多少幻灭,
但是那"一觉"却永不消沉。

我永久怀着感谢的深情
望着你,为了我们的时代:
它被些愚蠢的人们毁坏,
可是它的维护人却一生

被摒弃在这个世界以外——
你有几回望出一线光明,
转过头来又有乌云遮盖。

你走完了你艰险的行程,

---

① 鲁迅《野草》中最后一篇是《一觉》。

艰苦中只有路旁的小草
曾经引出你希望的微笑。

十　　二①

你在荒村里忍受饥肠，
你常常想到死填沟壑，
你却不断地唱着哀歌，
为了人间壮美的沦亡：

战场上有健儿的死伤，
天边有明星的陨落，
万匹马随着浮云消没……
你一生是他们的祭享。

你的贫穷在闪铄发光
象一件圣者的烂衣裳，
就是一丝一缕在人间

也有无穷的神的力量。
一切冠盖在它的光前
只照出来可怜的形像。

十　　三②

你生长在平凡的市民的家庭，
你为过许多平凡的女子流泪，
在一代雄主的面前你也敬畏；
你八十年的岁月是那样平静，

---

① 十四行第十二首：杜甫。
② 十四行第十三首：歌德。

好像宇宙在那儿寂寞地运行，
但是不曾有一分一秒的停息，
随时随处都演化出新的生机，
不管风风雨雨，或是日朗天晴。

从沉重的病中换来新的健康，
从绝望的爱里换来新的营养，
你知道飞蛾为什么投向火焰，

蛇为什么脱去旧皮才能生长；
万物都在享用你的那句名言，
它道破一切生的意义："死和变。"

十　　四①

你的热情到处燃起火，
你把一束向日的黄花，
燃着了，浓郁的扁柏
燃着了，还有在烈日下

行走的人们，他们也是
向着高处呼吁的火焰；
但是初春一棵枯寂的
小树，一座监狱的小院，

和阴暗的房里低着头
剥马铃薯的人：他们都
像是永不消溶的冰块。

这中间你画了吊桥，

---

① 十四行第十四首：画家梵高（Van Gogh）。

画了轻倩的船:你可要
把些不幸者迎接过来?

十　五

看这一队队的驮马
驮来了远方的货物,
水也会冲来一些泥沙
从些不知名的远处,

风从千万里外也会
掠来些他乡的叹息:
我们走过无数的山水,
随时占有,随时又放弃,

仿佛鸟飞翔在空中,
它随时都管领太空,
随时都感到一无所有。

什么是我们的实在?
从远方什么也带不来,
从面前什么也带不走。

十　六

我们站立在高高的山巅
化身为一望无边的远景,
化成面前的广漠的平原,
化成平原上交错的蹊径。

哪条路,哪道水,没有关连,
哪阵风,哪片云,没有呼应:
我们走过的城市、山川,

都化成了我们的生命。

我们的生长,我们的忧愁
是某某山坡的一棵松树,
是某某城上的一片浓雾;

我们随着风吹,随着水流,
化成平原上交错的蹊径,
化成蹊径上行人的生命。

十七

你说,你最爱看这原野里
一条条充满生命的小路,
是多少无名行人的步履
踏出来这些活泼的道路。

在我们心灵的原野里
也有一条条宛转的小路,
但曾经在路上走过的
行人多半已不知去处:

寂寞的儿童、白发的夫妇,
还有些年纪青青的男女,
还有死去的朋友,他们都

给我们踏出来这些道路;
我们纪念着他们的步履
不要荒芜了这几条小路。

十八

我们常常度过一个亲密的夜

在一间生疏的房里,它白昼时
是什么模样,我们都无从认识,
更不必说它的过去未来。原野

一望无边地在我们窗外展开,
我们只依稀地记得在黄昏时
来的道路,便算是对它的认识,
明天走后,我们也不再回来。

闭上眼吧!让那些亲密的夜
和生疏的地方织在我们心里:
我们的生命象那窗外的原野,

我们在朦胧的原野上认出来
一棵树,一闪湖光;它一望无际
藏着忘却的过去,隐约的将来。

十 九

我们招一招手,随着别离
我们的世界便分成两个,
身边感到冷,眼前忽然辽阔,
象刚刚降生的两个婴儿。

啊,一次别离,一次降生,
我们担负着工作的辛苦,
把冷的变成暖,生的变成熟,
各自把个人的世界耘耕,

为了再见,好象初次相逢,
怀着感谢的情怀想过去,
象初晤面时忽然感到前生。

一生里有几回春几回冬，
我们只感受时序的轮替，
感受不到人间规定的年龄。

二　十

有多少面容，有多少语声
在我们梦里是这般真切，
不管是亲密的还是陌生：
是我自己的生命的分裂，

可是融合了许多的生命，
在融合后开了花，结了果？
谁能把自己的生命把定
对着这茫茫如水的夜色，

谁能让他的语声和面容
只在些亲密的梦里萦回？
我们不知已经有多少回

被映在一个辽远的天空，
给船夫或沙漠里的行人
添了些新鲜的梦的养分。

二　一

我们听着狂风里的暴雨，
我们在灯光下这样孤单，
我们在这小小的茅屋里
就是和我们用具的中间

也有了千里万里的距离：
铜炉在向往深山的矿苗

瓷壶在向往江边的陶泥，
它们都象风雨中的飞鸟

各自东西。我们紧紧抱住，
好象自身也都不能自主。
狂风把一切都吹入高空，

暴雨把一切又淋入泥土，
只剩下这点微弱的灯红
在证实我们生命的暂住。

二二①

深夜又是深山，
听着夜雨沉沉。
十里外的山村
念里外的市廛

它们可还存在？
十年前的山川
念年前的梦幻
都在雨里沉埋。

四围这样狭窄，
好象回到母胎；
神，我深夜祈求

像个古代的人：
"给我狭窄的心
一个大的宇宙！"

---

① 十四行第二十二首末二行：记得《古兰经》里有这样一句话。

二 三①

接连落了半月的雨，
你们自从降生以来
就只知道潮湿阴郁。
一天雨云忽然散开

太阳光照满了墙壁，
我看见你们的母亲
把你们衔到阳光里，
让你们用你们全身

第一次领受光和暖，
等到太阳落后，它又
衔你们回去。你们没有

记忆，但这一幕经验
会融入将来的吠声，
你们在深夜吠出光明。

二 四

这里几千年前
处处好象已经
有我们的生命；
我们未降生前

一个歌声已经
从变幻的天空，
从绿草和青松

---

① 十四行第二十三首：几只初生的小狗。

唱我们的运命。

我们忧患重重，
这里怎么竟会
听到这样歌声？

看那小的飞虫，
在它的飞翔内
时时都是永生。

二 五

案头摆设着用具，
架上陈列着书籍，
终日在些静物里
我们不住地思虑；

言语里没有歌声，
举动里没有舞蹈，
空空问窗外飞鸟
为什么振翼凌空。

只有睡着的身体，
夜静时起了韵律，
空气在身内游戏
海盐在血里游戏——
梦里可能听得到
天和海向我们呼叫？

二 六

我们天天走着一条熟路
回到我们居住的地方；

但是在这林里面还隐藏
许多小路,又深邃,又生疏。

走一条生的,便有些心慌,
怕越走越远,走入迷途,
但不知不觉从树疏处
忽然望见我们住的地方

象座新的岛屿呈在天边。
我们的身边有多少事物
向我们要求新的发现:

不要觉得一切都已熟悉,
到死时抚摸自己的发肤
生了疑问:这是谁的身体?

二 七

从一片泛滥无形的水里
取水人取来椭圆的一瓶,
这点水就得到一个定形;
看,在秋风里飘扬的风旗,

它把住些把不住的事体,
让远方的光、远方的黑夜
和些远方的草木的荣谢,
还有个奔向无穷的心意,

都保留一些在这面旗上。
我们空空听过一夜风声,
空看了一天的草黄叶红,

向何处安排我们的思,想?
但愿这些诗象一面风旗
把住一些把不住的事体。

原载《十四行集》,上海文化生活出版社 1949 年版

赵树理《小二黑结婚》导读

 **作家简介**

赵树理(1906—1970),现代著名小说家,原名赵树礼。山西省沁水县尉迟村人。出生于一个贫苦农民家庭。1919年赵树理上高小时,买到一位腐儒编写的《四书白话解说》,托名其孙子江希张著,阎锡山为之作序。这位"江神童"是赵树理第一位偶像,他连续数年顶礼膜拜地诵读该书,用他自己的话说,这时还是个"迂腐之徒"。1925年,考入山西省立第四师范学校,开始接受新思想、新文学,1927年4月,经人介绍秘密加入中国共产党,参加一些革命斗争。1929年春天,在沁水城关教书时被捕,次年获释,直到全面抗战爆发,流浪于太原、沁水及开封等地,做过不少杂役差事。

赵树理在中国现代文学史上占有重要地位。1931年开始发表通俗文艺作品,1934年逐渐转变了"艺术至上主义"文学观,"有意识地使通俗化为革命服务"。抗日战争时期,他长期从事革命宣传工作,保持着农民的朴素本质,致力于革命文艺的通俗化、大众化路线,写出了许多反映农村社会生活、深受广大群众欢迎的小说,甚至产生了所谓"赵树理方向"的口号,如《小二黑结婚》《李有才板话》《李家庄的变迁》《福贵》等,成为延安文艺座谈会以后崛起的作家的代表。

1949年后,赵树理继续深入农村生活,耕笔不辍,驰骋于中国文坛。短篇小说《锻炼锻炼》、长篇评书《灵泉洞》,以及《实干家潘永福》、长篇小说《三里湾》等,多以华北农村为背景,坚持用现实主义方法反映农村社会的变迁和矛盾斗争,塑造农村各式人物形象;同时,坚持民族化、大众化的创作道路,努力使自己的创作与农民的阅读心理、欣赏习惯相一致,令人爱不释手。其中《三里湾》是最早反映农业合作化运动的长篇小说,也是最能展示中华人民共和国成立后赵树理艺术功力和艺术情趣的力作。小说围绕秋收、扩社、整社、开渠等工作,交织着党内斗争、家庭矛盾以及穿插爱情婚姻纠葛,勾勒了向社会主义方向前进的新农村的图景。

赵树理被誉为写农民的"铁笔""圣手"。在他的影响下,马烽、西戎等实力雄厚的山西籍作家,以《山西文艺》《火花》为阵地,继承《小二黑结婚》《李有才板话》的格调,发表了一大批趋向相似、风格相近的作品,形成了一个被称为"山药蛋派"的作家群体。"文革"中赵树理的作品被批判,本人也被迫害致死。赵树理历任中国文联常务委员、中国作家协会理事、中国曲艺协会主席,曾任《曲艺》《人民文学》编委和中国共产党第八次代表大会代表,全国人民代表大会第一、第二、第三届代表。

 时代背景

1943年早春,在太行区党委宣传部工作的赵树理,因反"扫荡"来到山西辽县的一个小山村。这时,抗日战争处于关键阶段,解放区的各级组织被广泛用于动员社会各阶层群众反抗日本侵略的工作中,因而解放区基层社会没有时间、精力得到彻底的改造。延续久远的农村地区弥漫着浓重的保守思想,农民身上残存着传统的封建伦理道德的渣滓,制约着新型政权的巩固和新政策的实施。同时维持农村社会秩序的组织成员,存在着严重的不纯现象,一些过去欺压农民的势力依然在行使权力,使得农民的思想解放受到遏制,对茁壮成长的农村革命斗争具有极大的危害性和破坏性。

赵树理入住小山村后,就了解到发生的一桩不幸的婚姻案件:民兵队长岳冬至与本村的一个漂亮姑娘智英祥谈恋爱,双方父母都反对,村里的坏人也从中破坏。已婚的村长数次调戏智英祥,屡遭拒绝,迁怒于岳冬至,并联合他人借机活活打死了岳冬至,把尸体吊到岳家的牛圈里,说他是上吊死的。赵树理亲自做过调查,帮助写过状子,还亲自听取审讯。他就以这个案子为基础,联系当时根据地面临的新形势,写出了小说《小二黑结婚》,为了弘扬正气、鼓舞人心,把悲剧素材改为大团圆结局式的喜剧。小说完成后,先后得到彭德怀、周扬、毛泽东的赞赏。

《小二黑结婚》是赵树理的成名之作,曾以手抄本的形式,在当地民间广泛传开;它与《李有才板话》一起,准确真实地描写了特定历史条件下农村的政治、社会生活的横断面,反映了农村各阶层人物的心理变动。在小说艺术的民族化、群众化方面,做出了重大的历史性贡献,赢得了"解放区文艺的代表之作"的美誉。他所创造的老百姓喜闻乐见的、具有中国作风、中国气派的小说民族形式,开辟了新文学发展的新局面。

作品评点

《小二黑结婚》描写的是根据地一对青年男女小二黑和小芹,冲破封建传统和落后家长的重重束缚,终于结为美满夫妻的故事。作品不仅讴歌了青年农民自由恋爱的胜利、农民中新生力量的成长,更主要的是批判了老一代农民中封建落后的思想及其习惯势力,揭露了基层封建恶霸势力的罪恶。

作品成功地塑造了小二黑和小芹两个农村新人的形象。他们伴随着社会的变迁成长,在解放区的革命斗争的洗礼中,树立了新的道德标准、新的理想愿望,是进步力量的代表。他们勇于表达自己的追求,不怕违背落后、保守的封建家长作风意旨的态度,争取婚姻自主的斗争精神,展示了新生事物一定要战胜旧事物的历史大趋势。二诸葛掐算生辰八字,给小二黑收养了一个八九岁的便宜的童养媳,二黑却不认账,对父亲说:"你愿意养你就养着,反正我不要。"小芹也不承认母亲为她代定同富裕退职军官的婚事,把送来的首饰绸缎扔下一地,跟她娘说:"我不管!谁收了人家的东西谁跟人家去!"他们不仅敢于挑战封建迷信思想,而且还敢于和农村中邪恶势力抗争,当金旺等人把他们双双捉住时,二黑反而"起了火",大叫"没有犯了法"!二黑的理直气壮,在于他了解新政权的政策,男女双方愿意,别人做不了主。这不同于"五四"时期的"娜拉出走",那时的盲目性已经被理智的依法行事所取代,人民政权成为婚姻自主的可靠保证。

二诸葛和三仙姑是小说成功塑造的两个落后农民的形象。二诸葛胆小怕事、落后迷信,极力想维护家长制的权威,顽固地反对儿子小二黑与小芹自由恋爱结婚。三仙姑本是一个好逸恶劳、作风不正的妇女,不仅忌妒女儿小芹的幸福婚姻,而且还以"前世姻缘由天定"为名,贪财出卖女儿。他们是旧的、习惯势力的代表,赵树理通过这两个人物形象的塑造,深刻地揭示了农村小生产者精神的落后、陈腐和惰性,说明实行民主改革、移风易俗确实是势在必行。他们既作为一种社会力量历史地存在着,又能够反衬出民主政权的巨大力量,正在推动解放区农村的重大变化,并积极地除旧布新。不难设想,假如没有"区长"代表的解放区人民政权的存在,农民的旧思想、旧观念就很难改变,封建伦理道德的痼疾就不会被根治,最后"两个神仙"的变化——三仙姑拆香案、二诸葛收八卦,意味着在新意识形态的引导下,改造传统遗留的封建迷信思想的成功。

兴旺、金旺是多线条的叙述结构中的另外一组人物,他们是地方恶霸势力的代表,属于反面形象。抗战初期土匪横行,他们做巫婆又做鬼,根据地建立后,又利用人们对新兴力量的疑虑,抢先占据村里的要职。金旺未能占到小芹的便宜,便怀恨在心,设法报仇。二黑与小芹的恋爱,自然成了雪恨的机会,于是就有了所谓斗争会、"拿双"捆人的事情。故事结尾兴旺、金旺的被收押判刑,不仅是二黑、小芹恋爱的胜利,还是农村基层政权纯化干部队伍的胜利。它增长农民对新政权的信心,使得地方恶势力再也无法像过去一样欺压百姓。

三组人物的塑造,形成一股结构上的张力,使得农村根据地的世态人情完全展现出来。各组人物命运的升降沉浮,昭示着一个动荡不安的社会正在有序地转型。

《小二黑结婚》具有鲜明的民族化、大众化的创作风格。首先,在情节和结构的设置上,继承了古典小说和说唱艺术的传统,讲究故事性。作者以小二黑和小芹的恋爱过程为主要线索,其他的人物、情节都围绕它展开,于是叙事不仅有头有尾,环环相扣,波澜起伏,而且大故事里套几个小故事,每个故事又通过典型细节展开,很好地塑造了不同类型的人物形象。譬如,通过"不宜栽种"的故事,写二诸葛的迷信和迂腐,通过"米烂了"的故事,写三仙姑的装神弄鬼和作假,这样的刻画使人物的性格特征跃然纸上。小说末尾的群众大会上,通过描写检举兴旺、金旺从沉默到踊跃发言的过程,真实地反映了饱受欺压的农民的心态变化,极好地深化了主题。

另外,语言上的幽默、口语化,是其大众化风格的重要体现。赵树理的小说不事铺陈粉饰,是典型的民族形式的文本,叙述语言朴实、生动,又幽默、诙谐,是地地道道的农民话语,又是经过提炼的文学语言。这在这篇作品里就有着鲜明的呈现。开头"神仙的忌讳",介绍了故事中的两个主要人物,没有采用现代小说的有意设置悬念的技巧,而是类似于说书的形式,娓娓道来,通俗易懂,引人入胜。二诸葛请求区长"恩典恩典,命相不对,这是一辈子的事",非常个性化,写出二诸葛是真迷信。同时,在许多场合,幽默的语言里又夹杂着嘲讽的口吻,将作者的价值判断经由口语化的文字,自然而然地流露出来,体现了极高的表述能力。

(丁云亮)

小二黑结婚

赵树理

一 神仙的忌讳

刘家峧有两个神仙,邻近各村无人不晓:一个是前庄上的二诸葛,一个是后庄上的三仙姑。二诸葛原来叫刘修德,当年做过生意,抬脚动手都要论一论阴阳八卦,看一看黄道黑道。三仙姑是后庄于福的老婆,每月初一十五都要顶着红布摇摇摆摆装扮天神。

二诸葛忌讳"不宜栽种",三仙姑忌讳"米烂了"。这里边有两个小故事:有一年春天大旱,直到阴历五月初三才下了四指雨。初四那天大家都抢着种地,二诸葛看了看历书,又掐指算了一下说:"今日不宜栽种。"初五日是端午,他历年就不在端午这天做什么,又不曾种;初六倒是个黄道吉日,可惜地干了,虽然勉强把他的四亩谷子种上了,却没有出够一半。后来直到十五才又下雨,别人家都在地里锄苗,二诸葛却领着两个孩子在地里补空子。邻家有个后生,吃饭时候在街上碰上二诸葛便问道:"老汉!今天宜栽种不宜?"二诸葛翻了他一眼,扭转头返回去了,大家就嘻嘻哈哈传为笑谈。

三仙姑有个女孩叫小芹。一天,金旺他爹到三仙姑那里问病,三仙姑坐在香案后唱,金旺他爹跪在香案前听。小芹那年才九岁,晌午做捞饭,把米下进锅里了,听见她娘哼哼得很中听,站在桌前听了一会,把做饭也忘了。一会,金旺他爹出去小便,三仙姑趁空子向小芹说:"快去捞饭!米烂了!"这句话却不料就叫金旺他爹听见,回去就传开了。后来有些好玩笑的人,见了三仙姑就故意问别人"米烂了没有?"

二 三仙姑的来历

三仙姑下神,足足有三十年了。那时三仙姑才十五岁,刚刚嫁给于福,是前后庄上第一个俊俏媳妇。于福是个老实后生，不多说一句话，只会在地里死受。于福的娘早死了，只有个爹，父子两个一上了地，家里就只留下新媳妇一个人。村里的年轻人们觉着新媳妇太孤单，就慢慢自动的来跟新媳妇作伴，不几天就集合了一大群，每天嘻嘻哈哈，十分哄伙。于福他爹看见不像个样子，有一天发了脾气，大骂一顿，虽然把外人挡住了，新媳妇却跟他闹起来。新媳妇哭了一天一夜，头也不梳，脸也不洗，饭也不吃，躺在炕上，谁也叫不起来，父子两个没了办法。邻家有个老婆替她请了一个神婆子，在她家下了一回神，说是三仙姑跟上她了，她也哼哼唧唧自称吾神长吾神短，从此以后每月初一十五就下起神来，别人也给她烧起香来求财问病，三仙姑的香案便从此设起来了。

青年们到三仙姑那里去，要说是去问神，还不如说是去看圣像。三仙姑也暗暗猜透大家的心事，衣服穿得更新鲜，头发梳得更光滑，首饰擦得更明，官粉搽得更匀，不由青年们不跟着她转来转去。

这是三十来年前的事。当时的青年，如今都已留下胡子，家里大半又都是子媳成群，所以除了几个老光棍，差不多都没有那些闲情到三仙姑那里去了。三仙姑却和大家不同，虽然已经四十五岁，却偏爱当个老来俏，小鞋上仍要绣花，裤腿上仍要镶边，顶门上的头发脱光了，用黑手帕盖起来，只可惜官粉涂不平脸上的皱纹，看起来好像驴粪蛋上下上了霜。

老相好都不来了，几个老光棍不能叫三仙姑满意，三仙姑又团结了一伙孩子们，比当年的老相好更多，更俏皮。

三仙姑有什么本领能团结这伙青年呢？这秘密在她女儿小芹身上。

三 小 芹

三仙姑前后共生过六个孩子，就有五个没有成人，只落了一个女儿，名叫小芹。小芹当两三岁时候，就非常伶俐乖巧，三仙姑的老相好们，这个抱过来说是"我的"，那个抱起来说是"我的"，后来小芹长到五六岁，知道这不是好话，三仙姑教她说："谁再这么说，你就说'是你的姑姑'。"说了几回，果然没有人再提了。

小芹今年十八了，村里的轻薄人说，比她娘年轻时候好得多。青年小伙子们，有事没事，总想跟小芹说句话。小芹去洗衣服，马上青年们也都去洗；小芹上树采野菜，马上青年们也都去采。

吃饭时候，邻居们端上碗爱到三仙姑那里坐一会，前庄上的人来回一里路,也并不觉得远。这已经是三十年来的老规矩,不过小青年们也这样热心,却是近二三年来才有的事。三仙姑起先还以为自己仍有勾引青年的本领,日子长了,青年们并不真正跟她接近,她才慢慢看出门道来,才知道人家来了为的是小芹。

不过小芹却不跟三仙姑一样,表面上虽然也跟大家说说笑笑,实际上却不跟人乱来,近二三年,只是跟小二黑好一点。前年夏天,有一天前响,于福去地,三仙姑去串门,家里只留下小芹一个人,金旺来了,嘻皮笑脸向小芹说:"这会可算是个空子吧?"小芹板起脸来说:"金旺哥!咱们以后说话要规矩些!你也是娶媳妇大汉了!"金旺撇撇嘴说:"咦!装什么假正经?小二黑一来管保你就软了!有便宜大家讨开点,没事;要正经除非自己锅底没有黑!"说着就拉住小芹的胳膊悄悄说:"不用装模作样了!"不料小芹大声喊道:"金旺!"金旺赶紧放手跑出来。一边还咄念道:"等得住你!"说着就悄悄溜走了。

四 金旺兄弟

提起金旺来,刘家峧没有人不恨他,只有他一个本家兄弟名叫兴旺跟他对劲。

金旺他爹虽是个庄稼人,却是刘家峧一只虎,当过几十年老社首,捆人打人是他的拿手好戏。金旺长到十七八岁,就成了他爹的好帮手;兴旺也学会了帮虎吃食,从此金旺他爹想要捆谁,就不用亲自动手,只要下个命令,自有金旺兴旺代办。

抗战初年,汉奸敌探溃兵土匪到处横行,那时金旺他爹已经死了,金旺、兴旺弟兄两个,给一支溃兵作了内线工作,引路绑票,讲价赎人,又做巫婆又做鬼,两头出面装好人。后来八路军来,打垮溃兵土匪,他两人才又回到刘家峧。

山里人本来就胆子小,经过几个月大混乱,死了许多人,弄得大家更不敢出头了。别的大村子都成立了村公所、各救会、武委会,刘家峧却除了县府派来一个村长以外,谁也不愿意当干部。不久,县里派人来刘家峧工作,要选举村干部,金旺跟兴旺两个人看出这又是掌权的机会,大家也巴不得有人愿干,就把兴旺选为武委会主任,把金旺选为村政委员,连金旺老婆也被选为妇救会主席,其他各干部,硬捏了几个老头子出来充数。只有青抗先队长,老头子充不得。兴旺看见小二黑这个小孩子漂亮好玩,随便提了一下名就通过了,他爹二诸葛虽然不愿,可是惹不起金旺,也没有敢说什么。

村长是外来的,对村里情形不十分了解,从此金旺兴旺比前更厉害了,只要瞒住村长一个人,村里人不论哪个都得由他两个调遣。这几年来,村里别的干部虽然调换了几个,而他两个却好像铁桶江山。大家对他两个虽是恨之入骨,可是谁也不敢说半句话,都恐怕扳不倒他们,自己吃亏。

五　小　二　黑

小二黑,是二诸葛的二小子,有一次反"扫荡"打死过两个敌人,曾得到特等射手的奖励。说到他的漂亮,那不只在刘家峧有名,每年正月扮故事,不论去到哪一村,妇女们的眼睛都跟着他转。

小二黑没有上过学,只是跟着他爹识了几个字。当他六岁时候,他爹就教他识字。识字课本既不是五经四书,也不是常识国语,而是从天干、地支、五行、八卦、六十四卦名等学起,进一步便学些《百中经》、《玉匣记》、《增删卜易》、《麻衣神相》、《奇门遁甲》、《阴阳宅》等书。小二黑从小就聪明,像那些算属相、卜六壬课、念大小流年或"甲子乙丑海中金"等口诀,不几天就都弄熟了,二诸葛也常把他引在人前卖弄。因为他长得伶俐可爱,大人们也都爱跟他玩,这个说:"二黑,算一算十岁属什么?"那个说:"二黑,给我卜一课!"后来二诸葛因为说"不宜栽种"误了种地,老婆也埋怨,大黑也埋怨,庄上人也都传为笑谈,小二黑也跟着这事受了许多奚落。那时候小二黑十三岁,已经懂得好歹了,可是大人们仍把他当成小孩来玩弄,好跟二诸葛开玩笑的,一到了家,常好对着二诸葛问小二黑道:"二黑!算算今天宜不宜栽种?"和小二黑年纪相仿的孩子们,一跟小二黑生了气,就连声喊道:"不宜栽种不宜栽种……"小二黑因为这事,好几个月见了人躲着走,从此就和他娘商量成一气,再不信他爹的鬼八卦。

小二黑跟小芹相好已经二三年了。那时候他才十六七,原不过在冬天夜长时候,跟着些闲人到三仙姑那里凑热闹,后来跟小芹混熟了,好像是一天不见面也不能行。后庄上也有人愿意给小二黑跟小芹做媒人,二诸葛不愿意,不愿意的理由有三:第一小二黑是金命,小芹是火命,恐怕火克金;第二小芹生在十月,是个犯月;第三是三仙姑的声名不好。恰巧在这时候,彰德府来了一伙难民,其中有个老李带来个八九岁的小姑娘,因为没有吃的,愿意把姑娘送给人家逃个活命。二诸葛说是个便宜,先问了一下生辰八字,掐算了半天说:"千里姻缘使线牵",就替小二黑收作童养媳。

虽然二诸葛说是千合适万合适,小二黑却不认账。父子俩吵了几天,二诸葛非养不行,小二黑说:"你愿意养你就养着,反正我不要!"结果虽把小姑娘留下了,却到底没有说清楚算什么关系。

六　斗　争　会

金旺自从碰了小芹的钉子以后,每日怀恨,总想设法报一报仇。有一次武委会训练村干部,恰巧小二黑发疟疾没有去。训练完毕之后,金旺就向兴旺说:"小二黑是装病,其实是被小芹勾引住了,可以斗争他一顿。"兴旺就是武委会主任,从前也碰过小芹一回钉子,自然十分赞成金旺的意见,并且又叫金旺回去和自己的老婆说一下,发动妇救会也斗争小芹一番。金旺老婆现任妇救会主席,因为金旺好到小芹那里去,早就恨得小芹了不得。现在金旺回去跟她说要斗争小芹,这才是巴不得的机会,丢下活计,马上就去布置。第二天,村里开了两个斗争会,一个是武委会斗争小二黑,一个是妇救会斗争小芹。

小二黑自己没有错,当然不承认,嘴硬到底,兴旺就下命令,把他捆起来送交政权机关处理。幸而村长脑筋清楚,劝兴旺说:"小二黑发疟是真的,不是装病,至于跟别人恋爱,不是犯法的事,不能捆人家。"兴旺说:"他已是有了女人的。"村长说:"村里谁不知道小二黑不承认他的童养媳。人家不承认是对的;男不过十六,女不过十五,不到订婚年龄。十来岁小姑娘,长大也不会来认这笔账。小二黑满有资格跟别人恋爱,谁也不能干涉。"兴旺没话说了,小二黑反要问他:"无故捆人犯法不犯?"经村长双方劝解,才算放了完事。

兴旺还没有离村公所,小芹拉着妇救会主席也来找村长,她一进门就说:"村长! 捉贼要赃,捉奸要双,当了妇救会主席就不说理了?"兴旺见拉着金旺的老婆,生怕说出这事与自己有关,赶紧溜走。后来村长问了问情由,费了好大一会唇舌,才给她们调解开。

七　三仙姑许亲

两个斗争会开过以后,事情包也包不住了,小二黑也知道这事是合理合法的了,索性就跟小芹公开商量起来。

三仙姑却着了急。她跟小芹虽是母女,近几年来却不对劲。三仙姑爱的是青年们,青年们爱的是小芹。小二黑这个孩子,在三仙姑看来好像鲜果,可惜多一个小芹,就没了自己的份儿。她本想早给小芹找个婆家推出门去,可是因为自己声名不正,差不多都不愿意跟她结亲。开罢斗争会以后,风言风语都说小二黑要跟小芹自由结婚,她想要真是那样的话,以后想跟小二黑说句笑话都不能了,那是多么可惜的事,因此托东家求西家要给小芹找婆家。

"插起招军旗,就有吃粮人。"有个吴先生是在阎锡山部下当过旅长的退职军官,家里很富,才死了老婆。他在奶奶庙大会上见过小芹一面,愿意续她,媒人向三仙姑一说,三仙姑当然愿意。不几天过了礼帖,就算定了,三仙姑以为了却一宗心事。

小芹已经和小二黑商量得差不多了,如何肯听她娘的话?过礼那一天,小芹跟她娘闹起来,把吴先生送来的首饰绸缎扔下一地。媒人走后,小芹跟她娘说:"我不管!谁收了人家的东西谁跟人家去!"

三仙姑愁住了,睡了半天,晚饭以后,说是神上了身,打了两个呵欠就唱起来。她起先责备于福管不了家,后来说小芹跟吴先生是前世姻缘,还唱些什么"前世姻缘由天定,不顺天意活不成⋯⋯"于福跪在地下哀求,神非教他马上打小芹一顿不可。小芹听了这话,知道跟这个装神弄鬼的娘说不出什么道理来,干脆躲了出去,让她娘一个人胡说。

小芹一个人悄悄跑到前庄上去找小二黑,恰在路上碰上小二黑去找她,两个就悄悄拉着手到一个大窑里去商量对付三仙姑的法子。

八 拿 双

小芹把她娘怎样主婚怎样装神,唱些什么,从头至尾细细向小二黑说了一遍,小二黑说:"不用理她!我打听过区上的同志,人家说只要男女本人愿意,就能到区上登记,别人谁也做不了主⋯⋯"说到这里,听见外边有脚步声,小二黑伸出头来一看,黑影里站着四五个人,有一个说:"拿双拿双!"他两人都听出是金旺的声音,小二黑起了火,大叫道:"拿?没有犯了法!"兴旺也来了,下命令道:"捉住捉住!我就看你犯法不犯法,给你操了好几天心了!"小二黑说:"你说去哪里咱就去哪里,到边区政府你也不能把谁怎么样!走!"兴旺说:"走?便宜了你!把他捆起来!"小二黑挣扎了一会,无奈没有他们人多,终于被他们七手八脚打了一顿捆起来了。兴旺说:"里边还有个女的,也捆起来!捉奸要双,这是她自己说的!"说着就把小芹也捆起来了。

前庄上的人都还没有睡,听见有人吵架,有些人就跑出来看,麻秆火把下看见捆着的两个人,大家不问就都知道了八九分。二诸葛也出来了,见小二黑被人家捆起来,就跪在兴旺面前哀求道:"兴旺!咱两家没有什么仇!看在我老汉面上,请你们诸位高高手……"兴旺说:"这事情,我们管不了,送给上级再说吧!"小二黑说:"爹!你不用管!送到哪里也不犯法!我不怕他!"兴旺说:"好小子!要硬你就硬到底!"又逼住三个民兵说:"带他们走!"一个民兵问:"带到村公所?"兴旺说:"还到村公所干什么?上一回不是村长放了的?送给区武委会主任按军法处理!"说着就把他两个人拥上走了。

九　二诸葛的神课

邻居们见是兴旺弟兄们捆人,也没有人敢给小二黑讲情,直等到他们走后,才把二诸葛招呼回家。

二诸葛连连摇头说:"唉!我知道这几天要出事啦!前天早上我上地去,才上到岭上,碰上个骑驴媳妇,穿了一身孝,我就知道坏了。我今年是罗睺星照运,要谨防带孝的冲了运气,因此哪里也不敢去,谁知躲也躲不过?昨天晚上二黑他娘梦见庙里唱戏。今天早上一个老鸦落在东房上叫了十几声……唉!反正是时运,躲也躲不过。"他罗哩罗嗦念了一大堆,邻居们听了有些厌烦,又给他说了一会宽心话,就都散了。

有事人哪里睡得着?人散了之后,二诸葛家里除了童养媳之外,三个人谁也没有睡。二诸葛摸了摸脸,取出三个制钱占了一卦,占出之后吓得他面色如土。他说:"了不得呀了不得!丑土的父母动出午火的官鬼,火旺于夏,恐怕有些危险了。唉!人家把他选成青年队长,我就说过不叫他当,小杂种硬要充人物头!人家说要按军法处理,要不当队长哪里犯得了军法?"老婆也拍手跺脚道:"小爹呀!谁知道你要闯这么大的事啦?"大黑劝道:"不怕!事已经出下了,由他去吧!我想这又不是人命事,也犯不了什么大罪!既然他们送到区上了,我先到区上打听打听!你们都睡吧!"说着点了个灯笼就走了。

二诸葛打发大黑去后,仍然低头细细研究方才占的那一卦。停了一会,远远听着有个女人哭,越哭越近,不大一会就来到窗下,一推门就进来了。二诸葛还没有看清是谁,这女人就一把把他拉住,带哭带闹说:"刘修德!还我闺女!你的孩子把我的闺女勾引到哪里去了?还我……"二诸葛老婆正气得死去活来,一看见来的是三仙姑,正赶上出气,从炕上跳下来拉住她道:"你来了好!省得我去找你!你母女两个好生生把我个孩子勾引坏,你倒有脸来找我!咱两人就也到区上说说理!"两个女人滚成一团,二诸葛一个人拉也拉不开,也再顾不上研究他的卦。三仙姑见二诸葛老婆已经不顾了命,自己先胆怯了几分,不敢恋战,少闹了一会挣脱出来就走了。二诸葛老婆追出门来,被二诸葛拦回去,还骂个不休。

十　恩　典　恩　典

　　二诸葛一夜没有睡,一遍一遍念:"大黑怎么还不回来,大黑怎么还不回来。"第二天天不明就起程往区上走,走到半路,远远看见大黑、三个民兵已都回来了,还来了区上一个助理员,一个交通员。他远远就喊叫道:"大黑！怎么样？要紧不要紧？"大黑说:"没有事！不怕！"说着就走到跟前,助理员跟三个民兵先走了。大黑告交通员说:"这就是我爹！"又向二诸葛说:"区上添传你跟于福老婆。你去吧,没有事！二黑跟小芹两个人,一到区上就放开了。区上早就说兴旺跟金旺两个人不是东西,已经把他两个人押起来了,还派助理员到咱村开大会调查他们横行霸道的证据。我赶到那里人家就问罢了,听说区上还许咱二黑跟小芹结婚。"二诸葛说:"不犯罪就好,结婚可不行,命相不对！你没有听说添传我做什么？"大黑说:"不知道,大约也没有什么大事。你去吧,我先回去告我娘说。"交通员说:"老汉！这就算见了你了！你去吧,我再传那一个去！"说了就跟大黑相跟着走了。

　　二诸葛到了区上,看见小二黑跟小芹坐在一条板凳上,他就指着小二黑骂道:"闯祸东西！放了你你还不快回去？你把老子吓死了！不要脸！"区长道:"干什么？区公所是骂人的地方？"二诸葛不说话了。区长问:"你就是刘修德？"二诸葛答:"是！"问:"你给刘二黑收了个童养媳？"答:"是！"问:"今年几岁了？"答:"属猴的,十二岁了。"区长说:"女不过十五岁不能订婚,把人家退回娘家去,刘二黑已经跟于小芹订婚了！"二诸葛说:"她只有个爹,也不知逃难逃到哪里去了,退也没处退。女不过十五不能订婚,那不过是官家规定,其实乡间七八岁订婚的多着哩。请区长恩典恩典就过去了……"区长说:"凡是不合法的订婚,只要有一方面不愿意都得退！"二诸葛说:"我这是两家情愿！"区长问小二黑道:"刘二黑,你愿意不愿意？"小二黑说:"不愿意！"二诸葛的脾气又上来了,瞪了小二黑一眼道:"由你啦？"区长道:"给他订婚不由他,难道由你啦？老汉！如今是婚姻自主,由不得你了,你家养的那个小姑娘,要真是没有娘家,就算成你的闺女好了。"二诸葛道:"那也可以,不过还得请区长恩典恩典,不能叫他跟于福这闺女订婚！"区长说:"这你就管不着了！"二诸葛发急道:"千万请区长恩典恩典,命相不对,这是一辈子的事！"又向小二黑道:"二黑！你不要糊涂了！这是你一辈子的事！"区长道："老汉！你不要糊涂了；强逼着你十九岁的孩子娶上个十二岁的小姑娘，恐怕要生一辈子气！我不过是劝一劝你，其实只要人家两个人愿意，你愿意不愿意都不相干。回去吧！童养媳没处退就算成你的闺女！"二诸葛还要请区长"恩典恩典"，一个交通员把他推出来了。

十一　看看仙姑

三仙姑去寻二诸葛，一来为的是逞逞闹气的本领，二来为的是遮遮外人的耳目，其实让小芹吃一吃亏她很高兴，所以跟二诸葛老婆闹了一阵之后，回去就睡了。第二天早上，她起得很迟，于福虽比她着急，可是自己既没有主意，又不敢叫醒她，只好自己先去做饭；饭快成的时候，三仙姑慢慢起来梳妆。于福问她道："不去打听打听小芹？"她说："打听她做甚啦？她的本领多大啦？"于福也再没有敢说什么，把饭菜做成了放在炉边等，直等到她梳妆罢了才开饭。

饭还没有吃罢，区上的交通员来传她。她好像很得意，嗓子拉得长长地说："闺女大了咱管不了，就去请区长替咱管教管教！"她吃完了饭，换上新衣服、新首帕、绣花鞋、镶边裤，又擦了一次粉，加上几件首饰，然后叫于福给她备上驴，她骑上，于福给她赶上，往区上去。

到了区上。交通员把她引到区长房子里，她趴下就磕头，连声叫道："区长老爷，你可要给我做主！"区长正伏在桌上写字，见她低着头跪在地下，头上戴了满头银首饰，还以为是前两天跟婆婆生了气的那个年轻媳妇，便说道："你婆婆不是有保人吗？为什么不找保人？"三仙姑莫名其妙，抬头看了看区长的脸。区长见是个擦着粉的老太婆，才知道是认错人了。交通员道："认错人了！这就是于小芹的娘！"区长打量了她一眼道："你就是小芹的娘呀？起来！不要装神做鬼！我什么都清楚！起来！"三仙姑站起来了。区长问："你今年多大岁数？"三仙姑说："四十五。"区长说："你自己看看你打扮得像个人不像？"门边站着老乡一个十来岁的小闺女嘻嘻嘻笑了。交通员说："到外边耍！"小闺女跑了。区长问："你会下神是不是？"三仙姑不敢答话。区长问："你给你闺女找了个婆家？"三仙姑答："找下了！"问："使了多少钱？"答："三千五！"问："还有些什么？"答："有些首饰布匹！"问："跟你闺女商量过没有？"答："没有！"问："你闺女愿意不愿意？"答："不知道！"区长道："我给你叫来你亲自问问她！"又向交通员道："去叫于小芹！"

刚才跑出去那个小闺女，跑到外边一宣传，说有个打官司的老婆，四十五了,擦着粉,穿着花鞋。邻近的女人们都跑来看,挤了半院,唧唧哝哝说:"看看! 四十五了!""看那裤腿!""看那鞋!"三仙姑半辈没有脸红过,偏这会撑不住气了,一道道热汗在脸上流。交通员领着小芹来了,故意说:"看什么? 人家也是个人吧,没有见过? 闪开路!"一伙女人们哈哈大笑。

把小芹叫来,区长说:"你问问你闺女愿意不愿意!"三仙姑只听见院里人说:"四十五""穿花鞋",羞得只顾擦汗,再也开不得口。院里的人们忽然又转了话头,都说"那是人家的闺女""闺女不如娘会打扮",也有人说"听说还会下神",偏又有个知道底细的断断续续讲"米烂了"的故事,这时三仙姑恨不得一头碰死。

区长说:"你不问我替你问! 于小芹,你娘给你找的婆家你愿意跟人家结婚不愿意?"小芹说:"不愿意! 我知道人家是谁?"区长向三仙姑道:"你听见了吧?"又给她讲了一会婚姻自主的法令,说小芹跟小二黑订婚完全合法,还吩咐她把吴家送来的钱和东西原封退了,让小芹跟小二黑结婚。她羞愧之下,一一答应了下来。

十二　怎　么　到　底

三个民兵回到刘家峧,一说区上把兴旺金旺二人押起来,又派助理员来调查他们的罪恶,真是人人拍手称快。午饭后,庙里开一个群众大会,村长报告了开会宗旨,就请大家举他两个人的作恶事实。起先大家还怕扳不倒人家,人家再返回来报仇,老大一会没有人说话;有几个胆子太小的人,还悄悄劝大家说:"忍事者安然。"有个被他两人作践垮了的年轻人说:"我从前没有忍过? 越忍越不得安然! 你们不说我说!"他先从金旺领着土匪到他家绑票说起,一连说了四五款,才说道:"我歇歇再说,先让别人也说几款!"他一说开了头,许多受过害的人也都抢着说起来:有给他们花过钱的,有被他们逼着上过吊的,也有产业被他们霸了的,老婆被他们奸淫过的;他两人还派上民兵给他们自己割柴,拨上民伕给他们自己锄地;浮收粮,私派款,强迫民兵捆人,……你一宗他一宗,从晌午说到太阳落,一共说了五六十款。

区上根据这些罪状把他两人送到县里,县里把罪状一一证实之后,除叫他们赔偿大家损失外,又判了十五年徒刑。

经过这次大会之后,村里人也都敢出头了。不久,村干部又都经过大改选,村里人再也不敢乱投坏人的票了。这其间,金旺老婆自然也落了选。偏她还变了口吻,说:"以后我也要进步了。"

两个神仙也有了变化:

三仙姑那天在区上被一伙妇女围住看了半天,实在觉着不好意思,回去对着镜子研究了一下,真有点打扮得不像话;又想到自己的女儿快要跟人结婚,自己还卖什么老俏?这才下了个决心,把自己的打扮从顶到底换了一遍,弄得像个当长辈人的样子,把三十年来装神弄鬼的那张香案也悄悄拆去。

二诸葛那天从区上回去,又向老婆提起二黑跟小芹的命相不对,他老婆道:"把你的鬼八卦收起吧!你不是说二黑这回了不得吗?你一辈子放个屁也要卜一课,究竟抵了些什么事?我看小芹满不错,能跟咱二黑过就很好!什么命相对不对?你就不记得'不宜栽种'?"二诸葛见老婆都不信自己的阴阳,也就不好意思再到别人跟前卖弄他那一套了。

小芹和小二黑各回各家,见老人们的脾气都有些改变,托邻居们趁势和说和说,两位神仙也就顺水推舟同意他们结婚。后来两家都准备了一下,就过门。过门之后,小两口都十分得意,邻居们都说是村里第一对好夫妻。

夫妻们在自己卧房里有时候免不了说玩话:小二黑好学三仙姑下神时候唱"前世姻缘由天定",小芹好学二诸葛说"区长恩典,命相不对"。淘气的孩子们去听窗,学会了这两句话,就给两位神仙加了新外号:三仙姑叫"前世姻缘",二诸葛叫"命相不对"。

一九四三年五月写于太行

原载《新文化》1945 年 10 月 20 日创刊号、
11 月 1 日第 1 卷第 2 期

路翎《财主底儿女们》导读

 **作家简介**

路翎(1923—1994),原名徐嗣兴,祖籍安徽,生于江苏南京。少年亡父,故改随母姓,寄居于舅父的封建大家庭中。抗战逃难中接触到苏联著作,开始尝试写作,因写作宣传抗日的《空战日记》而被学校开除。17岁时以路翎为笔名在胡风主持的《七月》上发表短篇小说《"要塞"退出以后——一个青年经纪人底遭遇》,受胡风赏识而于文坛初露头角,自此成为20世纪30年代"七月派"的主力作家。

1942年后,未满20岁的路翎进入创作高峰,创作了中篇小说《饥饿的郭素娥》(1943年发表)及表现封建家庭出身知识分子的心路历程的长篇小说《财主底儿女们》(1945)。中华人民共和国成立后,先后在南京军事管制委员会文艺处创作组、中国戏剧家协会剧本创作室从事创作。1955年因受胡风案牵连,被捕入狱,被迫中断写作20多年。1981年发表长篇小说《群峰顶端的雕像》(《战争,为了和平》之一章)。

他的其他重要作品还有:中篇小说《蜗牛在荆棘上》、短篇小说集《青春的祝福》《在铁链中》《求爱》以及四幕悲剧《云雀》等。

 时代背景

20世纪40年代,胡风在国统区主持的《七月》《希望》等杂志周围,团结了一批诗人、小说家,形成了"七月派"作家群,在抗战时期国统区进步文艺界很有影响。1941年至1942年,胡风先后发表《关于创作发展的二三感想》《现实主义在今天》等文。1944年4月,胡风为文协理事会起草题为《文艺工作底发展及其努力方向》的论文,强调作家应该发扬"主观战斗精神"。"七月派"作家群把主观性的有无,看作是对现实主义内涵的必要理解。战争使得人们面临颠沛流离的现实境遇,现代生活又加深了人们面对内心寻找生活价值的渴望。部分作家开始转向通过小说表现对复杂现实的内心体验。

路翎无疑是"七月派"中能够自觉实践胡风文艺指导思想的最具才华的小说家。1943 年发表的中篇小说《饥饿的郭素娥》,被邵荃麟评价为"在中国的新现实主义文学中放射出一道鲜明的光彩"。《财主底儿女们》洋洋 80 余万字,可能是当时篇幅最长的长篇小说。全书分两部,第一部于 1943 年完稿,1945 年由希望社出版;第二部于 1944 年完稿,1948 年由希望社出版。胡风在序中称,小说"不但是自战争以来,而且是自新文学运动以来的,规模最宏大的,可以堂皇地冠以史诗的名称的长篇小说",并且预言"时间将会证明,《财主底儿女们》底出版是中国新文学史上一个重大的事件"。胡风对手下爱将的评语或许有溢美之嫌,但《财主底儿女们》在 20 世纪 40 年代中国小说史上,乃至在整个 20 世纪中国小说史上的重要地位,已经得到当前学术界的公认。

作品评点

《财主底儿女们》具有"心理历史小说"的特征,是一部展示中国现代知识分子心理历程的史诗性作品。小说第一部从"一二·八"写到"七七"事变前夕,采用双线结构组织线索。一条线索写苏州巨富蒋捷三的儿女围绕争夺家族巨额财产展开的斗争,一条写蒋家次子蒋少祖对封建家庭从反叛、斗争到颓唐、倒退的生活历程。和巴金描写 20 世纪 20 年代闭塞内地的封建大家庭分崩离析的名著《家》不同,小说中的蒋家是 30 年代江南沿海向资产阶级转化过程中的地主富户。家长蒋捷三所居住的苏州庄园并不是几世同堂的地方,老人只把心爱的大儿子蒋慰祖、金素痕夫妇留在身边,其他自立的儿女早已分居另过。小说花了很大篇幅叙述蒋家的儿女们对财产的激烈争夺。先是金素痕男女行为上的不检点刺激蒋慰祖得了疯病。金素痕把发疯的丈夫锁入另宅,自己作寡妇装束去苏州和老人大闹,趁乱夺走全部田书文契。老人死后,她比蒋家的人们早一步赶回苏州,以主办丧事的名义,趁机运走大量财货。为了争夺遗产,不顾老人尸骨未寒,蒋家的儿女们和金素痕打起官司,还登报互相攻讦,甚至"骂到了祖先",财主的大家庭就这样败落了。另一条线索是蒋家次子蒋少祖的个人史。他 16 岁离开家庭到上海读书,接受了进步思想,成为蒋家"第一个叛逆者"。大革命失败后,他颓唐了,认为"时日业已消逝,一切都不可复返,人世底事情一无可为了"。后来他更上升到参政员的高位,在政治上反对马克思主义,痛恨学生运动。他开始怀念苏州故园的"深夜宁静的香气"和"香炉里的檀香的气息"。他懊悔年少时候的孟浪,回到老家向父亲忏悔,决心替他父亲整顿家务。但是他挽回不了家族分崩离析的命运,最后他把苏州老宅卖给了从前的佃户。

小说第二部时间跨度从"七七"事变到苏德战争爆发。第二部采用单线结构,集中笔墨描写蒋家第三个儿子蒋纯祖在抗战全面爆发后的岁月里所经历的艰难曲折的生活道路。战争爆发时蒋家的人们都避往武汉,蒋纯祖不听劝告,执意前往上海参加抗日救亡工作。上海陷落,他向南京逃亡。他沿着江边走,逃亡途中结识了上海炼铁工人出身的朱谷良和以流氓士兵石华贵为首的一伙散兵,于是一起走。蒋纯祖深为朱谷良身上高傲、沉静、使徒般的气质所吸引,而石华贵发现朱谷良动摇了他在这伙人中的威信。石华贵欲强奸妇女,朱谷良拔枪要杀死他,但为蒋纯祖阻止。石华贵立刻复仇,搏斗中杀死了朱谷良。蒋纯祖悲愤欲绝,挑唆心怀不满的石华贵的部下把石华贵杀死。蒋纯祖到达汉口,加入合唱队,后又参加演剧队去重庆。他的高傲使他在队中受到围攻。蒋纯祖应朋友之邀赴石桥镇任小学校长,在那里又和当地保守势力发生激烈冲突。他与同事万同华恋爱,但他特立独行的表现得不到万家的欣赏。他在石桥镇损毁了健康,一封赌气的绝交信更葬送了他和万同华的爱情。最后蒋纯祖奇迹般地抱病步行一百多里地,在离万家五里之遥的小庙里永远倒了下去。

这部长达八十余万字的长篇小说写了七十多个人物,除了蒋家的儿女、亲戚,还刻画了工人、士兵、军官、教员、演员、学生、记者、乡镇市民等来自各个阶层的艺术形象。小说根据第一、第二部不同内容,在塑造人物的艺术上采取了不同的手法。第一部多是截取典型性的生活场面,如蒋淑华的婚礼、金素痕的闹府、蒋慰祖疯狂步行回乡、蒋金两家打官司、蒋秀菊订婚等事件或场面,组织主要人物的戏剧冲突,从而刻画不同的人物性格。第二部则通过对主人公蒋纯祖传奇生活经历的心理纵深描写,揭示其独特的精神面貌和性格特征。

《财主底儿女们》对于小说艺术上的最大贡献在于对现代心理小说的探索。作者自觉实践胡风"主观战斗精神"的理论,以主观世界充盈客观世界,对人的内心世界尤其是无意识世界进行了深入开掘。作者对人性的认识是带有现代派倾向的,他对于人物心理的深层次挖掘和作者生命力的猛烈燃烧所赋予人物的强大的思想、精神力量,使作品的心理描写达到了相当高度,在揭示灵魂的奥秘和深邃等方面具有很高的艺术价值。

即以本书所节选的第二部第二章、第三章为例。在这两章中,主人公蒋纯祖周旋于朱谷良、石华贵这两个极富特色的次要人物之间,通过共同逃亡的小说叙事,作品对三人的精神世界,都做了大开大阖、波澜起伏的精妙描写,兽性与人性并存,邪恶与纯真鏖战,某些心理片段描摹得细致入微而又幽深峭拔。

朱谷良在与石华贵的决斗中失利,石华贵握住手枪凝视朱谷良,朱谷良靠墙而立,想到"剩下来的时间,是短促如闪电";想到"这个仇敌,是不理解他底生命底意义,不理解他底柔弱和坚强、希望和痛苦";想到"假若被理解,石华贵便必会垂头,而他便必会站在辉煌的庄严中"。而石华贵并不急于开枪,他要"延长对朱谷良的惩罚,同时延长对另外的人们的惩罚"。包括蒋纯祖在内的"另外的人们","怯弱地站在旁边,目睹自己底朋友灭亡,而本能地庆幸自己的平安"。叙事人在这里评论道:"这种庆幸,是人世最可怕的惩罚之一。人们在当时就能够意识到这种庆幸的可怕,这种意识和庆幸的、逃避的、蒙昧的感情同时增强。"于是,旁观者"都希望自己能够避免,并能够在良心底世界里不被裁判,同时大家都希望自己能够奔上去,用自己的胸膛挡住手枪"。在旷野里,在逃难中,在生死之间只有一线之隔的时刻,人的心灵的全部善与恶、美与丑、勇敢与怯弱、博大与自私,彼此纠结、翻腾、交错、盘绕在一起。而作者以磅礴的热情和昂扬的生命力注入他的小说世界,淋漓地揭示着人物灵魂的全部奥秘。尽管当时的评论家和后来的文学史家都曾指出《财主底儿女们》在结构上有明显模仿俄国大作家托尔斯泰的痕迹,但是小说最卓越的心理段落其实更接近于另一位俄国小说大师陀斯妥耶夫斯基的风格,而正是小说在心理描写上取得的成就确立了它在中国现代小说史上独特而显著的地位。

(周 羽)

财主底儿女们(节选)

路 翎

第 二 章

一

朱谷良,蒋纯祖,和李荣光,依照着徐道明底指示行路,天亮的时候到达了一个村镇。天寒冷,枯黄色的丘陵上大雾弥漫。丘陵上的那些杂乱地生长着的黑色的松柏树是静悄悄地隐藏在雾中,雾气在树杆间轻轻地舒展,漂浮;人们走过的时候,发觉有水滴从树枝上落下,滴在枯草里。广漠的丘陵上的这种唯一的响动是给从战火中逃亡的疲惫了的人们暗示了一种和平的梦境。

浓厚的雾在这片旷野上漂浮着。各处的田地里,是完好地生长着小麦和豆类;在田地中间的各个池塘,是呈显出一种神秘的安宁的气象。这一切环绕了这个藏在大雾中的,无声息的,房屋稠密的村镇。在长江两岸的富庶的平原上,是随处可以发现这种村镇,好象它们是那些人民们,在某一天里突然互相同意,结成了同盟,在旷野中飞翔,任意地降落在各个处所,而建设起来的。人们走在平原上,就有一种深沉的梦境。那样的广漠,那样的忧郁,使人类底生命显得渺小,使孤独的人们处在一种恍惚的状态中,而接触到虚无的梦境:人们感觉到他们底祖先底生活,伟业与消亡;怎样英雄的生命,都在广漠中消失,如旅客在地平线上消失;留在飞翔的生命后面的,是破烂了的住所,从心灵底殿堂变成敲诈场所的庙宇,以及阴冷的,平凡的,麻木的子孙们。在旷野中行走,穿过无数的那些变成了奇形怪状的巢穴了的村镇,好象重复的,固执的唤起感情一样,重复的,固执的人类图景便唤起一种感情来;而在突然的幻象里,人们便看见中国底祖先了;人们便懂得那种虚无,懂得中国了。和产生冷酷的人生哲学同时,这一片旷野便一次又一次地产生了使徒。

朱谷良们,是怀着戒备,在这一片旷野中行走的。对于和平的生活底毁灭,人们已再无惋惜,虽然蒙在浓雾下面的大地以它底神秘的,庄严的声音和动作在表露着它底宁静的渴慕。这片大地是就要获得新的经验;人类底各种战争,是随处在爆发。

在朱谷良心里就藏着这种战争:朱谷良,从昨夜离开木船时起,便在心里发生了对他底年轻的伙伴的精神上的企图;人们底生活,是总在突进着,虽然能够建设起来以成为子孙们底住所的,始终很少。因为这种精神上的企图,朱谷良对蒋纯祖严肃,关切;在外表上,有时露出一种家长的态度,有时则显得漠不关心。而蒋纯祖,是畏惧地把这一切都接受了;随着这种熟悉,他底情感便渐渐放任起来。

李荣光,对于朱谷良和蒋纯祖,是一直在戒备;除了戒备,没有做别的什么。他是要以这种戒备保卫自己,而走完他底途程:他希望逃回故乡。朱谷良和蒋纯祖,因为互相作着战,在自尊心,妒嫉,厌恶和爱情里面纠缠的缘故,冷淡了他。

他们是疲惫,狼狈而阴沉,在大雾中走进了这个村镇。

破旧低矮的房屋,石碑和赤裸的树木都被雾浸湿;雾在各个物体间悄悄地漂浮。有狗在浓雾深处激烈地吠叫。在它们底激烈的声音之间,传出了雄鸡底从容不迫的啼鸣。屋檐和树木在滴着水。

朱谷良们,是希望在这个村镇里得到一点救济的。在不幸中,人们认为得到救济是一种权利。浓雾和犬吠是使他们焦躁了起来。他们无法知道,这个镇是处在怎样的情况中。

朱谷良首先站了下来,很随便地从衣袋里摸出了他底手枪。蒋纯祖底面色突然严重。但朱谷良随便地检查子弹,好象检查烟盒,以致于蒋纯祖露出一种安慰的笑容看着他。

"你们等一下。"朱谷良说,转身走进村镇。

于是蒋纯祖骇怕起来了,悄悄地跟着。但朱谷良即刻便停止,因为看见一个蓬头的,抱着手臂的妇人疾速地从前面不远的街上跑过。随即,一个沉思着的青年拖着一头小牛从旁边的巷子里走了出来。耕牛跨着怠慢的脚步,它底臀部在因寒冷而不住地打颤。因为这条耕牛,这个村镇底情况便明白了。蒋纯祖感到羞耻;于是诞生了那种年青人的胡涂的勇气。

但那个拖牛的青年,在发觉这些奇异的人们之后,便恐怖地拖着牛回到巷子里去了,隔了一下,在浓雾中,传来了一个尖锐的喊声:这个青年在报警了。于是村镇寂静,而狗吠更激烈。

朱谷良,浮上一丝轻蔑的微笑,站在雾中。

那个青年,是报了警。在危险的岁月,一切陌生人都可怕,人们易于夸张和轻信。这个村镇,是已经历过一批陌生的人们,而因为他们是不到最后决不离开他们底家业的,他们便戒备了起来,而结成相依为命的集团了。这个集团,是以一种奇特的热情夸张了朱谷良他们底来临。没有几分钟,大家便相信大队的日本兵已开到镇里来了。

因此这个村镇便好久地寂静着,等待事情发生。但在终于发现只是少数几个人的时候,他们便在墙壁和窗户之间传进消息和意见,商量起对策了:他们究竟应该怎样对付这几个可怕的日本人?

朱谷良们焦灼地在雾中走动,终于敲起一家店铺底门来;多年的繁荣的经营,是把这家小酒馆底板门染成了油腻的黑色。但敲门这个行动被当做是抢劫底开始,于是一只准备好了的鸟枪便从浓雾中间射击了出来。

李荣光尖叫了起来。他们扑倒了。第二枪射了出来,小的铅弹打在店铺底门板上。于是他们看见,在对街的庄院底篱笆后面,一个模糊的人影在移动。朱谷良突然跃起,发出一个狂怒的叫喊,冲了过去。

那个放鸟枪的人,很明显的,因为恐惧的缘故,开始的时候是过于相信他底武器了。在朱谷良底这一声狂叫之下,看见了朱谷良底可怕的手枪,他便露出恐惧的微笑,端着他底武器,在他底财产——他底房屋和家庭——面前站住不动,战抖了起来。他底舌头卷屈着伸了出来,那个微笑好久留在他底干枯的,苍白的,尖削的脸上。

"你是干什么?"隔着篱笆,朱谷良愤怒地低声问。

于是,听见是中国话,这个放枪的人脸上的恐惧的微笑,便被惭愧的微笑代替了,这个微笑,象一道光明似地透露了出来,证明这个奇怪的人物底血液是在怎样地流动。但这个微笑立刻便消失了;而一个可怕的黑夜,在那张小脸上透露了出来。那个眼光,是呆钝了,注视着面前;那两片嘴唇,是轻蔑地而又柔弱地扭屈了起来,在微弱地抽搐。

那个凝聚的,呆钝的眼光好久地凝视着前面;显然假如不被惊动,它便会永远凝视下去。一切感觉和意念,是在这个人里面突然消失了,他是凝视着黑夜。从这种神经失常的状态,朱谷良便看出了这个人底生涯里是有着可怕的不幸;并看出了这个人底放枪的动机。

"请你开一开门,我们买点吃的。"朱谷良因为同情的缘故,温和地说,而心里有悲痛,耽心这个人不再能听懂人类底语言;并且有不安,希望从这种不幸走开。

听见没有回答——这个人依然站在原来的姿势中——朱谷良便又抬起手枪;因为他耽心那只鸟枪会突然地又发射起来。

这时正面的门轻轻打开了,一个肥胖的女子走了出来。这个女子,虽然头发弄得很乱,脸上涂着作为掩饰的黑污,并且带着那种镇定的神情,却依然显出青春,显出少女底姿态来。显然她是在门内听了很久,而下了决心的。

她是笨重的;她底眼睛阴暗而悲苦。这个少女,和她底失常的父亲住在一起,显然没有幸福。而因为关闭的生活,那种羞耻心是特别强烈。但现在她却为了拯救父亲,敢于暴露在危险的兵士们面前了,为了拯救不幸的父亲,她是决心不再顾忌一切;唯有人类底善良可以拯救她,因为唯有人类底善良可以信仰。而一走出门,在大雾里暴露在陌生人面前,她便脱开了她底恐惧,获得了极端的严肃。她沉默地,迅速地走下台阶,走到篱笆前。

她正要说话,她底那个怀疑地注视着她的父亲便露出野兽的表情;随即跳跃了起来,拿鸟枪对准她。

"替我进去!"他用一种尖细的声音喊。

但女儿做出了一个严厉的姿势。

"各位老总,我父亲有病,请各位原谅。"她哀求地笑着说;向企图干涉的父亲看了一眼,同时打开篱笆门。"各位请进来坐。实在是我父亲有病,不相信……"

她垂下头,恐惧地等候结果。

她底那个父亲,在她说话的时候,是紧张地看着朱谷良底眼睛,显然的,假如朱谷良底眼睛不正当,他便又要放射鸟枪了。这个父亲是可怕地守卫着女儿。

朱谷良已经放下了他底武器。在父亲向女儿咆哮,而女儿回答出严厉的姿势来的时候,他便看出了在这中间有不寻常的,值得尊敬的东西。于是他放下了手枪,严肃地看着说话的少女。

"我们决不会骚扰你们的,我们也是逃难,请你们放心。"蒋纯祖单纯地说。显然觉得欢喜,准备进去了。和朱谷良所感到的相反,正如好多年青人一样,面前的父女间的悲痛令他感到亲切。对那个女儿,他是有了一种景仰。他预备进去,以美好的态度安慰他们。

但朱谷良严厉地看了他一眼,使他怀疑起自己来。

同时,那个父亲,因为门已打开,便想到他们是非进来不可的了。在这个简单的思想下,他就灵活了起来。那种可怕的,惊震的热情已经过去,这个人便开始使用心机,而非常夸张地表现了出来。他看了他底宝贵的女儿一眼——她是依然垂头站着,——走到门边,鞠躬,向门内伸手,并露出卑屈的,特别卑屈的笑容。

"请啊,老总,请!早知道是中国人么,咳!……"他笑着鞠躬。

朱谷良客气地笑了一笑,然后严肃地看他。他底这一切,是在朱谷良心上投下了暗影。

那个女儿红着脸抬起头来,眼泪流下她底肥胖的,涂黑了的面颊;于是非常笨重地摇动身体,跑进去了。

"请!"

朱谷良下颔打颤,在浓雾中走进院落。

李荣光悄悄地走了进来,向屋内张望。但蒋纯祖却怀疑地站着不动。

"别人既然痛苦——她哭了!——为什么要勉强别人呢?"他矜持地痛苦地想。

"请!"那个父亲挟着鸟枪,鞠躬说。

朱谷良回头,在冷气中耸起肩膀,用猜疑的眼光看那个父亲,然后露出疲惫的表情,严肃地看着蒋纯祖。

"是的,这个家伙!"他想。

"进来再说啦!"他皱眉,说。

"你疲倦么?"走上台阶时,他关切地问神情灰黯的蒋纯祖,并意外地浮上一个慈和的,光明的,悲哀的笑容。"要当心。"穿过堂屋时,他迅速地向蒋纯祖小声说。

这栋房子——两父女底这个坚牢的洞穴——是异常阴暗的,虽然门前有一块谷场,两栋房子之间有一个大的院落。房屋很宽敞,但旧朽。房间里和院落里是堆满了坛子,罐子,木桶,树杆,木材,稻草,麦秸,以及其他无数说不出名称来的,但人们看见就明白,并从而感到一种烦厌的同情的奇奇怪怪的东西。各样东西,在这个阴湿的王国里,是紧密地,无秩序地堆积着,被稻草包裹着或塞满着;发出一种浓厚扑鼻的,陈旧的酱菜坛子底酸气来。在大院落底左端,是堆积着同样长短的,发黑的木板;另一处堆积着木桩;木桩后面,则是说不出名称来的,有着破布和废铜底颜色的,霉烂的堆积,一头秃了肚皮的狗萎缩地躺在那上面。当主人通过的时候,这头狗便伸出头,表示出对义务的认识,站了起来,而在考虑了一下之后,向生客们发出了一种阴沉的哮声。但不知什么缘故,主人被触怒了,用着妇女们一般细小的脚步跑了过去,拾起一根柴棍拦着它底衰弱的头敲打了起来。

这只狗并不后退,用脚抵牢地面,阴沉地哮嚎着;而主人露出了一种狂热来。显然这种战争在这个国度里是常见的,这只忠心的牲畜是习惯于牺牲它底皮肉了。它是快要死了,但仍然忠实地履行它底义务。于是这场战争,发出击打声和人和狗底哮嚎声,在浓厚的雾中久久继续着。那个主人,是在他底狂热里,围着他底狗奇形怪状地跳跃着。无疑的,他是喜爱这只狗,不能缺少它;

这场战争,或许是由于他底那种奇特的,猛烈的妒嫉;人们看出来,他是常常用和这相同的方式对待他底可怜的女儿的。

不愉快的客人们站在各种堆积物中间的狭小的通路上等候着他。蒋纯祖觉得事态严重,替那只狗愤怒,皱着眉毛。朱谷良是露出厌恶的,疲惫的表情。但那个李荣光,在那只狗跟着它底主人转动身体的时候,却粗憨地笑了:他是对这些顶熟悉,他是好象走到了故乡,而天真地感到乐意。

终于那只老狗心安理得地蹲伏了下来,埋头在腿中。于是那个主人便同它高声地说了几句关于人生道德的话,丢下棍子,从狭小的道路上满足地走了回来。他揩着汗,在发红的脸上,露出了一个快乐的,天真的笑容,望着客人们,好象他们是亲密的朋友。人们看出来,他是经历了极大的艰苦才得到这个笑容,而用这个笑容,这种天真与亲密来保卫自己。他是觉得他把他底家庭里的一切全展览出来了,因而他觉得可以安心了。

他领客人们走进屋子。然后他走进房去。那个女儿,是伏在后房的床上,埋在枕头中悲泣着。他走过去,焦虑地、慈爱地悔罪地笑着,摇撼她,继而向她热切地耳语,安慰她,向她灌输他底人生哲学。

他扶女儿坐了起来,象一个母亲一样,理了女儿底头发。然后,为了使客人们听见,他走到门边,向女儿发出愤怒的喊叫。

"我跟你说过那个高头有米!我跟你说过还有两升,混帐东西!"

吃了饭之后,他便领客人们到一间潮湿的房间里,跨过一些坛子和罐子,声明这是他自己底房,请客人们安息。大家都非常疲惫,就睡了。朱谷良对这个主人是存着戒备的,但他终于无法抵抗疲惫。

那个主人,是好久地在窗子外面站着,从一个小洞里监视着他们。他是觉得人类太可怕了;狂热地保卫家庭和财产,便成了他底英雄的伟业,恰如狂热地建筑村落,是他底祖先们底伟业一样。从这里,人们便找到中国底虚无主义了。这个主人和父亲,静悄悄地站在寒冷的窗外,保卫着他底物质的家产和精神的财富,是象一切英雄一样,有着正直的,英勇的心灵;人们是可以从他底穿着破烂的,厚重的衣服的瘦小的躯体上,看出中国底英勇的姿态来。

有几个大胆的邻人敲了后门,向他探问消息,并向他表示那种非常的耽忧:这种耽忧,是因为他底财富,他底狂热,和他底对女儿底爱护。在村庄里,他底身上是堆满憎恨和恶毒的嘲笑的,但此刻,他是得以在同情的河流里洗澡了。大家偷偷地看了睡着了的客人们,研究了他们,而对他们怜悯了起来。有一个年老的私塾先生,就在院落里高声叫起来了。

"大家都是中国人!在这个时候,只有中国人救中国人!你底鸟枪呀!"他愤激地叫,"所以我晚上请他们!所以我要向他们请教!"

随即有第二批人,其中有年龄较大的妇女们,来看这几个不幸的人——大家都明白了他们是不幸的人——而在这个父亲和主人底屋子里泛滥着同情和议论底潮流。大家决心要向这几个人问一问战争底情况了。但当大家谈及他底女儿底勇敢的时候——她是依然藏在房里——这个父亲和主人变异了。他是突然阴沉了起来,落到一种直觉和一种梦境里,就象在门外一样;随即他表露了阴沉的态度——他是害怕着邻人们到他底屋子里来,认清他底各种堆积物的——而消灭了向他涌来的同情。

下午,雾散,天晴朗,旷野中有枪声。于是这个村落便被恐惧压倒,而归于死寂。有钱的家庭,尤其是有着年青的妇女的家庭,认为已经到了最后,便开始向更荒僻的乡下迁徙了。

但这个主人,为人们所看到的,是有着一种仇恨和热狂的;他是信仰着自己,而不愿迁徙的。他是永远不会离开他底洞穴的了;为了保护他底女儿,他是拿出疯狂的信心和勇气来,英勇地准备为全人类作战。

于是,他坐在他底大方桌旁边,冷酷地注视着前面。在油污的方桌上,是放着他底鸟枪;对这个武器,他是又有着信心了。象一切英雄一样,他是对他底所爱有着永恒的信心。

客人们一直睡到晚上;他们是过于疲劳。李荣光最先醒来,发觉没有人注意,便动了心,在黑暗中烦扰了起来;这种烦扰,象年青人底恋爱的烦扰一样,在李荣光心中,是强烈的。这个年轻的简单的家伙是在黑暗中惊心动魄地站着,面孔发烧了。于是他便在坛子和罐子中间摸索了起来。他企图打开壁前的那口橱,弄一点可以卖钱的东西。什么东西好卖钱,在世界上总是总归一样的,他想。他咳嗽了一声。……

听到了咳嗽声,那个主人便溜到门前来。听到壁橱底响动声,他便咳嗽了一声。

这个从黑暗中发出的阴冷的声音使李荣光恐慌得发抖。他退了一步,而在一个凳子上绊倒了。但对于自己是一个兵,他却是意识到的,于是他发出小孩般的尖细的,愤恐的叫声来。

那个主人溜开了。立刻便转来,掌着灯,脸上有卑屈的,甜蜜的微笑。

"什么事？什么事,啊？"

"混蛋,混蛋,混蛋！"李荣光在裤子上擦手,叫。

朱谷良猛烈地跳了起来,同时摸出手枪。看见李荣光底因得势而蛮横的情形,看见打开着的衣橱和翻倒了的凳子,朱谷良便明白了一切。蒋纯祖惊骇地坐了起来。

李荣光继续叫骂,暴怒地跳到门前。主人发觉朱谷良于自己有利,便看着朱谷良,准备控诉。发觉了这个,李荣光便举起拳头来了。但显然的,他是还需要朱谷良底许可。

李荣光举起拳头的时候,朱谷良是阴沉地注视着。

"喂！"他喊。

李荣光回头,于是放下拳头,狠狠地看了主人一眼沉默了。朱谷良坐了下来,手臂支在脸上,捧着头,静静地透明地注视着前面。在众人中间的优越,是引起他一种深刻的苦恼来了。那种在人间猛烈地追求,而终于无所获的苦恼,是在袭击着他。于是他不再注意周围的一切,而想起上海底一切,想起朋友们来。他想到,人类底弱点是这样深沉,他是对朋友们过于苛刻。他想到,假如他略微退让一点,他便不会如此孤独。

但即刻他想到他不该有悔恨,而孤独正是他所需要的。在这个人间,能够找到更好的东西么？于是他迅速地站了起来,抱着手臂,以明亮的,微笑的眼光注视着陷在沉思中的蒋纯祖。

蒋纯祖惊异地抬头看他。

但朱谷良即刻便露出淡漠来了。那个明亮的微笑是象一道光明似地闪过去。朱谷良,在那种兴奋里,意识到自己底英雄的生涯,同时生动地发现了这个单纯的年青人底可亲处,心里便有了甜美的爱慕,企图亲近这个年青人,而向他表露自己。这种亲近和爱慕,对于朱谷良,是成为一种显著的需要了：它将弥补往昔的错失。人生底阴沉的潮流,在这里便要形成光明的波浪了。但朱谷良即刻便打消了它而对于自己觉得怀疑。

蒋纯祖惊异地注视着他。蒋纯祖是完全不能明白那个微笑和随后的变异底意义。

"我们要走吗？"蒋纯祖问。

"明天走吧。"

"要不要给他钱？"

"你有吗?"

"我有。"蒋纯祖温柔地回答。

朱谷良沉思了一下。

"也可以不给的。"他说。

"李荣光,我告诉你!"朱谷良突然严厉地说,看着李荣光——他无聊地坐在凳子上,"对于老百姓,要敬重!拿老百姓底东西,要给钱!……你不也是老百姓吗?"他用深沉的低声说,眼里含着严肃的微笑。

在这里,是显出了人类底等级。朱谷良视蒋纯祖为同类,向蒋纯祖说无需给钱;觉得李荣光不属于自己底精神领域,向李荣光说要给钱。这种等级,如人们从事实深处所看到的,是真实的,因此朱谷良毫未觉察到自己是说了相互矛盾的话。但蒋纯祖注意到这个,他心里有光荣,诚恳地看着李荣光,希望李荣光同意。并且李荣光也注意到了这个。因此无论李荣光怎样迟钝,无论朱谷良底微笑和声音如何严肃,李荣光都要感到这种等级,而不能接受朱谷良底话。很短促地,在李荣光心中发生了自尊心底痛苦。人类底尊严,在这个奇特而又平凡的场合,是短促地闪灼了起来。李荣光皱眉,看着旁边。显然的,这种刺戟底结果,是恶意底增强。

吃晚饭的时候,主人就和朱谷良交际了起来,希望从他得到保护;夜晚的村镇沉静着,各处有犬吠,人们感到危险底迫近。这个主人拿出了酒和腊肉,殷勤地对待他底客人们:劝了酒之后,他便露出一种神异的表情,使人意外地谈起了四海一家底大义。往昔的生活,不幸,家业底惨淡经营,以及目前的危险是在突然之间给了他一种狂奋,使他露出那种孤注一掷的,愤激的可怕的表情来。

他表示,对于家业,女儿,自己底生命,他是可以完全不顾的;为了友情和正义,他在年轻的时候牺牲过自己,现在当也为友情和正义牺牲自己。在说这些话的时候,他底小眼睛燃烧着;和极度的亲善的表示同时,他底表情和声音里是藏着可怕的威胁。

"我张某,我张某!是的,我张某!"他高声叫,拍胸膛;"当着各位底面,我张某就割下自己底头来!当着各位正直的朋友,我张某可以马上就死!"他突然沉默,威胁地看着大家。

喝了酒的蒋纯祖以闪灼的,不瞬的眼睛看着他,而在他底热切的倾诉和凶恶的叫喊里奇特地感到对周围底一切的亲切,感到对杯盘、桌椅、墙壁、房间、灯光,和黑暗的院落的甜美的亲切,好象这里是自己底家。他未感到对这个人的亲切,因为他对这个人底亲热和凶恶是同样地惧怕;但这种惧怕,是人们对于自己底年老的亲戚的惧怕:在这种惧怕中——这种惧怕带来了对周围的一切的甜美的亲切——蒋纯祖是陶醉了。蒋纯祖,是象一切青年一样,在自己底祖国的浓厚的气氛里——这一切是痛切而深沉——堕入小孩们所有的痴呆和梦幻里去了。

有短促的沉默。蒋纯祖底梦境——他底年老的可畏的亲戚,他底甜美的家,他底儿时,他底纯洁——继续着。李荣光,被沉默烦扰,停止了咀嚼。蒋纯祖底梦境深沉,眼睛明亮。但朱谷良底冷静的声音惊醒了他。

朱谷良含着温和的微笑简单地向主人说,请他放心,他们是够朋友的。

"我请你替我写张告示,说里面住兵,贴在大门口,好吧?"主人软弱了下来说。

"那是没有用处的呀!"朱谷良回答,笑出声。

蒋纯祖,整个地从梦境里醒来,笑出声音。但即刻便屏息,因为那个主人阴沉起来了,显然地露出了敌意。随即他就痛苦地,焦灼地哭起来了。

朱谷良皱眉,反抗那种难以说明苦闷的感觉,站了起来,以一种暗示的,解释的,同情的眼光,看着蒋纯祖。而蒋纯祖,是象恋爱中的女孩一样,回答了一个有些羞怯的,明白的微笑。人类对于他们底同类的苦痛无法给予更多的帮助或安慰——有时甚至敌视——因为他们是带着各样的色彩,而要继续生活下去的。

这样,是只有那个献了身的女儿来挽救这个牺牲了酒食的痛苦的父亲了。那个女儿始终在门内窥探着,替她底不幸的父亲耽忧。她走了出来;她看着父亲,皱起嘴唇,脸上有悲苦的,柔弱的,特殊的表情。

"爸爸!"她伸手到父亲肩上,小声唤。同时她底脸兴奋地打抖。

那个父亲在这种呼唤里颤抖了一下,随即便转过头来,忘记了客人们在旁边,向女儿报答了一个柔弱的,甜蜜的笑脸。

"啊,小姑啊!"他用那种从厄难里脱出而回到爱人身边的人们所有的幸福的,动情的,温柔的声音叫。

女儿沉思了一下,发痴地看着油灯。

"请各位里面坐。"她勇敢地抬起头来,说。她脸红,嘴边有痛苦的笑纹。

这种图景是感动了那个淡漠的朱谷良了,因此他站着没有动。朱谷良底心突然地软下来,而感到烦恼的,有罪的情绪。他踌躇地看着父亲和女儿。

"请你们放心。"他突然用温柔的,确实的,有力的声音说,以致于蒋纯祖惊异地看着他。"我相信除了日本人,你们都不必怕。因为,中国人……"他说,眼里有光辉的微笑。从这几句话,他是理解到在他心里存在着的对他底祖国的深切的感情。在这种光明的火焰里,他感到他是站立在所有的中国人底眼光下,和他们一致地取得了对人类底善良的理解,而明白了各种生活。

他们回房睡下,因为疲劳尚未恢复,并且又喝酒的缘故,立刻便睡熟。

但那个主人却不能睡去。他是对一切都怀疑,晚饭时候的可怕的失望使他加深了对客人们底戒备。深夜里,他熄去了灯火,关闭了他底女儿,挟着他底鸟枪在各处巡逻。他底老狗殷勤地跟随着他,向各种东西发出它底阴沉的哮声。

他不时走近客人们所住的房间,向里面谛听,张望。而在极度地疲惫,不能支持的时候,他便想起了一个他认为是极好的主意。他把客人们底房门锁了起来。然后——雄鸡开始在黑暗的浓雾中啼叫——他就获得安慰,带着自信回房睡觉了。

大雾在黑暗中笼罩了村镇。雾中有狗们底狂奋的,怀疑的,逞雄的吠声和雄鸡底悠长的啼鸣。屋檐开始滴水,发出寂寞的声音;空气寒冷。黎明以前,有溃败的兵群进入村镇。他们是带着颓衰的,凶恶的感情。在碰到这个村镇底顽强的沉默和封锁的时候,这些求生的人们便嫉愤和平和完整,走上毁灭的道路了。

各处传出打门声和喊声。没有多久,一道火焰便在浓雾中抬起头来了。人们是走上了毁灭的道路;就是用这样的力量,战争摇撼着世界。

这家底坚牢的大门是被兵士们掀了起来。打着火把的狼狈的兵士们在浓雾中穿过院落。主人被惊醒,抓着他底鸟枪往外跑,即刻便被兵士们捉住,反绑了起来,在嘴里塞上破布。兵士们照着火把回进房去。那个女儿,是已经被惊醒了,在房间里恐怖地乱跑。这个房里,是藏着这个家庭所有的一切贵重的财物;这是这个不幸的主人数十年来凶猛地在人间战争的结果。

被锁着的客人们醒来,紧张地走到门边。他们从门缝里看见兵士们和被绑着的主人:他是在地下打滚抽搐。那头老狗在门槛上凶恶地,悲惨地吠叫着。充满浓雾的院落里,是映照着街上的火焰底红光。

朱谷良拉门,没有拉开;同时蒋纯祖恐惧地伸手制止他。但在听到那个女儿底一声悲惨的呼号的时候，朱谷良就打起门来了。那一声悲惨的呼号是激动了这个人，他是愤怒而勇敢。

这些行动的兵士，是显然有一个领袖的，因为在朱谷良打门的时候，一个兵士跑过来，随即又跑了过去，喊出一个粗而矮的，脸上有血痕的家伙来。这条血痕表明了那个女儿底抵抗。

这个粗矮的兵士站住向锁着的门望了一下，面颊可怕地抽搐；另一个还是小孩的兵士高举着火把，脸上是奇特的严肃。这些兵士是都还穿着单衣，它们是完全破烂了，捆着草绳或布带。

在这个时间，那个穿着被撕破了的内衣的女儿乘机逃出来了，显然是想逃到街上去。那个粗矮的家伙转身，正站在她面前，以一种阴险的目光看着她。她站住，因寒冷和恐怖而颤抖着，而那个父亲在地下激烈的打滚。

有两个兵士从她底背后走了出来，一个裹着一件棉袄，掌着灯，一个则裹着一条红色的棉被，虽然如此，还是在颤抖着。他们都看着这个粗矮的家伙，他底目的是这个女儿。

于是他冲上去了。那个女儿发出了一声狂叫……

他退了下来，做了一个姿势，于是那个小孩畏怯地走了上去，接着那个裹棉被的兵，强烈地颤抖着，向女儿伸手。但那个女儿突然喊叫起来，冲向锁着的门。

"官长！官长！"

粗矮的兵士追了上来，把她摔倒；同时他底伙伴跑过来捉住她底四肢。她继续喊官长，拼命挣扎。那个裹着棉被的兵士举着灯，露出一种厌恶的，愁惨的表情。那个父亲拼命地滚到女儿身边，挨了致命的一踢，沉寂了：那头老狗也沉寂了，悄悄地观望着。

锁着的门沉寂了一下。接着便被从里端抬开，朱谷良走了出来。

朱谷良，在开门以前，向蒋纯祖说了他们应持的态度，即应该安静而理智，然后吩咐蒋纯祖和李荣光和他一同走出。他们显露在灯光下。朱谷良表情阴冷，笑着奇异的笑容，右手插在衣袋里。他是提着武器，含着这种阴冷的表情；他短促地想到他在饭后向主人说话时所有的感情——他明白各样的生活，和他底同胞们趋向人类底最美的目标——浮上那个奇异的笑容。

现在是无比的冷酷和仇恨。现在是，假如可能，他便把这些兵士杀死，不能有别的。

那种优越于全人类——在人类中间，最优秀的，是他底伙伴——的意识，使朱谷良冷静地站在这个邪恶的场面里。朱谷良，拥有广漠的生活，在这些场合里，是要站出来执行人类底法律的。

朱谷良们底出现，使那个粗矮的兵士放弃了那个女儿，站了起来。

"你是谁？"这个兵凝视了一下，问。

"你们撤退下来了吗？"朱谷良温和地问。

"当然撤退了！"这个兵轻蔑地大声说。

朱谷良满意这个回答。他看出这个兵底险恶是已经被他消灭了一半了。由于那种保卫自己的本能，并由于这个兵底这句回答，朱谷良心里忽然有了温暖的，诚恳的感情。在这种场合里出现的这种感情他是熟悉的。

朱谷良简单地笑了笑。

"同志，我看算了吧！"他忽然用有力的，诚恳的，然而威胁的声音说，笑着。

"你是宪兵？"那个兵想了一想，简单地问。

"同志，我是宪兵。"朱谷良用同样的声音说，表示威胁，同时表示对于宪兵之类，他自己是毫不看重的。

"是的，同志！"那个兵狠狠地说，然后以明亮的眼睛环顾——那个女儿蹲在地上，看着他们——"不过，这个地方不是你底吧？我们要拿点东西，行不行？"他戏弄地问。

朱谷良不答，看着门外，意识到事情已经完结，意识到自己底优越，就露出冷酷的表情来。

"你们东西拿好了没有？"那个兵回头说。"那么走！"他挥手。

"慢点，"他又说。"同志，你们先一步来了！一路走吗？"他威胁地问朱谷良。显然他不能如此不光荣地离开。

朱谷良淡漠地看自己伙伴——这种眼光使蒋纯祖畏惧——发觉到李荣光底踌躇，看着李荣光。

"你要和他们一路吗？"朱谷良问。

"来吗？"那个兵很得意地笑着说。

李荣光看着朱谷良，颤栗了一下。露出卑怯的，小孩般的，恳求的神情：他感觉到这些兵士才和他是真正的同类，他渴望自由。

"去吧。"朱谷良说，笑了一笑。

李荣光生硬地走了两步，好象不会走路。

"同志,我道谢啊!"他回头,突然大声说。

那个粗矮的兵发出得意的,快乐的笑声,走出门。火光照着浓雾,兵士们从浓雾中走去。

"无耻的东西!"朱谷良骂,不知何故感到失败的严重的苦恼。

而在这个瞬间,那个女儿站了起来。溜进房去了。朱谷良,在解开了主人之后,便在桌边站着不动,沉思了起来。他是明显地看出自己底屈辱来了。于是,他开始痛苦地谴责自己刚才的诚恳和温和,认为这是由于自己底怯懦。象很多人一样,虽然这种感情是他经历过无数次的,虽然它们在当时是很明白地使他胜利的,他还是要为它们痛苦。人们从现实里,由现实的感情行为而得到的胜利,是永不能满足在事先和事后所有的精神上的纯洁的,宏大的企图的。

"难道我承担不起我底信仰吗?"朱谷良想,于是决定复仇。

那个主人,是被扶在椅子上,微微地喘着气。蒋纯祖忧郁地看着他,看着朱谷良。街上的火灾蔓延了开来,发出爆炸声和倒塌声;大火照红了院落。寂静统治着这间屋子;在这间屋子里,没有人想到做一个动作——似乎是不可能做一个动作。房屋燃烧的响声,街上的紧张的动作声,以及这个屋子里的这种寂静,使蒋纯祖觉得象在做梦;一种安宁的、有力的感觉突然被他意识到,于是他有了短促的幸福感觉得一切都神圣。这是年轻的人们底那种神奇的感觉:蒋纯祖觉得目前的犯罪,反抗,濒死的挣扎,野性的呼号,以及——这是他所亲切地明白的——人们在这中间所做的思想都神圣。

于是蒋纯祖感觉到自己在目前的一切里所处的地位了。他走近朱谷良,稍稍地叫了一声,使朱谷良从深沉中惊起。

"我们走吧。"朱谷良坚决地,迅速地说。

"好的——他们呢?"

但在他说这句话的时候,朱谷良便已经把主人扶起来了。这个主人是完全软弱了。眼睛可怕地睁着,垂着头流下口沫来。朱谷良和蒋纯祖扶他进房……

他们都同样地耽心着一件事:耽心那个女儿会为了她底父亲而哀恳他们。这是很显然的,因此他们有些惧怕。到了现在,人们是再也无力承担那些较为软弱的感情了:人们是焦急地渴望走上他们自己底路程。但一走进房门,他们便被骇住了:那个女儿是穿着她底被撕破了的衣裳,高高地悬挂在床柱上。在那个可怕的羞辱后,她是完全绝望,不再记挂她底这位给了她这么多辛辣的痛苦和怪诞的溺爱的父亲,离弃了她底生命了。乡下的愚昧的女儿,是在那种极简单的绝望的思想里——任何人都难于脱出这种思想,在这种思想笼罩着他们的时候——为这个世界做了牺牲。

朱谷良底第一个思想,便是把这个父亲赶快拖出来。但那种短暂的奇异的停顿已经把这个人惊动。他抬头。看见了悬在床柱上的女儿,他底身躯便突然伸直。显然是更大的不幸使他获得了这种力量。

他迅速地,轻捷地向前走了两步。因为他底可怕的力量——较之实在的力量,更是梦魇的力量——朱谷良和蒋纯祖放开了他。

但朱谷良立刻跑过他,跳到床上,把那个女儿从绳索中拖了出来。那具尸体倒在朱谷良肩上,主人迅速地跑过来,它便倒到主人底手臂里去了。这双手臂象是极坚强的,因为它没有颤抖,准确地抱住了这具尸体。

主人弯腰,凑近形状可怕的女儿,用自己底嘴唇和面颊贴住女儿,然后摸女儿底额角,染血的头部和胸膛。这些动作是静悄悄地做出来的:确实,迫切,象一个医生所做的一样。

朱谷良和蒋纯祖沉默地站着。油灯因油干而昏暗,火焰照进房来。

在那种神奇的,梦魇的力量底支配下,纯粹由于外表的反应,主人理智地做着那些动作。他底心是被压紧,沉默着。显然这一切是由于希望。显然的,这个到了最后的人假如还有力量的话,那这种力量便是从微微的希望——他必需证明他是否真的到了最后——和求生的本能——那是强烈可怕的——反射出来的。那些沉默的,精密的,迫切的动作,是可怕的。

终于,朱谷良和蒋纯祖带着大的恐惧和失望看见:那个女儿沉重地倒到枕头上去,而这个父亲转过身来了。他颤抖着,严重地重新软了下去。他以那种迟钝的眼光看着客人们,他底脸上,是迷晕的,柔弱的,求生的表情。而在朱谷良来得及抱住他以前,好象被什么巨大的力量摔倒一般,他转过身体去,发出一声尖细的声音,扑倒在女儿身上。……于是这个人便结束了他底一生。

朱谷良和蒋纯祖在寂静中恐惧地站了很久,不知应该做什么:火焰照进房来。

他们互相看了一眼。一切是过于可怕,他们希望离开,但没有力量离开。朱谷良走向主人,摸了他底胸口。但蒋纯祖模糊地觉得他底这个行为是虚伪的。同时他模糊地觉得,这种虚伪正是他,蒋纯祖所希望的。人类对他们同类的责任,常常只是如此。

蒋纯祖觉得朱谷良底那个行为是虚伪的,因为他知道朱谷良和他一样明白这个人已经无救,因为他知道朱谷良是和他一样希望从这种漠然的恐惧中离开。但显然的,不做什么,他们便无力离开,因此蒋纯祖觉得这种虚伪正是他所希望的。

他们互相看了一眼,于是悄悄地朝外走。但突然他们寒战,软弱,他们觉得自己是在犯罪。他们走出,轻轻地拉上门。

他们走到街上——他们因内心底特殊的感情而毫不戒备地,迅速地走到街上。火光照亮街道,新的难民们,妇女,老人,和小孩抱着棉被和衣物在街上奔跑;一个女子悲切地呜咽着,疾速地从朱谷良和蒋纯祖逃开。蒋纯祖看见朱谷良底丑陋的脸上——这脸,对于蒋纯祖,是动人的——有冷酷的表情。在此刻,蒋纯祖是理解了,并且信仰了朱谷良底这种表情……

走出村镇,在大雾中,蒋纯祖悄悄地——避免朱谷良发现——回头观看。已经是黎明。从浓雾中传出村民们底凄惨的声音和迫切的声音,显然他们在抢救火灾。火焰在浓雾中升起,无光辉,但有着可怕的红色。蒋纯祖悲痛地想到那位父亲和他底女儿。

"看我们是这样地生活着,我们除自己以外再无需要,所以你们不该来;既然来了,你们就不该离开……这样的离开……"那位父亲和他底女儿,以及这个燃烧着的村镇向蒋纯祖说:在年青人底对各样的人生的无上的虔敬中,蒋纯祖觉得他们向他这样说。

二

这样的道路,是艰难的。中午有阳光,但下午便刮起冷风来,天开始落雨。他们在黄昏前到达了另一个村镇:这个村镇位置在地势徐缓的,赤裸的山沟中。

他们已全身淋湿;蒋纯祖凄凉地耽心着自己就会病倒,而死亡在荒凉的旷野中。走近这个村镇时,蒋纯祖心中是燃烧着这种销毁的,软弱的热情。他想,自己假若死去的话——这是无疑的,他凄凉地想——那么朱谷良便必定会带着冷酷的面容从他底尸身走开,象走开那位父亲和他底女儿一样。在夜里刮起大风来的时候,他底尸体象一切尸体一样,躺在旷野中,而野狼在旷野中奔驰。没有人知道他是谁,没有人知道他是曾经那样宝贵地生活过。他来了,又去了,从摇篮到坟墓的路程很短,他在人间不留遗迹。黑暗的旷野中,是刮着冷风;没有人迹,野兽奔驰。而在遥远的天边的某一盏灯光下,有某一位女子——他底姐姐,或者谁——底悲哀的眼泪……。于是他,死在旷野中的蒋纯祖,开始替冷酷地从自己走开的朱谷良祝祷,祝他成功,幸福,有光明的途程。

走进村镇的时候,被这种幻想陶醉,蒋纯祖是对什么都不注意,消沉而疲惫。这个村镇更荒凉,门户紧闭,冷雨在昏暗中悄悄地飘落。但在他们走过一个狭窄的巷口时,从巷内传来了妇女底尖锐的喊叫声。他们站住。朱谷良脸相凶恶,面颊打抖。

朱谷良迅速地看了蒋纯祖一眼——蒋纯祖记得,在整整一天里,朱谷良只看了他两次——向巷内走去,但即刻又站住,露出踌躇来。

这样的喊声,对于朱谷良,是一种呼唤。这样的喊声,是一个受难的弱者对人类所发的呼唤。朱谷良底敏锐的强烈的心灵,是永远向着它的。在朱谷良里面,是有着不平凡的骄傲。但常常的,在这种时候,由于从这个世界的各种罗网和墙壁所得到惨痛的教训,激发了保全自己的本能,那种光明的良心立刻便萎谢;这种良心所结的果实,比起它在人类里面所诱惑出的怯懦来,是要少得多,只有那种从非常的生活里出来非常的野心能够控制这一切:朱谷良常常能够控制这一切。但特别因为昨夜所遭受的屈辱和苦闷——那种保全自己的,温暖的感情使他屈辱——朱谷良在此刻便有了踌躇了。

他看蒋纯祖,蒋纯祖脸上是有着骇怕的表情,他底面颊便又打抖。他们又听见了一声喊叫。朱谷良痛切地感到必须洗刷昨夜的污点,于是走进巷子去了。这个人是永远在各种危险的场所里出现;假若不是由于那种显著的意志,那么对于复杂纷纭的人世,他底心便单纯得象小孩。

他在转身之前,意外地向蒋纯祖笑了一个苦楚的微笑——对于一切弱点,他都了解——这个微笑甚至是温柔的,好象向亲爱的朋友告别。蒋纯祖看着他底身影,同情地忧伤地叹息,好象大人看着小孩。虽然在这样紧张的环境里,蒋纯祖底幻想的丰富的感情依然被朱谷良底这个微笑激动了起来。蒋纯祖站了一下,不再有恐惧,安静地跟着朱谷良走进这条狭窄的,发臭的小巷。在这样的环境里表现出来的他们底相爱,是感动了他们自己,而带来了奇异的勇气。蒋纯祖是成了幸福的了。

巷外是一块空地,喊叫声就是从那里传来的:一个低级军官在猪圈旁边的稻草堆上强奸一个女子。朱谷良走到巷口,张望了一下,正要走出去,站住了。

他看见一小群兵士从房屋后面跑了过来：显然是听见了喊叫的缘故。他看见跑在最前面的，是昨晚所遇到的那个粗矮的兵，并看见了李荣光，因此站住。

那个粗矮的兵，叫做石华贵，是中国所养育出来的最好的流氓之一，是这一群底领袖：他已穿上了一件黑缎子的皮袄，在他底胸前，是挂着两颗手榴弹。在目前的这个世界里，他们是当然的统治者和立法者。听到这种悲惨的呼号，他们跑过来了。

在昨夜他们是强奸妇女的，但此刻的景象却唤起这个石华贵底愤怒来。理由很简单：昨夜他不曾看见，现在，他看见了。他底法律，是依照着他所能够感到的而制定的。他跑到空地边上，站住，投出愤怒的视线。那个低级军官愤怒地站了起来，于是石华贵底仇恨燃烧：他要残酷地击倒这个拦在他底进路上的人。

因为这个低级军官——他穿着破烂的呢军服——底权威的，轻蔑的，粗野的表情，石华贵便明显地感到他是拦在自己底进路上，石华贵是不能容许在目前的这个世界上有另一个强者的。

那个低级军官取出手枪来。同时，石华贵掷出了手榴弹。

手榴弹，因为太用力的缘故，落在猪栏里去了；掀起污泥木片、和碎砖，没有击中任何人。那个低级军官迅速地向前奔去，但因为跑得太快的缘故，没有击中石华贵而杀死了那个小孩般的，裹着破军毡的士兵。他跑到距石华贵三步远的地方站住不动了；他底手枪对准了石华贵底胸膛。他是胜利了，在寂静中延长着他底胜利，享有无上的权威。他嘴边有轻蔑的笑纹。石华贵空空地看着他而慢慢地举起手来。那个被击倒的小孩兵士在潮湿的地面上作着最后的抽搐。

朱谷良和蒋纯祖站在墙后观看着。但这个瞬间朱谷良突然地取出了手枪。

"他要打谁？"蒋纯祖紧张地想。

朱谷良要打谁，是很明显的。在最初，他立意不参加这个战争。在军官向石华贵跑去的时候，他希望石华贵——他底仇敌；他很明白他是他底仇敌——被杀。但在小孩兵士倒下，而石华贵在可怕的寂静中举起手来的时候，朱谷良便意外地感到失望。这种失望使他疾速地取出枪来，未加考虑，疾速地跑了出去；于是在枪声中，那个军官恐怖地跳跃，转身抱着头部沉重地倒下了。鲜血从头部流出,他底武器落在血泊中。

朱谷良感觉到他身上的光辉,从容地拾起了军官底手枪,然后安静地,严肃地,不可渗透地看着石华贵。这个凝视继续了很久,石华贵无力动弹。

朱谷良就是这样地征服了他底感情上的仇敌,而洗刷了昨夜的污点。在他底为正义复仇的冷酷里,他是希望那个官和石华贵一同灭亡的;在他底心灵深处,他是悲痛着人类底愚昧和堕落;在他底使徒的虔敬里,他是希望饶恕他们。但在他底直接的感情里,他是不可能饶恕他们,也不可能使他们一同灭亡——由这种感情他感觉到他底信仰,于是那种信仰常常地等于他自己——他必需杀却他们中间他认为最卑劣的,而留下他们中间他所仇恨,因此他所希冀,他认为可以从他感受到他底光荣的信仰的。

这些动机,是含着一种英雄的阴谋。蒋纯祖是深切地体会到这个人底某一些坦白有为,和那种为理智所控制着的侠义的,但同时他感到在这个人底特殊的深沉里是有着一种危险的东西。蒋纯祖是看出了他底高傲的企图,渴望同意他,而不能同意。在此刻,蒋纯祖是还没有能够理解到这种高傲的企图底必要;在跑出来的时候,他是极端兴奋,沉浸在朱谷良所赐予的英雄的快感中,但在随后的这个沉默的瞬间,看见朱谷良底那种不可渗透的,不可亲近的表情,看见那个小孩兵士和那个军官底临终的苦闷——他们在血泊中微微地抽搐着——蒋纯祖便冷静了。立刻他底思想便改变了。他不能不觉得,朱谷良,是因了自身底骄傲的感情,而无视了别人底生命;而不能理解别人底生命底意义。

于是蒋纯祖突然感到孤单。但他不能不对朱谷良底安静的,不可渗透的表情——他觉得这是无人性的骄傲——感到极端的嫌恶。他觉得这张脸是丑陋的;并且他从这张脸上苦闷地看出那种动物底性质来。

在短促的寂静中冷雨飘落着。朱谷良是骄傲,冷酷,注意,看着石华贵:虽然他竭力抑制这种骄傲。朱谷良是丝毫没有想到,在他底身边,有两个人在死亡;他底唇边有轻蔑的纹路,他底眼睛幽暗发闪。石华贵,在那种对朱谷良底感激,惊异,到随后的漠然的仇恨里,叉腰站着不动。于是朱谷良抱着手臂,继续他底征服者的凝视。

石华贵不能接受太多的傲慢,露出了冰冷的笑容。看见这个笑容,明白它底意义,这个征服者从傲慢中醒来了:他感到这种傲慢底不利,并感到这种傲慢可耻。

看见石华贵底冷笑,朱谷良,好象感到一种深的忧郁,垂下眼睑,轻轻地叹息。他是感到了在那个更大的世界里的自己底渺茫,多重的诱惑和困难,以及个人底生命底渺小,而轻轻地叹息。但显然的,他是企图使石华贵明白他所表现的这一切,而放弃那种恶毒的感情。在叹息中,朱谷良感到无上的内心甜蜜,而眼睛潮湿。

于是那个豪爽的石华贵便露出牙齿,生动地笑起来了。随即,他露出一种强烈的表情,沉重地向朱谷良走来,而诚恳地伸手到朱谷良肩上。

"你救了我!"他清楚地大声说。

"我本意并不想救你……是的,我们要说老实话,啊!"朱谷良轻蔑地笑着,用一种尖细的小声说。但正是这种轻蔑的表现在他自己底心里和石华贵底心里激起了一种友爱的感情。这种轻蔑,是骄傲的心灵底一种装饰,是毫无敌意的。石华贵有趣地卖弄地笑了起来。

那些兵站在他们旁边:在他们脚下,是倒着两具尸体;那个军官还没有能完全死去。有两个乡民从屋子里溜了出来,救护了那个女子,然后站在手榴弹所掀起的瓦砾旁,呆呆地看着他们。

蒋纯祖注意着一切。对于朱谷良底那些困难的,不坦直的表现,他感到强烈的不满。当那个年老的乡人鼓着勇气跑过来感谢兵士们,并请他们到他家里去歇息的时候,朱谷良严肃地,冷淡地向前走,蒋纯祖便突然——他自己来不及知道是为了什么——蹲下去,庄严地,冷淡地摸触那个军官底胸口,企图使大家看到,在这里躺着的,是人类底傲慢与偏狭底牺牲者。在那种和妒嫉相似的不满里,他认为朱谷良底行为完全是由于傲慢与偏狭。于是在这里,和大半青年一样,蒋纯祖渴望独立的光荣,敢于向他所惧怕,他所希冀的人宣战了。他认为朱谷良是无知识的;无人性,并且无灵魂。当朱谷良回头看他的时候,他便感到无比的骄傲,一面更庄严,更冷淡……。

朱谷良转身,看着他;于是大家看着他,这些视线使他极端地矜持起来,但同时他便突然感到这个死去了的军官在活着的时候所有的爱情和希望了。

"他是被人爱过,也爱过别人!他曾经希望过;他是很勤劳的。一时的堕落,他就牺牲了!没有人知道他是谁,但是我知道他是谁:他是一个人!"蒋纯祖迅速地想;在朱谷良向他走来的时候,他便静止,含泪凝视死者底痛苦的,打皱的脸,向死者致敬。

朱谷良是很快地便看清楚了蒋纯祖底感情;因为这种感情正是他刚才所

有的——他是想矜持地对付石华贵,并且从死人们离开——他便有了妒嫉。他觉得蒋纯祖底困难的,不坦直的表现是可恨的。——朱谷良和蒋纯祖,在某些点上,是同样的诚实,同样的虚伪——他露出一个恶意的冷笑,好象蒋纯祖是他底敌人,走了近来。

但蒋纯祖,因为被激起的悲伤过于强烈的缘故,已经忘记了矜持。他向朱谷良抬头,严肃而温柔。

朱谷良看死者,看蒋纯祖,下颔打颤。

"我真不知道你……"他皱着眉头说,突然沉默。他严肃地凝视蒋纯祖。

蒋纯祖站了起来,因朱谷良底严肃的目光而意识到自己底某些虚伪感到羞恶。蒋纯祖悲愁地叹息,不看朱谷良,向前走去。

那个年老的乡人邀请大家到自己家里去,诚恳地,再三地致了谢意——被强奸的,是他底媳妇,他底儿子是早晨便逃走了——然后拿出酒和菜来。兵士们很快地便大醉,倒到稻草铺上去了。朱谷良和蒋纯祖同样喝醉了。朱谷良站在桌边凝视黑暗的门外很久,然后突然快乐地笑起来,活泼地走向主人,向主人要一根烟。

朱谷良燃着烟重新走回桌边,依住桌子,不停地吸烟,凝视门外。蒋纯祖坐在他对面,昏沉地抱着头;他还没有喝得这样醉过。

朱谷良是贪酒的;除了喝醉,他不能从各种阴沉的思想里出脱。从这种贪酒,人们看出来,朱谷良对将来是和对过去一样存着某些畏惧。酒醉的时候的那种逸脱,那种甜蜜的胸怀,那种身体上面的各种力量底浪漫的,无限的扩张,是成了这个人底最大的,唯一的享乐。昨夜他遇到过酒,但竭力抑制住了,因为那个主人要使他特别阴沉。现在却无论如何也抵御不住这种诱惑了。因为今天过于激动,因为那两个死者,并因为蒋纯祖给了他以不小的刺激,所以他便抱着孤注一掷的思想和凶恶的石华贵对喝了起来。

这个喝酒,所以含着这些严重的思想,是因为这一片旷野过于危险的缘故。但立刻人们便造成了一个缥缈的世界,而各种创伤便被内心底甜美的歌声淹没。朱谷良在酒醉里任意地赤裸了自己,显出那种梦想的,单纯的快乐来。门外的落雨的,寂静的夜晚是给了他以甜美的诗歌。他想到,在年青的时候,一个春天底深夜,他怎样跑过河堤;远处有灯火,黑暗中有波光,而他,朱谷良是年轻而有力。

"是的，我都记得，我一切都记得，所以多么好啊！"朱谷良微笑着凝视门外，想，"这样我才是活着，多么简单呢！……所以我是没有罪的！所以我们要达到目的！我不愿意再想那些痛苦！"他皱眉，想。觉得身上有大的力量无限地扩张了开来。这种力量使他严厉。甜蜜的氛围，安宁、逸乐，围绕着他。他觉得是有虹彩围绕着他；他觉得自己是宽舒而庄严的站在人类底最高峰上——他底生活，思想，和行为是给了他这种高贵的享受——躺在草堆上的兵士们发出鼾声来了。蒋纯祖昏沉地抱着头，睁大着眼睛，痴痴地瞧着前面。

石华贵跳起来喝水；在喝了水之后，才发觉这两个人没有睡。于是叹息了一声，善意地，快乐地笑着看他们。

"你们不要睡吗？好冷啊！挤着，就暖和……"他说，无故地发笑，他底线条粗暴，脸上有了灿烂的光辉。

"我们就要睡。"蒋纯祖低声说；显然在想着什么。

"是的，老乡！叙一叙吧！"他突然拖椅子坐下来，把腿搁在桌子上向朱谷良大声说。"老兄府上是？……"

"无锡。"

石华贵狡猾地，快乐地眨眼睛。

"府上是住在无锡吗？"

朱谷良摇头，冷淡地说，他活在世界上，只是一个人。

石华贵放下腿，俯在桌上，托着腮，严肃地看着他。

"宪兵这一行生意，还可以干吧？"他暧昧地问。

"不是人干的啊，老兄！"

"对了。"石华贵说，显然不再有嘲弄的意思，沉思了起来。"老兄，我是吉林人，是张大帅的部下啊！"他大声说，望着灯光。那种身世感慨的凄凉的感情，是攫住了他。在那种短暂的沉思里，这个人是充分地感到了自己在人世的孤零，而无条件的需要起一个朋友来。朱谷良以后就知道，和这个人做朋友，是怎样一回事了。这个人，是这个大地上的无数的漂泊者之一，是一切全毁掉了，除了漂泊者底豪宕的胸怀和使自己得以生存下去，并满足地逞雄于人间的种种恶行。漂泊者底广漠的经验和辛辣的感情是使这个人无视一切，除了他所最尊重的，那就是张大帅和他自己底共患难的兄弟们和弱小者对他底意志的服从了——在这种对他的服从里，他是感到一种爱怜的。因了他底快乐的天性，在一切恶行里，他都觉得自己无罪。有一次他几乎被他底张大帅枪毙，虽然在当时,那种和失恋相似的感情,是使他很痛苦的,但到了后来,他便把这看成一种光荣,而感到无比的亲切了。这个灵魂,在这些地方,在这种怀乡病里,是柔弱的,因此它只能这样不可收拾地漂泊下去,一直到最后。上海的战争使他们溃散了,而因为多年来的对内地的嫉恨和对复仇的失望的缘故——他们底对敌人的复仇被耽搁到现在,并且被布置在不利的环境中,他们是感到嫉恨的——他们这些漂泊者便自暴自弃起来了。仇恨和友情,是带着漂泊者底气焰,分明地,顽强地燃烧在石华贵心中。对宪兵们底仇视,不是没有缘故的。所以,虽然他现在无条件地需要一个朋友,却不能不在感慨和愤激里带着一种矜持。

"我石华贵是在黄河南北漂流了二十年,什么都见过!"他说,因兴奋而颤抖,矜持地看着朱谷良。这种兴奋和矜持是使他吹起牛来了。"我们这些人亲身经过的事情,我敢说是比任何人都多!"违背他底对朱谷良友善的本意,挑战的态度出现了。

朱谷良严肃地看入他底眼睛。他底悲伤、矜持、和挑战是使朱谷良奇特地感到怜恤和友爱的。在这种怜恤里——时常是对于自己的怜恤——人们是常常地软弱下来。于是朱谷良便感到,对这个人底心,他是有着迫切的需要了。

"老兄,我们都是一样的啊!"他生动地笑着说。

"是的,是的,一样的。"石华贵疾速地点头,因为这种友爱使他意外地感到妒嫉。他沉默很久,然后他叹息。"老兄,不瞒你说,"他看了朱谷良一眼,"我是不信仰什么的,人生痛苦,我石华贵毫无目的!"他说,注视着桌面。这种表现给了他以强大的内心力量,好象一种愉快的愤怒,在这种愤怒里,人们感到自己是在为正义而斗争。"我石华贵对于自己所做过的事,是决无后悔!我决不是那种欺世盗名的家伙!我高兴我自己一无所成,我是干干净净的!我是已经看破那些家伙,他们是用老百姓底血爬起来的啊!吓!"他轻蔑地看着灯火,奇怪地颤动着身体,无声地笑了很久。

蒋纯祖是迷糊,好奇,严肃,看着这两个人,感觉到他们中间的含着敌意的彼此的友爱,或需要;但他始终不能明白朱谷良为什么会需要石华贵,因此感到不满。他看见了朱谷良脸上的善意的,了解的微笑,因这微笑而痴迷。

"我们都是这样,老兄。"朱谷良笑着说,显出某种思虑,然后笑得更欢欣。他底这种表现好象说:"我是说不来这些的,因为我对自己忠实;但我明白你,而为了满足你,我愿意这样说!并且我愿意想一想——我是喝得太多了——

我自己究竟是不是一个漂泊者？"

石华贵突然收敛了他底轻蔑的，无声的笑，抬头，以透明的大眼睛看着朱谷良。

"你才不是这样啊！"石华贵以愤激的大声说，"老兄，天在头上，我们今后同路，要以赤诚相见，我不会连累你的啊！"他看了蒋纯祖一眼，活泼地笑出声音来，"要是不愿意，那么马上就拆伙！你们是会发财的！"石华贵蛮横地，坚决地说。

对于朱谷良底拯救，石华贵是感激的，而这种人，是有着蛮性的自尊，害怕这种屈服的，因此那种敌意便愈来愈显著。显然的，正因为朱谷良底拯救，他不会放松朱谷良了。石华贵必须任何时候都觉得自己是无负于全世界；他是替他底敌意逐渐地找到了理由。他希望再看一看朱谷良底那种使他痛心的抚爱的笑容，他认为它是虚伪的——，而发出他底轰击。在短暂的沉默之后，因为这种企图，他怪异地笑了起来，把手平放在桌上，看着朱谷良。

朱谷良，因为意识到自己底优越的世界，对他持着谦让的态度。

"你想想啊，这个人世是如何的荒凉，饱经风霜的象我这样的人，是如何的辛酸！"因为敌意的企图，石华贵以悲伤的，消沉的，动人的声音说，虽然这是很奇怪的。这个老练的漂泊者，在这种斗争里，是有着特殊的表现力；于是蒋纯祖底想象就被他带到黑暗的，落着冷雨的旷野上去了。"我是十六岁就离开家乡，到现在是整整二十年，"石华贵继续说，手平放在桌上，向蒋纯祖凄凉地微笑，"象今天这样的夜里，老弟，我就想起我一生里的所有的事情来了！"他亲切地看着蒋纯祖。"这样冷，这样落雨，这样荒凉啊！一个人，没有家，没有归宿，没有朋友，就象影子一样啊！老弟，年轻的时候，是要奋斗，要向上的呀！是要不动摇，是要爱护自己，也爱护别人！对于我自己，我是觉得很惋惜的呀！我底大伯向我说：'吓，这个小子很有才！'那是我十五岁的时候，到处讨人喜的呀！但是现在我才看得清楚，人，是要走一条血淋淋的路，是天老爷在冥冥中注定的啊！"他闭嘴，点头，他底眼睛甜蜜地笑着。他专向蒋纯祖说话，好象朱谷良不存在。朱谷良是严肃地看着他。"所以，老弟，毕竟说来，我们这些渺小的人是不负责任的！我们是在黑夜里——啊，外面的雨落大了啦！"他停顿。蒋纯祖感到一阵寒凉，听到雨声，"我们是在黑夜里面啊！"他甜蜜地继续说，他底这种精力底效果，是完全地感动了蒋纯祖。即使是明白了起来，戒备着的朱谷良，也感到黑夜，风雨，人底凄凉愚昧的一生，而觉得自己是广漠的大地上的一个盲目的漂泊者了；是那种信仰，使他成为一个英勇的行进者，但有时他觉得,这种行进,他自己底半生,无非是痛苦的漂泊。而常常的,这种凄凉的胸怀激起了一种热情,养育了他。

"是的,兄弟们,"石华贵,在那种天才的沉迷里,甜蜜地,柔和地笑着说,以手托腮,"黑夜里面的冷雨,是听得多么清楚啊!一滴,又一滴,你觉得你是孤零零的,而你底朋友是漂零在天边,他们把你忘记了!你是靠什么活着的呢!人生底创伤啊,你底心是变冷了!到今天为止,你仍旧是你父母送你到世上来的时候那样赤裸,那么,你就赤裸裸地死去,被埋了吧!别人是会在你身上盖宫殿的!所以我不能算是害人的人啊,要是那回大帅把我送终了的话……"他特别甜蜜,特别郑重地顿住。蒋纯祖迷胡地看着他底漂亮的脸,听到了门外的风雨声。

"老兄,你,以为如何呢?"石华贵柔和地问朱谷良,在他底仰了起来的发光的脸上,是有着显著的狡猾和感动的混合。

蒋纯祖寒战,好象很吃惊,回头,亲切地看着朱谷良。他希望表示,他总在记着朱谷良,而站在他底一边的。

"各人的命运,是各人自己负责的,老兄。"朱谷良说,显然惧怕被感动,露出疲惫的,淡漠的神情,脸打抖。

石华贵看着他凝想了一下,然后站起来,显然故意地,使椅子翻倒,笑出干燥的声音。

"睡吧,老兄。"

"我去解个手。"朱谷良说,开门走出。

石华贵回头看了一眼,然后躺下,即刻便打起鼾来。蒋纯祖悄悄地走出,带上门,找寻朱谷良在冷雨中跑过旷场。

"朱谷良,你在哪里解手?"他大声,企图使石华贵听见。

"这里,蒋纯祖。"朱谷良大声回答。

朱谷良是蹲在草堆旁边。他迅速地站了起来,看着蒋纯祖。蒋纯祖站着不动,眼睛明亮;他底感情,是从各种困难里逃出来幽会的爱人们所有的。冷雨扑打着他们。

朱谷良沉默地站着,显然兴奋了,看着透出灯光来的门缝。他是感到了周围的深沉的寒冷的黑夜,即刻便沉入这深沉的,寒冷的黑夜;在他胸中是激动着被今天底凶杀和争斗所引起的漂泊者底悲壮的感情。

朱谷良在冷雨中静静地站着,兴奋,悲凉,短促地作着对过去的沉思。于是,象过去很多次一样,他便看清楚他底道路了。在这个荒凉的黑夜中,怀着辛辣的,悲壮的感情,想到远方有兄弟们底战斗,城市,和灯火,象一切人一样,朱谷良便脱出了自己底理智的,实际的思想,投到浪漫的,英雄的,强烈的思想里面去,而看清楚了自己底道路。凶杀和斗争是保证了他底信心;朱谷良不再感到这个黑暗的夜是危险的,并不再感到在那间破烂的屋子里有着他底宿命的仇敌;对于朱谷良,黑夜是变成绝对宁静的,那种深邃的,广漠的黑暗,证明了他心中的最高的,最善的感情。

于是他赤脚站在石泥水中,以燃烧的目光看着蒋纯祖。

蒋纯祖,被从悲伤的冥想里惊醒,看着他。而一种狂喜使这个年轻人颤栗起来。

"你以为我是宪兵么?"朱谷良以轻蔑的,兴奋的声音问。常常的,惯于抑制自己的人,因为悲伤,或者因为过度的狂奋,发作起来,对他们所喜爱的人显露出他们底弱点,比简单的人们更赤裸。朱谷良,在长期的抑郁和不寻常的处境里,发作起来象小孩。

"蒋纯祖啊!你知道我是做工的!"他说,善良地笑着。"你是学生:我问你,你对于我们见过的这些事怎么想法?我问你:你对于那个家伙刚才说的话有什么感想?啊!"他问,笑出嘲讽的,愉快的声音来。

"我觉得他很伤心。"蒋纯祖老实地回答。

"是伤心吧!不过要当心这个伤心哩!"

蒋纯祖崇拜地看着他。

"我觉得,"蒋纯祖说,呼吸急迫了,"我觉得,看一个人,要同情,不是,我说……"他沉默,激动地涌出了眼泪,"朱谷良,你听我说,我不知道怎样说是好:我们永远,不要离开!"他说,依恋而羞耻。

朱谷良感动地沉默着。

"进去吧!"他说,跨过水塘;"蒋纯祖,我从前也象你一样,"他说,在冷风中兴奋地回过头来,"你还是不懂得真正的痛苦啊!"他说,流出眼泪来。

这甜蜜的声音使蒋纯祖哭了。

"是的,我不懂。"他大声说,蹲在水塘里。

第 三 章

一

蒋纯祖,象一切具有强暴的,未经琢磨的感情的青年一样,在感情爆发的时候,觉得自己是雄伟的人物,在实际的人类关系中,或在各种冷淡的、强有力的权威下,却常常软弱、恐惧、逃避、顺从。每一代的青年生长出来,都要在人们称为社会秩序的那些墙壁和罗网中做一种强暴的奔突,然后,他们中间底大多数,便顺从了,小的一部分,则因大的不幸和狂乱的感情而成为疯人,或由冷酷的自我意志而找到了自己所渴望的,成为被当代认为比疯人还要危险的激烈人物,散布在祖先们所建筑,子孙们所因袭的那些墙壁和罗网中,指望将来,追求光荣,营着阴暗的生活。大的社会动乱,使得这一代的人们底行进、奔突或摸索成为较容易的了;他们底光荣的前辈是给他们留下了不少有利的东西。尤其在这片旷野上,蒋纯祖便不再遇到人们称为社会秩序或处世艺术的那些东西了。但这同时使蒋纯祖无法做那种强暴的蹦跳;他所遇到的那些实际的、奇异的道德和冷淡的、强力的权威,是使他常常地软弱、恐惧、逃避、顺从。在这一片旷野上,在荒凉的、或焚烧了的村落间,人们是可怕地赤裸,超过了这个赤裸着的,感情暴乱的青年,以致于使这个青年想到了社会秩序和生活里的道德、尊敬、甚至礼节等等底必需。于是这个青年便不再那样坦白了。

那种自我保存的本能,是使得蒋纯祖虚伪起来了,即使对朱谷良也虚伪起来了。因为朱谷良,由于某些愿望和需要,决定和石华贵同行,并和石华贵缔结了奇奇怪怪的同盟的缘故。对于这一点,蒋纯祖是觉得非常痛心。经历了这样的变化,蒋纯祖便脱开了他底单纯的依赖和顺从,在朱谷良面前,表露了对石华贵的不满;在石华贵面前,则表露了对朱谷良的不满了。单纯的人们虚伪起来,是比旁的人们更可怕的,因为他们是他们底目的的坚决的信仰者。为了替自己底犯罪意识辩护的缘故,蒋纯祖在内心就对朱谷良持着反抗的态度了。

因为蒋纯祖底外表是那样单纯,朱谷良便难于发现这些。而因了沉重的苦难的缘故,朱谷良就对蒋纯祖异常冷淡。但渐渐地,他便感到这个年青人底心是深不可测的了。在一种奇妙的憎恶里,他就轻蔑地判断这个年青人是软弱、狂热、卑怯、属于他所习见的种类。而对于卑怯,他是不能忍受的,他心里的可怕的创伤便是证明。特别在现在,朱谷良认为一切都应该理智。假如不是深深的怜恤,在这种颇为痛苦的内心交战底支配下,他便要使这个胡涂的青年吃一些苦了。并且在他准备这样做的时候——他是在苦恼中,他从未想到会有和这样一个年青人勾心斗角的可能——石华贵对他的锐利的态度又阻止了他。在险恶的石华贵面前,他是本能地必须保护蒋纯祖的。

这一群人,是破烂、狼狈、疲惫而狂热,扫过每一个村庄,那些村庄是荒凉了,房屋倒塌,街上和空场上有尸体,野狗在奔驰。兵士们是裹着军毡、被单、以及农人底衣裳,在胸前挂着手榴弹。在每个村庄外面抛掷一颗手榴弹,然后进去搜索食物。这样地流浪了三天。第四天,他们重新到达江边——天晴,阳光照耀下的宽阔的,浩荡的江流,给了他们一种光明的、雄壮的感觉——意外地找到了一只小的木船。

　　他们把木船底倒塌了的舱棚捆好,沿江边向上游划行。他们中间,丁兴旺是能够划船的。这是一个多话、粗卤、活泼的年青人;因为失掉了门牙,他底脸上便增加了一种固执的、阴暗的线条,而在这种线条底衬托下,他底眼睛便有着特殊的明亮。蒋纯祖知道他曾经做过船夫。蒋纯祖并且知道了另外的五个兵士底身世和性情,以后则更知道他们。对于他们,蒋纯祖是迫切地、戒备地注意着的。他觉察到了朱谷良对这几个人的什么一种企图,并觉察到石华贵对他们的偏袒和奇怪的态度。

　　逃亡到这样的荒野里,他们这一群是和世界隔绝了——他们觉得是如此。在最初,他们都以为很快地便会到达一个地方;虽然不知是什么地方,却知道那是人类在生活着的、有他们底朋友和希望的地方。在这个共同的希望下,他们结集了起来。但在三天的路程里,由于荒凉的旷野,并由于他们所做的那一切破坏,他们底感觉便有了变化。他们觉得他们已经完全隔绝了人世;他们是走在可怕的路程上了,不知道自己是从什么地方来,也不知道要到什么地方去。唯一知道的,是他们必得生存,而一切东西都可能危害他们底生存。在这种漂流里,人们底目的,是简单的,但在各种危害他们,以及他们认为是危害他们的事物面前,尤其是在暧昧的、阴暗的事物面前,各人都企图使一切事物有利于自己,他们底行为便不再简单;而他们从那个遥远的世界上带来,并想着要把它们带回到那个遥远的世界上去的一切内心底东西,一切回忆、信仰、希望,都要在完全的赤裸和无端的惊悸中,经受到严重的考验。在一切人中间,朱谷良最明白这种考验。

　　好象是,他们是在地狱中盲目地游行,有着地狱的感情。那一切曾经指导过他们的东西,因为无穷的荒野,现在成了无用的。石华贵是失去了他底乐天的、豪放的性情。蒋纯祖是失去了他底对善良的自然的信念。朱谷良,某些瞬间,在那种无端的惊悸里,想到他底信仰所寄托的那个亲密的人群是从地面上消失了;并且永远消失了。人们底回忆模糊了起来;回忆里的那一切,都好象是不可能的。但他们心中是确实地存在着他们各自底感情，希望，和信仰。是这些感情，希望，和信仰在战栗。在赤裸荒野中，人们竭力掩护自己，因而更赤裸，经受着严重的考验。

人们是互相结集得更紧，同时互相戒备得更凶。那几个兵士们，发觉到朱谷良和石华贵之间的阴险的竞争就踌躇了起来。在石华贵底骄横的统治下——因为朱谷良的缘故，石华贵统治得更骄横，表示他底权威是天定的，他是什么都不怕——兵士们便渐渐地倾向于冷淡的、但温和的朱谷良了。在那种骄横里，石华贵是相当疏忽的；他是常常疏忽的。发现了他底群众底这种叛变，他便个别地恐吓他们，使他们沉默。同时他便使出江湖上的人们所有的老练的手腕来，在一些奇怪的感情和表现里，使朱谷良知道他是他底朋友。但在这片赤裸的荒野中，他底老练的手腕，是变得幼稚、露骨，一看便明了。

在发现木船的前一天，一个兵士病重，跌倒在路上了。大家轻轻地遗弃了他。大家都想到，和这同样的命运，是在等待着他们每一个人。

木船行走了一天，下午搜索了一个村镇，他们底财富便增加起来了，有了粮食、酒肉、木柴、棉被、以及鸡鸭。大家都为这种收获欢喜，于是在他们之间便有了未曾有过的亲善的感情。这种空气，是和一个家庭里面所有的空气相似，而且，在旷野中——这时候，他们底仇敌，是他们以外的企图危害他们的一切——他们结合得更紧。看到朱谷良对石华贵所表露的那种真实的亲善——朱谷良，微笑着，用很低的声音请石华贵把一床花布被单递给他，以便使他把舱棚上的破洞塞起来——蒋纯祖和年青的兵士们是感到无上的幸福，他们甚至不想隐瞒这种幸福。朱谷良底温和的、愉快的声音和石华贵所回答的快乐的大声，在阴惨的旷野中给予了无比的光明。

黄昏时，木船在荒凉的沙岸旁停泊。天色阴沉。严寒，沙岸冻结。江流在不远的地方弯屈，江身狭窄起来，水流急湍。沙岸后面是险峻的土坡，上面有大片的杂木林，木船停泊时，有大群的乌鸦飞过江流，发出轻微的、谨慎的拍翅声，投到那些高而细瘦的、赤裸着的树木里去。

丁兴旺抱着木柴到滩上去生火，石华贵不同意，向他咆哮，他发出兴奋的笑声。这个年青的兵士，在兴奋中，有了快活的感情，并且丰富地想象到，在这个晚上，什么是最美好的。他专心，沉静，生着了火，拍手召唤他底伙伴们。大家钻出舱，立刻感到，在这个晚上，火焰是最美好的。丁兴旺叉腰站在火旁，以明亮的、含笑的眼睛看着他们。

大家抖索着——显然是故意抖索着——拥到火旁。火焰明亮,浓烟在无风的空中上升,寒气解消。大家轮流地、沉默地饮酒;大家注视着饮酒的人。丁兴旺躺下来,两手托腮,向着火。在大家底沉默中,觉得沉默是赞许,丁兴旺开始唱歌。

他用沉静的、柔和的声音唱歌。他脸上的那种固执的、阴暗的线条溶解。在歌声间歇的时候,大家沉默着,他无声地发笑,他底失落了门牙的嘴甜美如婴儿。

从各种危险里暂时解脱,人们宝贵这种休憩。在沉静中发出来的歌声保护了人们底安宁的梦境。人们觉得,严寒的黑夜是被火焰所焦燥,在周围低低地飞翔,发出轻微的、轻微的声音。歌声更柔弱,黑夜更轻微,而火焰更振奋。歌声静止,火焰落寞,黑夜怀疑地沉默;人们回头,发现了黑暗的沙滩、土坡、林木、和闪着白光的汹涌的江流。

歌声再起来,黑夜底轻微的动作再开始,江流声遥远,火焰振奋。人类是孤独地生活在旷野中;在歌声中,孤独的人类企图找回失去了的、遥远了的、蒙眬了的一切。年青的、瘪嘴的兵士是在沉迷中,他为大家找回了温柔、爱抚、感伤、悲凉、失望和希望,他要求相爱,象他曾经爱过,或在想象中曾经爱过的那样。显然的,唱什么歌,是不重要的。朱谷良和蒋纯祖,尤其是蒋纯祖,是带着温暖的、感动的心情听着那些他们在平常要觉得可笑的、在军队中流行的歌曲。他们觉得歌声是神圣的。他们觉得,在这种歌声里,他们底同胞,一切中国人——他们正在受苦、失望、悲愤、反抗——在生活。

"记得呀,在从前,"丁兴旺唱。他停顿,无声地发笑。

"起来,不愿做奴隶的人们……"他用同样的梦幻的小声唱,改变了原来的调子,脸上有严肃的、温柔的表情。

"洪水侵西南,猛兽困东北……太阳空气水,蒋委员长说它是三宝!"他唱,然后向火焰无声地发笑。

"蒋委员长说它是个宝!"石华贵突然大声唱,面孔无表情,以致于大家不能明白他是否在讥讽;他是一直在定定地看着火焰的。他从火焰移开眼睛,看着丁兴旺,并发出干燥的、奇怪的笑声,企图补充他底讥讽。但他突然沉默,环顾黑夜。

"人生呀,谁不惜青春……"丁兴旺未看石华贵,严肃地笑着,又改变了曲子,小声唱。

朱谷良躺在蒋纯祖身边,支着头,面向火焰,嘴里在认真地吸着一根草棒,脸上有安宁的、和悦的表情。他把草棒咬成无数节,拾起来再咬;他底全部精神是集中在冥想里;他底心灵愈深沉,他底咬嚼便愈专心。在石华贵唱出大声来并且发笑的时候,他看了石华贵一眼,并露出简单的微笑。蒋纯祖专心地看着火焰,不时挤动,为了坐得更舒适,更能专心;并不时环顾黑夜。

"可怕啊!"蒋纯祖突然大声叹息。

"你说什么?"朱谷良抬头,问。

蒋纯祖惊异地看着他,然后看大家,好象问:"我说什么?"

朱谷良重新看着火,咬着草棒,好象他并未发问。

"好凄凉啊!谁知道我在这里呢?"蒋纯祖想。

"是的,是的,一切为了将来,一切为了坚强,一切为了生活,但是不得不抛弃这些!"朱谷良想,指他刚才所有的温柔的、感伤的、恋爱的感情。"但是他们在哪里呢?他们活着没有呢?我们活着,是的,完全都活着,永远生长的!但是,谁是最忠实的?过去究竟谁有罪过?谁不错?我们多么容易错啊!"他努力咬断重叠的草棒。"人生有时候多灰暗,多凄凉啊!……但是,哪个是最忠实的?"他想,有了轻蔑的微笑,磨动下颔。朱谷良是常常为了摆脱人生里的较为柔和的感情,成为一个冷酷无情的、英勇的人物而工作。但他底经验常常证明这是不可能的。对最高的命令的绝对的服从,使他只能在这种方式——他认为这些感情都是有害的,必须消灭——里认识这些感情。

现在,在这种忧伤中,在这种为他所必需的失败的、悲凉的心情中,朱谷良,在想起自己底身世、爱情、以及毁灭了的家庭来的时候,就发起狠来,想到谁是最忠实的。他清清楚楚地看见,他是最忠实的。

朱谷良突然翻身,坐了起来,严厉地皱眉,伸手向火。石华贵翘脚靠近火,含着挑弄的微笑看着他。在那个突然的歌唱和笑声之后,石华贵感到一些狼狈;随即他就不再感到歌声,而沉思了起来。他是很疏忽的——他是过于相信自己——但假若想到什么,便即刻实行。这个人,在那种粗野中,是有一种无畏的精神。做一件侠义的事,和做一件卑劣的事,他是同样无畏的。

他想到,改变了伙伴们的对他的态度的,是朱谷良;而最能打击朱谷良的,是侮辱蒋纯祖。他底思想就是这样简单,但在这个思想里,他是瞥见了他底在旷野上的英雄的统治的。在这种感动里,他亲切地扫了伙伴们一眼,而向朱谷良发出那种厚重的、无声的、亲密而又威胁的笑。他伸腿向火,笑着。朱谷良在沉思中迅速地瞥了他一眼。

李荣光,很简单地因为人多的缘故,不再惧怕朱谷良。石华贵底这种笑容,是给了他一种启示。他凝视石华贵很久,然后单纯地发笑,挤他身边的丘根固,这是一个年岁较大的,善于保护自己的兵士。

"不要挤!"丘根固说,因为痛恨李荣光底对目前的情境的无知,激怒地望着李荣光,露出牙齿。

"龟儿子哟,你看我底腿!"李荣光快乐地说,吃力地挣出腿来,然后快乐地伏到丁兴旺底肩上去。

有尖利的,单薄的冷风从江面袭来,轻轻地吹扑火焰。冷风底短促的扑击后,江流声增大,好象在遥远的地方,有野兽在呼号。丁兴旺阴郁地凝视着火焰,未改变阴郁的表情,重新开始唱歌。

"老兄!"石华贵向朱谷良说,收敛了那个无声的、有力的、喘息般的强笑,露出快乐的微笑。"我和你商量一件事呢,老兄……不要唱!"他愤怒地向丁兴旺说。

丁兴旺沉默,托腮,看着他,露出阴郁的、执拗的、悲苦的表情。那些可怕的皱纹在他底瘪嘴底周围出现。

朱谷良看着石华贵。蒋纯祖替朱谷良耽心,皱着眉头坐了起来,以一种畏惧的眼光看着挂在石华贵胸前的那颗手榴弹。大家看着石华贵。尖利的、轻悄的江风吹扑火焰。

丘根固投柴到火里去,为了不妨碍石华贵,动作得很轻。他是竭力地露出对目前的事态的不关心来;显然的,他是在激动着。

石华贵环顾黑夜。

"老兄,我们做一个商量如何?"石华贵矜持地大声说,"既然是朋友,你有两只枪,给我一只吧!"

朱谷良底丑陋的、无表情的脸变化了。他露出强烈的、战栗的表情,脸打抖,笑出尖锐的、奇怪的声音,瞥了石华贵一眼,掏出一只手枪。

他底对石华贵的一瞥,是令人战栗的。显然这里不是交出手枪与否的问题;显然的,这里是一个正直的人坚持到底以求光荣或屈服而堕入羞辱底可怕的深渊的问题。朱谷良,在那种尖锐的、激动的笑声中,掏出了一只手枪,毫未想到这只枪是可以杀却他底敌人的,在短促的迷茫中,把这只枪抛了过去。

他做了一个豪迈的动作,以图补救。

石华贵快乐地、喘息似地笑着,抚摩手枪,打开枪膛,倒出子弹来。朱谷良冷酷地看着他。蒋纯祖,明白地看出朱谷良底激动,以为战争要爆发的,现在感到极端的同情,看着朱谷良。蒋纯祖毫未觉察到自己底处境,大声叹息。

石华贵迅速地、可怕地瞥了蒋纯祖一眼。被石华贵底眼光提醒,朱谷良看着蒋纯祖。这个年青人底激动的、扰乱的、逃避的表情唤起了他底怜恤,他伸手向火,安静地微笑着。

"老兄,我够朋友吧。"他说,安静地微笑着。

"当然……你有几颗子弹!"石华贵大声说。"怎么这里只一颗?"

"我也只有一颗。……我们两个人一共只有两颗,要仔细地用啊!"朱谷良清楚地、有力地低声说,在那种强大的自制里向火焰微笑。这是从羞辱底深渊中站了起来——那种清楚的怜恤使他站了起来——而发出来的复仇的宣言。石华贵,满足地快乐地发笑。

朱谷良轻轻地站了起来,凝视着闪着钝重的、白光的、浩荡的江流。

朱谷良最先回船去。风从空中吹来,强劲而疾速。旷野中有唿啸的声音,火焰暗淡,人们在寒冷和恐惧中战栗着。大家回船,但石华贵阴郁地站在火边。

那些燃烧着的木柴和灰烬被疾风扫开,在沙滩上疾速地滚动,直到远处。石华贵披着军毡站着;这个旷野中的英雄,被刚才的小的胜利刺激,有着阴郁的、险恶的思想。

蒋纯祖在大家完全上船后留在滩边小便,回头看着在沙滩上滚动的火焰,而在震吓中,看见披着军毡的石华贵底可怕的形体向他走来。石华贵走到他底面前,他恐怖地、沉默地看着他。狂风在旷野中怒吼。

"跟我来!"石华贵险恶地说,拍他底肩膀,向沙滩中央走去。

蒋纯祖,好象铁针被磁力吸引一样,在狂风中跟跄,跟着这个可怕的形体。那条很长的军毡是在他面前不远的地方在狂风中飘动着。

"我完了!"蒋纯祖流泪,想,"告别啊,一切亲爱的人,还有不幸的中国!"

"学生!"石华贵站下,看着他,说。"你怎么会跟着那个家伙走的?"

"我们在路上遇着的。"蒋纯祖可怜地回答。

"你知道他是什么人?"

"我不知道。"

"吓!你知道我么?"

"我……我不知道;同志,我知道你是一位中国底军人,中国在危险,……我尊敬你们!"蒋纯祖,在那种迫切的热情里,说,企图表现自己底善良,而以伟大的、悲苦的中国感动这位旷野中的英雄。"我对你和对他全是一样的,我还更尊敬你,因为你为中国受了这么多的苦,你那天晚上自己说的……中国是在危险,我知道我自己没有价值,但是你,同志啊!"蒋纯祖哽住,呼吸频促,看着石华贵。

"算了吧!"石华贵冷笑。"真是学生!学生!"他轻蔑地说。"快把你身上的东西交出来!"

"我有救了!"蒋纯祖想,信仰着祖国底热情底结果。他摸出所有的钱和那只包得很密的金戒指来,这是蒋淑珍在那个最后的瞬间交给他的。

"没有了吗?"

"真的,你搜,同志。"蒋纯祖安静地回答。

"好的,这才是学生!"石华贵发笑。

"我是在试探你,老实说,要是你告诉朱谷良,我就要你的命!"石华贵狠恶地说。

朱谷良回舱后,就裹紧棉被,躺到自己底位置上去,忧郁地思索起来。渐渐地,朱谷良有了一种悲凉的情绪。朱谷良,未注意到进舱的兵士们,听着呼吼的寒风,想着夜里一定要落雪。这个思想是很简单的,然而悲凉:雪,是落在旷野中,他,朱谷良,已离开了他在那里经受过劳苦、牺牲、衰亡、以及光荣的那个城市。于是,象常有的情形一样,挫折和失败携来了那种甜美的、亲切的忧伤,指导着人们底生活的那种理想,那种光明,便从阴沉的云雾中亲切地透露出来了,抚慰那些创伤,使创伤获得光荣。朱谷良是柔和地进入了这个怀抱,以他底明亮的、凝静的眼睛注视着黑暗。小的木船在寒风中猛烈地摇荡着。

但他突然想到蒋纯祖不在身边。他迅速地坐了起来,从衣袋里摸出火柴,划了一根。兵士们从他们各自底位置里怀疑地看着火柴。火柴尚未熄灭,石华贵掀开了舱口的布篷,而从他底身边,蒋纯祖带着悲苦的表情钻了进来,蒋纯祖向亮光冷淡地看了一眼。

石华贵怀疑地威胁地看着朱谷良。

"下雪了吗?"朱谷良冷淡地问,抛开火柴。

"下雪了!"蒋纯祖用冰冷的声音回答。在他底对自己的感动里,他对石华贵和朱谷良同样嫉恨。

"是了,是这样!这是我们底路!"朱谷良,愤怒地想——对石华贵和蒋纯祖同样愤怒——睡了下去,在黑暗中睁着眼睛,感到风暴是猛烈地在他底身上扑击。

二

因为落雪的缘故,木船走得很慢,而且午后便停止。大家在船内设法生了火,坐着打盹睡。朱谷良撩开布篷,看见了迷茫的旷野。大家都焦灼,每一个人都觉得自己孤独;人们是看不见这个途程底终点了。年轻的人们,是特别焦灼的。蒋纯祖,怀着对目前的一切的顽强的敌意,想着自己底过去,而寻求骄傲和安慰。这种虚荣的骄傲,在蒋纯祖这样的年青人,是一种绝对的需要,由此他对目前的一切怀着敌意。同时,丁兴旺,在大家不注意的时候,轻轻地撩开布篷,走了出去。

那种对自己底命运的痛苦的焦灼使丁兴旺走了出去。他悲伤地觉得自己是孤独的,企图到落雪的旷野中去寻求安慰,或更燃烧这种悲伤的渴望。落雪的旷野,对于自觉孤独、恐惧孤独的年青人是一种诱惑,这些年青人,是企图把自己底孤独推到一个更大的孤独里去,而获得安慰,获得对人世底命运的彻底的认识的。丁兴旺是有着感情底才能的,习于从一些歌曲和一些柔和的玩具里感觉、并把握这个世界;这样的人,是有一种谦和,同时有一种奇怪的骄傲。在痛苦的生活里,这种感情底闪光是安慰了他,但同时,这种感情便使他从未想到去做一种正直的人生经营。他是从他底家乡底那个优美而丰富的湖泊,从他底随随便便地生活着的父亲和几个善于游乐的年青的朋友们得到这种教养的,他是非常的懒惰,不惯于这几个月来的兵营生活。这样的年轻人,在逞强的热情消磨掉了以后,是恐惧着这个战乱的世界,而有深的忧伤。失去了的那个湖泊,那个家庭,以及那些朋友们,是使他顽强地感到自己是人世底一个漂零者。初入伍的时候从那个班长所挨的那一顿毒打是使他失去了门牙;而从此,他便有了那种滞涩的、执拗的、阴暗的表情了。在这个战乱里,丁兴旺也是一个初生的青年,由于各种原因,他便失去了那种企图在这个世界上占一个位置的意志了。他是确定他在这个世界上只是一个被凌辱的漂零者,他是渴望回到那个湖泊里去。由于这种消沉和耽溺,丁兴旺便不能尊重这个世界,不能考验自己底感情。这个人,是软弱地处在各种冲动中,而顺从自己底感情的。他在这一群里面的位置,是很明白的;他看出来他是被当做一个牺牲者,因此他执拗地拒绝了从任何一方来的亲善。他是能唱很忧伤、很甜美的歌。

因此,这个年青人,便在这片落着雪的、迷茫的、静悄悄的旷野上,穿着奇奇怪怪的破衣,慢慢地行走,露出孤独者底姿态来。他在沙滩上慢慢地走过去,望着面前的地面,听着他在积雪上所踩出来的清脆的声音。这种声音给他一种娱乐,在寒风里,他底身体发烧。

他拢着衣袖。他是用他底执拗的、阴暗的眼睛望着面前的洁白的地面。在这种散步里,他觉得,在这个世界上,他是被安慰了;他是什么也没有的,但除了他心中的那个蒙着雪的故乡底村庄和湖泊以外他也再无需要。他想到,现在正是快要过年的时候,在故乡底蒙着雪的村庄里,有喜悦的鞭炮声;在积雪上面,是漂浮着暗蓝色的烟雾;在街道上,有小孩们底尖锐的、喜悦的叫声。这种回忆和目前的各种意识相纠缠,使他战栗了一下;他站住,望着前面的覆雪的乱石,收敛了他底温柔的、梦幻的笑容。

他长声叹息,摇头,继续行走。在沉寂的旷野上,雪悄悄地、迷茫地降落。

一个年老的女人艰难地走下土坡,站住环视,然后向丁兴旺走来;但突然又转身逃跑。显然的,无论她怎样希望援助,她害怕兵士。丁兴旺,被这旷野上的唯一的人类触动,和这个年老的女人相比,意识到自己底权威,没有想到要做什么,愤怒地吼叫了一声。

那个老女人站住了;竭力镇定,以那种怀疑的、戒备的眼光看着他。一条蓝色的大布巾包住了她底头部,从蓝布巾底环绕里,她底特别明亮的眼睛和尖削的、顽强的嘴——她是在用她底全部力量和敌对着她的这个世界做着生死存亡的斗争——刺眼地显露了出来。

这个老女人,是从附近的村庄出来的,为了寻找她底失踪了两天的儿子。

"你跑什么?"丁兴旺愤怒地问。他意识到,这个老女人底逃跑,是触犯了他底尊严。在这种意识下,这个软弱的青年便明白了他底在这个世界上的位置,而企图尝试一下那种权威了。特别是弱小的人们,由于生存的渴望——没有这种权威,人们是感不到自己底生存的——喜欢欺凌那些比自己更为弱小的人们。在这句问话下,丁兴旺就强烈地颤栗起来;为了抑制自己,他撩开衣服,做出英勇的姿势。并且他露出那种冷笑,显然的,他毫未想到在他面前的是怎样的一种对象:在权威底发作里,这是无关的。

老女人凝视着他;突然握紧右手击打左手心,发出一串诉苦的、然而激烈的声音来。她说得很详细；年老的女人们，想象不到和自己底世界相异的世界底情况，——她们是生活得太固定了——有着激躁的感情，是喜欢详细地描述的。丁兴旺，由于本性底软弱，开始去听她，但即刻便意识到这种行为是和权威底原则相冲突的。

"我问你，你跑什么？"他露出愤怒来，尖声地问。在这个地面上寻找生存，人们是陷到这种可悲的罗网里去了。丁兴旺是愤怒地、蛮横地喘息着。这个老女人也爱她底故乡和亲人，在现在他是决不会想到的。那种可怜的精神需要，是驱使着他拿旷野中的这个唯一的弱者来当作牺牲了。

"我找我底儿子呀！先生！"老女人投出可怕的眼光，拍着拳头，激躁地叫。

丁兴旺，不知道怎样做才好，并意识到自己是不对的，有了暂时的苦恼。雪密密地、悄悄地降落。

"我不管你底儿子不儿子！"丁兴旺大声说，确定了没有别人会看见他，并确定了，在这片旷野上，是没有道德，没有对与错的。他决定劫掠这个老女人，于是他重新强烈地颤栗起来了；而这种痛苦的颤栗使他无疑地相信是这个老女人侮辱了他。"她居然以为我会抢她！混帐东西！"他，这个准备抢劫的人，想，虽然这是很奇怪的。他底脸苍白，那种颤栗是那样的强烈，以致于他说不出话来了，于是他更确定是这个老女人侮辱了他。

"我是强盗！我是强盗！"他疯狂地想，于是他能够说话。

那个老女人，在繁密的雪花下站着不动，以老年的女人所特有的精灵的、明亮的眼光看着他。

"把你底钱拿出来！"丁兴旺，这个强盗底学徒，冷酷地说。

老女人底脸上起了一阵颤栗。她底眼光是可怕的。但立刻她谄媚地、哀求地笑起来了。

"先生……"她说。

"混蛋！"

"先生……我是穷人呀！先生，我给你一块钱。"她说，于是从怀里摸出一个布包来，以媚悦的笑脸为防御，从很多破烂的纸票里取出了一块钱。

丁兴旺，被她底媚悦的笑脸骗倒了，痴痴地接住了这一块钱。但在老女人乘机向乱石堆逃跑的时候，他底心便强烈地刺痛了起来；他是没有得到权威，反而蒙受羞辱了。于是他叫喊了一声，追赶起来。老女人绕过乱石，盲目地向江边逃跑。

"先生，救命呀！"她突然喊，显然看见了另外的人。

"我要打死她！"丁兴旺狂怒地想，跳过石块。但立刻站住，看见了向这边走来的两个荷着步枪的兵士。江畔有一只小船，在船头上，站着一个披着深黑色斗篷的、高瘦的军官，冷酷地向这边看着。

丁兴旺恐怖了。于是转身逃跑。但在一个强大的喊声下站住。

这只小船载着一位从前线撤退下来的团长，他是从残酷的战争中偶然地生还的。他是下了为军人底光荣战死的大的决心的。这样的一个偶然生还的人，他底生命，是在一种严厉中感觉着他底国家底一切；感到他就是他底国家。所以，在目前的这一片旷野中，他感到他就是主人。在精神上，他是有着无限的正义，无限的权力。

在他底正义感里，他是冷酷而愤怒。他底兵士把丁兴旺押到他底面前来。他不看丁兴旺，他用一种抑制的低声吩咐老女人说话。他底这种简单的表现，就是他底庄严的祖国底表现。庄严的祖国，是露出了一种爱护民众的崇高的神情来了，虽然它总是遗忘、并欺凌他们。

老女人机敏地在雪地上跪了下来，开始啼哭，控诉兵士行劫。丁兴旺恐怖地颤栗着，感觉到这个跪在雪地上的，是一个可怕的、冷心肠的动物。

丁兴旺开始流泪，昏迷地看着这个冷心肠的动物，于是突然地他开始说话了。

"老太太！老太太！你没有听清楚我呀！……我不是要你给我这一块钱！"丁兴旺大声嚎啕，把一块钱抛到地上。"你这样说，我是终生要恨你啊！你想想你是找你底儿子的啊！"

"不，不，老爷！他抢我！"老女人坚决地说。

丁兴旺，在恐怖的、悲痛的心中诅咒这个冷酷的动物。

"说完了吗？"那个团长冷淡地问，声音打抖。

老女人沉默。团长，看出了老女人底对于丁兴旺底悲痛的冷酷，露出了一个几乎不可觉察的冷笑。团长凝视雪上的纸币。

"捡起来！"

老女人把纸币捡了起来，而以一种从梦中醒来的疑惑的神情看了团长和丁兴旺一眼。而在团长以闪电般的目光看了丁兴旺一眼，在那种直诉他底祖国的正义的、庄严的感情里抬起苍白的脸孔来的时候，她就又跪了下来。

"老爷，你饶了他……"

"老妈妈！你是我底恩人啊！"丁兴旺哭着大声叫,而从这个老女人底面孔、衣服、和动作,感到那种悲痛的爱情,感到她是仁慈、怜悯、是他,丁兴旺底母亲了。

"你,一个中国底兵士,有话说吗?"团长冷淡地问,撩开斗篷。

"官长,我是好人家底儿女啊！"丁兴旺跪下来,哭着说。

团长笑了一笑。

"你是一个中国底军人吗?"他以打颤的声音问。

"有话说吗?"他问,然后看着他底兵士们,命令他们了解怎样才能是一个中国底军人。

"饶命……啊！妈妈,你说话,你救我,我底妈妈啊！"

"枪决。"团长,在短促地凝视了丁兴旺之后,向他底兵士们做了一个简单的手势,说。

丁兴旺疯狂地、恐怖地叫了一声,站了起来,在短促的寂静中迷乱地环顾周围。想到了他底伙伴们,他就又叫了一声,响彻旷野。

又是短促的、绝对的寂静。雪花在江上密密地降落。

"我多么可怜！"丁兴旺柔弱地想,觉得那个阔脸的兵士抓得他太不舒适,从手臂上推开了这个兵士底手。他底脚在机械地互相摩擦,好象企图得到温暖。他以呆钝的眼睛凝视旷野。在生命底最后,他是整个地凝聚了起来,在大的迷惑中寻找什么一种重要的东西,而企图把它从人世带走。一个大的轰响在他脑后爆发的时候,他重新想到求救。他倒下,扑在雪地上,抽搐着,而他底汹涌的鲜血浸渍了积雪。

是绝对的寂静,雪花在江上飘落。那个团长,祖国底代表者,冷酷地看着抽搐着的丁兴旺。那两个兵士,持着枪,无表情地站着,对于目前的这一切,他们不愿有任何判断。那个老女人站在痴呆中。

"中国不需要这种败类……"那个团长说,奇异地笑着,显然地是在替自己辩护。并且显然因为他觉得他底兵士们看出了他底不安,他才说出了这个辩护,然后他以一种异常冷淡的、几乎是敌视的眼光看那个老女人。

"看见了吧！"他冷酷地说。"不要专门责备当兵的,你们自己也要负责！"他说。

那个老女人看了他一眼,不敢说什么,悄悄地、迅速地在大雪中走开去了。

"不过是一块钱啊！只是一块钱！该死,我是有儿子底人啊！"她突然站住,小孩般哭出声音来。然后她恐怖地看了手里的那一块钱一眼。她拼命抖擞手臂,好象抖掉什么发烫的东西,把那一张纸币丢在雪上。

丁兴旺底那一声可怕的叫喊和随后的那个在旷野中孤独地震响的锐利的枪声,惊动了栖息在木船上的人们。他们同时抬头,谛听,同时站了起来,未说任何话,涌出木船。

他们站在一起,站在大雪中,注视远处。那些孤独的、焦灼的、彼此怀着厌恶的个人是在仇敌出现的时候团结起来了。这个仇敌是杀害了他们底伙伴,威胁着他们底生存的。他们站在一起,好象兄弟,在短促的,绝对的沉默中凝视远处。他们是只有七个人,但他们觉得他们是强大的存在。在这种结合中,光荣的意识使每一个人露出了英勇的神情,企图第一个做那种英勇的行动。

被杀害的是谁,是不重要的:被杀害的,是他们底血肉底一部分。但在光荣的要求中,他们却需要表露自己底对这个被杀害者的深切的感情,而作为一种高贵的动机。

"丁兴旺!"石华贵短促地说,站着不动。

对伙伴的友情是在对敌人的仇恨之先爆发。丁兴旺,是年青、诚实、会划船,在那样的晚上,会唱歌的。友情里面,有着幸福的、动人的竞争。丘根固面孔颤栗,在那种极其悲苦的表现中,解下了他底手榴弹。大家看他;凝视前面,感到光荣。

李荣光、刘继成和张述清同时解下了手榴弹。石华贵开始奔跑了。朱谷良,在强烈的感情下,不理会自己底理智底某种反抗,开始奔跑了。这一群人在大雪中疾迅地奔跑了过去。蒋纯祖跟着奔跑,但在枪响时惊骇地站住,明白自己没有武器。他想到,假若有武器,他便一定不会落后,他是有着那样的热情,他不能失去那种光荣——在雪上伏倒。他失望地看见,在他底奔跑着的伙伴们中间,有一个人倒了下来。假若是他,他便必不会倒下来,他想。

"多么紧张啊!"蒋纯祖在雪中颤栗,想,"多么意外,多么特别的时间啊!要是我有一只枪,就什么问题也没有!而三个人是多么容易消灭!"他兴奋地、狂妄地想。因自己和那些为了替伙伴复仇而奔跑着的英雄们有着无上的友情而感到光荣和幸福。面前的残酷的战斗,对于他,是美丽的、迷人的图景。他颤栗着——开始在雪中向前爬行。一颗枪弹锐声飞过,他惊异地盼顾。他看见他底那些英雄们奔近了乱石滩,而一些碎石在乱石中间喷到空中。他笑出狂喜的声音，颤栗着，重新伏倒。

他看见他底那些摆脱了披在身上的军毡或被单的、穿着单薄的破衣的英雄们。迅速地冲进了乱石滩。他看见有碎石从地面喷起，并听见了爆炸声。落雪的旷野中的强大的爆炸声给了他以狂喜的、兴奋的印象。年青人，被友情和光荣底需求支持着，不明了世界，是有着这种奇异的、狂妄的心情。他觉得他们是胜利了，他希望这胜利永不结束。

"要是我能够为你们而死去啊！"蒋纯祖，在雪中颤栗，想。

但旷野寂静了。蒋纯祖不再看得见他底荣耀的英雄们；他们是被乱石遮住了。天色灰暗，大雪悄悄地落在旷野中。蒋纯祖惊愕地感到大雪是悄悄地落在旷野中。

他站了起来，看见了在面前不远的地方躺着李荣光底尸体。他怀疑地走了两步，而一声短促的、轻脆的枪声使他站住。在迷茫的大雪中，面前是尸体，这一声短促的、轻脆的枪声他永远记得。

朱谷良底心里是有着理智的反抗，因为他觉得自己不应该不明了敌人是谁便去行动。但他底团体底那种强大的力量使他明白了敌人是谁。他是荷着他底理智所给他的深沉的痛苦和大家一路向前奔跑，而完成了他底行为。

李荣光被那个团长底兵士射倒的那个瞬间，一种强大的敌忾在他们中间发生了，他们疾速地向前奔跑，明白自己必会胜利。在这个瞬间，朱谷良是突然地脱出了他底理智所加给他的重荷，而感到一种甜美的友情，这是他从未在这一群人中间感到过的。他觉得他底任务是从盲目中拯救他底伙伴们，从仇恨中拯救他底敌人们，不管这敌人是谁。他是有了一种悲悯，觉得这个战争是不必需的；在他底强大的激动中，他觉得，这个世界是必定可以为和谐与光明所统治。是他底团体底那种团结和友情底表现使他觉得这个世界必可为和谐与光明所统治。因此他猛烈地向前奔跑。石华贵底第一颗手榴弹是把那个团长底唯一的两个兵士炸碎了。朱谷良和石华贵一同奔进乱石堆。那个团长，看见了自己底失败，镇定地从石块后面站了起来，握着手枪，以凛冽的神情暴露在他底仇敌们，他底祖国底仇敌们面前。迅速地看见了这个，尊敬的感情便来到朱谷良心中。朱谷良站下，于是石华贵站下。

那个团长，站在乱石中间，在迷茫的雪花中冷酷地凝视着他底敌人们。朱谷良是握紧了他底手枪的，但不知为什么他觉得他不能射击；而假如这个凛冽的军官向他射击，他不能反抗，而他所得到的死亡将是他所希望的那种英勇的献身,虽然他从未想到他会在这种样式里作他底英勇的献身。朱谷良和平而安静,握着手枪看着团长。

石华贵向前走了一步,但团长底严厉的吼声使他站住。

"放下你们底枪!"团长以严厉的、激越的声音叫。"你们,你们也是中国底军人?"

常常是,在这个以枪枝相对的严重的瞬间,谁先开口说话,谁便被击中;说话是常常解除了仇敌那一面底那种沉重的凝静,使他意识到必要的动作的。但这个团长说话了,而石华贵并未开枪。朱谷良觉得,他是遇到一种神圣的东西了。

"也许我会被他打死,但是这是很简单的!"朱谷良想,"这个军人能做到的,我也能做到,我们底信仰是神圣的!"

"放下你们底枪!"团长厉声叫。

朱谷良偶然地瞥见了石华贵底脸上底惶惑的神情,被这神情所惊动,想到石华贵是已经被征服了。在一种快意底下,朱谷良对石华贵同情起来,想到要解救他。但朱谷良仍然站在那种可怕的紧张中。伙伴们分散地站在他们后面。天色昏暗,大雪迷茫。

团长第三次命令他们放下武器。他站着不动,坚定地握着枪,相信正义必会胜利。

"是的,他能做到的,我已经做到了!"在团长吼叫的时候,朱谷良想。朱谷良,觉得他是已经向那件神圣的东西顶礼过了,而事实证明了他是同样的神圣。于是,对于伙伴们底同情,和那种大的骄傲,使他,朱谷良在团长严厉地命令的时候做了一个简单的、必要的动作。这就是蒋纯祖所听见的那一声短促的、轻脆的枪声。

团长倒到石块上去,做着惨痛的挣扎。石华贵奔上前,迅速地踢落了他底手枪。

"你们! 对不住中国啊!"这个临死的军人惨痛地叫,扑倒在雪地上了。

朱谷良垂着手,眼里有异样的光辉,看着这个临死的军人:他是已经和他较量过了;在这片落雪的旷野上,朱谷良是实现了他底人格了。但这个惨痛的、临终的、作为一种高贵的遗嘱的叫声却使朱谷良有了眼泪,嘴边露出凄惨的笑容来。

石华贵检查了那只手枪,发现没有子弹,疑惑地看着倒在雪地上的团长。

"你弄什么？"朱谷良厌恶地问。

"他没有子弹，我也没有子弹。"石华贵惶惑地笑着说，走近来。

石华贵注意到，听见了他底话，朱谷良底灰白的脸打抖，泪水流在面颊上。

"老兄，人已经死了！"石华贵轻蔑地笑着说。

朱谷良看了他一眼，然后环顾迷茫的、灰暗的旷野。朱谷良，不知为了什么缘故，感到自己在人世是孤单的。朱谷良以怜恤的目光凝视站在乱石和尸体中间的兵士们。蒋纯祖带着迷乱的、惊愕的神情走近来，朱谷良怜恤地凝视着蒋纯祖。

蒋纯祖，在惊愕中，以一种黯淡的、悲伤的视线看着朱谷良。不知自己为什么，蒋纯祖流泪了。

"李荣光死了！"他说，摊开手，手上有血污。显然他在迷乱中染了李荣光底血污。

蒋纯祖含泪看了团长和兵士们底尸体，然后凝视江岸上的丁兴旺底尸体。兵士们在迷茫的大雪中环顾，他们，对于目前的这一切，不愿有任何判断。丘根固底眼睛是特殊地明亮，蒋纯祖觉得它严厉。石华贵想说什么，但又抑住。矮小的、瘦削的朱谷良站着不动。

朱谷良静静地、梦幻般地开始行走。大家走动，跨过尸体、弹穴、和乱石，走到荒凉的、宽阔的沙滩上。在绝对的寂静中，大雪从灰暗的天幕飞落。

他们在雪中静悄悄地、沉重地行走，重新裹起了他们底破烂的军毡和被单。他们乐于记起，向这个战场出发的时候，他们是团结于空前的友爱精神和光荣底感情中的。他们乐于记起那种献身的勇敢和强大的激动，并乐于记起，在大雪中，那个临终的军人底惨痛的呼号。

他们现在是颓丧、沉重，在大雪的、昏暗的旷野中，好象囚徒。他们从未想到，在这一片旷野中，会有这样的生活。他们是和人世隔绝了，这种生活给他们加上了沉重的锁链。

三

第二天，在大的恐惧中，他们抛弃了那只小的木船。他们抛弃了他们底家，抛弃了他们艰苦地经营起来的一切，抛弃了棉被、酒食、木柴、以及鸡鸭，疾速地离开了江岸。各种戒备和敌意又在他们中间发生，他们都觉得自己是特殊地孤单的。

旷野铺着积雪，庄严的白色直到天边。林木、庄院、村落都荒凉；在道路上，他们从雪中所踩出的足印，是最初的。旷野深处，积雪上印着野兽们底清晰的、精致的、花朵般的足印。林木覆盖着雪，显出斑驳的黑色来。澈夜严寒，黎明时雪止了，在寒冷的、透明的空气中，有酸苦的、清淡的气息。小的疾风在各处卷起积雪来，雪块从弯屈的树枝落下，随处可以听见那种沉静的、深沉的坠落声。

人们底脸孔和四肢都冻得发肿。脚上的冻疮和创痕是最大的痛苦。在恐惧和失望中所经过的那些沉默的村庄、丘陵、河流，人们永远记得。人们不再感到它们是村庄、丘陵、河流，人们觉得，他们是被天意安排在毁灭的道路上的可怕的符号。人们常常觉得自己必会在这座村落、或这条河流后面灭亡。不知怎样，蒋纯祖忽然惧怕起那些弯曲的、水草丛生的、冻结的小河来，他觉得每一条河都向他说，他必会在渡河之后灭亡。朱谷良相信，在那些荒凉的、贫弱的、发散着腐蚀的气味的林木后面，他便必会遇到他底艰辛的生命底终点。朱谷良是在心里准备着穿过林木。人们底变得微弱的理智，不能和这些林木和小河相抗。假若旷野底道路是无穷，那么人们底生命便渺小而无常。

人们是在心里准备着渡过河流和穿过林木。石华贵严肃地想到，他是曾经几乎被张大帅枪毙；无数的枪弹曾经穿过他底头项，他是不该期待比那条河流后面的毁灭更好的终点的。丘根固，这个笨拙的、沉默的兵士，这个在和平的岁月，是一个严刻的兄长的人，是抱负着人们在荒凉的农村里常常遇到的那种虚无的感情，而一面用一种兵士底态度冷淡地想到他底穷苦的家。那两个年青人，刘继成和张述清，是在一种迷胡中想到死去是不可避免的，而凄迷地在想象中逃入他们底亲人底怀抱。蒋纯祖，同样地逃入了他底亲人底怀抱，但同时想着，在这个世界上，他是再不能得到爱情和光荣了。人们是带着各自底思想奔向他们所想象的那个终点。这个终点，是迫近来了；又迫近来了；于是人们可怕地希望它迫近来。旷野是庄严地覆盖着积雪。

下午，他们在一个村庄里歇息了下来。被房屋和狗吠声振作起来的石华贵领导着兵士们去寻觅食物，留下朱谷良和蒋纯祖坐在一家门前的台阶上。朱谷良，仍然有旷野中的那些思想，缩着身体坐在台阶上，凝视着空中。

"你不饿吗？"蒋纯祖问。蒋纯祖希望被安慰。

朱谷良看了他一眼，未回答。蒋纯祖轻轻地叹息。

"我宁愿在这种荒凉中死去……我想到，我，我，"蒋纯祖哑声说，突然辛辣地哭出来。朱谷良以冷淡的、疲倦的、幽暗的眼睛看着他,他哽咽,蒙住脸。他底肩膀抽搐。朱谷良,在恶劣的心情中,被蒋纯祖激怒。因为蒋纯祖把那种绝望露骨地表露了出来,朱谷良——他已经和这种绝望坚持到最后——可怕地激怒了,露出狞恶的表情。

"无耻的东西!"朱谷良锐声诅咒。蒋纯祖沉默,站起来,疾速地走到空场中央站住。

"你有什么价值!愚蠢的、麻木的东西!"蒋纯祖愤怒地想,象一切青年一样,迅速地有了雄壮的、无畏的思想。"你这样对待我,我必定这样对待你!你总是伤害我底心,我必定千百倍地伤害你底心,在我底将来!"蒋纯祖想,露出了冷笑。

朱谷良看着蒋纯祖,觉得自己有错;不了解这种感情为什么发生,有了苦恼。

"刚才我想,无论如何,人生是渺茫的,我们既不能明白自己,又不能明白我们底朋友,更不能明白谁才是我们底朋友,我们都是为自己的!每一个人都如此!那么,为什么我们不能在眼前就相爱呢?"朱谷良想,"我们还有多少时间可以活呢?那么为什么不活得简单一点呢?简简单单的,每一个人,都是我们心里需要的,都是朋友……,为什么互相残杀呢?"

这个最明了人们为什么互相残杀的、惯于从这种互相残杀中寻求道路的人,在失望中,在一个小的苦恼里面,纯洁地怀疑起这种互相残杀来了。这个人,是有了人们常常以为只有妇女们才有的思想;他是有了那种隐密的、苦恼的渴望。他站了起来,简单地笑了一笑,预备走到蒋纯祖面前去。但蒋纯祖转身;看见了蒋纯祖底矜持的、冷淡的面容,他便站住不动。

"我们去看看吧。"他轻轻地说,在为蒋纯祖底面容所带来的新的不安里面,本能地企图做出那种老于世故的态度来。在内心底冲突中,他向台阶左边走去,假装探视旷野,并且在内心冲突中暂时未能意识到这种假装。然后他向街道底方向走去。

虽然朱谷良底面容是不可渗透的,但从他底这个奇特的动作,蒋纯祖获得了安慰,蒋纯祖嗅鼻子,跟随着他。

"我问你,蒋纯祖,石华贵那天晚上在沙滩上对你做了些什么事?"通过街道时,朱谷良问。

"他把我底钱抢去了……还有一只金戒指。"被安慰了的蒋纯祖回答,毫未考虑。

"啊!"朱谷良说,站住环顾。

石华贵领导着他底伙伴们在荒凉的村庄中探寻,穿过店铺、家宅、猪栏、和积雪的谷场。在荒凉中作这种行动,石华贵充分地意识到他底这几个伙伴,在朱谷良插进来之先,是和他共生死的,就是说,他们服从他,而他,石华贵,可以为他们而死。这种意识在他底失望的心里重新搦起了对朱谷良的仇恨。于是他在一个狭长的谷场边上站下,阴沉地面对着前面的山坡,而望着坡下的一条冻结的、弯曲的小河。他底伙伴们在他底背后,随着他站下。

常常的,有着真实的权威的人,是要他底朋友们来体会他底心情的——他底朋友们不得不如此。石华贵站下,露出那种为精神界底叛徒或强盗们所有的轻蔑的表情,凝视那条冻结的小河,大家便站下,耽心地从侧面看着他。

石华贵,感到大家在注意他,延长了他底对那条小河的凝视;他底凶恶的视线表示,由于他底无畏的力量,他们之中将有人永不能渡过这条河。疾风在雪上打旋,吹动他底肮脏的长发。

他底这种表情,在先前,对于这几个人是有着绝对的力量的;但现在,大家却有了另外的想法。那两个年青人,看出来这种态度是对朱谷良而发的,由于反抗的缘故,怀着兴奋,把这种态度看成一种懦弱。他们开始明确地站在朱谷良一边,而希望申诉他们底存在和权利了。

丘根固显得很冷淡,他底态度表示,无论石华贵怎样,都不能妨碍他。他觉得,在这一片旷野上,正直而有力的人,没有屈从于任何权力的必需。这个人,是一惯地用那种世故的、冷静的态度周旋于石华贵和朱谷良之间的;他对他们没有要求;他底多年的家长的生活使他善于处理自己;他是对这片旷野上的任何人都没有那种深刻的内心底缔结的。

石华贵在一阵冷风里猛然转身,凝视着丘根固。丘根固注意地看着他。

"老兄,我们只有四个人了! 我们死掉三个了!"石华贵冷笑,说。

丘根固浮上一个愁苦的、了解的笑容,看着他。

"不是还有……"刘继成怀疑地说,眨着他底红肿的、发炎的眼睛。

"有,有什么?"石华贵威胁地问。

年青的、生病的兵士沉默,在裤子卜擦手,生怯地看着石华贵。

"我说有姓朱的他们一路呀!"他抱歉地笑,说。

"姓朱的!"石华贵盼顾,"混帐东西！你不服气!"

"我总没有说错呀！……我总有说话的权利呀!"刘继成迷乱地笑着,说。

石华贵,明显地感到他底权力已经丧失,在那种唯有丧失了权力的英雄们才能知道的锐利的痛苦中战栗起来,笑了一个迷惑的笑容。他垂下手,喘息着,他底眼睛可怕地发光。于是他大步走向这个年青的、烂眼睛的、病弱的兵,举起拳头来。

刘继成迷乱地、抱歉地笑着,闪了一步。苍白而发肿的张述清跟着走了一步;他是对刘继成有一种本能的、兄弟的忠心,希望他底年青的伙伴知道,石华贵要打的,是他们两个人。

那个丘根固,那个家长,是落到困难的处境里去了。在他底惯于冷静的、疲惫的脸上,露出了严肃的、苦闷的笑容。他确定这一切与他无关,他决定不干涉,但是当刘继成被石华贵击倒到雪里去,而疑问地、惶惑地笑着看着他的时候,他感到良心上的不安。

石华贵喘息着,站住不动,在冷风和雪尘中威胁地看着他。于是,感到路途底渺茫,他感到寒心。而一种热情在他心里发生,使他忘记了那两个无力的年青人,而谄媚他面前的这个野蛮的英雄。

"怎样?"石华贵说。

丘根固,在那种不安里,谄媚地、卑屈地笑了。

"老兄,饶了他吧。"他说,因自己未遭殃而感到欢喜。

"我石华贵做事爽快！你们告诉姓朱的,我骂他混蛋!"

"当然！当然!"

石华贵冷笑,转身看那两个以兄弟底情谊站在一起的年青人,然后豪迈地掠头发,大步走出谷场。

那两个年青人并排站着,看着丘根固。在这种态度里,是有着对自己底友情的信心,和对丘根固的无言的轻蔑。两个无力的、胡涂的、简单的青年,是站在雪中,凭着他们底友谊,来试验他们底锋芒了。那两对眼睛,是那样的一致,好象在这个瞬间,任何力量都不能毁坏他们底缔结。

"老弟,你们让他一点吧。"丘根固,因为感到年青的人们底敌意,庄严起来,有些傲慢地说。

"你算什么东西!"张述清说,冷笑了一声,于是拖着他底朋友底手臂走出谷场。

丘根固猛然脸红，战栗，眼里有泪水。这个痛苦是这样的强烈，以致于他沮丧下来，想到再无希望，埋怨自己为何不死去。但随即他愤怒，诅咒这两个年青人，迅速地走出谷场。对任何人类关系的不郑重，都会招致这种痛苦；丘根固是一向以为这些人不在他底生活之内，而旷野里的逃亡不属于他底真实的生活的，现在完全地在这个生活里沉沦了。于是，带着他底繁重的考虑，他经历痛苦、羞辱、和失望，在对石华贵的畏惧和对这两个年青人的痛恨之间作着惨痛的挣扎。……

石华贵走出谷场，感到失望，觉得周围空虚，在一家门廊里站住，恍惚地沉思起来。终于他决定独自一个人行走。他恍惚地走进门廊，走过破朽的房屋和沉寂的院落。在预备回转时，他听见左边房里有响动声。他走了过去，希望得到一点食物。

他敲门。发现门被抵住，他愤怒起来了。他用石块击破窗户，爬进窗户。他跳到地板上，听见了一个女人底恐怖的叫声，站住了。在此刻，准备单独地去作孤注一掷的石华贵是完全地粗野，完全地自弃了。他站住，兴奋地颤栗，想到自己是孤独的漂泊者，即将灭亡，感到一阵甜美的情动。他走到橱后去，发现了那个肥胖的、战栗着的女人。

石华贵手抄在裤袋里，在他底甜美的情动里，抚慰地笑了一笑，好象他认识这个女人。

"不要怕，"他说。

那个女人突然走了出来，站住，严厉地看着他。

"不要怕，啊！"兵士甜蜜地说，笑着。

"你！你，滚出去！"

"啊！"

"……我是守寡的呀！我是苦命的呀！"女人突然跳脚，叫起来，举手蒙住了脸。

石华贵底苍白的脸上透出了一丝轻蔑的微笑。然后他取出他底没有子弹的手枪来，猛力地扑了过去。这个毁灭了一切、没有情爱、没有朋友的人向他底深渊冲了过去了。

那个女人是被吓昏了，倒在地上。她是觉得她周围的她所亲密的一切都从此离弃她了，昏倒在地上。石华贵，在燃烧般的痛苦和甜蜜里，有了各种疯狂的印象,痛切地叫出声音来。那个女人惊觉,尖利地叫了出来,同时捶打他。于是这个漂泊的醉汉笑出了狂妄的、轻蔑的声音。

这些声音招来了朱谷良和其他的人。朱谷良向窗内看了一看,然后环顾伙伴们。朱谷良,愿望自己底行动为全世界所见,愿望最高的光荣,在伙伴们底注视下取出了手枪。

蒋纯祖看见了手枪,听见了石华贵底异常的、痛切的叫声,痛苦地紧张起来。

石华贵是被他底疯狂的印象所淹没,心里有着大的悲哀,觉得自己正在销亡,已经销亡,在绝望的行动里发出那种奇异的叫声;石华贵觉得,他底一切是整个地倾覆,他是狰狞而悲恸地坐在这个倾倒了的建筑底破碎的瓦砾中了。他看见自己是坐在瓦砾中,如他所指望于他底生涯底最后的,含着绝望的、轻蔑的笑容,而全身浸着鲜血。于是他突然寂静,忘记了那个被压在他底膝下的女人,露出轻蔑的笑容来。朱谷良底冷酷的喊声使他寒战;他含着轻蔑的微笑抬头;看见那个对着他底胸膛的致命的武器,他底脸上便有了那种特殊的柔和的光辉;他痴痴地站了起来。

那个女人迅速地爬起来了,恐怖地向窗口看了一眼,逃到木橱后面去了。

在寂静中,石华贵含着悲凉和轻蔑凝视朱谷良,垂手站着不动。在他底仇敌面前,石华贵是意外地如此柔和而安静,他觉得朱谷良是不理解人生,不明白他,石华贵,不懂得飘泊者底辛辣的悲凉和凄伤的;他觉得,朱谷良是没有权利向他底热辣而悲凉的胸膛开枪的。他觉得他已为这个世界牺牲了一切,现在站在这里,他是无愧、悲壮、纯洁。在那种遭受了不平而立意悲伤地忍受的小孩们所有的冲动中,石华贵流泪。

泪水流在兵士底肮脏的脸上和胸上,静静地滚在地上;石华贵含泪看着朱谷良。这种眼泪不是恐惧、失望、或悔恨,这种眼泪是抱负着悲伤的爱情的爱人们所有的。蒋纯祖整个地被感动了。

因为石华贵底眼泪,朱谷良露出傲岸的神情来。他确认这个人是在绝望中悲悔;他底神情表示,对这种悲悔,他是明白的,他是不会被眼泪打动的。对这种无价值的、作恶的人,他是决不宽恕;正是石华贵底眼泪才能使他完全显露他底坚决的精神。他希望大家都惊服于这种精神,而崇敬他底行为。他底为正义而复仇的时间是来到了。这是一个高贵的动机,这个动机要造成一个高尚的英雄;朱谷良,想到那个上吊的女儿,冷酷地看着石华贵。

"你还有什么话说?"朱谷良问。

蒋纯祖惊动,看了朱谷良,又看了奇异地微笑着的石华贵。蒋纯祖突然觉得,在这个场面里,他是最重要的人,于是被光荣的意识惊动。蒋纯祖,在年青人底那种热情里,伸手拦住了朱谷良,并且迅速地插进身体去,用自己底胸膛挡住手枪。

这个动作给了他以无比的感动,他在说话之先啜泣了起来。他举着手,看着朱谷良底愠怒的面容,小孩般啜泣着。他有一种需要;他,蒋纯祖,爱一切的人,决心为一切的人而死。

"朱谷良……不要这样!"

朱谷良愤怒地看着他,同时退了一步,以便监视石华贵。

"我是你们底朋友……我是兄弟!我爱你们,相信我!"蒋纯祖哭着大声说。

朱谷良,被这种热情所烦扰,严肃地看着他。蒋纯祖沉默,突然感到空虚,凝望着院落:雪尘在冷风中打旋。蒋纯祖举着手,无故地战栗起来,又看着朱谷良。朱谷良是在冷冷地微笑着。蒋纯祖觉得他丑陋、可怕。

那种紧张的空气已被解销,朱谷良决定为了尊敬、并教训蒋纯祖的缘故,暂时饶恕石华贵。朱谷良看了站在窗后的石华贵一眼,放下手枪,转身走出院落。

朱谷良在冷风中寂寞地走到石华贵们先前所经过的那个谷场边上,站在那些足印中间,凝视着坡下的冻结的小河。不知为什么,朱谷良在寂寞的寒风中流泪。

"是的,是的,我曾经爱过别人,曾经有过那种热情,是的,一切都过去了!是的,我很颓唐了!我真的颓唐了!从此我不愿再做什么了!是的,从此!又能有些什么?又能得到些什么?我这个人,曾经被谁理解过!啊,只要有一个女子能够爱我,能够爱我,我们就在大雪上,飞走吧!就是这样!就象这一片旷野,冷的、空虚的、那些树是荒凉的!那些坟墓!那么让他们年青人在我们底坟墓中间去找寻吧!而且永远……"朱谷良想,凝视着积雪的、阴暗的、荒凉的旷野;想象自己是在荒凉中永远永远地孤独地走下去,为了寻求安息。

丘根固和那两个年青人,因为惧怕石华贵因他们底冷淡而向他们报复的缘故,在朱谷良之后悄悄地离开了院落。蒋纯祖痴痴地站在窗前。一只麻雀在积雪的院落中停下,于是另一只停下,第一只飞走的时候,第二只便悲惨地叫了两声,迅速地跟着飞走。它们飞到屋檐上,又这样地追逐着飞了下来,发出那种啼叫,这种啼叫只有它们自己才懂得,显然它们是在空前的艰苦中相爱。蒋纯祖出神地看着它们。石华贵从窗户跳下,麻雀们飞开,蒋纯祖带着矜持的面容回头。

石华贵站住不动,不看蒋纯祖,阴郁地沉思着。忽然他伸手到衣袋里去,摸出那个金戒指来。

"这个还你。"他冷淡地说。

蒋纯祖,因为他底冷淡,不安地看着他。

"这个还你。"石华贵单调地说。

"不,我不要……你以为我还要这种东西吗?我要做什么……"蒋纯祖笨拙地说,猛然脸红。他恳求地看着石华贵,希望他不要如此冷淡;然后他向屋檐上找寻,希望使石华贵看见那些在艰苦中相爱的鸟雀们。

石华贵轻蔑地笑着看他。

"拿去!"

"我不要!"

"拿去!"石华贵严厉地说。"你不要,我就丢掉了! 告诉你,我也不要的,那天我不过和你开玩笑。"他加上说。

"你丢掉吧,真的。"蒋纯祖诚恳地说,怕显得傲慢,露出欢欣的样子来。

他们都羞于要这个戒指。显然的,石华贵是决心还清债务,决心复仇了。这种决心使他勇壮而坚决。但蒋纯祖不能明白;他以为石华贵仅仅为这个戒指才显得如此。

石华贵看了蒋纯祖一眼,无表情地把戒指抛到屋顶上去。蒋纯祖,怕显得傲慢,做出欢欣的表情看着石华贵抛掷。戒指无声地落在积雪的屋顶上,石华贵以沉闷的脸色环顾,然后大步向外走。

"我问你,"他停住,问,"朱谷良还有没有子弹?"

蒋纯祖坚决地摇头。

"我不知道。"他说,吃惊地看着石华贵。

石华贵出声冷笑,走出门。

于是石华贵开始复仇。他是无计算的、勇壮而疾速。他走进谷场,看见了站在兵士们当中的矮小的朱谷良。

大家看着他。朱谷良以一个长的凝视迎接他。在这些视线下,他盼顾。他想到,他可以向丘根固拿一颗手榴弹,在行动的时候炸死朱谷良;同时他想到,朱谷良是不会给他这么多的时间的;朱谷良底明亮的眼光便是证明。在这些疾速的思想里,他走近了朱谷良。

他突然站住,仰面凝视朱谷良,带着那种英雄的力量,拉开了自己底衣服,露出长着黑毛的、强壮的胸膛来。

"朋友,向你借一颗子弹!"他大声说,轻蔑地微笑着。

朱谷良沉默着,看着他。

"朋友,当兵的随便在哪里都指望这一颗子弹。"他大声说;他底胸膛颤栗;他得到了无上的慰藉了。

朱谷良凝视这个人底赤裸着的胸膛,短促地有了苦闷的感觉。但随即他冷笑。

"无耻的东西!我要开枪的!"他想,看着这个胸膛。

他们底视线短促地接触,说明了一切。在朱谷良取出手枪来的那个瞬间,石华贵以强大的力量冲过去了,抓住了朱谷良底手腕。兵士们闪开。蒋纯祖跑近来,惊吓地站住。

于是在荒凉的雪地上,朱谷良和石华贵开始了最后的决斗。他们各个都为了心灵底羞辱和创伤,各个都为了正义和生存。他们可怕地沉默着,在地上翻滚,争夺那只致命的武器。蒋纯祖恐怖地跑近来。丘根固们紧张地站在旁边。发现朱谷良力量较弱,大家因自身底怯懦而恐怖。大家都希望朱谷良胜利,但大家都怯懦地站着不动;对于雪地上所有的人,这是一个残酷可怕的时间!

朱谷良被压在下面,一颗子弹射到空中去了!突然石华贵发出一个可怕的喊声:他夺到了手枪。朱谷良疾速地滚开去,站起来跑向墙壁,发现无路可走,转身站住。同时石华贵站起来,掠开头发,握住手枪凝视朱谷良。他底手腕在流血,颤抖着。

朱谷良弯下腰来,脸上是可怕的笑容,注视着石华贵。蒋纯祖盼顾兵士们。丘根固,在一种激动中,向前走了一步。

朱谷良想到,剩下来的时间,是短促如闪电。朱谷良想到生命即将结束,于是痛苦;所有的希望和理想都在战栗。短促地,朱谷良是陷入绝望底混乱中,欠着身体,以那种准备扑击的姿势站在墙壁前,注视着他底仇敌:这个仇敌,是不理解他底生命底意义,不理解他底柔弱和坚强、希望和痛苦的。朱谷良在混乱中悲伤地想到,假若被理解,石华贵便必会垂头,而他便必会站在辉煌的庄严中。他重新扑过来了!

石华贵野兽般露出牙齿,用喊叫使朱谷良停住。他要对朱谷良延长这个痛苦的惩罚。朱谷良站住,欠着腰,死白的面孔在战栗。

石华贵,延长了对朱谷良的惩罚,同时延长了对另外的人们的惩罚。他们怯懦地站在旁边,目睹自己底朋友灭亡,而本能地庆幸自己底平安,这种庆幸,是人世最可怕的惩罚之一。人们在当时就能够意识到这种庆幸底可怕,这种意识和庆幸的、逃避的、蒙昧的感情同时增强。大家都希望自己能够避免,并能够在良心底世界里不被裁判,同时大家都希望自己能够奔上去,用自己底胸膛挡住手枪。

这个可怕的时间底延长,使大家渐渐地脱离了蒙昧的战栗,而进入了朱谷良底内心,明白了朱谷良。对于兵士们,在过去,朱谷良是冷淡的、意志坚强的人物,或者是残酷的英雄,但现在,朱谷良是这个人间最悲惨的人物,他底生命是无限的凄伤。大家觉得,朱谷良是为了那些个被石华贵所蹂躏的女人而牺牲了自己。大家觉得,他们在先前怯懦,又在现在怯懦,他们底前途是可怕的。

在这些人们底这种思想里,目前的局面是明朗了起来。这些人们是骇人地诚实,站在雪地中。那两个以兄弟底情谊联结在一起的年青的兵士,以明亮的眼光看了丘根固一眼。丘根固,被先前在这个谷场上所蒙的羞辱和良心底恐怖激动了,他底眼睛是空空地看着朱谷良;他底腿在战栗。

蒋纯祖,以一种死人一般的眼光看着朱谷良,发出微弱的呻吟。大家看着朱谷良,由于朱谷良底英勇和不幸,主要的,由于自身底怯懦,觉得朱谷良是他们底最宝贵、最亲密的朋友——大家以那种可怕的眼光看着朱谷良,希望朱谷良饶恕。

小的疾风吹起雪尘。周围寂静、阴暗、荒凉。但大家觉得周围好象有火焰在狂奋地燃烧。

每一个人都如此的怯懦! 在这里,再没有一个机会能造成一个光荣的心灵了! 石华贵握着枪,掌握着这个世界了。朱谷良迅速地瞥了伙伴们一眼,而短促地凝视着蒋纯祖。这个蒋纯祖,是他底在这个旷野中的爱情底对象,曾经给他以秘密的、温柔的激厉的。

"饶恕我!"蒋纯祖底眼光说。

蒋纯祖追求朱谷良底眼光,希望得到回答。感到没有被饶恕,不可能被饶恕,蒋纯祖绝望地向前走。

"石华贵,算了吧!"丘根固失望地大声说。于是蒋纯祖站住。

蒋纯祖不觉得自己有说话或动作底可能。他看见,他永远记得,在丘根固底失望的叫声下,听见了另一个叫声,朱谷良突然站直,握住拳头凝视石华贵,面容严肃而冷静。

朱谷良,没有想到要饶恕别人,没有想到要饶恕自己,不再需要被目前的世界理解,在突然之间站在高贵的庄严中,冷冷地注视他底敌人。

他,突然明朗地想到自己所已有的那一切,想到无论怎样的力量都不可能毁灭那一切,如他所指望于他底生涯底最后的,心中有光明,站在大的严肃中。他无需再为内心底羞辱向石华贵复仇,正如他不会向小孩或野兽复仇。人类向野兽们复仇,主要的是因为在那种热情里,认为野兽们也属于自己底道义底世界的缘故,朱谷良,是一直认为一切事物都属于自己底道义底世界,从而在这中间奋战的,现在,获得了于他自认为一切事物都属于自己底道义底世界,从而在这中间奋战的,现在,获得了于他自己是最真实的东西,严肃地感到光荣,感到自己正为全世界所注视。

朱谷良是在严肃中;朱谷良是在生活,未再想到死亡。他注视石华贵,明白自己也常常和石华贵一样地浸在毒液中,心里有愉快。他希望从石华贵走开,带着新的认识去过一种最丰富、最美好、最勇敢的生活。他觉得这是必然的。

在朱谷良底这种镇定下,象常有的情形一样,石华贵动摇了。

"姓朱的,你服不服?"他严厉地说。

朱谷良看着他,不答。

"假如我放了你,你服不服?"石华贵说,狞恶地笑了两声。

"告诉你,石华贵!我是我!你还要作恶,我就还要打死你;你永远不会知道我是怎样的人!在这个世界上,没有谁能够征服我!"朱谷良安静地大声回答。

"感谢我所受过的那么多的痛苦!多么好啊!"朱谷良想。

在刚才的这个紧张的时间里,阳光从明亮的、沉重的云群中辉煌地照射了出来;最初是一道淡白色的光明,投射在近处的山坡上,然后是全部的辉煌的力量,积雪的旷野上笼罩了淡淡的红晕,各处闪耀着夺目的光彩。朱谷良抬头,注意到澄明的蓝空和舒卷着的、明亮的云群。于是朱谷良发觉了照耀在他底身上的冬季底喜悦的、兴奋的阳光。

天空里和旷野上的这种辉煌、兴奋、和喜悦使朱谷良惊动。于是,为了这个阳光——它是辉煌、喜悦、而兴奋——朱谷良猛力向石华贵扑过去了。石华贵开枪,朱谷良扑倒,在雪上痉挛、颤栗、鲜红的血在雪上流了开来。

在阳光中,石华贵抱起手臂,轻蔑地看了鲜血一眼,他底脸在痛苦地、兴奋地抽搐着。大家暂时恐怖地站着不动。朱谷良弯曲右腿,猛力转身,在雪中挣持,投出憎恶的、痛苦的眼光来;鲜血从他底胸膛涌出。

蒋纯祖向前跑去,跪倒在血泊中。

"朱谷良!"他痛苦地尖声叫,举手抱头。

"朱谷良!"他凄恻地,轻微地唤。

朱谷良痛苦地、沉默地看着他。然后咬紧牙齿,坚毅地移开眼光,定定地看着天空。

"朱谷良……原谅我,是我……"蒋纯祖啜泣了。

"不必哭!为什么哭?"朱谷良迷胡地、温柔地想——朱谷良是特殊地温柔,凝视辉煌的天空。那个叫做死亡的东西渐渐地来临,在最初,他是憎恶而痛苦,但随后他便有一种迷胡的、轻逸的感觉,他底灵魂和肉体同样的温柔,好象婴儿睡在摇篮中。在最后的瞬间的这种内心的活动,减轻了死亡底肉体底痛苦,并减轻了人类底对于精神绝灭的恐怖。朱谷良,在他底一生里,因为信仰的缘故,对人生抱负着热烈的野心,但同时又坚持而冷淡——他是在这中间频频地斗争。但在最后的这个瞬间,他投入了这种温柔和渴慕了。

"朱谷良!朱……朱谷良!"蒋纯祖悲切地喊。

丘根固们走近来,站在蒋纯祖身后。朱谷良迷胡地看他们,觉得自己爱他们。朱谷良眼里有泪水。

"是的,我底一生结束了!我可以重新见到可怜的莲莲,还有阿贵阿迟!他们很早就去了!"朱谷良温柔地想到了他底死去的妻子和孩子们,觉得他们是在灿烂的光辉中。"人家会知道,全世界会知道我底一生是有价值的,……我自己知道!我觉得安慰!好!迷胡!多么舒畅!好!挨得很近,那么再近一点,再近一点!……轻轻的,轻轻的,我底信仰,轻轻的,……莲莲,你走近,象那一年,我们都年轻,又很宽裕……你还是年青,没有被欺凌、被压迫,没有生病,没有贫苦,没有那么累的工作,你是年青,我是年青……轻轻的……我们都希望光明,……我们都是平常的人……我们都有爱情……十年来我变了一点,不过还是那样……我很忠实,很忠实,我底信仰!……近一点……为什么:是的,我忠实,我底心软……啊,看见了!"

朱谷良底眼睛模糊了,觉得有一个辉煌的、温柔的东西在轻轻地颤栗着而迫近来,落在他底脸孔上。于是他感到这个辉煌而温柔的东西柔软而沉重地覆压着他。他觉得有更多的眼泪需要流出来。他觉得他要为那个不懂得这种辉煌的温柔的世界——那个充满欺凌与残暴的世界——啼哭。在他底灰白的脸上,最高的静穆和最大的苦闷相斗争;那种静穆的光彩,比苦闷更可怕,时而出现在他底眼睛里,时而出现在他底嘴边。没有想到会在这里抛掷生命,但他没有疑问,因为在这里,不管仇敌是谁,他是和在别处一样对自己做了一切。他来得及做这一切,任何人,连他自己在内,都不能妨碍他。他,朱谷良,衰弱下去。

石华贵,轻蔑的、奇异的笑容消失,赤裸着强壮的胸脯,痴痴地站在他们所踩出的泥泞里。冬季底阳光,在他身上辉耀着,在雪上辉耀着。大家未曾看他,人们站在静肃中,觉得旷野实在,并且温暖。内心底严肃的感情和诚实的思想给予了这样的感觉。那些明亮的云团,以奇异的速度,在澄明的天空里飘渺地上升。

当人们以恐惧的、怀疑的眼光投到他身上来的时候,石华贵便明白,他所毁坏的,以及他所产生的,是怎样的东西了。在人们心里的那种良心底恐怖,是沉了下去,唤起一种最深的颤栗来。人们觉得,假如还活着,便不可能和石华贵在这个世界上同行。假若还活着,便应该做一千个英勇的、善良的行为,来弥补这一次的怯懦的罪恶。在这种心愿下,如人们所需要的,朱谷良是成了亲密的朋友,安睡在光荣中。常常因为人们对这个人犯罪,正如常常因为人们对这个人有过光荣的行为一样,这个人成了人们底亲密的朋友。

蒋纯祖,犯了怎样的罪,他自己明白;他是诚实,并竭力企图诚实。害怕自己不诚实,蒋纯祖长久地跪在血泊中,做出那种虔诚的姿势来。这种姿势有虚伪的可能,这种感觉,是他此刻在这个世界上最恐怖的。因此在这种努力下,任何力量都不能妨碍他,这个热烈的、严肃的年青人了。

他是带着一大堆混乱和那些人们称为美德的天真的情操到这个世界上来寻求道路。他底这种天真和虔诚,在那种对罪恶的恐怖里,把他迅速地造成了石华贵底最可怕的敌人了。

他跪着,垂着头,静默地凝视着朱谷良。阳光照在他底蓬乱的头发上。

"我要替你复仇,朱谷良,我明白我底可耻,我明白你底身世,我明白你是什么人,明白你底心,只有我一个人明白你,我一定替你复仇!我一定做得到!请你安息!在这个时代,旷野上是我们底最好的坟墓!我们都献给这个时代,完全献给,象你一样!请你安息,后代的人要纪念你,要感激你,我再不能说什么,但是太阳照着你,在这个伟大的时代,请你安息!"蒋纯祖想,感到自己是处在壮烈的时代中。这种感觉从未如此强烈。

于是他站了起来,看了那条闪耀着的小河一眼,露出一种愁苦的、慰藉的笑容,转身看着石华贵。他觉得他是故意露出这样的笑容,同时他觉得,在一秒钟之前,他绝未想到有露出这种笑容的可能。那一片闪耀着的积雪的旷野是给了他一种灵感,使他突然感到无比的欢欣,而露出这种笑容。在他底心灵底欢欣中,他觉得积雪的旷野,在阳光中,是雍容而华贵。但他想到他是故意如此。

他底朋友死在他底脚下;他已获得了意志与庄严;他必会胜利;他底前途无限——他底感觉是如此。他从未经历过这样的感觉。但他想到他是故意如此。

于是;单纯的青年底这种阴谋,便成了老练的漂泊者底致命的弱点了。

单纯的人们,在他们底阴谋里,是有着奇异的力量。蒋纯祖向石华贵愁苦地、慰藉地笑了一笑,好象他觉得一切是无可奈何的,好象他觉得石华贵是对的,好象他底心上的重荷已经卸下,好象他已经慰藉了自己,并希望石华贵明白他是弱者,和他互相慰藉。石华贵怀疑地看着他,但不得不相信他。

蒋纯祖笑着摇头,走向石华贵。

"他死了。"他低声说,"我早就说过……啊!"

他突然严肃,短促地恐怖,感到他已因这些感情堕落如娼妓。他未曾想到他会有这种感情,他觉得恐怖。他初次如此。他想,这种感情完全是因为怯懦。他底信心动摇了。但石华贵不能知道。

于是蒋纯祖痛苦地承认了自己底堕落,承认了自己要生存,振作起来。而那种慰藉的、悲切的感情,虽然失去了欢欣的成份,却更强。真实的人们,在他们底阴谋中,是常常要在另外的一些人们把它们看成手段的感情上面跌倒,甚至沉没的。他们是突然地发现了自己底人格里的娼妓的成份,觉得自己已经堕落了。而常常的,假若不能达到他们底目的,他们便真的堕落了。或者是,不管真的达到与否,在这些感情中,他们真的是因怯懦和自私而堕落;真实的人们,在他们底多情里,是常常如娼妓,这便是他们底恐怖。

蒋纯祖是明显地看到,他底目的如果不达到,他便会毁灭。于是他就冷酷起来。

石华贵向他轻蔑地笑了一笑——石华贵,是不赞成地在蒋纯祖身上看到的这种软弱和卑劣的,虽然他满意蒋纯祖底愁苦的、慰藉的表情——扣起了衣服,因为惧怕痛苦,做出孤独者底豪迈的姿势来。

"要走的,跟我走!"他说,冷笑了一声;大步走出谷场。

蒋纯祖向兵士们做了一个暗号,迅速地跑起来,在街边追上石华贵。

"石华贵!"他说,卑怯地笑——他再也不能觉得他是故意如此。"我问你,石华贵,你是真心要我们一路走吗?"

石华贵以透明的眼光凝视他,他在痛苦中战栗。

"我是服从你的!"蒋纯祖底眼光说。他无权利觉得他是故意如此。他觉得他是堕落如娼妓了。

"要走就走吧,不会打死你的,学生!"石华贵轻蔑地回答,走过街道。

蒋纯祖往回跑,在谷场口上遇见了兵士们。

"丘根固,石华贵说,要是你们不和他一路,不服从他,他就打死你们!"他说,觉得真的是如此,紧张地盼顾;"但是一路走的话呢,我看也很危险,怎样,丘根固?石华贵说,我们都是朱谷良底朋友!"

丘根固严肃地看着蒋纯祖底单纯的、紧张的面孔。沉默很久。

"告诉他,我们就是朱谷良底朋友!"丘根固激怒地,冷酷地说。

"是的,我们都是……"蒋纯祖满足,谄媚地笑。

"我们不怕他!"刘继成说。

"是的,我们都是朱……他底朋友!"蒋纯祖说,有眼泪——他是堕落了啊!——凝视朱谷良底躺在雪地上,照耀在阳光中的尸体。

"我们……报仇!"蒋纯祖坚决地说。

丘根固面孔打抖,回头望了一眼,向街道走去。

蒋纯祖转身,疾速地奔过街道,转弯,追上了石华贵。

"石华贵,你站一站,他们说,愿意和你一路走!"

石华贵奇怪地看了他一眼。

"废话!"

蒋纯祖谄媚地笑着。

"我们过了安庆了吧,石华贵?"他说,"我希望……那么,石华贵,我去跟他们说,他们怕你,站着不肯走!"

蒋纯祖转身跑回来。他是紧张了起来,在缔造他底阴谋的罗网了。石华贵,信了蒋纯祖底话,以为大家真的完全怕他,感到满意,在旁边的台阶上坐了下来。蒋纯祖拦住了丘根固,向他摇手。

"石华贵说,他至少还要杀死两个!他说他什么都晓得!丘根固,"他严重地沉默。"我们快些逃吧。"他低声说。

刘继成和张述清紧张了,站住不动,丘根固露出了愤怒的、坚决的神情,望着空旷的、积雪的、照着阳光的街道。那些房屋,全都紧闭着,有的倒塌,在阳光下显出无限的荒凉。

那两个兄弟似的年青人,开始有了逃走的意思。丘根固感觉到大家是在怀疑他,愤怒地站着不动。

"我这个人,没有一点志气吗?石华贵那个万恶的东西,我就对他屈服吗?"他愤怒地想,想到朱谷良底英勇的、高贵的举动,"我们都是可怜的人,但这个世界总有正义!"他想。"动什么!想逃?"他严厉地向那两个年青人说。

张述清和刘继成惨淡地笑了一笑。

"他自己怎么不过来?"丘根固激怒地问,迅速地解下了手榴弹。

蒋纯祖紧张了,颤栗着。

那两个以兄弟底情谊联结在一起的年青人,战栗着,好象脱衣服,望前面的街道,解下了手榴弹。

"他在那个白房子转弯……"蒋纯祖细声说。

"好!"丘根固说,开始迅速而柔韧地在雪上奔跑。他底瘦长的、敏捷的身影掠过街道。那两个年青人开始奔跑。

"多么可怕!"蒋纯祖想,迷胡地开始奔跑。

石华贵因长久的沉寂而感到奇异,站了起来。这时那个复仇的队伍出现了。石华贵,特别因为丘根固脸上的那种坚决的、冷酷的表情——丘根固,是使石华贵觉得意外地从他底世故的淡漠中整个地站到这个世界里来,而为自己底生存、羞辱、以及为朱谷良复仇了——惊吓地、愤怒地叫了一声。这种谋叛,这种复仇,特别是为丘根固所领导的这种谋叛和复仇,是这个悍厉的飘泊者从未想到的。丘根固,是曾经谄媚他,帮助他抢劫和征服的。

石华贵,发出了他底痛心的、愤怒的叫声,在来得及动作以前,被一颗手榴弹炸倒了。接着又是一颗。炸弹掀起泥土,炸倒墙壁,鲜血和碎肉飞到空中。

丘根固站住了,定定地、有些迷惑地凝视着那一堆碎肉和鲜血。蒋纯祖,看见了胜利,在狂喜和陶醉中疾速地奔跑过来。丘根固转身。大家看着蒋纯祖。

于是,迅速地,在感激底冲动中,蒋纯祖奔向丘根固,伏在丘根固底肩上,啼哭起来了。丘根固底手臂颤栗,带着那种父亲底热情抱紧了蒋纯祖,看着前面,突然失声地哭了起来。

那两个年青人站着流泪,然后出声啜泣。

蒋纯祖悲惨地哭着,因为生命太艰难,因为人类自相残杀。丘根固痛苦地哭着,因为一切都不能挽回。那两个年青的、病瘦的、衣裳破烂的兵小孩般可怜地哭着,因为,他们未曾料到,这样的仇恨,这样的相爱,这样的悲伤……

将纯祖迅速地跑进那街道,跑进那个谷场,在朱谷良底尸体面前站住,轻轻地喊了一声,又蹲下来抱起了他底冰冷的头颅。

原载《财主底儿女们》,
人民文学出版社 1985 年版

钱锺书《围城》导读

 **作家简介**

钱锺书(1910—1998),字默存,号槐聚,曾用笔名中书君等。1910年11月21日出生于江苏省无锡县城内一户书香世家。钱锺书聪慧超绝,从小受到家学熏陶,少有述作之志。19岁时投考清华大学,数学仅得15分,但校长罗家伦因其文科特好、才气横溢而破格录取。1933年,他从清华大学毕业,入上海光华大学任教。1935年,钱锺书与杨绛女士结婚,同年考取庚款赴英国牛津大学留学,两年后以论文《十七、十八世纪英国文学中的中国》获副博士学位。随后又转赴法国巴黎索邦大学进修一年。1938年回国,被清华大学破例录用为教授,后曾在湖南蓝田国立师范学院、上海震旦女子文理学院、暨南大学任教,兼南京中央图书馆英文馆刊《书林季刊》主编。在这期间,钱锺书出版的著作有自订诗集《中书君诗》与《中书君近诗》、散文集《写在人生边上》、短篇小说集《人·兽·鬼》、长篇小说《围城》和诗话《谈艺录》等。1949年以后,他的主要精力都放在学术研究上,主要著作有《宋诗选注》《管锥编》《谈艺录(补订本)》《旧文四篇》《也是集》《七缀集》《槐聚诗存》等。旧作《围城》《写在人生边上》《人·兽·鬼》等在20世纪80年代重印后,使国内理论界和文学界受到震动和冲击,出现一股"钱锺书热",至今尚有余温。1998年12月19日,钱锺书先生病逝于北京。

 时代背景

《围城》是钱锺书先生唯一的长篇小说,也是一部家喻户晓的现代文学经典。美国著名现代文学研究专家夏志清教授在《中国现代小说史》中称"《围城》是中国近代文学中最有趣和最用心经营的小说,可能亦是最伟大的一部"。

1941年暑假,钱锺书从任教的学校回到上海,原拟小住数月即返内地,不料珍珠港事变突然爆发,自此沦陷在上海。在"孤岛"的艰难岁月中,钱锺书在教书之余开始文学创作。1944年,钱锺书去观看夫人杨绛编写的话剧上演,或许有所触动,萌生了创作一部长篇小说的想法。其后,他便减少授课时间,由夫人杨绛担当起所有家务,安心进行创作。一直到1946年,小说完成。正如他在小说脱稿后所说:"这本书整整写了两年。两年里忧世伤生,屡想终止。由于杨绛女士不断的督促,替我挡了许多事,省出时间来,得以锱铢积累地写完。"

1946年2月25日,《围城》在郑振铎、李健吾主持的大型文艺刊物《文艺复兴》上连载,1947年6月由上海晨光出版公司单行出版。此书一出,一时洛阳纸贵,连连印了三版。它在当时曾受到无数的好评,也受到不断的攻击。本书初版时,晨光文艺丛书的介绍词说:"人物和对话的生动,心理描写的细腻,人情世态观察的深刻,由作者那支特具清新辛辣的文笔,写得饱满而妥适。零星片断充满了机智和幽默,而整篇小说的气氛却是悲凉而又愤郁。"

作品评点

钱锺书在《围城》中描写了抗战时期一群高级知识分子的生活。通过主人公方鸿渐的坎坷境遇和不幸爱情,暗示现代文明背景下的人生困境。"围城"是对一种人生情景的形象概括,也是对一种心理意态的巧妙捕捉。"围城"所描绘的,乃是人类理想主义和幻想破灭的永恒循环。《围城》着力刻画的是现代中国的"某一部分社会,某一类人物"。钱锺书说:"写这类人,我没忘记他们是人类,只是人类,具有无毛两足动物的基本根性。"这个基本根性就是人性的弱点,它导致人类演出种种喜剧、悲剧和"悲剧之悲剧"。所谓"悲剧之悲剧"既是人生愿望和爱情追求的悲剧心理的描述,又是欲望既达之后可以去观照的一个不圆满的情境。这个情境,虽然不圆满、充满痛苦,但又会有新的企慕。

本书节选了小说的第八、第九两章,通过方鸿渐与孙柔嘉失败的恋爱与婚姻,再次揭示了人生的荒谬无常,在人类情爱的层面凸显出"围城"的深层意蕴。

杨绛给《围城》电视剧片头题词说:"围在城里的人想逃出来,城外的人想冲进去。婚姻也罢,职业也罢,人生的愿望大抵如此。"城外的人急切地盼望,以求达到圆满；城内的人在期待以后又产生失望,在痛苦中重新驰骋他们的希望。人生就是这样一个无尽期的追求、奋斗的过程,直到生命的终结。方鸿渐具有人所共有的"愿望",他的快乐,他的痛苦,都出于"愿望"的亏欠,由此而不断地碰壁,又不断地生出新的"愿望"。

方鸿渐留学回国后屡经挫折,爱情失败,事业无着,即将离开三闾大学之际,困顿中陷入了孙柔嘉精心布置的婚姻陷阱。可以说,这是一场"倾城之恋",方鸿渐在婚姻的人生大戏里再次扮演了"悲剧之悲剧"的主角。他由职业的"围城"逃出,又陷入婚姻的"围城"。

他和孙柔嘉订婚不久,立即感到对于订婚本身所表现出来的情绪是平淡的。

> 他对自己解释,热烈的爱情到订婚早已是顶点,婚一结一切完结。现在订了婚,彼此间还留着情感发展的余地,这是桩好事。他想起在伦敦上道德哲学一课,那位山羊胡子的哲学家讲的话:"天下只有两种人。譬如一串葡萄到手,一种人挑最好的先吃,另一种人把最好的留在最后吃。照例第一种人应该乐观,因为他每吃一颗都是吃剩的葡萄里最好的;第二种人应该悲观,因为他每吃一颗都是吃剩的葡萄里最坏的。不过事实上适得其反,缘故是第二种人还有希望,第一种人只有回忆。"从恋爱到白头偕老,好比一串葡萄,总有最好的一颗,最好的只有一颗,留着做希望,多少好?

他还在回味着唐晓芙。失去了的"她"是最美丽可爱的"她",就在身边的"她"是习处生嫌的"她"。"遥闻声而相思相慕,习进前而渐疏渐厌",这就是悲剧人生的"悲剧之悲剧"。在香港,方鸿渐尝够了厉害滋味才明白深心忌刻的孙柔嘉不是他理想中的女性。而从前的情人苏小姐又冷落他,奚落他,糟践他。"鸿渐郁勃得心情像关在黑屋里的野兽,把墙壁狠命的撞、抓、打,但找不着出路"。他身心交瘁,即使对唐晓芙也失去了昔日的神往,猜想着她早已做了妈妈,把自己忘记了。方鸿渐由此对爱情和婚姻做出最后的结论:

> 现在想想结婚以前把恋爱看得那样郑重,真是幼稚。老实说,不管你跟谁结婚,结婚以后,你总发现你娶的不是原来的人,换了另外一个。早知道这样,结婚以前那种追求、恋爱等等,全可以省掉。到结婚还没有彼此认清,倒是老式婚姻干脆,索性结婚以前,谁也不认得谁。

回到上海,伴随着方鸿渐的是无休止的吵架,和那个过了时的旧式吊钟不时敲击他郁勃的心胸。国将不国,家之不家。孙小姐走了,孤苦的方鸿渐,在老式钟声的敲击里又抱着新的希望,坠进"最原始的睡",成为"死的样品",连梦也没做一个。就这样静静地降下了他的"悲剧之悲剧"的帷幕。

其实,孙柔嘉——婚姻围城的另一主角,境遇也不比方鸿渐更好。作为一个现代大都市里成长起来的女子,追求舒适安稳的家庭生活无可厚非。可悲的是婚姻绝非她想象得那么简单。除却性格的因素,双方的人际关系是导致他们婚姻失败的重要原因。如果没有鸿渐那顽固守旧的父母和卑琐善妒的弟媳,如果没有柔嘉那虚伪阴险的姑母,或许他们还能维持正常的家庭。这里我们可以看到现代社会中人类生存的困境,正如他们吵架后方鸿渐所体会到的"拥挤里的孤寂,热闹里的凄凉,使他像许多住在这孤岛上的人,心灵也仿佛一个无凑畔的孤岛"。

从选文中,我们还可以领略《围城》勾魂摄魄的艺术魅力。首先是象征性的细节描写增添了作品的韵味。比如作者有意让孙柔嘉两次把老挂钟比作方鸿渐,暗示性地说明方鸿渐是这个社会的"落伍者"。结尾处写那只老挂钟"这个时间落伍的计时机无意中对人生包涵的讽刺和怅惘,深于一切语言,一切啼笑",可谓意味隽永。作者还善于运用讽刺艺术,勾画丑陋的灵魂,揭穿社会的黑暗,具有震撼人心的力量。讽刺苏文纨发国难财说:"高高荡荡这片青天,不是上帝和天堂的所在了,只供给投炸弹、走单帮的方便。"新颖别致的比喻也是一大特点,能够发人深思,把读者带到新的意境中去。如选文开头用西洋人赶驴的比喻起兴,写方鸿渐有如受役使的驴子,教授头衔有如吃不到的胡萝卜,然后再写鸿渐的愤慨之情,就显得生动有力。

总之,含蓄蕴藉的意境,缠绵悱恻的悲剧气氛,巧妙的艺术构思,精微曲折的细节刻画,共同构成《围城》的艺术世界,让人流连忘返。

(赵连昌)

围 城(节 选)

钱锺书

第 八 章

西洋赶驴车的人,每逢驴子不肯走,鞭子没有用,就把一串胡萝卜挂在驴子眼睛之前,唇吻之上。这笨驴子以为走前一步,萝卜就能到嘴,于是一步再一步继续向前,嘴愈要咬,脚愈会赶,不知不觉中又走了一站。那时候它是否吃得到这串萝卜,还看驴夫的高兴。一切机关里,上司驾驭下属,全用这种技巧。譬如高松年就允许鸿渐到下学年升他为教授。自从辛楣一走,鸿渐对于升级这胡萝卜,眼睛也看饱了,嘴忽然不馋了,想暑假以后另找出路。他只准备聘约送来的时候,原物退还,附一封信,痛快批评校政一下,算是临别赠言,借此发泄这一年来的气愤。这封信的措词,他还没有详细决定,因为他不知道校长室送给他怎样的聘约。有时他希望聘约依然是副教授,回信可以理直气壮,责备高松年失信。有时他希望聘约升他做教授,这末一来,他的信可以更漂亮了,表示他的不满意并非出于私怨,完全为了公事。不料高松年省他起稿子写信的麻烦,干脆不送聘约给他。孙小姐倒有聘约的,薪水还升了一级。有人说这是高松年开的顽笑,存心拆开他们俩。高松年自己说,这是他的秉公办理,决不为未婚夫而使未婚妻牵累——"别说他们还没有结婚,就是结了婚养了孩子,丈夫的思想有问题,也不能'罪及妻孥',在二十世纪中华民国办高等教育,这一点民主精神应该有的。"鸿渐知道孙小姐收到聘约,忙仔细打听其他同事,才发现下学年聘约已经普遍发出,连韩学愈的洋太太都在敬聘之列,只有自己像伊索寓言里那只没尾巴的狐狸,独一无二得可笑。这气得他头脑发烧,身体发冷。计划好的行动和说话,全用不着,闷在心里发酵。这比学生念熟了书,到时忽然考试延期,更不痛快。高松年见了面,总是笑容可掬,若无其事。办行政的人有他们的社交方式。自己人之间,随你臭架子,坏脾气都行;笑容愈亲密,礼貌愈周到,彼此的猜忌或怨恨愈深。高松年的工夫还没到家,他的笑容和客气,仿佛劣手仿造的古董,破绽百出,一望而知是假的。鸿渐几次想质问他,一转念又忍住了。在吵架的时候,先开口的未必占上风,后闭口才算胜利。高松年神色不动,准是成算在胸,自己冒失地上门寻衅,万一下不来台,反给他笑,闹了出去,人家总说姓方的饭碗打破,老羞成怒。还他一个满不在乎,表示饭碗并不关心,这倒是挽回面子的妙法。吃不消的是那些同事的态度。他们仿佛全知道自己解聘,但因为这事并未公开,他们的同情也只好加上封套包裹,遮遮掩掩地奉送。往往平日很疏远的人,忽来拜访。他知道他们来意是探口气,便一字不提,可是他们神情和说话里包含的惋惜,终像圣诞老人放在袜子里的礼物,送了才肯走。这种同情比笑骂还难受。客人一转背,鸿渐咬牙来个综合的咒骂:"To Hell 滚你妈的蛋!"

孙柔嘉在订婚以前，常来看鸿渐；订了婚，只有鸿渐去看她，她轻易不肯来。鸿渐最初以为她只是个女孩子，事事要请教自己；订婚以后，他渐渐发现她不但很有主见，而且主见很牢固。她听说他准备退还聘约，不以为然，说找事不容易，除非他另有打算，别逞一时的意气。鸿渐问道："难道你喜欢留在这地方？你不是一来就说要回家么？"她说："现在不同了。只要咱们两个人在一起，什么地方都好。"鸿渐看未婚妻又有道理，又有情感，自然欢喜，可是并不想照她的话做。他觉得虽然已经订婚，跟她还是陌生得很。过去没有订婚经验——跟周家那一回事不算数的——不知道订婚以后的情绪是否应当像现在这样平淡。他对自己解释，热烈的爱情到订婚早已是顶点，婚一结一切完结。现在订了婚，彼此间还留著情感发展的余地，这是桩好事。他想起在伦敦上道德哲学一课，那位山羊胡子的哲学家讲的话："天下只有两种人。譬如一串葡萄到手，一种人挑最好的先吃，另一种人把最好的留在最后吃。照例第一种人应该乐观，因为他每吃一颗都是吃剩的葡萄里最好的；第二种人应该悲观，因为他每吃一颗都是吃剩的葡萄里最坏的。不过事实上适得其反，缘故是第二种人还有希望，第一种人只有回忆。"从恋爱到白头偕老，好比一串葡萄，总有最好的一颗，最好的只有一颗，留著做希望，多少好？他嘴快把这些话告诉她，她不作声。他跟她讲话，她回答的都是些"唔"，"哦"。他问她为什么不高兴，她说并未不高兴。他说："你瞒不过我。"她说："你知道就好了。我要回宿舍了。"鸿渐道："不成，你非说明白了不许走。"她说："我偏要走。"鸿渐一路上哄她，求她，她才说："你希望的好葡萄在后面呢，我们是坏葡萄，别倒了你的胃口。"他急得跳脚，说她胡闹。她说："我早知道你不是真的爱我，否则你不会有那种离奇的思想。"他赔小心解释了半天，她脸色和下来，甜甜一笑道："我是个死心眼儿，将来你讨厌——"鸿渐吻她，把她这句话有效地截断，然后说："你今天真是颗酸葡萄。"她强迫鸿渐说出来他过去的恋爱。他不肯讲，经不起她一再而三的逼，讲了一点。她嫌不够，鸿渐像被强盗拷打招供资产的财主，又陆续吐露些。她还嫌不详细，说："你这人真不爽快！我会吃这种隔了年的陈醋么？我听著好顽儿。"鸿渐瞧她脸颊微红，嘴边强笑，自幸见机得早，隐匿了一大部分的情节。她要看苏文纨唐晓芙的照相，好容易才相信鸿渐处真没有她们的相片，她说："你那时候总记日记的，一定有趣得很，带在身边没有？"鸿渐直嚷道："岂有此理！我又不是范懿认识的那些作家，文人，为什么恋爱的时候要记日记？你不信，到我卧室里去搜。"孙小姐道："声音放低一点，人家全听见了,有话好好的说。只有我哪!受得了你这样粗野,你倒请什么苏小姐唐小姐来试试看。"鸿渐生气不响,她注视著他的脸,笑说:"跟我生气了?为什么眼睛望著别处?是我不好,逗你,道歉道歉。"

所以,订婚一个月,鸿渐仿佛有了个女主人,虽然自己没给她训练得驯服,而对她训练的技巧甚为佩服。他想起赵辛楣说这女孩子利害,一点不错。自己比她大了六岁,世事的经验多得多,已经是前一辈的人,只觉得她好顽儿,一切都纵容她,不跟她认真计较。到聘书的事发生,孙小姐慷慨地说:"我当然把我的聘书退还——不过你何妨直接问一问高松年,也许他无心漏掉你一张,你自己不好意思,托傍人转问一下也行。"鸿渐不听她的话,她后来知道聘书并非无心遗漏,也就不勉强他。鸿渐开顽笑说:"下半年我失了业,咱们结不成婚了。你嫁了我要挨饿的。"她说:"我本来也不要你养活。回家见了爸爸,请他替你想个办法。"他主张索性不要回家,到重庆找赵辛楣——辛楣进了国防委员会,来信颇为得意,跟出走时的狼狈,像换了一个人。不料她大反对,说辛楣跟他不过是同样地位的人,求他荐事,太丢脸了;又说三闾大学的事,就是辛楣荐的,替各系打杂,教授都没爬到,连副教授也保不住,辛楣荐的事好不好?鸿渐局促道:"给你这末一说,我的地位更不堪了。请你说话留点体面,好不好?"孙小姐说,无论如何,她要回去看她父亲母亲一次,他也应该见见未来的丈人丈母。鸿渐说,就在此地结了婚罢,一来省事,二来旅行方便些。孙小姐沉吟说:"这次订婚已经没得到爸爸妈妈的同意,幸亏他们喜欢我,一点儿不为难。结婚总不能这样草率了,要让他们作主。你别害怕,爸爸不凶的,他会喜欢你。"鸿渐忽然想起一件事,说:"咱们这次订婚,是你父亲那封信促成的。我很想看看,你什么时候把它检出来。"孙小姐愣愣地眼睛里发问。鸿渐轻轻拧她鼻子道:"怎末忘了?就是那封讲起匿名信的信。"孙小姐扭头抖开他的手道:"讨厌!鼻子都给你拧红了。那封信?那封信我当时看了,一生气,就把它撕了——咦,我倒真应该保存它,现在咱们不怕了,"紧握著他的手。

辛楣在重庆得到鸿渐订婚的消息,就寄航空快信道贺。鸿渐把这信给孙小姐看,她看到最后半行:"弟在船上之言验矣,呵呵。又及,"就问他在船上讲的什么话。鸿渐现在新订婚,朋友自然又疏了一层,把辛楣批评她的话一一告诉。她听得怒形于色,可是不发作,只说:"你们这些男人全不要脸,动不动就说女人看中你们,自己不照照镜子,真无耻!也许陆子潇逢人告诉我怎样看中他呢!我也算倒霉,他一定还有讲我的坏话,你说出来。"鸿渐忙扯淡完事。她反对托赵辛楣谋事,这可能是理由。鸿渐说这次回去,不走原路了,干脆从桂林坐飞机到香港省吃许多苦,托辛楣设法飞机票。孙小姐极赞成。辛楣回信道:他母亲七月底自天津去香港,他要迎接她到重庆,那时候他们凑巧可以在香港小叙。孙小姐看了信,皱眉道:"我不愿意看见他,他要开顽笑的。你不许他开顽笑。"鸿渐笑道:"第一次见面少不了要开开顽笑的,以后就没有了。现在你还怕他什么?你升了一辈,他该叫你世嫂了。"

鸿渐这次走,同事一个人都不替他饯行。既然校长不高兴他,大家也懒跟他连络。他不像能够飞黄腾达的人——"孙柔嘉嫁给他,真是瞎了眼睛,有后悔的一天"——请他吃的饭未必像扔在尼罗河里的面包,过些日子会加了倍浮回原主。并且,请吃饭好比播种子;来的客人里有几个是吃了不还请的,例如最高上司和低级小职员,有几个一定还席的,例如地位和收入相等的同僚,这样,种一顿饭可以收获几顿饭。鸿渐地位不高,又不属于任何系,平时无人结交他,他也只跟辛楣要好,在同事里没撒播饭种子。不过,鸿渐饭虽没到嘴,谢饭倒谢了好几次。人家问了他的行期,就惋惜说:"怎么?走得那末匆促!饯行都来不及。糟糕!偏偏这几天又碰到大考,忙得没有工夫,孙小姐,劝他迟几天走,大家从从容容叙一叙——好,好,遵命,那末就欠礼了。你们回去办喜事,早点来个通知,别瞒人哪!两个人新婚快乐,把这儿的老朋友全忘了,那不行的!哈哈。"高校长给省政府请到省城去开会,大考的时候才回校,始终没正式谈起聘书的事。鸿渐动身前一天,到校长室秘书处去请发旅行证件,免得路上军警麻烦,带便见校长辞行,高松年还没到办公室呢。他下午再到秘书处领取证件,一问校长早已走了。一切机关的首长上办公室,本来像隆冬的太阳或者一生里的好运气,来得很迟,去得很早。可是高松年一向勤敏的,鸿渐猜想他有心躲避自己,气愤里又有点得意。他训导的几个学生,因为当天考试完了,晚上有工夫到他房里来话别。他感激地喜欢,才明白贪官下任还要地方挽留,献万民伞,立德政碑的心理。离开一个地方就等于死一次,自知免不了一死,总希望人家表示愿意自己活下去。去后的毁誉,正跟死后的哀荣一样关心而无法知道,深怕一走或一死,像洋蜡烛一灭,留下的只是臭味。有人送别,仿佛临死的人有孝子顺孙送终,死也安心闭眼。这些学生来了又去,暂时的热闹更增加他的孤寂,辗转半夜睡不著。虽然厌恶这地方,临走偏有以后不能再见的怅恋,人心就是这样捉摸不定的。去年来的时候,多少同伴,现在只两个人回去,幸而有柔嘉,否则自己失了业,一个人走这条长路,真没有那勇气。想到此地,鸿渐心理像冬夜缩成一团的身体稍觉温暖,只恨她不在身畔。天没亮,轿夫和挑夫都来了;已是夏天,趁早凉,好赶路。服侍鸿渐的校工,穿件汗衫,睡眼迷离送到大门外看他们上轿,一手紧握着鸿渐的赏钱,准备轿子走了再数。范小姐近视的眼睛因睡眠不足而愈加迷离,以为会碰见送行的男同事,脸上胡乱涂些胭脂,勾了孙小姐的手,从女生宿舍送她过来。孙小姐也依依惜别,舍不下她。范小姐看她上轿子,祝她们俩一路平安,说一定把人家寄给孙小姐的信转到上海,"不过,这地址怎末写法?要开方先生府上的地址了,"说时格格的笑。孙小姐也说一定有信给她。鸿渐暗笑女人真是天生的政治家,她们俩背后彼此诽谤,面子上这样多情,两个政敌在香槟酒会上碰杯的一套工夫,怕也不过如此。假使不是亲耳朵听见她们的互相刻薄,自己也以为她们真是好朋友了。

　　轿夫到镇上打完早尖,抬轿正要上路,高松年的亲随赶来,满额是汗,把大信封一个交给鸿渐,说奉校长命送来的。鸿渐以为是聘书,心跳得要冲出胸膛,忙拆开信封,里面只是一张信笺,一个红纸袋。信上说,这一月来校务纷繁,没机会与鸿渐细谈,前天刚自省城回来,百端待理,鸿渐又行色匆匆,未能饯别,抱歉之至;本校暂行缓办哲学系,留他在此,实属有屈,于心不安,所以写信给某某两个有名学术机关,荐他去做事,本想等回信来了,正式通知他,现在回信尚未来,一有消息,决打电报到上海来不误,礼券一张,是结婚的贺仪,尚乞哂纳。鸿渐没看完,就气得要下轿子跳骂,忍耐到轿夫走了十里路休息,把一个纸团交给孙小姐,说:"高松年的信,你看!谁希罕他送礼。到了衡阳,我挂号退还去。好得很,我正要写信骂他,只恨没有因头,他这封来信给我一个回信痛骂的好机会。"孙小姐道:"我看他这封信也是一片好意。你何必空做冤家?骂了他于你有什么好处?也许他真把你介绍给人了呢?"鸿渐怒道:"你总是一片大道理,就不许人称心傻干一下。你愈有道理,我偏不讲道理。"孙小姐道:"天气热得很,我已经口渴了,你别跟我吵架。到衡阳还有四天呢,到那时候你还要写信骂高松年,我决不阻止你。"鸿渐深知到那时候自己保不住给她感化得回信道谢,所以愈加悻悻然,不替她倒水,只把行军热水瓶揉给她,一壁说:"他这个礼也送得岂有此理。咱们还没挑定结婚的日子,他为什么信上说我跟你'嘉礼完成',他有用意的,我告诉你。因为我们同路走,他想"——孙小姐道:"别说了!你这人最多心,多的全是邪心,"说时把高松年的信仍团作球形,扔在田岸傍的水潭里,刚喝了热水,脸上的红到上轿还没褪。

为了飞机票,他们在桂林一住十几天,快乐得不像人在过日子,倒像日子溜过了他们两个人。两件大行李都交给辛楣介绍的运输公司,据说一个多月可运到上海。身边旅费充足,多住几天,满不在乎。上飞机前一天还是好晴天,当夜忽然下雨,早晨雨停了,有点阴雾。两人第一次坐飞机,很不舒服,吐得像害病的猫。到香港降落,辛楣在机场迎接,鸿渐俩的精力都吐完了,表示不出久别重逢的欢喜。辛楣瞧他们脸色灰白,说:"吐了么?没有关系的。第一次坐飞机总要纳点税。我陪你们去找旅馆,好好休息一下,晚上我替你们接风。"到了旅馆,鸿渐和柔嘉急于休息。辛楣看他们只定一间房,偷偷别著脸对墙壁伸伸舌头,上山回亲戚家里的路上,一个人微笑,然后皱眉叹口气。

　　鸿渐睡了一会,精神恢复,换好衣服,等辛楣来。孙小姐给邻室的打牌声,街上的木屐声吵得没睡熟,还觉得恶心要吐,靠在沙发里,说今天不想出去了。鸿渐发急,劝她勉强振作一下,别辜负辛楣的盛意。她教鸿渐一个人去,还说:"你们两个人有话说,我又插不进嘴,在傍边做傻子。他没有请傍的女客,今天多我一个人,少我一个人,全无关系。告诉你罢,他请客的馆子准闹得很,我衣服都没有,去了丢脸。"鸿渐道:"我不知道你那末虚荣!那件花绸的旗袍还可以穿。"孙小姐笑道:"我还没花你的钱做衣服,已经挨你骂虚荣了,将来好好的要你替我付裁缝账呢!那件旗袍太老式了,我到旅馆来的时候,一路上看见街上女人的旗袍,袖口跟下襟又短了许多。我白皮鞋也没有,这时候去买一双,我怕动,胃里还不舒服得很。"辛楣来了,知道孙小姐有病,忙说吃饭改期。她不许,硬要他们两人出去吃。辛楣释然道:"方——呃——孙小姐,你真好!将来一定是大贤大德的好太太。换了傍的女人,要把鸿渐看守得牢牢的,决不让他行动自由。鸿渐,你暂时舍得下她么?老实说,别背后怨我老赵把你们俩分开。"鸿渐恳求地望著孙小姐道:"你真不需要我陪你?"孙小姐瞧他的神情,强笑道:"你尽管去,我又不生什么大病——赵先生,我真抱歉"——辛楣道:"那里的话!今天我是虚邀,等你身体恢复了,过天好好的请你。那末,我带他走了。一个半钟头以后,我准把他送回来,原物奉还,决无损失,哈哈!鸿渐,走!不对,你们也许还有个情人分别的简单仪式,我先在电梯边等你"——鸿渐拉他走,说"别胡闹。"

　　辛楣在美国大学政治系当学生的时候,傍听过一门"外交心理学"的功课。那位先生做过好几任公使馆参赞,课堂上说:美国人办交涉请吃饭,一坐下去,菜还没上,就开门见山谈正经;欧洲人吃饭时只谈不相干的废话,到吃完饭喝咖啡,才言归正传。他问辛楣,中国人怎样,辛楣傻笑回答不来。辛楣也有正经话跟鸿渐讲,可是今天的饭是两个好朋友的欢聚,假使把正经话留在席上讲,杀尽了风景。他出了旅馆,说:"你有大半年没吃西菜了,我请你吃奥国馆子,路不算远,时间还早,咱们慢慢走去,可以多谈几句。"鸿渐只说出:"其实你何必破费,"正待说:"你气色比那时候更好了,是要做官的!"辛楣咳声干嗽,目不斜视,道:"你们为什么不结了婚再旅行?"

鸿渐忽然想起一路住旅馆都是用"方先生与夫人"名义的,今天下了飞机,头晕脑胀,没理会到这一点,只私幸辛楣在走路,不会看见自己发烧的脸,忙说:"我也这样要求过,她死不肯,一定要回上海结婚,说她父亲"——

"那末,你太 weak,"辛楣自以为这个英文字嵌得非常妙,不愧外交词令:假使鸿渐跟孙小姐并无关系,这个字就说他拿不定主意,结婚与否,全听她摆布;假使他们俩不出自己所料,but the flesh is weak,这个字不用说是含蓄浑成,最好没有了。

鸿渐像已判罪的犯人,无从抵赖,索性死了心让脸稳定地去红罢,嗫嚅道:"我也在后悔。不过,反正总要回家的。礼节手续麻烦得很,交给家里去办罢。"

"孙小姐是不是呕吐,吃不下东西?"

鸿渐听他说话转换方向,又放了心,说:"是呀!今天飞机震荡得利害。不过,我这时候倒全好了。也许她累了,今天起得太早,昨天晚上我们两人的东西都是她理的。辛楣,你记得么?那一次在汪家吃饭,范懿造她谣言,说她不会收拾东西——"

"飞机震荡应该好了。去年我们同路走,汽车那样颠簸,她从没吐过。也许有傍的原因罢?我听说要吐的"——跟着一句又轻又快的话——"当然我并没有经验,"毫无幽默地强笑一声。

鸿渐没料到辛楣又回到那个问题,仿佛躲空袭的人以为飞机去远了,不料已经转到头上,轰隆隆投弹,吓得忘了羞愤,只说:"那不会,那不会,"同时心里害怕,知道那很会。

辛楣咀嚼着烟斗柄道:"鸿渐,我跟你是好朋友,我虽然不是孙小姐法律上的保护人,终算受了他父亲的委托——我劝你们两位赶快用最简单的手续结婚,不必到上海举行仪式。反正你们的船票要一个星期以后才买得到,索性多住四五天,就算度蜜月,乘更下一条船回去。傍的不说,回家结婚,免不了许多亲戚朋友来吃喜酒,这笔开销就不小。孙家的景况,我知道的,你老太爷手里也未必宽裕,可省为什么不省？何必要他们主办你们的婚事？"除掉经济的理由以外,他还历举其他利害证明结婚愈快愈妙。鸿渐给他说得服服贴贴,仿佛一重难关,打破了,说:"回头我把这个意思对柔嘉说。费你心打听一下,这儿有没有注册式的 Civil wedding,手续繁不繁。"

辛楣自觉使命完成,非常高兴。吃饭时,他要了一瓶酒,说:"记得那一次你给我灌醉的事么？哈哈！今天灌醉了你,对不住孙小姐的。"他问了许多学校里的事,叹口气道:"好比做了一场恶梦——她怎么样？"鸿渐道:"谁？汪太太？听说她病好了,我没到汪家去过。"辛楣道:"她也真可怜"——瞧见鸿渐脸上酝酿着笑容忙说——"我觉得谁都可怜,汪处厚也可怜,我也可怜,孙小姐可怜,你也可怜。"鸿渐大笑道:"汪氏夫妇可怜,这道理我明白。他们的婚姻不会到头的,除非汪处厚快死,准闹离婚。你有什么可怜？家里有钱,本身做事很得意,不结婚是你自己不好,别说范懿,就是汪太太"——辛楣喝了酒,脸红已到极点,听了这话,并不更红,只眼睛躲闪似的霎了一霎——"好,我不说下去。我失了业,当然可怜；孙小姐可怜,是不是因为她错配了我？"辛楣道:"不是不是。您不懂。"鸿渐道:"你何妨说。"辛楣道:"我不说。"鸿渐道:"我想你新近有了女朋友了。"辛楣道:"这是什么意思？"鸿渐道:"因为你说话全是小妞儿撒娇的作风,准是受了什么人的薰陶。"辛楣道:"混帐！那末,我就说啦,啊？我不是跟你讲过,孙小姐这人很深心么？你们这一次,照我第三者看起来,她煞费苦心"——鸿渐意识底一个朦胧睡熟的思想像给辛楣这句惊醒——"不对,不对,我喝醉了,信口胡说,鸿渐,你不许告诉你太太。我真糊涂,忘了现在的你不比从前的你了,以后老朋友说话也得分个界限,"说时,把手里的刀在距桌寸许的空气里划一划。鸿渐道:"给你说得结婚那末可怕,真是众叛亲离了。"辛楣笑道:"不是众叛亲离,是你们自己离亲叛众。这些话不再谈了。我问你,你暑假以后有什么计划？"鸿渐告诉他准备找事。辛楣说,国际局势很糟,欧洲免不了一打,日本是轴心国,早晚要牵进去的,上海天津香港全不稳,所以他把母亲接到重庆去,"不过你这一次怕要在上海耽些时候了。你愿意不愿意到我从前那个报馆去做几个月的事？有个资料室主任要到内地去,我介绍你顶他的缺,酬报虽然不好,你可以兼个差。"鸿渐真心感谢。辛楣问他身边钱够不够。鸿渐说结婚终要花点钱,不知道够不够。辛楣说,他肯借。鸿渐道:"借了要还的。"辛楣道:"后天我交一笔款子给你,算是我送的贺仪,你非受不可。"鸿渐正热烈抗议,辛楣截住他道:"我劝你别推。假使我也结了婚,那时候,要借钱给朋友都没有自由了。"鸿渐感动得眼睛一阵潮润,心里鄙夷自己,想要感激辛楣的地方不知多少,倒是为了这几个钱下眼泪,知道辛楣不愿意受谢,便说:"听你言外之意,你也要结婚了,别瞒我。"辛楣不理会,叫西崽把他的西装上衣取来,掏出皮夹,开矿似的发掘了半天,郑重检出一张小相片,上面一个两目炯炯的女孩子,表情非常严肃。鸿渐看了嚷道:"太好了!太好了!是什么人?"辛楣取过相片,端详着,笑道:"你别称赞得太热心,我听了要吃醋的,咱们从前有过误会。看朋友情人的照相,客气就够了,用不到热心。"鸿渐道:"岂有此理!她是什么人?"辛楣道:"她父亲是先父的一位四川朋友,这次我去,最初就住在他家里。"鸿渐道:"照你这样,上代是朋友,下代结成亲眷,交情一辈子没有完的时候。好,咱们将来的儿女"——孙小姐的病征冒上心来,自觉说错了话——"唔——我看她年轻得很,是不是在念书?"辛楣道:"好好的文科不念,要学时髦,去念什么电机工程,念得叫苦连天,放了暑假,报告单来了,倒有两门功课不及格,不能升班,这孩子又要面子,不肯转系转学。这末一来,不念书了,愿意跟我结婚了。哈哈,真是个傻孩子。我倒要谢谢那两位给她不及格的先生。我不会再教书了,你假如教书,对女学生的分数批得紧一点,这可以促成无数好事,造福无量。"鸿渐笑说,怪不得他要接老太太进去。辛楣又把相片看一看,放进皮夹,看手表,嚷道:"不得了,过了时候,孙小姐要生气了!"手忙脚乱算了账,一壁说:"快走!要不要我送你回去,当面点交?"他们进饭馆,薄暮未昏,还是试探性的夜色,出来的时候,早已妥妥贴贴地是夜了。可是这是半热带好天气的夏夜,夜得坦白浅显,没有深沉不可测的城府,就仿佛让导演莎士比亚《仲夏夜梦》的人有一个背景的榜样。辛楣看看天道:"好天气!不知道重庆今天晚上有没有空袭,母亲要吓得不敢去了。我回去开无线电,听听消息。"

  鸿渐吃得很饱,不会讲广东话,怕跟洋车夫纠缠,一个人慢慢地踱回旅馆。辛楣这一席谈,引起他许多思绪。一个人应该得意,得意的人谈话都有精彩,譬如辛楣。自己这一年来,牢骚满腹,一触即发;因为一向不爱听人家发牢骚,料想人家也未必爱听自己的牢骚,留心管制,像狗戴了嘴罩,谈话都不痛快。照辛楣讲,这战事只会扩大拖长,又新添了家累,假使柔嘉的病真给辛楣猜着了——鸿渐愧怕得遍身微汗,念头想到别处——辛楣很喜欢那个女孩子,这一望而知的,但是好像并非热烈的爱,否则,他讲她的语气,不会那样幽默。他对她也许不过像自己对柔嘉,可见结婚的无需太伟大的爱情,彼此不讨厌已经够结婚资本了。是不是都因为男女年龄的相去距离太远?但是去年对唐晓芙呢?可能就为了唐晓芙,情感都消耗完了,不会再摆布自己了。那种情感,追想起来也可怕,把人扰乱得做事吃饭睡觉都没有心思,一刻都不饶人,简直就是神经病,真要不得!不过,生这种病有他的快乐,有时宁可再生一次病。鸿渐叹口气,想一年来,心境老了许多,要心灵壮健的人才会生这种病,譬如大胖子才会脑充血和中风,贫血营养不足的瘦子是不配的。假如再大十几岁,到了回光返照的年龄,也许又会爱得如傻如狂了,老头子恋爱像老房子着了火,烧起来没有救。像现在平平淡淡,情感在心上不成为负担,这也是顶好的,至少是顶舒服的。快快行了结婚手续完事。辛楣说柔嘉"煞费苦心",也承她瞧得起,为了自己,应当更怜惜她。鸿渐才理会,撇下她孤单单一个人太长久了,赶快跑回旅馆。经过水果店,买了些鲜荔枝和龙眼。

　　鸿渐推开房门,里面电灯灭了,只有走廊里的灯射进来一条光。他带上门,听柔嘉不作声,以为她睡熟了,放轻脚步,想把水果搁在桌子上,没留神到当时自己坐的一张椅子,孤零零地离桌几尺,并未搬回原处。一脚撞翻了椅子,撞痛了脚背和膝盖,嘴里骂:"混蛋,谁坐了椅子没搬好!"同时想糟糕,把她吵醒了。柔嘉自从鸿渐去后,不舒服加上寂寞,一肚子的怨气,等等他不来,这怨气放印子钱似的本上生利,只等他回来了算账。她听见鸿渐开门,赌气不肯先开口。鸿渐撞翻椅子,她险的笑出声,但一笑这气就泄了,幸亏忍住并不难。她刹那间还打不定主意:一个是说自己眼巴巴等他到这时候,另一个是说自己好容易睡着又给他闹醒——两者之中,那一个更理直气壮呢?鸿渐翻了椅子,不见动静,胆小起来,想柔嘉不要晕过去了,忙开电灯。柔嘉在黑暗里睡了一个多钟点,骤见灯光,张不开眼,抬一抬眼皮又闭上了,侧身背着灯,呼口长气。鸿渐放了心,才发现丝衬衫给汗湿透了,一壁脱外衣,关切地说:"对不住,把你闹醒了。睡得好不好?身体觉得怎么样?"

　　"我朦胧要睡,就给你乒乒乓乓吓醒了。这椅子是你自己坐的,还要骂人!"

　　她这几句话是面着壁说的,鸿渐正在挂衣服,没听清楚,回头问:"什么?"她翻身向外道:"唉!我累得很,要我提高了嗓子跟你讲话,实在没有那股劲,你省省我的气力罢"——可是事实上她把声音提高了一个音键(key)——"这张椅子,是你搬在那儿的。辛楣一来,就像阎王派来的勾魂使者,你什么都不管了,这时候自己冒失,倒怪人呢。"

鸿渐听语气不对,抱歉道:"是我不好,我腿上的皮都擦破了一点"——这"苦肉计"并未产生效力——"我出去好半天了,你真的没有睡熟?吃过东西没有?这鲜荔枝——"

"你也知道出去了好半天么?反正好朋友在一起,吃喝顽乐,整夜不回来也由得你。我一个人死在旅馆里都没人来理会,"她说时嗓子哽咽起来,又回脸向里睡了。

鸿渐急得坐在床边,伸手要把她头回过来,说:"我出去得太久了,请你原谅,唉,别生气。我也是你叫我出去,才出去的——"

柔嘉掀开他手道:"我现在叫你不要把汗手碰我,听不听我的话?吓,我叫你出去!你心上不是要出去么?我留得住你?留住你也没有意思,你留在旅馆里准跟我找岔子生气。"

鸿渐放手,气鼓鼓坐在那张椅子里道:"现在还不是一样的吵嘴!你要我留在旅馆里陪你,为什么那时候不老实说,我又不是你肚子里的蛔虫,知道你存什么心思!"

柔嘉回过脸来,幽远地说:"你真是爱我,不用我说,就会知道。唉!这是勉强不来的。要等我说了,你才体贴到,那就算了!一个陌生人跟我一路同来,看见我今天身体不舒服,也不肯撇下我一个人好半天,哼,你还算是爱我的人呢!"

鸿渐冷笑道:"一个陌生人肯对你这样,早已不陌生了,至少也是你的情人。"

"你别捉我的错字,也许她是个女人呢?我宁可跟女人在一起的,你们男人全不是好人,只要哄得我们让你们称了心,就不在乎了。"

这几句触起鸿渐的心事,走近床畔,说:"好了,好了,别吵了。以后打我拉我我也不出去,寸步不离的跟着你,这样总好了。"

柔嘉脸上微透笑影,说:"别说得那样可怜。你的好朋友已经说我把你钩住了,我再不让你跟他出去,我的名气更不知怎样坏呢。告诉你罢,这是第一次,我还对你发发脾气,以后我知趣不开口了,随你出去了半夜三更不回来,免得讨你们的厌。"

"你对辛楣的偏见太深。他倒一片好意,很关心咱们俩的事。你现在气平了没有?我有几句正经话跟你讲,肯听不肯听?"

"你说罢,听不听由我——是什么正经话,要把脸板得那个样子?"她忍不住笑了。

"你会不会有了孩子,所以身体这样不舒服?"

"什么? 胡说!"她脆快地回答——"假如真有了孩子,我不饶你,我不饶你,我不要孩子。"

"饶我不饶我是另外一件事,咱们不得不有个准备,所以辛楣劝我跟你快结婚——"

柔嘉霍的坐起,睁大眼睛,脸全青了:"你把咱们的事告诉了赵辛楣? 你不是人! 你不是人! 你一定向他吹"——说时手使劲拍着床。

鸿渐吓得倒退几步道:"柔嘉,你别误会,你听我解释——"

"我不要听你解释。你欺负我,我从此没有脸见人,你欺负我!"说时又倒下去,两手按眼,胸脯一耸一耸的哭。

鸿渐的心不是雨衣的料材做的,给她的眼泪浸透了,忙坐在她头边,拉开她手,替她拭泪,带哄带劝,她哭得累了,才收泪让他把这件事说明白。她听完了,哑声说:"咱们的事,不要他来管,他又不是我的保护人。只有你不争气把他的话当圣旨,你要听他的话,你一个人去结婚得了,别勉强我。"鸿渐道:"这些话不必谈了,我不听他的话,一切随你作主——我买给你吃的荔枝,你还没有吃呢,要吃么? 好,你睡着不要动,我剥给你吃"——说时把茶几跟字纸篓移近床前——"我今天出去回来都没坐车,这东西是我省下来的车钱买的。当然我有钱买水果,可是省下钱来买,好像那才算得真正是我给你的。"柔嘉泪渍的脸温柔一笑道:"那几个钱何必去省它,自己走累了犯不着。省下来几个车钱也不够买这许多东西。"鸿渐道:"这东西讨价也并不算贵,我还了价居然买成了。"柔嘉道:"你这人从来不会买东西。买了贵东西还自以为便宜——你自己吃呢,不要尽给我吃。"鸿渐道:"因为我不能干,所以娶你这一位贤内助呀!"柔嘉眼瞟他道:"内助没有朋友好。"鸿渐道:"啊哟,你又来了。朋友只好绝交,你既然不肯结婚,连内助也没有,真是'赔了夫人又折朋'。"柔嘉道:"别胡说。时候不早了,我下午没睡着,晚上又等你——我眼睛哭肿了没有? 明天见不得人了! 给我面镜子。"鸿渐瞧她眼皮果然肿了,不肯老实告诉,只说:"只肿了一点点,全没有关系,好好睡一觉肿就消了——咦,何必起来照镜子呢!"柔嘉道:"我总要洗脸漱口的。"鸿渐洗澡回室,柔嘉已经躺下。鸿渐问:"你睡的是不是刚才的枕头? 上面都是你的眼泪,潮湿得很,枕了不舒服。你睡我的枕头,你的湿枕头让我睡。"柔嘉感激道:"傻孩子,枕头不用换的。我早把它翻过来,换一面睡了——你腿上擦破皮的地方,这时候痛不痛?我起来替你包好它。"鸿渐洗澡时,腿浸在肥皂水里,现在伤处星星作痛,可是他说:"早好了,一点儿不痛。你放心快睡罢。"柔嘉说:"鸿渐,我给你说得很担心,结婚的事,随你去办罢。"鸿渐冲洗过头发,正在梳理,听见这话,放下梳子,弯身吻她额道:"我知道你是最讲理,最听话的。"柔嘉快乐地叹口气,转脸向里,沉沉睡熟了。

  以后这一星期,两人忙得失魂落魄,这件事做到一半,又想起那件事该做。承辛楣的亲戚设法帮忙,注册结婚没发生问题。此外写信通知家里要钱打结婚戒指,做一身新衣服,注册手续完毕,到照相馆借现成的礼服照相,请客,搬家到较好的旅馆,临了还要寄相片到家里,催款子。虽然很省事,两人身边的钱全花完了,亏得辛楣送的厚礼。鸿渐因为下半年职业尚无着落,暑假里又没有进款,最初不肯用钱,衣服就主张不做新的,做新的也不必太好。柔嘉说她不是虚荣浪费的女人,可是终身大典,一生只有一次,该像个样子,已经简陋得无可简陋了,做了质料好的衣服明年也可以穿的。两人忙碌坏了脾气,不免争执,柔嘉发怒道:"我本来不肯在这儿结婚,这是你的主意,你要我那天打扮得像叫化婆么?这儿举目无亲,一切事都要自己去办,商量的人都没有,别说帮忙,我麻烦死了!家里人手多,钱也总有办法。爸爸妈妈为我的事,准备一笔款子。你也可以写信问你父亲要钱,假如咱们在上海结婚,你家里就一个钱不花么?咱们那次订婚已经替家里省了不少事了。"鸿渐是留学生,知道西洋流行的三 P 运动(Poor Pop Pays),做儿子的平时呐喊着"独立自主",到花钱的时候,逼老头子掏腰包。他听从她的话,写信给方遯翁。柔嘉看了信稿子,嫌措词不够明白恳挚,要他重写,还说:"怎么你们父子间这样客气,一点不亲热的?我跟我爸爸写信从不起稿子!"他像初次发表作品的文人给人批评了一顿,气得要投笔焚稿,不肯再写。柔嘉说:"你不写就不写,我不希罕你家的钱,我会写信给我爸爸。"她写完信,问他要不要审查,他拿过来看,果然语气亲热,纸上的"爸爸""妈妈"写得如闻其声。结果他也把信发了,没给柔嘉看。后来她知道是虚惊,埋怨鸿渐说,都是他偏听辛楣的话,这样草草结婚,反而惹家里的疑心。可是家信早发出去,一切都预备好,不能临时取消。结婚以后的几天,天天盼望家里回信,远不及在桂林时的无忧无虑。方家孙家陆续电汇了钱来,回上海的船票辛楣早替他们定好。赵老太太也到了香港,不日飞重庆。开船前两天,鸿渐夫妇上山去看辛楣,一来拜见赵老太太,二来送行,三来辞行,四来还船票等等的账。

他们到了辛楣所住的亲戚家里，送进名片，辛楣跑出来，看门的跟在后面。辛楣满口的"嫂夫人劳步，不敢当，"柔嘉微笑抗议说："赵叔叔别那样称呼，我当不起。"辛楣道："没有这个道理——鸿渐，你来得不巧。苏文纨在里面。她这两天在香港，知道我母亲来了，今天刚来看她。你也许不愿意看见苏文纨，所以我赶出来跟你打招呼。不过，她知道你在外面。"鸿渐涨红脸，望着柔嘉说："那末咱们不进去罢，就托辛楣替咱们向老伯母说一声。辛楣，买船票的钱还给你。"辛楣正推辞，柔嘉说："既然来了，总要见见老伯母的"——她今天穿了新衣服来的，胆气大壮，并且有点好奇。鸿渐虽然怕见苏文纨，也触动了好奇心。辛楣领他们进去。进客堂以前，鸿渐把草帽挂在架子上的时候，柔嘉打开手提袋，照了照镜子。

苏文纨比去年更时髦了，脸也丰腴得多。旗袍搀合西式，紧俏伶俐，袍上的花纹是淡红浅绿横条子间着白条子，花得像欧洲大陆上小国的国旗。手边茶几上搁一顶阔边大草帽，当然是她的，衬得柔嘉手里的小阳伞落伍了一个时代。鸿渐一进门，老远就深深鞠躬。赵老太太站起来招呼，文纨安坐着轻快地说："方先生，好久不见，你好啊？"辛楣说："这位是方太太。"文纨早看见柔嘉，这时候仿佛听了辛楣的话才发现她似的，对她点头时，眼光鞭子似的从头到脚瞥过。柔嘉经不起她这样看一遍，局促不安。文纨问辛楣道："这位方太太是不是还是那家什么银行？钱庄？唉，我记性真坏——经理的小姐？"鸿渐夫妇全听清了，脸同时发红，可是不便驳答，因为文纨问的声音低得似乎不准备给他们听见。辛楣一时不明白，只说："这是我一位同事的小姐，上礼拜在香港结婚的。"文纨如梦方觉，自惊自叹道："原来又是一位——方太太，你一向在香港的，还是这一次从外国回来经过香港？"鸿渐紧握椅子的靠手，防自己跳起来。辛楣暗暗摇头。柔嘉只能承认，并非从外国进口，而是从内地出口。文纨对她的兴趣顿时消灭，跟赵老太太继续谈她们的话。赵老太太说她有生以来，第一次坐飞机，预想着就害怕。文纨笑道："伯母，你有辛楣陪你，怕些什么！我一个人飞来飞去就五六次了。"赵老太太说："怎末你们先生就放心你一个人来来去去么？"文纨道："他在这儿有公事分不开身呀！他陪我飞到重庆去过两次，第一次是刚结了婚去见家父——他本来今天要同我一起来拜见伯母的，带便看看辛楣"——辛楣道："不敢当。我还是你们结婚那一天见过曹先生的。他现在没有更胖罢？他好像比我矮一个头，容易见得胖。在香港没有关系，要是在重庆,管理物资粮食的公务员发了胖,人家就开他顽笑了。"鸿渐今天是第一次要笑。文纨脸色微红,赵老太太没等她开口,就说:"辛楣,你这孩子,三十多岁的人了,只知道胡说。这个年头儿,发胖不好么?我就嫌你太瘦。文纨小姐,做母亲的人,总觉得儿子不够胖的。你气色好得很,看着你我眼睛都舒服。你家老太太看见你准心里喜欢。你回去替我们问候曹先生,他公事忙,千万不要劳步。"文纨道:"他偶而半天不到办公室,也没有关系。不过今天他向办公室也请了假,昨天喝醉了。"赵老太太婆婆妈妈地说:"酒这个东西伤身得很,你以后劝他少喝。"文纨眼锋掠过辛楣脸上,回答说:"他不会喝的,不像辛楣那样弘量,威斯忌一喝就是一瓶"——辛楣听了上一句,向鸿渐偷偷做个鬼脸,要对下一句抗议都来不及——"他是给人家灌醉的。昨天我们大学同班在此地做事的人开聚餐会,帖子上写明'携眷';他算是我的'眷',我带了他去,人家把他灌醉了。"鸿渐忍不住问:"咱们一班有多少人在香港?"文纨道:"哟!方先生,我忘了你也是我们同班,他们没发帖子给你罢?昨天只有我一个人是文科的,其余都是理工法商的同学。"辛楣道:"你瞧,你多神气!现在只有学理工法商的人走运,学文科的人都穷得没有脸见人,不敢认同学了。亏得有你,撑撑文科的场面。"文纨道:"我就不信老同学会那么势利——你不是法科么?要讲走运,你也走运,"说时胜利地响笑。辛楣道:"我比你们的曹先生,就差得太远了。开同学会都是些吃饱了饭没事干的人跟阔同学拉手去的。见不得意的同学,问一声'你在什么地方做事,'不等回答,就伸长耳朵收听阔同学的谈话了。做学生的时候,开联欢会还有点男女社交的作用,我在美国,人家就把留学生的夏令会,说是'三头会议':出风头,充冤大头,还有——呃——情人做花头"——大家都笑了,赵老太太笑得带呛,不许辛楣胡说,文纨笑得比人家短促,说:"你自己也参加夏令会的,你别赖,我看见过那张照相,你是三头里什么头?"辛楣回答不出。文纨拍手道:"好,你说不出来了。伯母,我看辛楣近来没有从前老实,心眼也小了许多,恐怕他这一年来结交的朋友有关系"——柔嘉注视鸿渐,鸿渐又紧握着椅子的靠手——"伯母,我明天不送你上飞机了,下个月在重庆见面。那一包小东西,我回头派用人送来;假如伯母不方便带,让他原物带转得了。"她站起来,提了大草帽的缨,仿佛希腊的打猎女神(Diana)提着盾牌,叮嘱赵老太太不要送,对辛楣说:"我要罚你,罚你替我拿那两个纸盒子,送我到门口。"辛楣瞧鸿渐夫妇也站着,防她无礼不理他们,说:"方先生方太太也在招呼你呢,"文纨才对鸿渐点点头,伸手让柔嘉拉一拉,姿态就仿佛伸指头到热水里去试试烫不烫。然后她亲热地说:"伯母再见,"对辛楣似喜似嗔望一眼,辛楣忙抱了那两个盒子跟她出去。

鸿渐夫妇跟赵老太太敷衍,等辛楣进来了,起身告辞。赵老太太留他们多坐一会,一壁埋怨辛楣道:"你这孩子又发傻劲,何苦去损她的先生?"鸿渐暗想,苏文纨也许得意,以为辛楣未能忘情,发醋劲呢。辛楣道:"你放心。她决不生气。只要咱们替她带私货就行了。"辛楣要送他们到车站,出了门,说:"苏文纨今天太岂有此理,对你们无礼得很。"鸿渐故作豁达道:"没有什么。人家是阔小姐阔太太,这点点神气应该有的,"他没留心柔嘉看他一眼——"你说'带私货',是怎么一回事?"辛楣道:"她每次飞到重庆去,总带些新出的化装品,药品,高跟鞋,自来水笔之类去送人,也许是卖钱,我不清楚。"鸿渐惊异得要叫起来,才知道高高荡荡这片青天,不是上帝和天堂的所在了,只供给投炸弹,走单帮的方便,说:"怪事!我真想不到!她还要做生意么?我以为只有李梅亭这种人带私货!她不是女诗人么?白话诗还做不做?"辛楣笑道:"不知道。她真会经纪呢!她刚才就劝我母亲快买外汇,我看女人全工于心计的。"柔嘉沉着脸,只当没听见。鸿渐道:"我胡说一句,她好像跟你很——唔——很亲密。"辛楣脸红道:"她知道我也在重庆,每次来总找我。她现在对我只有比她结婚以前对我好。"鸿渐鼻子里出冷气,想说:"怪不得你要有那张护身照片,"可是没有说。辛楣顿一顿,眼望远处,说:"方才我送她出门,她说她那儿还保存我许多信——那些信我全忘了,上面不知道胡写些什么——她说她下个月到重庆来,要把信带还我。可是,她又不肯把信全数还给我,她说信上有一部分的话,她现在还可以接受。她要当我的面,一封一封的检,挑她现在不能接受的信还给我。你说可笑不可笑?"说完,不自然地笑。柔嘉冷静地问:"她不知道赵叔叔要订婚了罢?"辛楣道:"我没告诉她。我对她泛泛得很。"到鸿渐夫妇进了下山的电车,辛楣回家路上,忽然明白了,叹气道:"只有女人会看透女人。"

鸿渐闷闷上车。他知道自己从前对不住苏文纨,今天应当受她的怠慢,可气的是连累柔嘉也遭了欺负。当时为什么不讽刺苏文纨几句,倒低头忍气尽她放肆?事后追想,真不甘心。不过,受她冷落还在其次,只是这今昔之比使人伤心。两年前,不,一年前跟她完全是平等的。现在呢,她高高在上,跟自己的地位简直是云泥之别。就像辛楣罢,承他瞧得起,把自己当朋友,可是他也一步一步高上去,自己要仰攀他,不比从前那样分庭抗礼了。鸿渐郁勃得心情像关在黑屋里的野兽,把墙壁狠命的撞,抓,打,找不着出路。柔嘉见他不开口,忍住也不讲话。回到旅馆,茶房开了房门,鸿渐脱外衣,开电扇,张臂当风说:"回来了,唉!"

"身体是回来了,魂灵恐怕早给情人带走了,"柔嘉毫无表情的加上两句按语。

鸿渐当然说她"胡说"。她冷笑道:"我才不胡说呢。上了电车,就像木头人似的,一句话也不说,全忘了旁边还有个我。我知趣得很,决不打搅你,看你什么时候跟我说话。"

"现在我不是跟你说话了?我对今天的事一点不气——"

"你怎末会气?你只有称心。"

"那也未必,我有什么称心。"

"看见你从前的情人糟蹋你现在的老婆,而且当了你那位好朋友,还不称心么!"柔嘉放弃了嘲讽的口吻,坦白地愤恨说——"我早告诉你,我不喜欢跟赵辛楣来往。可是我说话有什么用?你要去,我敢说'不'么?去了就给人家瞧不起,给人家笑——"

"你这人真蛮不讲理。不是你自己要进去么?事后倒推在我身上。并且人家并没有糟蹋你,临走还跟你拉手——"

柔嘉怒极而笑道:"我太荣幸了!承贵夫人的玉手碰了我一碰,我这支贱手就一辈子的香,从此不敢洗了!'没有糟蹋我!'哼,人家打到我头上来,你也会好像没看见的,反正老婆是该受野女人欺负的。我看见自己的丈夫给人家笑骂,倒实在受不住,觉得我的脸都剥光了。她说辛楣的朋友不好,不是指你么?"

"让她去骂。我要回敬她几句,她才受不了呢。"

"你为什么不回敬她?"

"何必跟她计较?我只觉得她可笑。"

"好宽弘大量!你的好脾气,大度量,为什么不留点在家里,给我享受享受?见了外面人,低头赔笑,回家对我,一句话不投机,就翻脸吵架。人家看方鸿渐又客气,又有耐心,不知道我受你多少气。只有我哪,换了那位贵小姐,你对她发发脾气看——"她顿一顿,说:"当然娶了那种称心如意的好太太,脾气也不至于发了。"

她的话一部分是真的,加上许多调味的作料。鸿渐没法回驳,气咈咈望着窗外。柔嘉瞧他说不出话,以为最后一句话刺中他的隐情,嫉妒得坐立不安,管制了自己声音里的激动,冷笑着自言自语道:"我看破了,全是吹牛,全——是——吹——牛。"

鸿渐回身问:"谁吹牛?"

"你呀。你说她从前如何爱你,要嫁给你,今天她明明跟赵辛楣好,正眼都没瞧你一下。是你追求她没追到罢!男人全这样吹的。"鸿渐对这种"古史辩"式的疑古论,提不出反证,只能反复说:"就算我吹牛,你看破好了,就算我吹牛。"柔嘉道:"人家多少好!又美,父亲又阔,又有钱,又是女留学生,假如我是你,她不看中我,我还要跪着求呢,何况她居然垂青——"鸿渐眼睛都红了,粗暴地截断她话:"是的!是的!人家的确不要我。不过,也居然有你这样的女人千方百计要嫁我。"柔嘉圆睁两眼,下唇咬得起一条血痕,颤声说:"我瞎了眼睛!我瞎了眼睛!"

此后四五个钟点里,柔嘉并未变成瞎子,而两人同变成哑子,吃饭做事,谁都不理谁。鸿渐自知说话太重,心里懊悔,但一时上不愿屈服。下午他忽然想起明天要到船公司凭收据去领船票,这张收据是前天辛楣交给自己的,忘掉搁在什么地方了,又不肯问柔嘉。忙翻箱子,掏口袋,找不见那张收条,急得一身身的汗像长江里前浪没过,后浪又滚上来。柔嘉瞧他搔汗湿的头发,摸涨红的耳朵,问:"找什么?是不是船公司的收据?"鸿渐惊骇地看她,希望顿生,和颜悦色道:"你怎会猜到的?你看见没有?"柔嘉道:"你放在那件白西装的口袋里的——"鸿渐顿脚道:"该死该死!那套西装我昨天交给茶房送到干洗作去的,这怎末办呢?我快赶出去。"柔嘉打开手提袋,道:"衣服拿出去洗,自己也不先理一理,随手交给茶房,亏得我替你检了出来,还有一张烂钞票呢。"鸿渐感激不尽道:"谢谢你,谢谢你——"柔嘉道:"好容易千方百计嫁到你这样一位丈夫,还敢不小心伺候么?"说时,眼圈微红。鸿渐打拱作揖,自认不是,要拉她出去吃冰。柔嘉道:"我又不是小孩子,你别把吃东西来哄我。千方百计那四个字,我到死都忘不了的。"鸿渐把手按她嘴,不许她叹气。结果,柔嘉陪他出去吃冰。柔嘉吸着橘子水,问苏文纨从前是不是那样打扮。鸿渐道:"三十岁的奶奶了,衣服愈来愈花,谁都要暗笑的,我看她远不如你可爱。"柔嘉摇头微笑,表示不能相信而很愿意相信她丈夫的话。鸿渐道:"你听辛楣说她现在变得多么俗,从前的风雅不知那里去了,想不到一年工夫会变得惟利是图,全不像个大家闺秀。"柔嘉道:"也许她并没有变,她父亲知道是什么贪官,女儿当然有遗传性的。一向她的本性潜伏在里面,现在她嫁了人,心理发展完全,就本相毕现了。俗没有关系,我觉得她太贱。自己有了丈夫,还要跟辛楣勾搭,什么大家闺秀!我猜是小老婆的女儿罢。像我这样一个又丑又穷的老婆,虽然讨你的厌,安安分分,不会出你的丑的;你娶了那一位小姐,保不住只替赵辛楣养个外室了。"鸿渐明知她说话太刻毒,只能唯唯附和。这样作践着苏文纨,他们俩言归于好。

这次吵架像夏天的暴风雨,吵的时候很利害,过得很快。可是从此以后,两人全存了心,管制自己,避免说话冲突。船上第一夜,两人在甲板上乘凉。鸿渐道:"去年咱们第一次同船到内地去,想不到今年同船回来,已经是夫妇了。"柔嘉拉他手代替回答。鸿渐道:"那一次我跟辛楣在甲板上讲的话,你听了多少?说老实话。"柔嘉撒手道:"谁有心思来听你们的话!你们男人在一起讲的话全不中听的。后来忽然听见我的名字,我害怕得直想逃走——"鸿渐笑道:"你为什么不逃呢?"柔嘉道:"名字是我的,我当然有权利听下去。"鸿渐道:"我们那天没讲你的坏话罢?"柔嘉瞥他一眼道:"所以我上了你的当。我以为你是好人,谁知道你是最坏的坏人。"鸿渐拉她手代替回答。柔嘉问今天是八月几号。鸿渐说二号。柔嘉叹息道:"再过五天,就是一周年了!"鸿渐问什么一周年。柔嘉失望道:"你怎末忘了!咱们不是去年八月七号的早晨赵辛楣请客认识的么?"鸿渐惭愧得比忘了国庆日和国耻日都利害,忙说:"我记得。你那天穿的什么衣服我都记得。"柔嘉心慰道:"我那天穿一件蓝花白底子的衣服,是不是?我倒不记得你那天是什么样子,没有留下印象,不过那个日子当然记得的。这是不是所谓'缘分',两个陌生人偶然见面,慢慢地要好?"鸿渐发议论道:"譬如咱们这次同船的许多人,没有一个认识的,不知道他们的来头,为什么不先不后也乘这条船,以为这次跟他们聚在一起是出于偶然。假使咱们熟悉了他们的情形和目的,就知道他们乘这只船并非偶然,跟咱们一样有非乘不可的理由。这好像开无线电。你把针在面上转一圈,听见东一个电台半句京戏,西一个电台半句报告,忽然又是半句外国歌啦,半句昆曲啦,鸡零狗碎,凑在一起,莫明其妙。可是每一个破碎的片段,在它本电台广播的节目里,有上文下文,并非胡闹。你只要认定一个电台听下去,就了解它的意义。我们跟人往来也如此,相知不深的陌生人——"柔嘉打个面积一方寸的大呵欠。像一切人,鸿渐恨傍人听他说话的时候打呵欠,一年来在课堂上变相催眠的经验更增加了他的恨,他立刻闭嘴。柔嘉道歉道:"我累了,你讲下去呢。"鸿渐道:

"累了快去睡,我不讲了。"柔嘉怨道:"好好的讲咱们两个人的事,为什么要扯到全船的人,整个人类?"鸿渐恨恨道:"跟你们女人讲话只有讲你们自己,此外什么都不懂!你先去睡罢,我还要坐一会呢。"柔嘉伴伴不睬地走了。鸿渐抽了一支烟,气平下来,开始自觉可笑。那一段议论真像在台上的演讲;教书不到一年,这习惯倒养成了,以后要留心矫正自己。怪不得陆子潇做了许多年的教授,求婚也像考试学生了。不过,柔嘉也太任性,常怪自己对别人有讲有说,回来对她倒没有话讲,今天跟她长篇大章的谈论,她又打呵欠,自己写信到家里去还赞美她如何柔顺呢!

鸿渐这两天近乡情怯,心事重重。他觉得回家并不像理想那样的简单。远别虽非等于暂死,至少变得陌生。回家只像半生的东西回锅,要煮一回才会熟。这次带了柔嘉回去,更要费好多时候来跟家里适应。他想得心烦,怕去睡觉——睡眠这东西脾气怪得很,不要它,它偏会来,请它,哄它,千方百计勾引它,它拿身分躲得影子都不见。与其热枕头上反来复去,还是甲板上坐坐罢。柔嘉等丈夫来讲和,半天他不来,把怨气收拾起睡了。

第 九 章

鸿渐赞美他夫人柔顺,是在报告订婚的家信里。方遯翁看完信,像母鸡下了蛋,叫得一分钟内全家知道这消息。老夫妇惊异之后,继以懊恼。方老太太尤其怪儿子冒失,怎末不先征求父母同意就订婚了。遯翁道:"咱们尽了做父母的责任了,替他攀过周家的女儿。这次他自己作主,好呢最好没有,坏呢将来不会怨到爹娘。你何必去管他们?"方老太太道:"不知道那位孙小姐是个什么样子,鸿渐真糊涂,照片也不寄一张!"遯翁向二媳妇手里要过信来看道:"他信上说她'性情柔顺'。"像一切教育程度不高的人,方老太太对于白纸上写的黑字非常迷信,可是她起了一个人文地理的疑问:"她是不是外省人?外省人的脾气总带点儿蛮,跟咱们合不来的。"二奶奶道:"不是外省人,是外县人。"遯翁道:"只要鸿渐觉得她柔顺,就好了。唉,现在的媳妇,你还希望她对你孝顺么?这不会有的了。"二奶奶三奶奶彼此做个眼色,脸上的和悦表情同时收敛。方老太太道:"不知道孙家有没有钱?"遯翁笑道:"她父亲在报馆里做事,报馆里的人会敲竹杠,应当有钱罢,呵呵!我看老大这个孩子,痴人多福。第一次订婚的周家很有钱,后米看中苏鸿业的女儿,也是有钱有势的人家。这次的孙家,我想不会太糟。无论如何,这位小姐是大学毕业,也在外面做事,看来能够自立的。"遁翁这几句话无意中替柔嘉树了二个仇敌;二奶奶和三奶奶的娘家,景况平常,她们只在中学念过书。

鸿渐在香港来信报告结婚,要父亲寄钱,遁翁看后,又惊又怒,立刻非常沉默。他跟方老太太关了房门,把信研究半天。方老太太怪柔嘉引诱儿子,遁翁也对自由恋爱,新式女人发表了不恭敬的意见。但他是一家之主,觉得家里任何人丢脸,就是自己丢脸,家丑不但不能外扬,并且不能内扬,要替大儿子大媳妇在他们兄弟妯娌之间遮隐。他叮嘱方老太太别对二媳妇三媳妇提起这件事,叹气道:"儿女真是孽债,一辈子要为他们操心。娘,你气它干么?他们还知道要结婚,这就是了。"吃晚饭时,遁翁笑得相当自然,说:"老大今天有信来,他们到了香港了。同走的几位朋友里,有人要在香港结婚,老大看了眼红,也要同时跟孙小姐举行婚礼。年轻人做事总是一窝蜂似的,喜欢凑热闹。他信上还说省我的钱,省我的事呢,这也算他体恤咱们了,娘,是不是?"等大家惊叹完毕,他继续说:"鹏图凤仪结婚的费用,全是我负担的。现在结婚还要像从前在家乡那样的排场,我开支不起了。鸿渐省得我掏腰包,我何乐而不为?可是,鹏图,你明天替我电汇给他一笔钱,表示我对你们三兄弟一视同仁,免得将来老大怪父母不公平。"晚饭吃完,遁翁出坐时,又说:"他这个办法很好。每逢结婚,两个当事人无所谓,倒是傍人替他们忙。假如他在上海结婚,我跟娘不用说,就是你们夫妇也要忙得焦头烂额。现在大家都方便。"他自信这几句话,点明利害,儿子媳妇们不会起疑了。他当天日记上写道:"渐儿香港来书,云将在港与孙柔嘉女士完姻,盖轸念时艰家毁,所以节用省事也。其意可嘉,当寄款玉成其事。"三奶奶回房正在洗脸,二奶奶来了,低声说:"听见没有?我想这事不妙呀。从香港到上海这三四天的工夫都等不及了么?"三奶奶不愿意输给她,便道:"他们忽然在内地订婚,我那时候就觉得太突兀,这里面早有毛病。"二奶奶道:"对了!我那时候也这样想。他们几月里订婚的?"两人屈指算了一下,相视而笑。凤仪是老实人,吓得目瞪口呆,二奶奶笑道:"三叔,咱们这位大嫂,恐怕是方家媳妇里破记录的人了。"

过了几天,结婚照片寄到。柔嘉照上的脸差不多是她理想中自己的脸,遁翁见了喜欢,方老太太也几次三回戴上做活的眼镜细看。凤仪私下对他夫人说:"孙柔嘉还漂亮,比死掉的周家的女儿好得多。"三奶奶冷笑道:"照片靠不住的,要见了面才作准。有人上照,有人不上照,很难看的人往往照相很好,你别上当。为什么只照个半身?一定是全身不能照,披的纱,抱的花都遮盖不了,我跟你打赌。吓!我是你家明媒正娶的,现在要叫这种女人'大嫂嫂',倒尽了霉!我真不甘心。你瞧,这就是大学毕业生!"二奶奶对丈夫发表感想如下:"你留心没有?孙柔嘉脸上一股妖气,一看就是个邪道女人,所以会干那种无耻的事。你父亲母亲一对老糊涂,倒赞她美!不是我吹牛,我家的姊妹多少正经干净,别说从来没有男朋友,就是订了婚,跟未婚夫通信爹都不许的。"鹏图道:"老大这个岳家恐怕比不上周家。周厚卿很会投机做生意,他的点金银行发达得很,老大跟他闹翻,真是傻瓜!我前天碰见周厚卿的儿子,从前跟老大念过书,年纪十七八岁,已经做点金银行的襄理了,会开汽车。我想结交他父亲,把周方两家的关系恢复,将来可以合股投资。这话你别漏出去。"

　　柔嘉不愿意一下船就到婆家去,要先回娘家。鸿渐了解她怕生的心理,也不勉强。他知道家里分不出屋子来给自己住,脱离周家以后住的那间房,又黑又狭,只能搁张小床。柔嘉也声明过,她不会在大家庭里做媳妇的,暂时两人各住在自己家里,一面找房子。他们上了岸,向大法兰西共和国上海租界维持治安的巡警侦探们付了买路钱,赎出行李。鸿渐先送夫人到孙家,因为汽车等着,每秒钟都要算钱,见丈人丈母的礼节简略至于极点。他独自回家,方遁翁夫妇瞧新娘没同来,很不高兴,同时又放了心。鸿渐住的那间小屋,现在给两个老妈子睡,还没让出来,新娘真来了,连换衣服的地方都没有。老夫妇问了儿子许多话,关于新妇以外,还有下半年的职业。鸿渐撑场面,说报馆请他做资料室主任。遁翁道:"那末,你要长住在上海了。家里挤得很,又要费我的心,为你就近找间房子。唉!"至亲不谢,鸿渐说不出话。遁翁吩咐儿子晚上去请柔嘉明天过来吃午饭,同时问丈人丈母什么日子方便,他要挑个饭店好好的请亲家。他自负精通人情世故,笑对方老太太说:"照老式结婚的办法,一顶轿子就把新娘抬来了,管她怕生不怕生。现在不成了,我想叫二奶奶或者三奶奶陪老大到孙家去请她,表示欢迎。这样一来,她可以比较不陌生。"三奶奶沉着脸,二奶奶欢笑道:"好极了!咱们是要去欢迎大嫂的。明天我陪你去得了,大哥。"鸿渐忙一口谢绝。人散以后,三奶奶对二奶奶说:"姐姐,你真是好脾气!孙柔嘉是什么东西,摆臭架子,要我们去迎接她!我才不肯呢。"二奶奶说:"她今天不肯来,是不会来的了。我猜准她快要养了,没有脸到婆家来,今天推明天,明天推后天,咱们索性等着双喜进门罢。我知道老大决不让我去的,你瞧他那时候多少着急。"三奶奶自愧不如,说:"老人虽然是长子,方家的长孙总是你们阿丑了。孙柔嘉赶养个儿子也没有用。"二奶指头点她一下道:"他们方家有什么大家当在分,这个年头儿还讲长子长孙么?阿丑跟你们阿凶不是一样的方家孙子。老头子几个钱快完了,去年冬租就一个钱没收到。老大也三四个月不贴家用了,我看以后还要老头子替他养家呢。"三奶奶叹气道:"他们做父母的心全偏到夹肢窝里的!老大一个人大学毕业留洋,钱花得不少了,现在还要用老头子的钱。我就不懂,他留了洋有什么用,别说比不上二哥了,比我们老三都不如。"二奶奶道:"咱们瞧女大学生'自立'罢。"二人旧嫌尽释,亲热得有如结义姐妹(因为亲生姐妹倒彼此嫉妒的),孙柔嘉做梦也没想到她做了妯娌间的和平使者。

午饭后,遁翁睡午觉,老太太押着两个满不愿意的老妈子出空房间,二奶奶三奶奶陪小孩子睡觉。阿丑阿凶没人照顾,便到客堂里缠住鸿渐。阿丑问"大伯伯"要大伯母看,又顽皮地问:"大伯伯,谁是孙柔嘉?"阿凶距离鸿渐几步,光着眼吃指头,听了这话,拔出指头,刁嘴咬舌道:"'孙柔嘉'不可以说的,要说'大娘'。大伯伯,我没有说'孙柔嘉'。"鸿渐心不在焉道:"你好。"阿丑讨喜酒吃,鸿渐说:"别吵,明天爷爷给你吃。"阿丑道:"那末你现在给我吃块糖。"鸿渐说:"你刚吃过饭,吃什么糖,你没有凶弟弟乖。"阿凶又拔出指头道:"我也要吃块糖。"鸿渐摇头道:"讨厌死了,没有糖吃。"阿丑爬上靠窗的桌子,看街上的行人。阿凶人小,爬不上,要大伯伯抱他上去,鸿渐算账不理他,他就哭丧着脸,嚷要撒尿。鸿渐没做过父亲,毫无办法,放下铅笔,说:"你熬住了。我搀你上楼去找张妈,可是你上了楼不许再下来。"阿凶不愿意上去,指桌子旁边的痰盂,鸿渐说:"随你便。"阿丑回过脸来说:"刚走过一个人,他一只手里拿一根棒冰,他有两根棒冰,舐了一根,又舐一根。大伯伯,他有两根棒冰。"阿凶听得忘了撒尿,说:"我也要看那个人,让我上去看。"阿丑得意道:"他走到不知那儿去了,你看不见——大伯伯,你吃过棒冰没有?"阿凶老实说:"我要吃棒冰,"阿丑忙从桌上跳下来,也老实说:"我要吃棒冰。"鸿渐说,等张妈或孙妈收拾好房间差她去买,这时候不准吵,谁吵谁罚掉冰。阿丑问,收拾房间要多少时候。鸿渐说,至少等半个钟头。阿丑说:"我不吵,我看你写字。"阿凶吃够了右手的食指,换个左手的无名指尝新。鸿渐写不上十个字,阿丑道:"大伯伯,半个钟头到了没有?"鸿渐不耐烦道:"胡说,早得很呢!"阿丑熬了一会,说:"大伯伯,你这枝铅笔好看得很。你让我写个字。"鸿渐知道铅笔到他手里,准处死刑断头,不肯给他。阿丑在客堂里东找西找,发现铅笔半寸,旧请客帖子一个,把铅笔头在嘴里吮了一吮,笔透纸背似的写了"大"字和"方"字,像一根根火柴搭起来的。鸿渐说:"好,好。你上去瞧瞧张妈收拾好没有。"阿丑去了下来,说还没呢,鸿渐道:"你只能再等一下了。"阿丑道:"大伯伯,新娘来了,是不是住在那间房里?"鸿渐道:"不用你管。"阿丑道:"大伯伯,什么叫做'关系'?"鸿渐不懂,阿丑道:"你是不是跟大娘在学堂里有'关系'的?"鸿渐拍桌跳起来道:"什么话?谁教你说这种话的?"阿丑吓得脸涨得比鸿渐还红,道:"我——我听见妈妈跟爸爸说的。"鸿渐愤恨道:"你妈妈混帐!你没有冰吃,罚掉你的冰。"阿丑瞧鸿渐认真,知道冰不会到嘴,来个精神战胜,退到比较安全的距离,说:"我不要你的冰,我妈妈会买给我吃。大伯伯最坏,坏大伯伯,死大伯伯。"鸿渐作势道:"你再胡说,我打你。"阿丑歪着头,鼓着嘴,表示倔强不服。阿凶走近桌子说:"大伯伯,我乖,我没有说。"鸿渐道:"你有冰吃的。别像他那样。"阿丑听说阿凶依然有冰吃,走上来一手拉住他手臂,一手摊掌,说:"你昨天把我的皮球丢了,快赔给我,我要我的皮球,这时候我要拍。"阿凶慌得叫大伯伯解围。鸿渐拉阿丑,阿丑就打阿凶一下耳光,阿凶大哭,撒得一地是尿。鸿渐正骂阿丑,二奶奶下来了责备道:"小弟弟都给你们吵醒了!"三奶奶听见儿子的哭声也赶下来。两个孩子都给自己的母亲拉上去,阿丑一路上声辩说:"为什么大伯伯给他吃冰,不给我吃冰。"鸿渐掏手帕擦汗,叹口气。想这种家庭里,柔嘉如何住得惯。想不到弟媳妇背后这样糟蹋人,她当然还有许多不堪入耳的话,自己简直不愿意知道,那句话现在知道了都懊悔。听过她们背后对自己的批判,死后受阎王爷审问一生的罪恶,就有个自辩的准备了。一向跟家庭习而相忘,不觉得它藏有多少仇嫉卑鄙,现在为了柔嘉,稍能从局外人的立场来观察,才恍然明白这几年来兄弟妯娌甚至父子间的真情实相,自己如在梦里。

  方老太太当夜翻箱倒箧,要找两件劫余的手饰,明天给大媳妇作见面礼。遁翁笑她说:"她们新式女人还要戴你那种老古董么?我看算了罢。'赠人以车,不如赠人以言';我明天倒要劝她几句话。"方老太太结婚三十余年,对丈夫掉的书袋,早失去索解的好奇心,只懂最后一句,忙说:"你明天说话留神。他们过去的事,千万别提。"遁翁怫然道:"除非我像你这样笨!我在社会上做了三十多年的事,这一点人情世故还不懂么?"明天上午鸿渐去接柔嘉,柔嘉道:"你家里比我们古板,今天去了,有什么礼节?我是不懂的,我不去了。"鸿渐说,今天是彼此认识一下,毫无礼节,不过他父亲的意思,要他们对祖宗行个礼。柔嘉撒娇道:"算你们方家有祖宗,我们是天上掉下来的,没有祖宗!你为什么不对我们孙家的祖宗行礼?明天我教爸爸罚你对祖父祖母的照相三跪九叩首。我要报仇。"鸿渐听她口气松动,赔笑说:"一切瞧我面上,受点委屈。"柔嘉道:"不是为了你,我今天真不愿意去。我又不是新进门的小狗小猫,要人抱了去拜灶!"到了方家,老太太瞧柔嘉没有相片上美,暗暗失望,又嫌她衣服不够红,不像个新娘,尤其不赞成她脚上颜色不吉利的白皮鞋。二奶奶三奶奶打扮得淋漓尽致,天气热,出了汗,像半溶化的奶油喜字蛋糕。她们见了大嫂的相貌,放心释虑,但对她的身材,不无失望。柔嘉虽然比不上法国剧人贝恩哈脱(Sarah Bernhardt),腰身纤细得一粒奎宁丸吞到肚子里就像怀孕,但瘦削是不能否认的。"双喜进门"的预言没有效验。遯翁一团高兴,问长问短,笑说:"以后鸿渐这孩子我跟他母亲管不到他了,全交托给你了"——方老太太插口说:"是呀!鸿渐从小不能干的,七岁还不会穿衣服。到现在我看他穿衣服不知冷暖,东西甜的咸的乱吃,完全像个孩子,少奶奶,你要留心他。鸿渐,你不听我的话,娶了媳妇,她说的话,你总应该听了。"柔嘉道。"他也不听我的话的——鸿渐,你听见没有?以后你不听我的话,我就告诉婆婆。"鸿渐傻笑。二奶奶和三奶奶偷偷做个鄙薄的眼色。遯翁听柔嘉要做事,就说:"我有句话劝你。做事固然很好,不过夫妇俩同在外面做事,'家无主,扫帚倒竖',乱七八糟,家庭就有名无实了。我并不是顽固的人,我总觉得女人的责任是管家。现在要你们孝顺我们,我没有这个梦想了,你们对你们的丈夫总要服侍得他们称心的。可惜我在此地是逃难的局面,房子挤得很,你们住不下,否则你可以跟你婆婆学学管家了。"柔嘉勉强点头。行礼的时候,祭桌前铺了红毯,显然要鸿渐夫妇向空中过往祖先灵魂下跪。柔嘉直挺挺踏上毯子,毫无下拜的趋势,鸿渐跟她并肩三鞠躬完事。傍观的人说不出心里的惊骇和反对,阿丑嘴快,问父亲母亲道:"大伯伯大娘为什么不跪下去拜?"这句话像空房子里的电话铃响,无人接口。鸿渐窘得无地自容,亏得阿丑阿凶两人抢到红毯上去跪拜,险的打架,转移了大家的注意。方老太太满以为他们俩拜完了祖先,会向自己跟遯翁正式行跪见礼的。鸿渐全不知道这些仪节,他想一进门已经算见面了,不必多事。所以这顿饭吃得并不融洽。阿丑硬要坐在柔嘉旁边,叫大娘夹这样菜夹那样菜,差唤个不了。菜上到一半,柔嘉不耐烦敷衍这位讨厌侄儿了,阿丑便跪在椅子上,伸长手臂,自己去夹菜。一不小心,他把柔嘉的酒杯碰翻,柔嘉"啊呀"一声,快起身躲,新衣服早染了一道酒痕。遯翁夫妇骂阿丑,柔嘉忙说没有关系。鹏图跟二奶奶也痛骂儿子,不许他再吃,阿丑哭丧了脸,赖著不肯下椅子。他们希望鸿渐夫妇会说句好话,替儿子留面子。谁知道鸿渐只关切地问柔嘉:"酒渍洗得掉么?亏得他夹的肉丸子没滚在你的衣服上,险得很!"二奶奶板著脸,一把拉住阿丑上楼,大家劝都来不及,只听到阿丑半楼梯就尖声嚷痛,厉而长像特别快车经过小站不停时的汽笛,跟著号啕大哭。鹏图听了心痛,咬牙切齿道:"这孩子是该打,回头我上去也要打他呢。"

下午柔嘉临走,二奶奶还满脸堆笑说:"别走了,今天就住在这儿罢——三妹妹,咱们把她扣下来——大哥,只有你,还会送她回家!你就不要留住她么?"阿丑哭肿了眼,人也不理。方老太太因为儿子媳妇没对自己叩头,首饰也没给他们,送她们出了门,回房向遁翁叽咕。遁翁道:"孙柔嘉礼貌是不周到,这也难怪。学校里出来的人全野蛮不懂规矩,她家里我也不清楚,看来没有家教。"方老太太道:"我十月怀胎养大了他,到现在娶媳妇,受他们两个头都不该么?孙柔嘉就算不懂礼貌,老大应当教教她。我愈想愈气。"遁翁劝道:"你不用气,回头老大回来,我会教训他。鸿渐真是糊涂虫,我看他将来要怕老婆的。不过孙柔嘉还像个明白懂道理的女人,我方才教她不要出去做事,你看她倒点头服从的。"

柔嘉出了门,就说:"好好一件衣服,就算毁了,不知道洗得掉洗不掉。我从来没见过这种没管教的孩子。"鸿渐道:"我也真讨厌他们,好在将来不会一起住。我知道今天这顿饭把你的胃口全吃倒了。说到孩子,我倒想起来了,好像你应该给他们见面钱的,还有两个用人的赏钱。"柔嘉顿足道:"你为什么不早跟我说?我家里没有这一套,我自己刚脱离学校,全不知道这些奶奶经!麻烦死了,我不高兴做你们方家的媳妇了!"鸿渐安慰道:"没有关系,我去买几个红封套,替你给他们得了。"柔嘉道:"随你去办罢,反正我不会讨你家好的。你那两位弟媳妇,都不好对付。你父亲说的话也离奇;我孙柔嘉一个大学毕业生到你们方家来当不付工钱的老妈子!哼,你们家里没有那么阔呢。"鸿渐忍不住回护遁翁道:"他也没有叫你当老妈子,他不过劝你不必出去做事。"柔嘉道:"在家里享福,谁不愿意?我并不喜欢出去做事呀!我问你,你赚多少钱一个月可以把我供在家里?还是你方家有祖传的家当?你自己下半年的职业,八字还未见一撇呢!我挣我的钱,还不好么?倒说风凉话!"鸿渐生气道:"这是另一件事。他的话也有点道理。"柔嘉冷笑道:"你跟你父亲的头脑都是几千年前的古董,亏你还是个留学生。"鸿渐也冷笑道:"你懂什么古董不古董!我告诉你,我父亲的意见在外国时髦得很呢,你吃的亏就是没留过学。我在德国,就知道德国妇女的三 K 运动:Kirche, Kueche, Kinder——"柔嘉道:"我不要听,随你去说。不过我今天才知道,你是位孝子,对你父亲的话这样听从"——这吵架没变严重,因为不能到孙家去吵,不能回方家去吵,不宜在路上吵,所以舌剑唇枪无用武之地。无家可归有时简直是桩幸事。

两亲家见过面,彼此请过客,往来拜访过,心里还交换过鄙视。谁也不满意谁,方家恨孙家简慢,孙家厌方家陈腐,双方背后都嫌对方不阔。遁翁一天听太太批评亲家母,灵感忽来,日记上添了精彩的一条,说他现在才明白为什么两家攀亲要叫"结为秦晋":"夫春秋之时,秦晋二国,世缔婚姻,而世寻干戈。亲家相恶,于今为烈,号曰秦晋,亦固其宜。"写完了,得意非凡,只恨不能送给亲翁孙先生赏鉴。鸿渐跟柔嘉左右为难,受足了气,只好在彼此身上出气。鸿渐为太太而受气,同时也发现受了气而有个太太的方便。从前受了气,只好闷在心里,不能随意发泄,谁都不是自己的出气洞。现在可不同了。对任何人发脾气,都不能够像对太太那样痛快。父母兄弟不用说,朋友要绝交,用人要罢工,只有太太像荷马史诗里风神的皮袋,受气的容量最大,离婚毕竟不容易。柔嘉也发现对丈夫不必像对父母那样有顾忌。但她比鸿渐有涵养,每逢鸿渐动了真气,她就不再开口。她仿佛跟鸿渐抢一条绳子,尽力各拉一头,绳子迸直欲断的时候,她就凑上几步,这绳子又松软下来。气头上虽然以吵嘴为快,吵完了,他们都觉得疲乏和空虚,像戏散场和酒醒后的心理。回上海以前的吵架,随吵随好,宛如富人家的饭菜,不留过夜的。渐渐吵架的余仇,要隔一天才会消释,甚至不了了之,没讲和就讲话。有一次斗口以后,柔嘉半认真半开顽笑地说:"你发起脾气来就像野兽咬人,不但不讲道理,并且没有情分。你虽然是大儿子,我看你的父亲母亲并不怎末溺爱你,为什么这样使性?"鸿渐抱愧地笑。他刚才相骂赢了,胜利使他宽大,不必还敬说:"丈人丈母重男轻女,并不宝贝你,可是你也够难服侍。"

他到了孙家两次以后,就看出来柔嘉从前口口声声"爸爸妈妈",而孙先生孙太太对女儿的事淡漠得等于放任。孙先生是个恶意义的所谓好人——无用之人,在报馆里当会计主任,毫无势力。孙太太老来得子,孙家是三代单传,把儿子的抚养作为宗教,打扮得他头光衣挺,像个高等美容院里的理发匠或者外国菜馆里的侍者。他们供给女儿大学毕业,已经尽了责任,没心思再料理她的事。假如女婿阔得很,也许他们对柔嘉的兴趣会增加些。跟柔嘉亲密的是她的姑母,美国留学生,一位叫人家小孩子"你的 Baby",人家太太"你的 Mrs"那种女留学生。这种姑母,柔嘉当然叫她 Auntie。她年轻时出过风头,到现在不能忘记,对后起的女学生批判甚为严厉。柔嘉最喜欢听她的回忆,所以独蒙怜爱。孙先生夫妇很怕这位姑太太,家里的事大半要请她过问。她丈夫陆先生,一脸不可饶恕地得意之色,好谈论时事。因为他两耳微聋,人家没气力跟他辩,他心里只听到自己说话的声音,愈加不可理喻。夫妇俩同在一家大纱厂里任要职,先生是总工程师,太太是人事科科长。所以柔嘉也在人事科里找到位置。姑太太认为侄女儿配错了人,对鸿渐的能力和资格坦白地瞧不起。鸿渐也每见她一次面,自卑心理就像战时物价又高涨一次。姑太太没有孩子,养一条小哈巴狗,取名 Bobby,视为性命。那条狗见了鸿渐就咬;它女主人常说的话:"狗最灵,能够辨别好坏,"更使他听了生气。无奈狗以主贵,正如夫以妻贵,或妻以夫贵,他不敢打它。柔嘉要姑母喜欢自己的丈夫,常教鸿渐替陆太太牵狗出去撒尿拉屎,这并不能改善鸿渐对狗的感情。

鸿渐曾经恶意地对柔嘉说:"你姑母爱狗胜于爱你。"柔嘉道:"别胡闹"——又加上一句毫无意义的话——"她就是这个脾气。"鸿渐道:"她这样喜欢跟狗做伴侣,表示她不配跟人在一起。"柔嘉瞪眼道:"我看狗有时比人都好,至少 Bobby 比你好,它倒很有情义的,不乱咬人。碰见你这种人,是该咬。"鸿渐道:"你将来准像你姑母,也会养条狗。唉,像我这个倒霉人,倒应该养条狗。亲戚瞧不起,朋友没有,太太——呃——太太容易生气不理人,有条狗对我摇摇尾巴,总算世界上还有件东西比我都低,要讨我的好。你那位姑母在厂里有男女职工趋奉她,在家里傍人不用说,就是侄女儿对她多少千依百顺,她应当满意了,还要养条走狗对她摇头摆尾!可见一个人受马屁的容量,是没有底的。"柔嘉管制住自己的声音道:"请你少说一句,好不好?不能有三天安静的!刚要好了不多几天,又来无事寻事了。"鸿渐扯淡笑道:"好凶!好凶!"

鸿渐为哈巴狗而发的感慨,一半是真的。正像他去年懊悔到内地,他现在懊悔听了柔嘉的话回上海。在小乡镇时,他怕人家倾轧,到了大都市,他又恨人家冷淡,倒觉得倾轧还是瞧得起自己的表示。就是条微生虫,也沾沾自喜,希望有人搁它在显微镜下放大了看的。拥挤里的孤寂,热闹里的凄凉,使他像许多住在这孤岛上的人,心灵也仿佛一个无凑畔的孤岛。这一年的上海跟去年大不相同了。欧洲的局势急转直下,日本人因此在两大租界里一天天的放肆。后来跟中国"并肩作战"的英美两国,那时候只想保守中立;中既然不中,立也根本立不住,结果这"中立"变成只求在中国有个立足之地,此外全盘让日本人去蹂躏。约翰牛一味吹牛,Uncle Sam 原来就是 Uncle Sham;至于马克斯妙喻的所谓"善鸣的法兰西雄鸡"呢,它确有雄鸡的本能——迎着东方引吭长啼,只可惜把太阳旗误认为真的太阳。美国一船船的废铁运到日本,英国在考虑封锁滇缅公路,法国虽然还没切断滇越边境,已扣留了一批中国的军火。物价像得道成仙,平地飞升。公用事业的工人一再罢工,电车和汽车只恨不能像戏院子和旅馆挂牌客满。铜元镍币全搜刮完了,邮票有了新用处,暂作附币,可惜人不能当信寄,否则挤车的困难可以避免。生存竞争渐渐脱去文饰和面具,露出原始的狠毒。廉耻并不廉,许多人维持它不起。发国难财和破国难产的人同时增加,各不相犯;因为穷人只在大街闹市行乞,不会到财主的幽静住宅区去,只会跟着步行的人要钱,财主坐的流线型汽车是赶不上的。贫民区逐渐蔓延,像市容上生的一块癣。政治性的恐怖事件,几乎天天发生。有志之士被压迫得慢慢像西洋大都市的交通路线,向地下发展,地底下原有的那些阴毒暧昧的人形爬虫,攀附了他们自增声价。鼓吹"中日和平"的报纸每天发表新参加的同志名单,而这些"和奸"往往同时在另外的报纸上声明"不问政治"。

  鸿渐回家第五天,就上华美新闻社拜见总编辑,辛楣在香港早通信替他约定了。他不愿找丈人做引导,一个人到报馆所在的大楼。报馆在三层楼,电梯外面挂的牌子写明到四楼才停。他虽然知道唐人"欲穷千里目,更上一层楼"的好诗,并没有乘电梯。他虽然不知道但丁沉痛的话:"求事到人家去,上下的楼梯级特别硬",而走完两层楼早已气馁心怯,希望楼梯多添几级,可以拖延些时间。推进弹簧门,一排长柜台把馆内人跟馆外人隔开;假使这柜台上装置铜栏,光景就跟银行,当铺,邮局无别。报馆分里外两大间,外间对门的写字桌畔,坐个年轻女人,翘起戴钻戒的无名指,在修染红指甲;有人推门进来,她头也不抬。在平时,鸿渐也许会诧异以办公室里的人,指头上不染墨水而指甲上染红油,可是匆遽中无心及此,隔了柜脱帽问讯。她抬起头来,满脸庄严不可侵犯之色,打量他一下,尖了红嘴唇向左一歪,又低头修指甲。鸿渐依照她嘴的指示,瞧见一个像火车站买票的小方洞,上写"传达",忙去一看,里面一个十六七岁的男孩子在理信。他唤起他注意道:"对不住,我要找总编辑王先生。"那孩子只管理他的信,随口答道:"他没有来。"他用最经济的口部肌肉运动说这四个字,恰够鸿渐听见而止,没多动一条神经,多用一丝声气。鸿渐发慌得腿都软了,说:"咦,他怎么没有来!不会罢?请你进去瞧一瞧。"那孩子做了两年的传达,老于世故,明白来客分两类:低声下气请求"对不住,请你如何如何"的小客人,粗声大气命令"小孩儿,这是我的片子,找某某"的大客人。今天这一位是属于前类的,自己这时候正忙,没工夫理他。鸿渐暗想,假使这事谋成了,准想方法开除这小鬼,再鼓勇说:"王先生约我这时候来的。"那孩子听了这句话,才开口问那个女人道:"蒋小姐,王先生来了没有?"她不耐烦摇头道:"谁知道他!"那孩子叹口气,懒洋洋站起来,问鸿渐要片子。鸿渐没有片子,只报了姓方。那孩子正要尽传达的责任,一个人走来,孩子顺便问道"王先生来了没有?"那人道:"好像没有来,今天没看见他,恐怕要到下午来了。"孩子摊着两手,表示自己变不出王先生。鸿渐忽然望见丈人在远远靠窗的桌子上办公,像异乡落难遇见故知。立刻由丈人陪了进去,见到王先生,谈得很投机。王先生因为他第一次来,坚持要送他出柜台。那女人不修指甲了,忙着运用中文打字机呢,依然翘着带钻戒的无名指。王先生教鸿渐上四层楼乘电梯下去,明天来办公也乘电梯到四层楼再下来,这样省走一层楼梯。鸿渐学了乖,甚为高兴,觉得已经是报馆老内行了。当夜写信给辛楣,感谢他介绍之恩,附笔开顽笑说,据自己今天在传达处的经验,恐怕本报其他报道和消息不会准确。

房子比职业更难找。满街是屋,可是轮不到他们住。上海仿佛希望每个新来的人都像只戴壳的蜗牛,随身带着宿舍。他们俩为找房子,心灰力竭,还贴上无谓的口舌。最后,靠遁翁的面子,在亲戚家里租到两间小房,没出小费。这亲戚一部分眷属要回乡去,因为方家的大宅子空著,愿意借住。遁翁提议,把这两间房作为交换条件。这事一说就成,遁翁有理由向儿子媳妇表功。儿子当然服贴,媳妇回娘家一说,孙太太道:"笑话!他早该给你房子住了。为什么鸿渐的弟妇好好的有房子住?你嫁到方家去,方家就应该给你房子。方家没有房子,害你们新婚夫妇拆散,他们对你不住,现在算找到两间房,有什么大了不得!我常说,结婚不能太冒昧的,譬如这个人家里有没有住宅,就应该打听打听。"幸而柔嘉没有把这些话跟丈夫说,否则准有一场吵。她发现鸿渐虽然很不喜欢他的家,决不让傍人对它有何批评。为了买家具,两人也争执过。鸿渐认为只要向老家里借些来用用,将就得过就算了。柔嘉道地是个女人,对于自己管领的小家庭比他看得重,要挣点家私。鸿渐陪她上木器店,看见一张桌子就想买,柔嘉只问了价钱,把桌子周身内外看个仔细,记在心里,要另外走好几家木器店,比较货色和价钱。鸿渐不耐烦,一次以后,不再肯陪她,她也不要他陪,自去请教她的姑母。

家具粗备,陆先生夫妇来看佳女婿的新居。陆先生说楼梯太黑,该教房东装盏电灯。陆太太嫌两间房都太小,说鸿渐父亲当初该要求至少两间里有一间大房。陆先生听太太的话耳朵不聋,也说:"这话很对。鸿渐,我想你府上那所房子不会很大。否则,他们租你的大房子,你租他们的小房间,这太吃亏了,呵呵。"他一笑,Bobby 也跟着叫。他又问鸿渐这两天报馆里有什么新闻。鸿渐道:"没有什么消息。"他没有听清,问"什么?"鸿渐凑近他耳朵高声说:"没有什么——"他跳起来皱眉搓耳道:"吓,你嘴里的气直钻进我的耳朵,痒得我要死!"陆太太送了侄女一房家具,而瞧侄女婿对自己丈夫的态度并不逊顺,便说:"他们的《华美新闻》,我从来不看,销路好不好?我中文报不看的,只看英文报。"鸿渐道:"这两天,波兰完了,德国和俄国声势利害得很,英国压下去了,将来也许大家没有英文报看,姑母还是学学俄文和德文罢。"陆太太动了气,说她不要学什么德文,杂货铺子里的伙计都懂俄文的。陆先生明白了争点,也大发议论,说有美国,怕些什么,英国本来不算数。他们去了,柔嘉埋怨鸿渐。鸿渐道:"这是我的房子,我不欢迎他们来。"柔嘉道:"你这时候坐的椅子,就是他们送的礼。"鸿渐忙站起来,四望椅子沙发全是陆太太送的,就坐在床上,说:"谁教他们送的?退还他们得了。我宁可坐在地板上的。"柔嘉又气又笑道:"这种蛮不讲礼的话,只可以小孩子说,你讲了并不有趣。"男人或女人听异性以"小孩子"相称,无不驯服;柔嘉并非这样称呼鸿渐,可是这三个字的效力已经够了。

遁翁夫妇一天上午也来看布置好的房间。柔嘉到办公室去了,鸿渐常常饭后才上报馆。他母亲先上楼,说:"爸爸在门口,他带给你一件东西,你快下去搬上来——别差女用人,粗手大脚,也许要碰碎玻璃的。"鸿渐忙下去迎接父亲,捧了一只挂在壁上的老式自鸣钟到房里。遁翁问他记得这个钟么,鸿渐摇头。遁翁慨然道:"要你们这一代保护祖泽,世守勿失,真是梦想了!这只钟不是爷爷买的,挂在老家后厅里的么?"鸿渐记起来了。这是去年春天老二老三回家乡收拾劫余,雇夜航船搬出来的东西之一。遁翁道:"你小的时候,喜欢听这只钟打的声音,爷爷说,等你大了给你——唉,你全不记得了!我上礼拜花钱叫钟表店修理一下,机器全没有坏;东西是从前的结实,现在的钟表那里有这样经用!"方老太太也说:"我看柔嘉带的表,那样小,里面的机器都不会全的。"鸿渐笑道:"娘又说外行说了。'麻雀虽小,五脏俱全';机器当然应有尽有,就是不大牢。"他母亲道:"我是说它不牢。"遁翁挑好挂钟的地点,吩咐女用人向房东家借梯,看鸿渐上去挂,替钟捏一把汗。梯子搬掉,他端详着壁上的钟,踌躇满志,对儿子说:"其实还可以高一点——让它去罢,别再动它了。这只钟走得非常准,我昨天试过的,每点钟只走慢七分,记好,要走慢七分。"方老太太看了家具说:"这种木器都不牢,家具是要红木的好,多少钱买的?"她听说是柔嘉姑丈送的,便问:"柔嘉家里给她东西没有?"鸿渐撒谎道:"那一间客座兼饭室的器具是她父母买的"——看母亲脸上并不表示满足——"还有灶下的一切用品也是丈人家办的。"方老太太的表情依然不满足,可是鸿渐一时想不起贵重的东西来替丈人家挣面子。方老太太指铁床道:"这明明是你们自己买的,不是她姑母送的。"鸿渐不耐烦道:"床总不能教人家送。"方老太太忽然想起布置新房一半也是婆家的责任,便不说了。遯翁夫妇又问柔嘉每天什么时候回来,平常吃些什么菜,女用人做菜好不好,要多少开销一天,一月要用几担煤球等等。鸿渐大半不能回答,遯翁摇头,老太太说:"全家托给一个用人,太粗心大意了。这个李妈靠得住靠不住?"鸿渐道:"她是柔嘉的奶妈,很忠实,不会揩油。"遯翁"哼"一声道:"你这糊涂人,知道什么?"老太太说:"家里没个女主人总不行的。我要劝柔嘉别去做事了。她一个月会赚多少钱!管管家事,这几个钱从柴米油盐上全省下来了。"鸿渐忍不住说老实话:"她厂里酬报好,赚的钱比我多一倍呢!"二老敌意地静默,老太太觉得儿子偏祖媳妇,老先生觉得儿子坍尽了天下丈夫的台。回家之后,遯翁道:"老大准怕老婆。怎么可以让女人赚的钱比他多!这种丈夫还能振作乾纲么?"方老太太道:"我就不信柔嘉有什么本领,咱们老大留了洋倒不如她!她应当把厂里的事让给老大去做。"遯翁长叹道:"儿子没出息,让他去罢!"

柔嘉回家,刚进房,那只钟表示欢迎,法条唏哩呼噜转了一会,当当打了五下。她诧异道:"这是什么地方来的?呀,不对!我表上快六点钟了。"李妈一一报告。柔嘉问:"老太太到灶下去看看没有?"李妈说没有。柔嘉又问她今天买的什么菜,释然道:"这些菜很好,倒没请老太太看看,别以为咱们饿瘦了她的儿子。"李妈道:"我只煎了一块排骨给姑爷吃,留下好几块生的浸在酱油酒里,等一会煎了给你吃晚饭。"柔嘉笑道:"我屡次教你别这样,你改不好的。我怎吃得下那末许多!你应当尽量给姑爷吃,他们男人吃量大,嘴又馋,吃不饱要发脾气的。"李妈道:"可不是么?我的男人老李也——"柔嘉没想到她会把鸿渐跟老李相比,忙截住道:"我知道,从小就听见你讲,端午吃粽子,他把有赤豆的粽子尖儿全吃了,给你吃粽子跟儿,对不对?"李妈补充道:"粽子跟儿大,没煎熟,我吃了生米,肚子胀了好几天呢!"晚上鸿渐回来,说明钟的历史,柔嘉说:"真是方家三代传家之宝——咦,怎末还是七点钟?"鸿渐告诉她每点钟走慢七分的事实。柔嘉笑道:"照这样说,恐怕它短针指的七点钟,还是昨天甚至前天的七点钟,要它有什么用?"她又说鸿渐生气的时候,拉长了脸,跟这只钟的轮廓很相像。鸿渐这两天伤风,嗓子给痰塞了,柔嘉拍手道:"我发现你说话以前嗓子里唏哩呼噜,跟它打的时候法条转动的声音非常之像。你是这钟变出来的妖精。"两人有说有笑,仿佛世界上没有夫妇反目这一会事。

一个星期六下午,二奶奶三奶奶同来作首次拜访。鸿渐在报馆里没回来,柔嘉忙做茶买点心款待,还说:"为什么两孩子不带来?回头带点糖果回去给他们吃。"三奶奶道:"阿凶吵著要跟我来,我怕他来了闯祸,没带他。"二奶奶道:"我对阿凶说,大娘的房子干净,不比在家里可以随地撒尿,大伯伯要打的。"柔嘉不诚实道:"那里的话!很好带他来。"三奶奶觉得儿子失了面子,报复说:"我们的阿凶是没有灵性的,阿丑比他大不了几岁,就很有心思,别以为他是个孩子!譬如他那一次弄脏了你的衣服,吃了一顿打,从次他记在心里,不敢跟你胡闹。"两人为了儿子暂时分裂,顷刻又合起来,同声羡慕柔嘉小家庭的舒服,说她好福气。三奶奶怨慕地说:"不知道何年何月我们也能够分出来独立门户呢!当然现在住在一起,我也沾了二姐姐不少光。"二奶奶道:"他们方家只有一所房子跟人家交换,我们是轮不到的。"柔嘉忙说:"我也很愿意住在大家庭里,事省,开销省。自开门户有自开门户的麻烦,柴米油盐啦,水电啦,全要自己管。鸿渐又没有二弟三弟能干。"二奶奶道:"对了!我不像三妹,我知道自己是个饭桶,要自开门户开不起来,还是混在大家庭里过糊涂日子罢。像你这样粗粗细细内内外外全行,又有靠得住的用人,大哥又会赚钱,我们要跟你比,差得太远了。"柔嘉怕他们回去搬嘴,不敢太针锋相对。她们把两间房里的器具细看,问了价钱,同声推尊柔嘉能干精明,会买东西,不过时时穿插说:"我在什么地方也看见这样一张桌子(或椅子),价钱好像便宜些,可惜我没有买。"三奶奶问柔嘉道:"你有没有搁箱子的房间?"柔嘉道:"没有。我的箱子不多,全搁在卧室里。"二奶奶道:"上海的弄堂房子太小,就有搁箱子的房间,也搁不下多少箱子。我嫁到方家的时候,新房背后算有个后房,我赔嫁的箱子啦,盆啦,桶啦,台面啦怎末也放不下,弄得新房里都搁满了,看了真不痛快。"三奶奶道:"我还不是跟你一样?死日本人把我们这些东西全抢光,想起来真伤心!现在要一件没一件,都要重新买。我的皮衣服就七八套呢,从珍珠皮旗袍到灰背外套都全的,现在自己倒没得穿!"二奶奶也开了半幅嫁装的虚账,还说:"倒是大姐姐这样好。外国在打仗啦,上海还不知道怎样呢。说不定咱们再逃一次难。东西多了,到时候带又带不走,丢了又舍不得。三妹,你还有点东西,我是什么都没有,走个光身,倒也干脆,哈哈!咱们该回去了。"柔嘉才明白她们俩来调查自己赔嫁的,气愤得晚饭都没胃口吃。

鸿渐回家,瞧她爱理不理,打趣她道:"今天在办公室碰了姑母的钉子,是不是?"她翻脸道:"我正发火呢,开什么顽笑!我家里一切人对我好好的,只有你们家里的人上门来给我气受。"鸿渐发慌,想莫非母亲来教训她一顿,上次母亲讲的话,自己都瞒她的,忙说:"谁呢?"柔嘉道:"还有谁!你那两位宝贝弟媳妇。"鸿渐连说"讨厌",放了心,柔嘉道:"这是你的房子,你家的人当然可以直出直进,我一点主权没有的。我又不是你家里的人,没撵走就算运气了。"鸿渐拍她头道:"旧话别再提了。那句话算我说错。你告诉我,她们怎样欺负你。我看你也利害得很,是不是一个人打不过她们两个人?"柔嘉道:"我利害?没有你方家的人利害!全是三头六臂,比人家多个心,心里多几个窍,肠子都打结的。我睡著做梦给她们杀了,煮了,吃了,我梦还不醒呢。"鸿渐笑道:"何至于此!不过你睡得是死,我报馆回来迟一点,叫你都叫不醒的。"柔嘉板脸道:"你扯淡,我就不理你。"鸿渐道歉,问清楚了缘故,发狠道:"假如我那时候在家,我真要不客气揭破她们。她们有什么东西赔过来,对你吹牛!"柔嘉道:"这倒不能冤枉她们,她们嫁过来,你已经出洋了,你又没瞧见她们的排场。"鸿渐道:"我虽然当时没有在场,她们的家境我很熟悉。老二的丈人家尤其穷,我在大学的时候,就想送女儿过门,倒是父亲反对早婚,这事谈了一阵,又一搁好几年。"柔嘉叹气道:"也算我倒霉!现在逼得跟她们这种人姐妹相称,还要受她们的作践。她们看了家具,话里隐隐然咱们买贵了;她们一对能干奶奶,又对我关切,为什么不早来帮我买呀!"鸿渐急问:"那一间的器具你也说是买的没有?"柔嘉道:"我说了,为什么?"鸿渐拍自己的后脑道:"糟糕!糟透了!我懊悔那天没告诉你,"就把方老太太问丈人家送些什么的事说出来。柔嘉也跳脚道:"你为什么不早说?我还有脸到你家去做人么!她们回去准一五一十搬嘴对是非,连姑母送的家具都以为是咱们自己买的。你这人太糊涂,撒了谎当然也应该跟我打个招呼。从结婚那一会事起,你总喜欢自作聪明,结果无不弄巧成拙。"鸿渐自知理屈,又不服骂,申辩说:"我撒这个谎也出于好意。我后来没告诉你,是怕你知道了生气。"柔嘉道:"不错,我知道了很生气。谢谢你一片好意,撒谎替我娘家挣面子。你应当老实对母亲说,这是我预支了厂里的薪水买的。我们孙家穷,嫁女儿没有什么东西给她;你们方家为儿子娶媳妇花了聘金没有？给了儿子媳妇东西没有？吓，这两间房子，还是咱们出租金的——哦，我忘了，还有这只钟"——她瞧鸿渐的脸拉长，——给他一面镜子——"你自己瞧瞧，不像钟么？我一点没有说错。"鸿渐忍不住笑了。

这许多不如意的小事使柔嘉怕到婆家去。她常慨叹说："咱们还没跟他们住在一起，已经惹了多少口舌。要过大家庭生活，须要训练的。只要看你两位弟妇训练得多少头尖眼快——嘴利，我真斗不过她们，也没有心思跟她们斗，让她们去做孝顺媳妇罢。我只奇怪，你是在大家庭里长大的，怎末家里这种诡计暗算，全不知道？"鸿渐道："这些事没结婚的男人不会知道，要结了婚，眼睛才张开。我有时想，家里真跟三闾大学一样是个是非窝，假使我结婚了几年然后到三闾大学去，也许训练有素，感觉灵敏些，不至于给人家暗算了。"柔嘉忙说："这些话说它干么？假如你早结了婚，我也不会嫁给你了——除非你娶了我懊悔。"鸿渐心境不好，没情绪来迎合柔嘉，只自言自语道："School for scandal, 全是 School for scandal, 家庭罢，学校罢，彼此彼此。"他们俩虽然把家里当作"造谣学校"，逃学可不容易。遁翁那天带钟来，交给儿子一张祖先忌辰单，表示这几天家祭，儿子媳妇都该回去参加行礼。柔嘉看见了就撇嘴。亏得她有办公做藉口，中饭时不能赶回来。可是有几天忌辰刚是星期日，她要想故意忘掉，遁翁会吩咐二奶奶或三奶奶打电话到房东家里来请。尤其可厌的是，方家每来个亲戚，偶而说起没看见过大奶奶，遁翁夫妇就立刻打电话招柔嘉去，不论是下午六点钟她刚从办公室回家，或者星期六她要出去顽儿，或者星期天她要到姑母家或娘家去。死祖宗加上活亲戚，弄得柔嘉疲于奔命，常怨鸿渐："你们方家真是世家，有那许多祖宗！为什么不连黄帝的生日死日都算在里面？""你们方家真是大家！有了这许多亲戚有什么用？"她敷衍过几次以后，顾不得了，叫李妈去接电话，说她不在家。不肯去了四五回，渐渐内怯不敢去，怕看他们的嘴脸。鸿渐同情太太，而又不敢得罪父母，只好一个人回家。不过家里人的神情，仿佛怪他不"女起解"似的押了柔嘉来。他交不出人，也推三托四，不肯常回家。

假使"中心为忠"那句唐宋相传的定义没有错，李妈忠得不忠，因为她偏心。鸿渐叫她做的事，她常要先请柔嘉核准。譬如鸿渐叫她买青菜，她就说："小姐爱吃菠菜的，我要先问问她，"柔嘉当然吩咐她照鸿渐的意思去办。鸿渐对她说："天气冷了，我的夹衣服不会再穿了。今天太阳好，你替我拿出去晒一晒，回头给小姐收起来。"她坚持说，柔嘉的夹衣服还没有收起来，他不必急，天气会回暖的,等柔嘉晒衣服时一起晒。柔嘉已经出门了,他没法使李妈了解年轻女人穿衣服跟男人不同,只要外套换厚的,夹衣服可以穿入冬季。李妈反说:"姑爷,晒衣服是娘儿们的事,您不用管。小姐大清早就出去办事了,您为什么不出去?这时候出去,晚上早点回来,不好么?"诸如此类,使他又好气又好笑。笑时称她为"李老太太"或者 Her Majesty,气时恨不能请她走。夫妇俩吵架,给她听见了,脸便绷得跟两位主人一样紧,正眼不瞧鸿渐,给他东西也只是一搡。他事后跟柔嘉叽咕道:"这不像话!你们一主一仆连起来,会把我虐待死的。"柔嘉笑道:"我劝过她好几次了,她要帮我,我有什么办法?她说女人全吃丈夫的亏,她自己吃老李的亏——吃生米粽子。不过,我在你家里孤掌难鸣,现在也教你尝尝味道。"

柔嘉的父亲跟女婿客气得疏远,她兄弟发现姐夫武不能踢足球打网球,文不能修无线电开汽车,也觉得姐姐嫁错了人。鸿渐勉尽半子之职,偶到孙家一去。幸而柔嘉不常回娘家,只三天两天到姑母家去顽。搬进房子一个多月以后,鸿渐夫妇上陆家吃饭。两人吃完临走,陆太太生硬地笑道:"鸿渐,我要讨你厌,劝你一句话,你以后不许欺负柔嘉"——仿佛本国话力量不够,她订外交条约似的,来个华洋两份——"你再 Bully 她,我不答应的。"鸿渐先听她有讨厌话相劝,早像箭猪碰见仇敌,毛根根竖直,到她说完,倒不明白她的意思,正想发问,柔嘉忙说:"Auntie,他对我很好,谁说他欺负我,我也不是好欺的。"陆太太道:"鸿渐,你听听柔嘉多好,她还回护你呢!"鸿渐气冲冲道:"你怎末知道我欺负她?我"——柔嘉拉他道:"快走!快走!时间不早,电影要开场了。Auntie 跟你说着顽儿的。"鸿渐出了门,说:"我没有心思看电影,你一个人去罢。"柔嘉道:"咦!我又没有得罪你。你总相信我不会告诉她什么话。"鸿渐爆发道:"我所以不愿意跟你到陆家去。在自己家里吃了亏不够,还要挨上门去受人家教训!我欺负你!哼,我不给你什么姑母奶奶欺负死,就算长寿了!倒说我方家的人难说话呢!你们孙家的人从上到下全像那只混帐王八蛋的哈吧狗。我名气反正坏透了,今天索性欺负你一下,我走我的路,你去你的,看电影也好,回娘家也好,"把柔嘉勾住的手都推脱了。柔嘉本来不看电影无所谓,但丈夫言动粗鲁,甚至不顾生物学上的可能性,把狗作为甲壳类来比自己家里的人,她也生气了,在街上不好吵,便说:"我一个人去看电影,有什么不好?不希罕你陪,"头一扭,撇下丈夫,独自过街到电车站去了。鸿渐一人站著,怅然若失,望柔嘉的背影在隔街人丛里出没,异常纤弱,不知那儿来的怜惜和保护之心,也就赶过去。柔嘉正走,肩上有人一拍,吓得直跳,回头瞧是鸿渐,惊喜交集,说:"你怎么也来了?"鸿渐道:"我怕你跟人跑了,所以来监视你。"柔嘉笑道:"照你这样会吵,总有一天吵得我跑了,可是我决不跟人跑,受了你的气不够么?还要找男人,我真傻死了。"鸿渐道:"今天我不认错的,是你姑母冤枉我。"柔嘉道:"好,算我家里的人冤屈了你,我跟你赔罪。今天电影我请客。"鸿渐两手到外套背心裤子的大小口袋里去摸钱,柔嘉笑他道:"电车快来了,你别在街上捉虱。有了皮夹为什么不把钱放在一起,钱又不多,替你理衣服的时候,东口袋一张钞票,西口袋一张邮票。"鸿渐道:"结婚以前,请朋友吃饭,我把钱搁在皮夹里,付账的时候掏出来装门面。现在皮夹子旧了,给我掷在不知什么地方了。"柔嘉道:"讲起来可气。结婚以前,我就没吃过你好好的一顿饭,现在做了你老婆,别想你再请我一个人像模像样地吃了。"鸿渐道:"今天饭请不起,我前天把这个月的钱送给父亲了。零用还够请你吃顿点心,回头看完电影,咱们找个地方喝茶。"柔嘉道:"今天中饭不在家里吃,李妈等咱回去吃晚饭的。吃了点心,就吃不下晚饭,东西剩下来全糟蹋了。不要吃点心罢——哈哈,你瞧我多贤惠,会作家;只有你老太太还说我不管家务呢。"电影看到一半,鸿渐忽然打搅她的注意,低声道:"我明白了,准是李妈那老家伙搬的嘴,你大前天不是差她送东西到陆家去的么?"她早料到是这末一回事,藏在心里没说,只说:"我回去问她。你千万别跟她吵,我会教训她,撵走了她,找不到替人的;像我们这种人家,单位小,不打牌,不请客,又出不起大工钱,用人用不牢的。姑妈方面,我自然会解释。你这时候看电影,别去想那些事,我也不说话了,已经漏看了一段了。"

等丈夫转了背,柔嘉盘问李妈。李妈一口否认道:"我什么都没有说,只说姑爷脾气躁得很。"柔嘉道:"这就够了,"警告她以后不许。那两天里,李妈对鸿渐言出令从。柔嘉想自己把方家种种全跟姑母谈过,幸亏她没漏出来,否则鸿渐更要吵得天翻地覆,他最要面子。至于自己家里的琐屑,她知道鸿渐决不会向方家去讲,这一点她相信得过。自己嫁了鸿渐,心理上还是孙家的人;鸿渐娶了自己,跟方家渐渐隔离了。可见还是女孩子好,只有父亲糊涂,袒护着兄弟。

鸿渐从此不肯陪她到陆家去,柔嘉也不敢勉强。她每去了回来,说起这次碰到什么人,听到什么新闻,鸿渐总心里作酸,觉得自己冷落在一边,就说几句话含讽带刺。一个星期日早晨,吃完早点,柔嘉道:"我要出去了,鸿渐,你许不许?"鸿渐道:"是不是到你姑母家去？哼,我不许你,你还不是一样去,问我干么？下半天去不好么？"柔嘉道:"来去我有自由,给你面子问你一声,倒惹你拿糖作醋。冬天日子短了,下午去没有意思。这时候太阳好,我还要带了绒线去替你结羊毛坎肩,跟她商量什么样子呢。"鸿渐冷笑道:"当然不回来吃饭了。好容易星期日两个人中午都在家,你还要撇下我一个人到外面去吃饭。"柔嘉道:"唷！说得多可怜！倒像一刻离不开我的！我在家里,你跟我有话说么？一个人踱来踱去,唉声叹气,问你有什么心事,理也不理——今天星期天,大家别吵,好不好？我去了就回来,"不等他回答,回卧房换衣服去了。她换好衣服下来,鸿渐坐在椅子里,报纸遮著脸,动也不动。她摸他头发说:"为什么懒得这个样子,早晨起来,头也不梳。今天可以去理发了。我走了。"鸿渐不理,柔嘉看他一眼,没透过报纸,转身走了。

她下午一进门就问李妈:"姑爷出去没有？"李妈道:"姑爷刚理了发回来,还没有到报馆去。"她上楼,道:"鸿渐,我回来了。今天爸爸,兄弟,还有姑夫两个侄女儿都在。他要拉我去买东西,我怕你等急了,所以赶早回来。"

鸿渐意义深长地看壁上的钟,又忙伸出手来看表道:"也不早了,快四点钟了。让我想一想,早晨九点钟出去的,是不是？我等你吃饭等到——"

柔嘉笑道:"你这人不要脸,无赖！你明明知道我不会回来吃饭的,并且我出门的时候,吩咐李妈十二点钟开饭给你吃——不是你这只传家宝钟上十二点,是闹钟上十二点。"

鸿渐无词以对,输了第一个回合,便改换目标道:"羊毛坎肩结好没有？我这时候要穿了出去。"

柔嘉不耐烦道:"没有结！要穿,你自己去买。我没见过像你这样 Nasty 的人！我忙了六天,就不许我半天快乐,回来准看你的脸。"

鸿渐道:"只有你六天忙,我不忙的！当然你忙了有代价,你本领大,有靠山,赚的钱比我多"——

"亏得我会赚几个钱,否则我真给你欺负死了。姑妈说你欺负我,一点儿没有冤枉你。"

鸿渐发狠拍桌道:"那末你快去请你家庭驻外代表李老太太上来,叫她快去报告你的 Auntie。"

"总有那一天,我自己会报告。像你这种不近人情的男人,世界上我想没有第二个。他们讨你厌,不上你的门,那也够了,你还不许我去看他们。你真要我断六亲？你那种孤独脾气不应当娶我的，只可惜泥里不会进出女人来，天上不会掉下个女人来，否则倒无爷无娘，最配你的脾胃。吓，老实说，我看破了你。我孙家的人无权无势，所以讨你的厌；你碰见了什么苏文纨唐晓芙的父亲，你不四脚爬地去请安，我就不信。"

鸿渐气得发颤道："你再胡说，我就打上来。"柔嘉瞧他脸青耳红，自知说话过火，闭口不响。停一会，鸿渐道："我倒给你害得自己家里都不敢去！你办公室里天天碰见你的姑妈，还不够？姑妈既然这样好，你干脆去了别回来。"

柔嘉自言自语："她是比你对我好，我家里的人也比你家里的人好。"

鸿渐的回答是："Sh—Sh—Sh—Shaw。"

柔嘉道："随你去嘘。我家里的人比你家里的人好。我偏要常常回去，你管不住我。"

鸿渐对太太的执拗毫无办法，怒目注视她半天，奋然开门出去，直撞在李妈身上。他推得她险的摔下楼梯，一壁说："你偷听够了没有？快去搬嘴，我不怕你。"他报馆回来，柔嘉已经睡了，两人不讲话。明天亦复如是。第三天鸿渐忍不住了，吃早饭时把碗筷桌子打得一片响，柔嘉依然不睬。鸿渐自认失败，先开口道："你死了没有？"柔嘉道："你跟我讲话，是不是？我还不死呢，不让你清净！我在看你拍筷子，顿碗，有多少本领施展出来。"鸿渐叹气道："有时候，我真恨不能打你一顿。"柔嘉瞥他一眼道："我看动手打我的时候不远了。"这样，两人算讲了和。不过大吵架后讲了和，往往还要追算，把吵架时的话重温一遍：男人说："我否则不会生气的，因为你说了某句话；"女人说："那末你为什么先说那句话呢？"追算不清，可能赔上小吵一次。

鸿渐到报馆后，发现一个熟人，同在苏文纨家喝过茶的沈太太。她还是那时候赵辛楣介绍进馆编《家庭与妇女》副刊的，现在兼编《文化与艺术》副刊。她丰采依然，气味如旧，只是装束不像初回国时那样的法国化，谈话里的法文也减少了。她一年来见过的人太多，早忘记鸿渐，到鸿渐自我介绍过了，她娇声感慨道："记得！记起来了！时间真快呀！你还是那时候的样子，所以我觉得面熟。我呢，我这一年来老得多了！方先生，你不知道我为了一切的一切心里多少烦闷！"鸿渐照例说她没有老。她问他最近碰见曹太太没有，鸿渐说在香港见到的，她自打着脖子道："啊呀！你瞧我多糊涂！我上礼拜收到文纨的信，信上说碰见你，跟你谈得很痛快。她还托我替她办件事，我忙得没工夫替她办，我一天杂七杂八的事真多！"鸿渐心中暗笑她撒谎，问她沈先生何在。她高抬眉毛,圆睁眼睛,一指按嘴,法国表情十足,四顾无人注意,然后凑近低声道:"他躲起来了。他名气太大,日本人跟南京伪政府全要找他出来做事。你别讲出去。"鸿渐闭住呼吸,险的窒息,忙退后几步,连声说是。他回去跟柔嘉谈起,因说天下真小,碰见了苏文纨以后,不料又会碰见她。柔嘉冷冷道:"是,世界是小。你等著罢,还会碰见个人呢。"鸿渐不懂,问碰见谁。柔嘉笑道:"还用我说么?您心里明白,哙,别烧盘。"他才会意是唐晓芙,笑骂道:"真胡闹!我做梦都没有想到。就算碰见她又怎么样?"柔嘉道:"问你自己。"他叹口气道:"只有你这傻瓜念念不忘地把她记在心里!我早忘了,她也许嫁了人,做了母亲,也不会记得我了。现在想想结婚以前把恋爱看得那样郑重,真是幼稚。老实说,不管你跟谁结婚,结婚以后,你总发现你娶的不是原来的人,换了另外一个。早知道这样,结婚以前那种追求,恋爱等等,全可以省掉。相识相爱的时候,双方本相全收敛起来,到结婚还没有彼此认清,倒是老式婚姻干脆,索性结婚以前,谁也不认得谁。"柔嘉道:"你议论发完没有?我只有两句话:第一,你这人全无心肝,我到现在还把恋爱看得很郑重;第二,你真是你父亲的儿子,愈来愈顽固。"鸿渐道:"怎么'全无心肝',我对你不是很好么?并且,我这几句话不过是泛论,你总是死心眼儿,喜欢扯到自己身上。你也可以说,你结婚以前没发现我的本来面目,现在才知道我的真相。"柔嘉道:"说了半天废话,就是这一句中听。"鸿渐道:"你年轻得很呢,到我的年龄,也会明白这道理了。"柔嘉道:"别卖老,还是刚过三十岁的人呢!卖老要活不长的。我是不到三十岁,早给你气死了。"鸿渐笑道:"柔嘉,你这人什么都很文明,这句话可落伍。还像旧式女人把死来要挟丈夫的作风,不过不用刀子,绳子,砒霜,而用抽象的'气',这是不是精神文明?"柔嘉道:"呸!要死就死,要挟谁?吓谁?不过你别乐,我不饶你的。"鸿渐道:"你又当真了!再讲下去要吵嘴了。你快睡罢,明天一早你要上办公室的,快闭眼睛,很好的眼睛,睡眠不够,明天肿了,你姑母要来质问的,"说时,拍小孩子睡觉似的拍她几下。等柔嘉睡熟了,他想现在想到重逢唐晓芙的可能性,木然无动于中,真见了面,准也如此。缘故是一年前爱她的自己早死了,爱她,怕苏文纨,给鲍小姐诱惑这许多自己,一个个全死了。有几个死掉的自己埋葬在记忆里,立碑志墓,偶一凭吊,像对唐晓芙的一番情感。有几个自己,仿佛是路毙的,不去收拾,让它们烂掉化掉,给鸟兽吃掉——不过始终消灭不了,譬如向爱尔兰人买文凭的自己。

  鸿渐进了报馆两个多月,一天早晨在报纸上看到沈太太把她常用的笔名登的一条启事,大概说她一向致力新闻事业,不问政治,外界关于她的传说,全是捕风捉影云云。他惊疑不已,到报馆一打听,才知道她丈夫已受伪职,她也到南京去了。他想起辛楣在香港警告自己的话,便写信把这事报告,问他结婚没有,何以好久无信。他回家跟太太讨论这件事,她也很惋惜。不过,她说:"她走了也好,我看她编的副刊并不精彩。她自己写的东西,今天明天,搬来搬去,老是那几句话,倒也省事。看报的人看完就把报纸掷了,不会找出旧报纸来对的。想来她不要出集子,否则几十篇文章其实只有一篇,那真是大笑话了。像她那样,《家庭与妇女》,我也会编;你可以替她的缺,编《文化与艺术》。"鸿渐道:"我没有你这样自信。好太太,你不知道拉稿子的苦。我老实招供给你听罢:《家庭与妇女》里《主妇须知》那一栏,什么'酱油上浇了麻油就不会发霉'等等,就是我写的。"柔嘉笑得肚子都痛了,说:"笑死我了! 你懂得什么酱油上浇麻油! 是不是向李妈学的? 我倒一向没留心。"鸿渐道:"所以你这个家管不好呀。李妈好好的该拜我做先生呢! 沈太太没有稿子,跟我来磨咕,说我资料室应该供给资料。我怕闻她的味道,答应了她可以让她快点走。所以我找到一本旧的《主妇手册》,每期抄七八条,不等她来就送给她。你没有那种气味,要拉稿子,我第一个就不理你。"柔嘉皱眉道:"你不说好话,听得我恶心。你这话给她知道了,她准捉你到沪西七十六号去受敲打。"他夫人开的顽笑使他顿时严肃,说:"我想这儿不能再住下去。你现在明白为什么我当初不愿意来了。"

三星期后一个星期六,鸿渐回家很早。柔嘉道:"赵辛楣有封航空快信,我以为有什么要紧事,拆开看了。对不住。"

鸿渐一壁换拖鞋道:"他有信来了! 快给我看,讲些什么话?"

"忙什么? 并没有要紧的事。他写了快信,要打回单,倒害我找你的图章找了半天,信差在楼下催,急得死人! 你以后图章别东搁西搁,放在一定的地方,找起来容易。这是咱们回上海以后,他第一次回你的信罢? 不必发快信,多写几封平信,倒是真的。"

鸿渐知道她对辛楣总有点冤仇,也不理她。信很简单,说历次信都收到,沈太太事知悉,上海江河日下,快来渝为上,或能同在一机关中服务,可到上次转运行李的那家公司上海办事处,见薛经理,商量行程旅伴。信末有"内子嘱笔敬问嫂夫人好"。他像暗中摸索,忽见灯光,心里高兴,但不敢露在脸上,只说:"这家伙! 结婚都不通知一声,也不寄张结婚照相来。我很愿意你看看这位赵太太呢。"

"我不看见也想得出。辛楣看中的女人,汪太太,苏小姐,我全瞻仰过了。想来也是那一派。"

"那倒不然。所以我希望他寄张照相来,给你看看。"

"咱们结婚照送给他的。不是我离间,我看你这位好朋友并不放你在心上。你去了有四五封信罢?他才潦潦草草来这末一封信,结婚也不通知你。他阔了,朋友多了,我做了你,一封信没收到回信,决不再去第二封。"

鸿渐给她说中了心事,支吾道:"你总喜欢过甚其词,我前后不过给他三封信。他结婚不通知我,是怕我送礼;他体谅我穷,知道咱们结婚受过他的厚礼,一定要还礼的。"

柔嘉干笑道:"哦,原来是这个道理!只有你懂他的意思了。毕竟是好朋友,知己知彼。不过,喜事不比丧事,礼可以补送的,他应当信上干脆不提'内子'两个字。你要送礼,这时候尽来得及。"

鸿渐被驳倒,只能敲诈道:"那末你替我去办。"

柔嘉一壁刷著头发道:"我没有工夫。"

鸿渐道:"早晨出去还是个人,这时候怎末变成刺猬了!"

柔嘉道:"我是刺猬,你不要跟刺猬说话。"

沉默了一会,刺猬自己说话了:"辛楣信上劝你到重庆去,你怎样回复他?"

鸿渐嗫嚅道:"我想是想去,不过还要仔细考虑一下。"

"我呢?"柔嘉脸上不露任何表情,像下了百叶窗的窗子。鸿渐知道这是暴风雨前的静寂。

"就是为了你,我很踌躇。上海呢,我很不愿意住下去。报馆里也没有出路,这家庭一半还亏你维持的"——鸿渐以为这句话可以温和空气——"辛楣既然一番好意,我很想再到里面去碰碰运气。不过事体还没有定,带了家眷进去,许多不方便,咱们这次回上海找房子的苦,你当然记得。辛楣是结了婚的人,不比从前。我计划我一个人先进去,有了办法,再来接你。你以为何如?当然这要从长计议,我并没有决定。你的意见不妨说给我听听。"鸿渐说这一篇话,随时准备她截断,不知道她一言不发,尽他说。这静默使他愈说愈心慌。

"我在听你做多少文章。尽管老实讲得了。结了婚四个月,对家里又丑又凶的老婆早已厌倦了——压根儿就没爱过她——有机会远走高飞,为什么不换换新鲜空气。你的好朋友是你的救星,逼你结婚是他——我想著就恨——

帮你恢复自由也是他。快去罢！他提拔你做官呢，说不定还替你找一位官太太呢！我们是不配的。"

鸿渐"咄咄"道："那里来的话！真是神经过敏。"

"我一点儿不神经过敏。你尽管去，我决不扣留你。倒让你的朋友说我'千方百计'嫁了个男人，把他看得一步不放松，倒让你说家累耽误了你的前程。哼，我才不呢！我吃我自己的饭，从来没叫你养过，我不是你的累。你这次去了，回来不回来，悉听尊便。"

鸿渐叹气道："那末"——柔嘉等他说："我就不去，"不料他说——"我带了你同进去，总好了。"

"我这儿好好的有职业，为什无缘无故扔了它跟你去。到了里面，万一两个人全找不到事，真叫辛楣养咱们一家？假使你有事，我没有事，那时候你不知要怎样欺负人呢！辛楣信上没说提拔我，我进去干么？做花瓶？太丑，没有资格。除非服侍官太太做老妈子。"

"活见鬼！活见鬼！我没有欺负你，你自己动不动表示比我能干，赚的钱比我多。你现在也知道你在这儿是靠亲戚的面子，到了内地未必找到事罢？"

"我是靠亲戚，你呢？没有亲戚可靠，靠你的朋友，还不是彼此彼此？并且我从来没说我比你能干，是你自己心地龌龊，咽不下我赚的钱比你多。内地呢，我也到过。别忘了三闾大学停聘的不是我。我为谁牺牲了内地的事到上海来的？真没有良心！"

鸿渐气得冷笑道："提起三闾大学，我就要跟你算账。我懊悔听了你的话，在衡阳写信给高松年谢他，准他笑死了。以后我再不听你的话。你以为高松年给你聘书，真要留你么？别太得意，他是跟我捣乱哪！你这傻瓜！"

"反正你对谁的话都听，尤其赵辛楣的话比圣旨都灵，就是我的话不听。我只知道我有聘书你没有，管他'捣乱'不'捣乱'。高松年告诉你他在捣乱？你怎么知道？不是自己一个指头遮羞么？"

"是的。他真心要留住你，让学生再来一次 Beat down Miss Sung 呢。"

柔嘉脸红得像斗鸡的冠，眼圈也红了，定了定神，再说："我是年轻女孩子，大学刚毕业，第一次做事，给那些狗男学生欺负，没有什么难为情。不像有人留学回来教书，给学生上公呈要撵走，还是我通的消息，保全他的饭碗。"

鸿渐有几百句话，同时夺口而出，反而一句说不出。柔嘉不等他开口，说："我要睡了。"进浴室漱口洗脸去，随手带上了门。到她出来，鸿渐要继续口角，她说:"我不跟你吵。感情坏到这个田地,多说话有什么用? 还是少说几句,留点余地罢。你要吵,随你去吵;我漱过口,不再开口了。"说完,她跳上床,盖上被,又起来开抽屉,找两团棉花塞在耳朵里,躺下去,闭眼静睡一会儿鼻息调匀,像睡熟了。她丈夫恨不能拉她起来,逼她跟自己吵,只好对她的身体挥拳作势。她眼睫毛下全看清了,又气又暗笑。明天晚上,鸿渐回来,她烧了橘子酪等他。鸿渐呕气不肯吃,熬不住嘴馋,一壁吃,一壁骂自己不争气。她说:"回辛楣的信你写了罢?"他道:"没有呢,不回他信了,好太太。"她说:"我不是不许你去,我劝你不要卤莽。辛楣人很热心,我也知道。不过,他有个毛病,往往空口答应在前面,事实上办不到。你有过经验的。三闾大学直接拍电报给你,结果还打了个折扣,何况这次是他私人的信,不过泛泛说句谋事有可能性呢?"鸿渐笑道:"你真是'千方百计',足智多谋,层出不穷。幸而他是个男人,假使他是个女人,我想不出你更怎样吃醋?"柔嘉微窘,但也轻松地笑道:"为你吃醋,还不好么? 假使他是个女人,他会理你,他会跟你往来? 你真在做梦! 只有我哪,昨天挨了你的骂,今天还要讨你好。"

报馆为了言论激烈,收到恐吓信和租界当局的警告。办公室里有了传说,什么出面做发行人的美国律师不愿意再借他的名字给报馆了,什么总编辑王先生和股东闹翻了,什么沈太太替敌伪牵线来收买了。鸿渐跟王先生还相处得来,听见这许多风声,便去问他,顺便给他看辛楣的信。王先生看了很以为然,但劝鸿渐暂时别辞职,他自己正为了编辑方针去向管理方面力争,不久必有分晓。鸿渐慷慨道:"你先生那一天走,我也那一天走。"王先生道:"合则留,不合则去。这是各人的自由,我不敢勉强你。不过,辛楣把你重托给我的,我有什么举动,一定告诉你,决不瞒你什么。"鸿渐回去对柔嘉一字不提。他觉得半年以来,什么事跟她一商量就不能照原意去做,不痛快得很,这次偏偏自己单独下个决心,大有小孩子背了大人偷干坏事的快乐。柔嘉知道他没回辛楣的信,自以为感化劝服了他。

旧历冬至那天早晨,柔嘉刚要出门,鸿渐道:"别忘了,今天咱们要到老家里去吃冬至晚饭。昨天老太爷亲自打电话来叮嘱的,你不能再不去了。"柔嘉鼻梁皱一皱,做个厌恶表情道:"去,去,去!'丑媳妇见公婆'! 真跟你计较起来,我今天可以不去。圣诞夜姑母家里宴会,你没有陪我去,为什么要陪你去?"鸿渐笑她拿糖作醋。柔嘉道:"我是要跟你说说,否则,你占了我的便宜还认为应该的呢。我回家等你回来了同去,叫我一个人去,我不肯的。"鸿渐道:

"你又不是新娘第一次上门,何必要我多走一趟路。"柔嘉没回答就出门了。她出门不久,王先生来电话,请他立刻去。他猜想出了大事,怦怦心跳,急欲知道,又怕知道。王先生见了他,苦笑道:"董事会昨天晚上批准我辞职,随我什么时候离馆,他们早已找好替人,我想明天办交代,先通知你一声。"鸿渐道:"那末我今天向你辞职——我是你委任的——要不要书面辞职?"王先生道:"你去跟你老丈商量一下,好不好?"鸿渐道:"这是我私人的事。"王先生是个正人,这次为正义被逼而走,喜欢走得热闹点,减少去职的凄黯,不肯私奔似的孑身溜掉。他入世多年,明白在一切机关里,人总有人可替,坐位总有人来坐。呕气辞职只是辞的人吃亏,被辞的职位漠然不痛不痒;人不肯坐椅子,苦了自己的腿,椅子空著不会饿,椅子立著不会酸的。不过椅子空得多些,可以造成不景气的印象。鸿渐虽非他的私人,多多益善,不妨凑个数目。所以他跟着国内新闻,国外新闻,经济新闻以及两种副刊的编辑同时提出辞职。报馆管理方面早准备到这一著,夹袋里有的是人;并且知道这次辞职有政治性,希望他们快走,免得另生枝节,反正这月的薪水早发了。除掉经济新闻的编者要挽留以外,其余王先生送阅的辞职信都一一照准。资料室最不重要,随时可以换人,所以鸿渐失业最早,第一个准辞。当天下午,他丈人听到消息,忙来问他,这事得柔嘉同意没有,他随口说得她同意。丈人怏怏不信。鸿渐想明天不再来了,许多事要结束,打电话给柔嘉,说他今天没工夫回家同去,请她也直接去罢,不必等。电话里听得出她很不高兴,鸿渐因为丈人忽然又走来,不便解释。

他近七点钟才到老家,一路上懊悔没打电话问柔嘉跑了没有,她很可能不肯单独来。大家见了他,问怎末又是一个人来,母亲铁青脸说:"你这位奶奶真是贵人不踏贱地,下帖子请都不来了。"鸿渐正在解释,柔嘉进门。二奶奶三奶奶迎上去,笑说:"真是稀客!"方老太太勉强笑了笑,仿佛笑痛了脸皮似的。柔嘉藉口事忙。三奶奶说:"当然你在外面做事的人,比我们忙多了。"二奶奶说:"办公有一定时间的,大哥,三弟,我们老二也在外面做事,并没有成天不回家。大姐姐又做事,又管家务,所以分不出工夫来看我们了。"鸿渐因为她们说话像参禅似的,都藏著机锋,听著徒乱人意,便溜上楼去见父亲。讲不到三句话,柔嘉也来了,问了遯翁好,寒暄几句,熬不住埋怨丈夫道:"我现在知道你不回家接我的缘故了。你为什么向报馆辞职不先跟我商量? 就算我不懂事,至少你也应该先到这儿来请教爹爹。"遯翁没听见儿子说辞职,失声惊问。鸿渐窘道:"我正要告诉爹呢——你——你怎末知道的?"柔嘉道:"爸爸打电话给我的,你还哄他！他都没有辞职，你为什么性急就辞，耽下去看看风头再说，不好么？"鸿渐忙替自己辩护一番。遁翁心里也怪儿子莽撞，但不肯当媳妇的面坍他的台，反正事情已无可挽回，便说："既然如此，你辞了很好。咱们这种人，万万不可以贪小利而忘大义。我所以宁可逃出来做难民，不肯回乡，也不过为了这一点点气节。你当初进报馆，我就不赞成，觉得比教书更不如了。明天你来，咱们爷儿俩讨论讨论，我替你找条出路。"柔嘉不再说话，脸长得像个美丽的驴子。吃饭时，方老太太苦劝鸿渐吃菜，说："你近来瘦了，脸上一点不滋润。在家里吃些什么东西？柔嘉做事忙，没工夫当心你，你为什么不到这儿来吃饭？从小就吃我亲手做的菜，也没有把你毒死。"柔嘉低头，尽力抑制自己，挨了半碗饭，就不肯吃。方老太太瞧媳妇的脸不像好对付的，不敢再撩拨，只安慰自己总算媳妇没有敢回嘴。

回家路上，鸿渐再三代母亲道歉。柔嘉只简单地说："你当时尽她说，没有替我表白一句。我又学了一个乖。"一到家，她说胃痛，叫李妈冲热水袋来暖胃。李妈忙问："小姐怎么吃坏了？"她说，吃没有吃坏，气倒气坏了。在平时，鸿渐准要怪她为什么把主人的事告诉用人，今天他不敢说。当夜柔嘉没再理他。明早夫妇间还是鸦雀无声。吃早点时，李妈问鸿渐今天中饭要吃什么。鸿渐说有事要到老家去，也许不回来吃饭了，叫她不必做菜。柔嘉冷笑道："李妈，以后你可以省事了。姑爷从此不在家吃饭，他们老太太说你做的菜里放毒药的。"

鸿渐皱眉道："唉！你何必去跟她讲"——

柔嘉重顿著右脚的皮鞋跟道："我偏要跟她讲。李妈在这儿做见证，我要讲讲明白。从此以后你打死我，杀死我，我不再到你家去，我死了，你们诗礼人家做羹饭祭我，我的鬼也不来的"——说到此眼泪夺眶溢出，鸿渐心痛，站起来抚慰，她推开他——"还有，咱们从此河水不犯井水，一切你的事都不用跟我来说。我们全要做汉奸，只有你方家养的狗都深明大义的。"说完，回身就走，下楼时一路哼著英文歌调，表示她满不在乎。

鸿渐郁闷不乐，老家也懒去。遁翁打电话来催。他去听了遁翁半天的议论，并没有实际的指示和帮助。他对家里的人都起了憎恨，不肯多坐。出来了，到那家转运公司去找它的经理，想问问旅费，没碰见他，约明天再去。上王先生家去也找个空。这时候电车里全是办公室下班的人，他挤不上，就走回家，一壁想怎样消释柔嘉的怨气。在弄口瞧见一部汽车，认识是陆家的，心里就鲠一鲠。开后门经过跟房东合用的厨房,李妈不在,火炉上炖的罐头喋喋自语个不了。他走到半楼,小客室门罅开,有陆太太高声说话。他冲心的怒,不愿进去脚仿佛钉住。只听她正说:"鸿渐这个人,本领没有,脾气倒很大,我也知道,不用李妈讲。柔嘉,男人像小孩子一样,不能 Spoil 的,你太依顺他"——他血升上脸,恨不能大喝一声,直扑进去,忽听到李妈脚步声,向楼下来,怕给她看见,不好意思,悄悄又溜出门。火冒得忘了寒风砭肌,不知道这讨厌女人什么时候滚蛋,索性不回去吃晚饭了,反正失业准备讨饭,这几个小钱不用省它。走了几条马路,气愤稍平。经过一家外国面包店,橱窗里电灯雪亮,照耀各式糕点。窗外站一个短衣褴褛的老头子,目不转睛地看窗里的东西,臂上挽个篮,盛著粗拙的泥娃娃,和蜡纸粘的风转。鸿渐想现在都市里的小孩子全不要这种笨朴的玩具了,讲究的洋货有的是,可怜这老头子,不会有生意。忽然联想到自己正像他篮里的玩具,这个年头儿没人过问,所以找职业这样困难。他叹口气,掏出柔嘉送的钱袋来,给老头子两张钞票。面包店门口候客人出来讨钱的两个小乞丐,就赶上来要钱,跟了他好一段路。他走得肚子饿了,挑一家便宜的俄国馆子,正要进去,伸手到口袋一摸,钱袋不知去向,急得在冷风里微微出汗,微得不算是汗,只譬如情感的蒸汽。今天真是晦气日子!只好回家,坐电车的钱也没有,一股怨毒全结在柔嘉身上。假如陆太太不来,自己决不上街吃冷风,不上街就不会丢钱袋,而陆太太是柔嘉的姑母,是柔嘉请上门的——柔嘉没请也要冤枉她。并且自己的钱一向前后左右口袋里零碎搁著,扒手至多摸空一个口袋,有了钱袋一股脑儿放进去,倒给扒手便利,这全是柔嘉出的好主意。

李妈在厨房洗碗,见他进来,说:"姑爷,你吃过晚饭了?"他只作没听见。李妈从没见过他这样板著脸回家,担心地目送他出厨房。柔嘉见是他,搁下手里的报纸,站起来说:"你回来了!外面冷不冷?在什么地方吃的晚饭?我们等等你不回来,就吃了。"

鸿渐准备赶回家吃饭的,知道饭吃过了,失望中生出一种满意,仿佛这事为自己的怒气筑了牢固的基础,今天的吵架吵得响,沉著脸说:"我又没有亲戚家可以去吃饭,当然没有吃饭。"

柔嘉惊异道:"那末,快叫李妈去买东西。你到什么地方去了?叫我们好等!姑妈特来看你的。等等你不来,我就留她吃晚饭了!"

鸿渐像落水的人,捉到绳子的一头,全力挂住,道:"哦!原来她来了!怪不得！人家把我的饭吃掉了,我自己倒没得吃。承她情来看我,我没有请她来呀！我不上她的门,她为什么上我的门？姑母要留住吃饭,丈夫是应该挨饿的。好,称了你的心罢,我就饿一天,不要李妈去买东西。"

柔嘉坐下去,拿起报纸,道:"我理了你都懊悔,你这不识抬举的家伙。你愿意挨饿,活该,跟我不相干。报馆又不去了,深明大义的大老爷在外面忙些什么国家大事呀？到这时候才回来！家里的开销,我负担一半的,我有权利请客,你管不著。并且,李妈做的菜有毒,你还是少吃为妙。"

鸿渐饿上加气,胃里刺痛,身边零用一个子儿没有了,要明天上银行去拿,这时候又不肯向柔嘉要,说:"反正我饿死了你快乐,你的好姑母会替你找好丈夫。"

柔嘉冷笑道:"啐！我看你疯了。饿不死的,饿了可以头脑清楚点。"

鸿渐的愤怒像第二阵潮水冒上来,说:"这是不是你那位好姑母传授你的密诀？'柔嘉,男人不能太 Spoil 的,要饿他,冻他,虐待他。'"

柔嘉仔细研究他丈夫的脸道:"哦,所以房东家的老妈子说看见你回来的。为什么不光明正大上楼呀？偷偷摸摸像个贼,躲在半楼梯偷听人说话。这种事只配你那二位弟媳妇去干,亏你是个大男人！羞不羞？"

鸿渐道:"我是要听听,否则我真蒙在鼓里,不知道人家在背后怎样糟蹋我呢？"

"我们怎样糟蹋你？你何妨说？"

鸿渐摆空城计道:"你心里明白,不用我说。"

柔嘉确曾把昨天的事讲给姑母听,两人一唱一和地笑骂,以为全落在鸿渐耳朵里了,有点心慌,说:"本来不是说给你听的,谁教你偷听？我问你,姑母说要替你在厂里找个位置,你的尖耳朵听到没有？"

鸿渐跳起来大喝道:"谁要她替我找事？我讨饭也不要向她讨！她养了Bobby 跟你孙柔嘉两条走狗还不够么？你跟她说,方鸿渐'本领虽没有,脾气很大',资本家走狗的走狗是不做的。"

两人对站著。柔嘉怒得眼睛异常明亮,说:"她那句话一个字儿没有错。人家倒可怜你,你不要饭碗,饭碗不会发霉。好罢,你父亲会替你'找出路'。不过,靠老头子不希奇,有本领自己找出路。"

"我谁都不靠。我告诉你,我今天已经拍电报给赵辛楣,方才跟转运公司的人全讲好了。我去了之后,你好清静,不但留姑妈吃晚饭,还可以留她住夜呢。或者干脆搬到她家去,索性让她养了你罢,像 Bobby 一样。"

柔嘉上下唇微分,睁大了眼,听完,咬牙说:"好,咱们算散伙。行李衣服,你自己去办,别再来找我。去年你浪荡在上海没有事,跟著赵辛楣算到了内地,内地事丢了,靠赵辛楣的提拔到上海,上海事又丢了,现在再到内地投奔赵辛楣去。你自己想想,一辈子跟住他,咬住他的衣服,你不是他的狗是什么?你不但本领没有,连志气都没有,别跟我讲什么气节了。小心别讨了你那位好朋友的厌,一脚踢你出来,那时候又回上海,看你有什么脸见人。你去不去,我全不在乎。"

鸿渐再熬不住,说:"那末,请你别再开口,"伸右手猛推她的胸口。她踉跄退后,撞在桌子边,手臂把一个玻璃杯带下地,玻璃屑混在水里,气喘说:"你打我?你打我!"李妈像爆进来一粒棉花弹,嚷:"姑爷,你怎末动手打人?你打我,我就叫,让楼下全听见——小姐,他打你什么地方,打伤没有?别怕,我老命一条跟他拼。做了男人打女人!老爷太太没打过你,我从小喂你吃奶,用气力拍你一下都没有,他倒动手打你!"说着眼泪滚下来。柔嘉也倒在沙发里心酸啜泣。鸿渐看她哭得可怜,而不愿意可怜,恨她转深。李妈在沙发边庇护著柔嘉,道:"小姐,你别哭!你哭我也要哭了"——说时又拉起围裙擦眼泪——"瞧,你打得她这个样子!小姐,我真想去告诉姑太太,就怕我去了,他又要打你。"

鸿渐历声道:"你问你小姐,我打她没有?你快去请姑太太,我不打你小姐得了,"半推半搡,把李妈直推出房。不到一分钟,她又冲进来,说:"小姐,我请房东家大小姐替我打电话给姑太太,她马上就来,咱们不怕他了。"鸿渐和柔嘉都没想到她会当真,可是两人这时候还是敌对状态,不能一致联合怪她多事。柔嘉忘了哭,鸿渐惊奇地望著李妈,仿佛小孩子见了一只动物园里的怪兽。沉默了一回,鸿渐道:"好,她来我就走,你们两个女人结了党不够,还要添上一个,说起来倒是我男人欺负你们,等她走了我回来。"到衣架上取外套。

柔嘉不愿意姑母来把事闹大,但瞧丈夫这样退却,鄙恨得不复伤心,嘶声:"你是个 Coward! Coward! COWARD! 我再不要看见你这个 Coward!"每个字像鞭子打一下,要鞭出她丈夫的胆气来,她还嫌不够很,顺手抓起桌上一个象牙梳子尽力扔他。鸿渐正回头要回答,躲闪不及,梳子重重地把左颧打个著,迸到地板上,折为两段。柔嘉只听见他"啊哟"呼痛,瞧梳子打处立刻血隐隐地红肿,倒自悔过分,又怕起来,准备他还手。李妈忙两人间拦住。鸿渐惊骇她会这样毒手,看她扶桌僵立,泪渍的脸像死灰,两眼全红,鼻孔翕开,嘴咽唾沫,又可怜又可怕,同时听下面脚步声上楼,不计较了,只说:"你狠,啊!你闹得你家里人知道不够,还要闹得邻舍全知道,这时候房东家已经听见了。你新学会泼辣不要面子,我还想做人,倒要面子的。我走了,你老师来了再学点新的本领,你真是个好学生,学会了就用! 你替我警告她,我饶她这一次。以后她再来教坏你,我会上门找她去,别以为我怕她。李妈,姑太太来,别专说我的错,你亲眼瞧见的是谁打谁。"走近门大声说:"我出去了",慢慢地转门钮,让门外偷听的人得讯走开然后出去。柔嘉眼睁睁看他出了房,瘫倒在沙发里,扶头痛哭,这一阵泪不像只是眼里流的,宛如心里,整个身体里都挤出了热泪,合在一起宣泄。

　　鸿渐走出门,神经麻木得不感觉冷,意识里只有左颊在发烫。头脑里,情思弥漫纷乱像个北风飘雪片的天空。他信脚走着,彻夜不睡的路灯把他的影子一盏盏彼此递交。他仿佛另外有一个自己在说:"完了!完了!"散杂的心思立刻一撮似的集中,开始觉得伤心。左颊忽然星星作痛,他一摸湿腻腻的,以为是血,吓得心倒定了,腿里发软。走到灯下,瞧手指上没有痕迹,才知道流了眼泪。同时感到周身疲乏,肚子饥饿。鸿渐本能地伸手进口袋,想等个叫卖的小贩,买个面包,恍然记起身上没有钱。肚子饿的人会发火,不过这火像纸头烧起来的,不会耐久。他无处可去,想还是回家睡,真碰见了陆太太也不怕她。就算自己先动手,柔嘉报复得这样狠毒,两下勾销。他看表上十点已过,不清楚自己什么时候出来的,也许她早走了。弄口没见汽车,先放了心。他一进门,房东太太听见声音,赶出来说:"方先生,是你! 你们少奶奶不舒服,带了李妈到陆家去了,今天不回来了。这是你房上的钥匙,留下来交给你的。你明天早饭到我家来吃,李妈跟我说好的。"鸿渐心直沉下去,捞不起来,机械地接钥匙,道声谢。房东太太像还有话说,他三脚两步逃上楼。开了卧室的门,拨亮电灯,破杯子跟断梳子仍在原处,成堆的箱子少了一只。他呆呆地站著,身心迟钝得发不出急,生不出气。柔嘉走了,可是这房里还留下她的怒容,她的哭声,她的说话,在空气里没有消失。他望见桌上一张片子,走近一看,是陆太太的。忽然怒起,撕为粉碎,狠声道:"好,你倒自由得很,撇下我就走! 滚你妈的蛋,替我滚,你们全替我滚!"这简短一怒把余劲都使尽了,软弱得要傻哭个不歇。和衣倒在床上,觉得房屋旋转,想不得了,万万不能生病,明天要去找那位经理,说妥了再筹旅费,旧历年可以在重庆过。心里又生希望,像湿柴虽点不着火,开始冒烟,似乎一切会有办法。不知不觉中黑地昏天合拢,裹紧,像灭了灯的夜,他睡著了。最初睡得脆薄,饥饿像镊子要镊破他的昏迷,他潜意识挡住它。渐渐这镊子松了,钝了,他的睡也坚实得不受镊,没有梦,没有感觉,人生最原始的睡,同时也是死的样品。

那只祖传的老钟当当打起来,仿佛积蓄了半天的时间,等夜深人静,搬出来一一细数:"一,二,三,四,五,六"。六点钟是五个钟头以前,那时候鸿渐在回家的路上走,蓄心要待柔嘉好,劝她别再为昨天的事弄得夫妇不欢;那时候,柔嘉在家里等鸿渐回来吃晚饭,希望他会跟姑母和好,到她厂里做事。这个时间落伍的计时机无意中对人生包涵的讽刺和怅惘,深于一切语言,一切啼笑。

原载《中国新文学大系 1937—1949 第九集 长篇小说卷二》,
上海文艺出版社 1990 年版

丁玲《太阳照在桑干河上》导读

 **作家简介**

丁玲(1904—1986),原名蒋伟,字冰之。1904年10月12日出生于湖南省安福县一个没落的封建世家。1922年,她到上海、北京去寻找革命道路和人生真谛。1927年秋天,开始用丁玲这个笔名创作,第一篇作品是《梦珂》,紧接着写下《莎菲女士的日记》。这两个短篇小说最初发表在《小说月报》,尤其是《莎菲女士的日记》的发表,使丁玲一举轰动文坛。不久,丁玲加入中国左翼作家联盟。1931年2月,出任"左联"机关刊物《北斗》主编,1932年加入共产党,任"左联"党团书记,并创作出版《韦护》《水》《母亲》等多部文学作品。1933年5月,遭到国民党的绑架并被押往南京。1936年秋出狱后,抵达延安。其后,历任苏区"中国文艺协会"主任、中央警卫团政治部副主任、西北战地服务团团长、《解放日报》文艺副刊主编、陕甘宁边区文协副主任等职,并创作了《彭德怀速写》《新的信念》《我在霞村的时候》等一批重要作品。1948年,丁玲完成了长篇小说《太阳照在桑干河上》,后来被译成多种外文,在各国读者中广为传播。1951年,《太阳照在桑干河上》获得斯大林文学奖金。

丁玲的一生可谓历经坎坷。延安时期,曾因发表《三八节有感》等作品在1942年的整风运动中受到批评。1955年,丁玲作为"丁陈反党集团"的主要人物遭到批判,随即被流放到北大荒长达12年,"文革"中被迫害入狱。1979年平反。随后任大型文学期刊《中国》主编。丁玲还先后担任全国政协常委兼文化组长、中国文联委员、中国作家协会副主席、国际笔会中国中心副会长等职。1986年3月4日,丁玲在北京逝世。

在将近60年的文学生涯中,丁玲创作了《莎菲女士的日记》《水》《一颗未出膛的枪弹》《太阳照在桑干河上》《杜晚香》等一系列作品,留下了400多万字的著作。

时代背景

抗日战争胜利以后,丁玲离开延安,途经晋绥解放区,于1945年底到达解放区张家口市。1946年7月,丁玲参加了晋察冀边区的土地改革工作团,到涿鹿县一个叫温泉屯的普通农村投入土地改革运动。同年,丁玲又加入北华联合大学土地改革工作队,在涿鹿县生活了一段时间。1948年初又到石家庄近郊参加土地平分工作。《太阳照在桑干河上》即是根据她多次参加土改获取的素材创作而成。作者从1947年9月开始写作,1948年4月完成初稿,1948年8月由东北光华出版社出版。这部著名的长篇小说,深刻而生动地反映了农村在土地改革运动中的巨大变革,是丁玲创作的里程碑,也是中国现代文学史上的一部重要作品。

作品评点

《太阳照在桑干河上》是我国现代文学史上第一部反映土改运动的长篇小说。作品描写的是从1946年中共中央发布关于土改的"五四指示"到1947年全国土改会议以前中国农村的伟大变革,以及农民在党的领导下翻身的过程。小说通过华北地区一个叫暖水屯的村子的土改运动的真实描写,围绕农民推翻旧的土地制度而获得解放这一中心,突出表现土地改革作为一场伟大的群众运动,改变了中国农村社会几千年的旧秩序,也深入到了人们的内心世界,对他们的思想性格的变化都产生了直接影响,显示了农村阶级斗争的艰巨性和复杂性。

这里节选的是这部小说的开头部分第一至第十七节,主要描写的是在土地改革运动到来之前和刚开始时的暖水屯村的各类主要人物的思想状态及变化过程。

就整部小说来看,作者深刻地反映了土地改革时期的农村阶级关系和矛盾的复杂性,规模宏大,人物众多,各种性质的矛盾冲突,丰富多样的斗争交织。丁玲独具匠心地安排典型环境和典型情节(以农民与地主的斗争为主线,以挖出并斗倒钱文贵为主要情节),线索清晰,有条不紊地展开了历史变革中的宏大广阔的农村生活画面。作者从富裕中农顾涌驾着亲家胡泰的胶皮大车回到暖水屯写起(第一节),然后写出暖水屯的人们对大车事件的反应,烘托了"山雨欲来风满楼"的土地改革运动来临之前的氛围(第三至第八节);同时,随着这一事件的展开,引出了一系列的正反人物和波澜起伏的事件,活灵活现地表现了农民期待、兴奋而又疑虑,地主阶级惶恐、挣扎而又幻想的复杂心理。土改运动从三人土改工作组进驻暖水屯才真正展开(第十一节),二十多天后,随着屯里的首富钱文贵被打倒,胡泰从顾涌家要回大车,以土改工作顺利完成工作队撤离而结束(第五十八节)。真正做到了首尾照应,叙述清楚。

这部小说塑造了一系列真实生动、血肉丰满的人物形象。作者从生活实际出发,把人物放在具体的历史条件下和斗争环境中来加以分析,用人物分析的方法刻画人物形象的完整性和深刻性,把环境和人物、叙述和心理分析相结合,细致剖析复杂的心理过程,使人物避免了简单化的倾向。

小说开头对地主钱文贵的塑造就颇具历史内涵和心理深度(第三节)。钱文贵是暖水屯地主阶级的代表人物,是村中农民要斗争的主要对象,但作者并没有把他写成一个丑角,也没有简单化地只写他表面的穷凶极恶,而是深刻地从一个地主阶级的心理过程去发掘,写出他的深谋远虑和随机应变,如让自己的儿子参军使自己成为"军属"、收买村干部、装成很开明的样子等。当他听说同村的顾涌、自己的亲家赶回胡泰的胶皮大车时,并没有相信顾涌的说法和众人的看法,而是让儿媳妇顾涌的女儿回娘家打探消息,就可以看出钱文贵遇事时的沉稳和机警。正是通过这样的心理开掘,以及农民群众对他的心理感觉,使钱文贵这个地主阶级的典型代表显得更为丰满。

同时,作者在刻画地主阶级家庭成员时,并没有整齐划一地对待。小说流露出作者对个体生存的超阶级的关注,以及作者自身对社会问题的独立思考,正如作家自己所说,"地主的家庭内部也是复杂的,其儿女不能和地主一律看待"(丁玲《关于〈太阳照在桑干河上〉的写作》),所以她对于地主阶级的家庭成员是区别对待的,这也体现出丁玲小说创作的人性化特点。如小说对黑妮的塑造(第五至第六节),就渗透着作者对现实生活的深切体验和对土改中阶级关系复杂性的独特理解。黑妮虽然是地主钱文贵的亲侄女,其地位却只是地主家的一个丫环,但她拥有自己独立的精神世界,对社会有着自己的理解和思考。

小说对农民逐渐走向觉醒的过程的描写,表现出新农村的本质内涵,也严谨地实践了丁玲在文学创作中反映"农村的变化,农民的变化"的创作意图,相当程度地摆脱了一度盛行的理想化色彩,体现了对"当时当事"的清醒认识和严肃的批判意识。在表现农村的新人时,作者并没有人为地拔高人物形象,而是写出了农民如何在斗争过程中逐渐摆脱自身的种种弱点而不断成长,且善于从运动状态中去刻画农民的心理,把人物置于土地改革的历史大变动中来表现他们的心理变化的过程。作品中的主要农民形象支部书记张裕民、农会主任程仁等都写得眉目清晰、亲切丰满。作者并没有把他们写成完美无缺、包打天下的英雄,在写他们的民主革命积极性的同时,也刻画他们的心理状态,写出了他们的疑虑、矛盾和弱点,以及克服这些矛盾和疑虑的过程。他们正是在斗争中逐渐克服弱点,锻炼成长的。

张裕民出身于雇农,是暖水屯的第一个共产党员,后来成为村支部书记、土改运动中的骨干。他深入细致地做群众工作,团结广大群众,终于斗倒了地主钱文贵。但在土改以前,他的信念并不坚定,有受压抑或冤屈后去喝酒厮混等缺点,土改时也曾有过某些顾虑和失误。张裕民是一个相当成功的农民形象。

作者在塑造农会主任程仁时,也把他放在特定的历史条件下和生活环境中来刻画。程仁原是地主钱文贵的佃户,土改时当了农会主任,但由于与钱文贵的侄女有恋爱关系,使得他的斗争勇气削弱不少,思想处于矛盾之中,行动也变得犹豫不决。但经过斗争的教育和锻炼,终于摆脱了思想顾虑,坚决和群众站在一起,斗倒了钱文贵。

作品还成功地塑造了妇联会主任董桂花这一女性形象,真实地写出了她在土地改革运动前后的心理变化过程。

值得一提的是知识分子出身的文采,这是小说塑造得比较成功的一个知识分子形象。作品虽然着墨不多,但却形象鲜明。作者写到文采时,就用了一副讽刺的手法来描绘他:"文采正如他的名字一样,生得颇有风度,有某些地方很像个学者的样子,这是说可以使人觉得出是一个有学问的人。"(第十五节)作者仅用几个日常生活中的细节就把他的脱离实际的教条主义、主观主义作风和自以为是、装腔作势的性格特征描绘得淋漓尽致。而"六个钟头的会"(第十七节),则是他在土改运动中的一次表演,他以六个小时的"马拉松"式的脱离实际的讲话,对全村农民施以催眠术,使整个会场鼾声四起,台上台下睡意朦胧。作品有力地批判了这种脱离实际的主观主义和教条主义作风。

另外,在叙述语言上,作者积极响应《在延安文艺座谈会上的讲话》的号召,努力提炼民间的口语,融合文雅凝练的书面语,在增强艺术感染力的同时,也显示了一定的理性批判精神。

小说也存在一些弱点,由于作者对每个人物都单一用小传式的写法加以介绍,这就影响了作品的故事衔接性和艺术效果。在人物形象的塑造上,正面人物不如反面人物丰满圆润。

丁玲的小说,并不以紧张、惊险的情节和血淋淋的感官刺激的故事引人注目,而是以精细的描写、揭示生活的深度和广度见长。作者对小说的艺术结构和故事情节做了精心的安排和布局,这既显示了一种独具见识的气魄,又显示了作家的细致观察和深刻思考,一定程度上反映了当时中国的社会现实,体现了现实主义的艺术原则。

(杨站军)

太阳照在桑干河上(节选)

丁 玲

一

天气热得厉害,从八里桥走到洋河边不过十二三里路,白鼻的胸脯上,大腿上便都被汗湿透了。但它是胡泰的最好的牲口,在有泥浆的车道上还是有劲的走着。挂在西边的太阳,从路旁的柳树丛里射过来,仍是火烫烫的,被车轮溅到车子上来的泥浆水,打在光腿上也是暖融融的。车子好容易才从像水沟的路上走到干处。不断吆喝着白鼻的顾老汉,这时才松了口气。他坐正了一下自己,打屁股后边掏出烟荷包来。

"爹! 前天那场雨好大! 你看这路真难走,就像条泥河。"他的女儿抱着小外甥坐在他右边,她靠后了一点,穿一件新的白底蓝花的洋布衣,头发剪过了,齐齐的一排披在背梁上,前边的发向上梳着,拢得高高的。那似乎有些高兴的眼光,正眺望着四周,跟着爸爸回娘家,是一年中难逢到的好运气。

"嗯,快过河了,洋河水涨了,你坐稳些!"老汉哒、哒、哒的敲着他的烟袋。路途是这样的难走啊!

两个车轮几乎全部埋在水里,白鼻也只剩一个大背脊好像是浮在水上挣扎,大姑娘抱紧了孩子,搿住车栏,水从车后边溅到前边来。老头用鞭子在牲口的两边晃,"呵、呵、呵!"随着车的摇摆而吼着。车前边的一片水,被太阳照着,跳跃着刺目的银波,老头子看不清车路,汗流在他打皱的脸上,车陷下去了,又拉出来了,车颠得很厉害,又平正了,好容易白鼻才爬出水来,缓缓地用四个蹄子在浅水处踏着。车又走到河滩的路上了,一阵风吹来,好凉快呵!

路两旁和洋河北岸一样,稻穗穗密密的挤着。谷子又肥又高,都齐人肩头了。高粱遮断了一切,叶子就和玉茭的叶子一样宽。泥土又湿又黑。从那些庄稼丛里,蒸发出一种气味。走过了这片地,又到了菜园地里了,水渠在菜园外边流着,地里是行列整齐的一畦深绿又一畦浅绿。顾老汉每次走过这一带就说不出的羡慕,怎么自己也有这末一片好地呢?他对于土地的欲望,是无尽止的,他忍不住向他女儿说:"在新保安数你们八里桥一带的地土好;在咱涿鹿县就只有这六区算到家的了。你看这土多熟,三年就是一班稻,一年收的比两年还多呢。"

"种稻子收成是大些,就是费工,一两夜换一次水,操心的厉害,他爷爷还说咱暖水屯果木地好,听别人说今年是个大年,一亩地顶十亩地呢。"大姑娘想起娘家的果木园,想起满树红丹丹的果子,想起了在果园里烧着的蒿草堆,想起了往年在果树园里下果子,把果子堆成小山,又装入篓子驮去卖的情形,这都是多么有趣的事啊!但她也想起了果园里压折了的一棵梨树,她皱着眉,问道:

"钱二叔的那棵柳树锯掉没有?"

老头子没有答应,只摇了一摇头。她的声音便很粗鲁的说道:"哼!还是亲戚!你就不知道找村干部评评,村干部管不了,还有区上呢。"

"咱不同他争那些,一棵树穷不到那里去,别地方多受点苦,也就顶下了。莫说只压折了一半,今年还结了不少的梨呢。唉,"前年春天顾老汉的儿子顾顺挖水渠的时候,稍稍动了一下钱文贵的长在渠边的一棵柳树,后来刮大风,柳树便倒下来,横到渠这边,压在顾家的梨树上,梨树压折了半边,钱文贵要顾顺赔树,还不让别人动他的树。依顾顺要同他论理,问他为什么不培植自己的树?可是老头子不准,全村的人也明白都看着那棵梨树一年年死下去,都觉得很可惜,可是谁也只悄悄的议论,不肯管这件闲事。

老头子这时又转过脸来,用他一年四季从早到晚都是水渍渍的眼睛瞅着他女儿,半天才揩一下眼睛,又回过身去,自言自语的说道:"年青人不懂世道!"

于是他又把全力注意在前面的骡子去了。车子已经绕过白槐庄,桑干河又摆在前边了。太阳已在向西山沉落,从路两边的庄稼丛里,飞出成团的蚊子围在人的周围。小外孙被咬得哭了,妈妈一边用手帕挥打,一边就指着河对面山根下的树丛哄着孩子说:"快到了,快到了,你看,那里全是果木树,树上结满了红果果,绿果果,咱们去摘果果,摘下来全给咱们小百子,呵!呵!呵!"

车又在河里颠簸着。桑干河流到这里已经是下游了,再流下去十五里,到合庄,就和洋河会合;桑干河从山西流入察南,滋养丰饶了察南,而这下游地带是更为富庶了的。

可是顾老汉这时只注意着白鼻,并且欣赏着它,心里赞叹着这牲口和这装置了胶皮车轮的车,要不是胡泰的这胶皮骨碌车子,今天要走那一段泥路和过两趟河是不容易的呵!

他们的车又走上河滩。到了地里的时候,还留在庄稼地锄草的人,都好奇的望着这车子和坐在车子上的人,心里嘀咕着:"这老头子又买了车么,庄稼还没收呢,那里来的钱?"可是他们没有时间多想,在渐渐黑了下来的地里,又弯下腰仔细的去锄着草。

地势慢慢的高上去,车缓缓的走过高粱地,走过秫子地,走过麻地,走过绿豆地,走到菜园地带了。两边都是密密的树林,短的土墙围在外边,有些树枝伸出了短墙,果子颜色大半还是青的,间或有几个染了一些诱人的红色。听得见园子里有人说话的声音,人们都喜欢去看那些一天大似一天,一天比一天熟了的果实。车子走过了这果园地带,转到了街上。许多人都蹲在小学校的大门外,戏台上空空的,墙这边也坐了一群人,合作社窗户外也靠得有几个,他们时时和窗里边的人谈话,又瞭望着街头。胶皮车也惊动了这些正在闲谈的人,有人就跑拢来,有人就大声问:"甚么地方套了这末一辆车来?看这头好骡子。"

顾老汉含糊的答应着,他急急的跳下车,拉着牲口笼头,赶忙趱过这十字街口,向自己家里走去,大姑娘要招呼几个熟人也来不及,车陡的转了弯。她便也感到有些话想向什么人说说,却又很难说。

二

打十四岁就跟着哥哥来到了暖水屯,顾涌那时是个拦羊的孩子,哥哥替人揽长工。兄弟俩受了四十八年的苦,把血汗洒在荒瘠的土地上,把希望放在那上面,一年一年的过去,他们经过了一个朝代又一个朝代,被残酷的历史剥蚀着,但他们由于不气馁的勤苦,慢慢的有了些土地,而且在土地上抬起头来了。因为家属的繁殖,不得不贪婪的去占有土地,也更由于劳动力多,全家十六口人,无分男女老幼,都要到地里去,可以征服土地,于是土地的面积,一天天推广,一直到不能不雇上很多短工。于是穷下来的人把红契送到他家里去,地主家的败家子在一场赌博之后也要把红契送给他,他先用一张纸包契约,后来换了块布,再后来就做了一个小木匣子。他又买了地主李子俊的房子,有两个大院,谁都说这么多年来就他们家有风水,人财两发。

他的第三个儿子顾顺,更有了进学校的福气,拿回过一张初级小学毕业文凭,他能写能算,也好劳动,是一个诚实的青年,在村子上也参加些活动,他是青联会的副主任。这主任只要不太妨碍他的生产,他父亲并不反对。

他的大女儿嫁到八里桥胡泰家,胡泰家里很不错,这两年又置了车,又有了磨坊,八里桥在铁路线上,他们家又做运销生意,妇女们便不需要到地里去,慢慢还有点繁华,爱穿点洋货,头发也模仿了些日本式样,大姑娘已经廿八九了。二姑娘嫁给本村钱文贵的小儿子钱义,钱文贵是本村数一数二的有名人物,他托人来问聘,顾涌心里嫌他们不是正经庄稼主,不情愿,可是又怕得罪他,只好答应了。女儿嫁了过去,常常回到娘面前哭哭啼啼,但生活上总算比在娘家还好,他们家里的妇女,也是不怎么劳动,他们家里就没有种什么地,他们是靠租子生活,主要的还是靠钱文贵能活动。所以钱家不过六七十亩地,日子却过得比一般人都要舒服。都有排场。

去年秋天村干部把顾涌的儿子动员去当兵了,他心里想,日本人投降了,当兵也不会长久,误点工也误得起,家里这两年总算还宽裕,三个儿子嘛,好,叫去就去,他什么也没有要。儿子去了就驻在涿鹿县城,常有信来,只要不打仗就不要紧,过一时再说吧。今年春上钱文贵也把儿子送走了。钱义是自愿当兵,他的女儿不愿意,他也没什么好说,都说这是光荣的事,人家做父亲的钱文贵还喜欢着呢,钱文贵说他就拥护八路军,看着共产党就对劲,那末,他这作丈人的就更犯不上帮着女儿拉后腿。钱文贵还劝他说:"送去当兵好,如今世界不同了,有了咱们的人在八路军,什么也好说话。你知道么,咱们就叫着个'抗属'。"

三

自从胡泰的胶皮车光临了暖水屯之后,暖水屯的人便添了话题。暖水屯地势靠山,不是交通要道,所以这里附近几个村子都没有这样漂亮的大车。从前李子俊家里也只有铁轮大车,前年江世荣买了他那部车,今年合作社又买了李英俊的一辆旧车。如今怎么顾二伯弄了这末部好车回来?有些好奇的人便去打听,原来这之中并没有什么希奇,只是因为八里桥的胡泰生了病,他赶不了车,车搁着没用,就让他亲家借回来使用几天。顾涌果然第二天便到下花园装煤去了,第三天又去,大家也就相信了他,不再追问了。村子上只有一个人不信他这话,这人便是钱文贵。钱文贵家里本也是庄户人家。但近年来村子上的人都似乎不大明白钱文贵的出身了,虽说种二亩菜园地的钱文富同大家都很熟识,大家都记得他就是那个钱广庚老汉的儿子,说起来也知道他和钱文贵是亲兄弟,可是钱文贵总好像是个天外飞来的富户,他不像庄稼人。他虽然只在私塾读过两年书,就像一个斯文人。说话办事都有心眼,他从小就爱跑码头,去过张家口,不知道是那一年还上过北京,穿了一件皮大氅回来,带一顶皮帽子。人没三十岁就蓄了一撮撮胡髭。联保长们他都认识,称兄道弟,后来连县里的人他也认识,等到日本人来了,他又跟上层有关系,不知怎么搞的,连暖水屯的人谁该做甲长,谁该出钱、出伕,都得听他的话。他不做官,也不做乡长、甲长,也不做买卖,可是人都得恭维他,给他送东西、送钱。大家都说他是一个摇鹅毛扇的,是一个唱傀儡戏的提线线的人,他就有这末一份势力,他们家过的生活就简直跟城里人一样,断不了的酒呀,香片茶呀,常吃的是白面大米,一年就见不到高粱玉茭窝窝,一家人都穿得很时新。如今日本鬼子跑了,八路军来了,成了共产党的世界,四处都清算复仇,去年暖水屯就斗争了许有武,许有武曾经做过大乡长,他逃到了北京,家里人也去了张家口,村子上没收了他的财产。今年春上又斗争了侯殿魁,侯殿魁赔了一百石小米。可是钱文贵呢,他坐在家里啥事也不干,抽抽烟摇摇扇子,儿子变成了八路军,又找了个做村治安员的做女婿,村干部有的是他的朋友,谁敢碰他一根毛?村子上的人遇见了他,陪上笑说:"钱二叔,吃啦吗?"遇不着最好,都躲着他些,怕他看你不顺眼,在什么看不见的地方就来害人。他害人可便当,不拘在那里说几句话,你吃了亏还不知道就是他的过。老百姓背地里都说他是一个"尖",而且是村子上八大尖里面的第一个尖。

听见别人说顾涌借了胡泰的车子,他心里好笑;你顾老二是个老实头儿嘛,也学着扯什么谎?要真是胡泰病倒了,还能放他媳妇回娘家?不是已经到了收蒜的日子吗?胡泰今年至少也能种上四五亩蒜,他们八里桥今年正是种菜的年头,光靠他们自己家里的女人编蒜,都编不过来咧,这里面一定有讲究。钱文贵既然发现了,他就一定要知道,他喜欢打听。要是有事情瞒着他,而他一时又闹不清楚,他是不舒服的。他就开始去侦查这件大家都信以为真的事。

在吃早饭的时候,他注意的望着他媳妇,这顾家二姑娘忙着把饭菜端到他的炕桌上,回头就走了。她很怕她公公,这时公公却问道:"你回家去来么?"

"没有。"二姑娘站住了。用怀疑的眼睛望着公公。二姑娘有一副很端庄的面貌。

公公又看了那黑油油的头发一眼,接着说:"你姐姐回来了。"

"昨晚跟你爹回来的。有人说穿得花花绿绿的,八里桥到底是大村庄,那里的娘们都讲究个穿。"快五十岁了的婆婆,已经落了两三颗牙齿,还梳上一个假髻,老簪上一朵鲜花在上边,这时刚拿上碗筷也插嘴了。

公公的眼光已经落到个姑娘的手上,手腕上套了一副银镯子,粗糙的手在这种咄咄逼人的扫射下,很拘束,她卷着衫角,雪白的洋布短衫便把那黑红色的手盖住了。她看见公公端上了酒杯,便又打算走出去,这时公公却又说了:"吃过饭回家去看看吧,问问你姐姐她们那里的收成怎么样?"

二姑娘走出房来赶忙走到厨房里去,嫂嫂和侄儿也正在吃饭,小姑黑妮在烧开水沏茶,二姑娘一走进来就忍不住喊:"黑妮!"

厨房里的人全楞起眼睛望着她,黑妮闪着两颗大黑眼珠,半天,也嗤的一声笑了:"二嫂!看你发的什么疯?"

二嫂正要告诉她,北屋里的公公却叫他侄女儿了。黑妮便忙着把开水倒在茶壶里,用一个小茶盘托着两个茶杯和茶壶到她伯父那里去。二嫂便跟着走出来,站在门外边看院子中的两棵石榴花树,和两棵夹竹桃。有一个蝴蝶在那些火红的花上面穿来穿去。

钱文贵又嘱咐了侄女,他要黑妮陪她二嫂一道回娘家,看看那个从八里桥回来的女人,问问胡泰什么病,看那边有什么风声没有,那里在铁道线上,消息灵通,有什么变动知道得快些。他是很担心着中央军,和即将爆发的内战的。

黑妮说:"管它呢,咱不问,和咱们又没关系。"可是她挨骂了。她不敢再顶嘴。心里仍然想着:"二伯就爱管闲事。"

但她在吃过了饭,换了一件衫子,还是和二嫂一道到顾家去了。她打算着一定照二伯父叮嘱的去问,却不一定都告诉他。她近来对他二伯父的感情要稍微好一些,因为她知道二伯父明白她的心事,已经不责怪她了,还常常露出了同情的样子。

四

顾二姑娘离开了自己的家,就像出了笼的雀子一样,她又年青了。她本来才廿三岁,她是一棵野生的枣树,欢喜清冷的晨风,和火辣辣的太阳。她并不好看,却茁壮有力,涩里带点甜味。自从出嫁后,便变了,从来也没有使人感觉出那种新媳妇的自得的风韵,就像拔离了土地的野草,萎缩了。又像压在瓮中的腌菜,浮着白沫,又咸又霉,她和钱义倒也没有什么,人家是个年青人,粗性子,他们是一对正经夫妇,用不着大家使心眼儿。春上钱义去参军,她不愿意,也并非全为的舍不开他,只是说不出理由,她哭了。钱义也有些忍心不下,想着她年青,没有儿女,可是父亲一定要叫去,钱义心一横就走了。她想另开过日子,公公曾经在春天分了五十亩地给两个儿子,在村上也另报了户口。可是要真的另开过就不行。公公说另开了谁烧饭给我吃,我现在也是无产阶级,雇不起人啦。顾二姑娘是一个种庄稼出身的女人,她欢喜在野外活动,愿意做费劲的简单的事,现在却只能烧烧饭,做做针线,侍奉公婆,她实在觉得闷。曾经要求和黑妮一道去识字班,也没有被准许。——其实这都不是使她生活不安的理由,她主要是怕,她怕什么呢? 这是连她自己也不敢对自己说的,她怕,她怕她公公。

从小巷里走出来,便到村子的中心,小学校占了全村最好的一栋房子,是旧时的龙王庙。这里经常从一早就传出来嘹亮的整齐的歌声,传出来欢笑,直到天黑才会停止活跃。学校门外有两棵大树,树下有些不规则的石凳,常有人来歇凉,抽烟。女人们便坐在远点的地方捺鞋底,或者就只抱着她们的孩子。学校对面的空场上,有一个四方大平台,这原来是一个戏台,现在拆成了这个样子。它前面也有两棵大槐树,两棵树上边交织着,密密的叶子,天然的替这台前搭了一个凉棚。这边树底下也常歇下来一两副货郎担,或是卖西瓜的。围绕着台后的半圆形的两侧,左边是合作社,右边是一家豆腐坊,在合作社旁边安置了一个大黑板报,豆腐坊外边的墙上就写了一条大字的标语:"永远跟着毛主席走!"中间有一条向南的大路,路两旁全是砖房,村子里的有钱的人住在这里。向西的小巷巷,从巷巷又转到西头去,这里又有另外的一些小巷巷,便都是土房子了。这里住得又拥挤,又脏。

顾二姑娘和黑妮从东北拐角处转出来,向着朝南的街上走去。顾涌一家已经从西头搬到这中间街上来好几年了,住的是李大财主李子俊的房子。

这时顾家已经只剩下顾二妈和几个孙子在家。大姑娘正在洗濯侄儿侄女们换下的衣服。这些孩子们穿得太脏了,大姑娘明白埋怨她嫂子们是没有用的,便动手替他们更换。早晨院子里有一半阴,还不觉得很热,顾二妈坐在女儿侧边,捡着四季豆,俩人便拉开了家常。几个孩子在院子里拖着一个翻了转来的小板凳,凳子前面系了一根绳,凳子中放了块砖头。

转过了骑楼,二姑娘便叫着姐姐了,大姑娘回头看见妹妹身后还跟着顾长的黑妮,就站了起来,伸开两只湿手,迎了过去,大家互相打量着,寒暄了起来,顾二妈也说:

"黑妮!今儿什么风把你也吹来了?你二哥有信来没有?"

她们也在院子中的阴地方坐了下来,大姑娘在房里拿了一把折扇给黑妮,黑妮打开看上面的画。

二姑娘也捡着四季豆,她姐姐正在向她们述说她们村子上一个人变狼的故事。这全是听来的无稽之谈,可是说的人说得好像真有其事,听的人也津津有味。后来她又谈起他们村子上有名的马大先生,这个老秀才这次又写了黑头帖子到县上去,告村干部是"祸国殃民,阴谋不轨",说他们是傀儡,村上干部把这封信从区上拿了回来,大家都看了,谁也不懂,大家都笑着问:"什么叫傀儡?"如今村子上就没有人理他,他儿子都不爱同他说话,从前他媳妇就是因为他,因为那个老毛驴才跑走的。那家伙简直不是人,如今六十多岁了,还见不得女人,全村子谁不知道他。

大姑娘把洗的衣服晾到了铁丝上,她们转移到上房里去,纱窗破了,娘也不补上,屋子里好些苍蝇,娘自己也说把人家的大房子都住糟了。

顾二妈把拣好了的豆子放到厨房里去,又提来了一壶茶,于是她们又继续道絮,大姑娘又述说起一个戏的内容来了。这是她最近去平安镇看的。这戏里说一个佃户的女儿怎样受主家少爷的欺负,父亲被逼死了,自己当丫头去还债,老太太打她,少爷强奸她,她有了私生子,没脸见人,后来还要卖她……大姑娘称赞这戏演得太好,看的人许多都哭了。她们家隔壁住的一个女人哭得最厉害,她的日子就和戏上的差不多,也是这末被卖出来的。戏演完了大家还舍不得走。在回家的路上大家把那大少爷骂得好凶,大家都说:"好了他,应该让大伙揍死的!又押到县上去了,知道那天才会毙他。"

黑妮听了一会,觉得疲乏了,她就告辞先回家去。忘记了他二伯父嘱咐她的,一句也没问,她们也没有留她。她走了后,她就又变成她们谈话的材料,她们说到她的年龄,说到她没父母的可怜,唉,看起来穿得不错,就没有人疼,到现在还没个婆家,还不知道命运怎么样呢!

最后大姑娘告诉她妹妹,她们村上言语很多,村干部到平安镇去开会,平安镇闹的很热闹,天天开会,要共产啦,均地啦,听说八里桥也要闹起来啦。她公公可发愁,去年八里桥闹清算,打死了一个人,没收了他们财产,今年又要共产,唉,好些人已经在盘算咱们家的地了。公公安排找干部们去求情,要均地就让均吧,只是别斗争。公公又怕把两辆车也均去,所以让爹赶回来了一部,公公告诉人就说卖啦,等这阵子过去了再说。后来大姑娘也学着她公公的口吻说:"共产党,好是好,就是只有穷人才沾光,有点财产就遭殃,八路军不打人,不骂人,借了东西要退还。这大半年来,咱们做点买卖也赚了,凭良心,比日本人在的时候咱们的日子总算要强得多;可是一宗,老叫穷人闹翻身,翻身总得靠自己受苦挣钱,共人家的产,就发得起财来么?"

五

黑妮五岁上死了父亲,娘跟着她胡揪过了两年,地土少,呕气,又没个儿子,守不住,只好嫁人,本想把女儿也带走,钱文贵不答应,说这是他兄弟的一点骨血,于是黑妮便跟着他二伯父过日子来了。伯父伯母都并不喜欢她,却愿意养着她,把她当一个丫环使唤,还希望在她身上捞回一笔钱呢,因为这妮子从小就长的不错,有一对水汪汪的眼睛。钱文贵自己还有一个女儿,起叫大妮,比黑妮大,长的不漂亮,狡猾像她的父亲,也是个爱欺侮人的。黑妮同他们有着本能的不相投,伯母是个没有个性的人,说不上有什么坏,可是她有特点,特点就是一个应声虫,丈夫说什么,她说什么,她永远附和着他,她的附和并非她真的有什么相同的见解,只不过掩饰自己的无思想,无能力,表示她的存在而已。两个堂兄也无趣味,但黑妮并不受他们影响,她很富有同情心,爱劳动,心地纯洁,她喜欢种菜的大伯父,她常常到他园子里去玩,听他的话,他是孤老,忠厚,他愿意要这个侄女,可是钱文贵不放。黑妮十岁上也跟着大妮在小学校去念书,念了四年,比那个都念的好,回到家里还常常出来玩,欢喜替旁人服务，有人看见她是钱文贵侄女，不愿和她接近，但接触她一二次后，就觉得她是一个好姑娘，忘了她的家庭关系。她一年年长高，变成了美丽的少女，但她自己并不懂得也不注意那些年青男人为什么在悄悄的注视她。

当黑妮长到十七岁的那年，她伯父家里来了一个烧饭的长工，这人叫程仁，原是李子俊的佃户，李子俊把地卖给顾涌了，顾涌自己种，用不着佃户，程仁就不得已到钱家来烧饭，钱文贵贪着他年青力壮，什么活都叫他做，这时钱义兄弟还种着五亩葡萄园子，程仁就得下地去，家里有了他，就不再买柴烧饭，也不必去下花园驮煤，工价又低，也算一房远亲，名义说照顾他，实际还是占他便宜。程仁在这里做了一年工，便又成了他们的佃户，现在还种着他们八亩水地。

家庭对黑妮既然没有一点温暖，这个新来的结实而沉重的年青人，便很自然的成了她的朋友，她觉得他是可以同情的，便常常留在厨房里帮助他烧火洗碗筷，有时还偷着同他一道上山去砍柴。程仁也正在不得意，从小就是孤儿，就得出卖劳动力养活自己和娘，也就很看重这种友谊。他们相处越久，就越融洽，可是他们却被猜忌了，被防闲了。钱文贵是不会让他侄女儿嫁给一个穷光棍的。钱文贵停了他的工，却抽出了几亩地给他种，因为他是个老实人，而且是缺亲少友，不得不依靠着他求活的人，他还是可以叫他做些别的事。

程仁搬走以后，黑妮发现了自己缺少了什么，发现自己生活的无趣味，她先是不敢，后来偷偷的做点鞋袜去送给程仁，程仁也害怕，却经不起黑妮的鼓励，也悄悄地和黑妮约会，有时在黑妮大伯父的菜园子里的葡萄架下，有时在果树园里。他常常答应她道："我一定要积攒钱，我有了钱就来娶你。"她这时恨她的伯父，想起自己没娘的苦处，她站在他身后，紧紧地靠着他，她赌咒发誓，并且说："你还不知道，咱是没有一个亲人，就只有你啊！你要没良心，咱就只好当姑子去。"

时间又过去了一年，毫无希望，钱文贵在同人谈起她们姊妹的婚事来了，黑妮急得直哭，程仁也只能紧紧地握住她的手，想不出办法。正是这个时候，新的局面忽然到来，日本投降了，八路军到了这地区，村子上过去的工作公开了，重新建立了各种组织，农民闹起清算来。程仁卷入了这个浪潮，他好像重新做了一个人，他参加了民兵，后来又做了民兵干事，今年春上农会改组，他被选为农会主任了。

八路军解放了这村子，也解放了黑妮，二伯父谈起的那头婚事放下了，并且对她的态度也转变了，显得亲热了许多。她一天天看见程仁在村子上露了头角，好不喜欢，虽然他们见面一天天在减少，但她相信程仁不是一个没良心的人。她并不知道程仁的确有了新的矛盾。程仁是在有意的疏远着她的。程仁知道村子上的人都恨钱文贵，虽然两次都没清算到他，但他却是穷人的死对头，他现在既然是农会主任，就该什么事都站在大伙儿一边，他不应该去娶他侄女，同她勾勾搭搭就更不好，很怕因为这种关系影响了现在地位，群众会说他闲话。尤其当钱文贵闺女大妮嫁给治安员张正典以后，人们都对张正典不满，所以他就不得不横横心，虽说这种有意的冷淡在他也很痛苦，也很内疚，觉得对不起人，但他到底是个男子汉，咬咬牙就算了。

但村子上有些干部对黑妮的看法倒不一样，认为她也是被压迫的，还把黑妮吸收到妇女识字班当教员。她教人识字很耐烦很积极，看得出她是在努力表示她愿意和新的势力靠拢，表示她的进步，她给人的印象不坏，只是还不能有转圜她和程仁的关系。

慢慢黑妮也发现了前途的危险，她越想抓住，就越觉得没有把握，她的心事不能同任何人说，但这时她的伯父倒似乎明白她的苦恼，常常给与她一些同情或鼓励。黑妮是不会了解他的用意的，她心里倒还对他有些感激，但他也仍然没有什么实际意义，因此在这个本来是一个单纯的，好心肠的姑娘身上，涂了一层不调和的忧郁。

六

回到了家的黑妮，隔着花枝看见从她伯父房里窗子上飘出袅袅的烟丝，才想起叫她打听的那些不关紧要的事，可是黑妮却想道："唉，真是坐在家里没有事做。"

这时二伯父房里传出了说话的声音，黑妮把脸贴到窗户缝上去，刚瞧见了坐在炕对面的任国忠的脸，二伯母便在西廊上叫起来了："黑妮！什么时候回来的？"

黑妮离开了窗户，向她伯母冷冷的一望，鼻子里悄悄地哼了一声，走回了自己的房。她鄙夷的想道："有什么了不得，值得这末鬼鬼祟祟！"

钱文贵用两个指头捻着他的胡须，把眼睛挤得很小，很长，从眼角里望着那小学校教员。任国忠抽了一口烟，便又继续看他的新闻：

"……报纸上也登载了这号子事，说是孙中山的主张，平安镇都已经闹得差不多了。财主家的红契都交出来了。咱涿鹿怕也逃不脱,凡是共产党八路军的地方就免不了。"

"那当然,这是共产党的办法,不,是……是政策!这个政策叫什么?呵,你刚才说过了的叫什么呀?呵!这叫做'耕者有其田!'是的,'耕者有其田',很好,很好,这都是笼络穷人的好办法呀!嗯,很好,很好……"这时钱文贵的眼睛就更眯成了一条缝,停了一会,他又接下去说道:"不过,唔,天下事也不会有那末容易,老蒋究竟有美国人帮助。"

"嗯,共产党总是说为穷人,为人民,这也不过只是些好听的名词,钱二叔,你没有去张家口看一看,哼,好房子谁住着?汽车谁坐的?大饭店门口是谁在进进出出,肥了的还不是他们自己。钱二叔!如今是穿长褂子的可吃不开了。"任国忠便也把眼睛去搜索着他对面的那张脸。

钱文贵抖了抖他的袖子,去弹他白竹布短褂上的烟灰,鼻子里笑了一声说:"本来么,一朝天子一朝臣。老任,你莫非有什么牢骚,哈……你是小学校教员,你应该为人民服务呀,哈……"

给这一笑,有些僵了起来的任国忠忍不住说道:"咱横竖是一个靠粉笔吃饭的人,在什么地方什么时候都是看别人颜色。就说不上有什么牢骚。不过,总觉得有些闹得太不像话了,你看,咱们教员要受什么民教领导,这也不要紧,钱二叔!你也是知道的,什么民教,还不就是李昌那小子么?李昌那狗王八蛋的,识几个大字,懂得个屁,却不要脸,老来下命令,要这要那的……唉!"

"哈……"钱文贵仍继续着他的笑:"李昌自己有八亩地,地是不好,去年斗争又分了二亩,如今是十亩地,他和他老子,还有那个童养媳妇,三口人过活也差不离了。可是他们还算是贫农。你呢,你有几亩地?呵……你是个不劳动的!"

"咱一月赚一百斤粮食,什么也没有了,可是这一百斤粮也不是好赚的,过去读书花的本不算,如今还得现学霸王鞭,学扭秧歌,别人爱的就是这一套下流货呀,陶渊明不为五斗米折腰,咱却为了一百斤粮食受尽了李昌的气,嗯!"

"哈,一月一百斤粮食,那不就结了,管他们共产也好,均地也好,管保险闹不到你头上。跟咱一样,咱就不怕他们这一套,比方咱春上分了五十亩地给儿子,如今只剩下咱老俩口,加上黑妮,三个人只十几亩地了,一年能收个十来石粮食,穷三富五,咱顶多就成了不穷不富。他们爱怎么样闹就怎么闹去,咱们就来个看破红尘,少管为妙!"

这个乡村师范的毕业生到暖水屯来教书已经两年了。越来越觉得自己是鹤立鸡群,找不到朋友,开始还和李子俊来往,后来觉得那位没落的地主太无能。还有个刘教员应该是相处得来的,可是他的程度不如他还不要紧,他却靠着会巴结村干部,成天带着小学生唱那些"没有共产党,就没有中国",或者写标语,喊口号,他就因为会闹这些而被信任,而显得比任国忠还高明起来了的样子。这却使任国忠心里不服气,因此慢慢地任国忠就只有钱文贵是个可谈的对象了。有时更觉得是一个知己,一个了解他的才情,可以帮助他的心腹人了。当他听到有什么消息的时候,总爱来和钱文贵谈谈,以排遣自己的抑郁,这里虽没有什么希望,也没有什么冀图,可是有时是更为空虚的走了回去,有时又像有些安慰。这天他带着一种高兴而来,好像这消息是有助于钱,和显出自己的功劳似的,但钱文贵对这新闻只表示冷淡,无所动于衷的,任国忠便觉得有些不自在。

没有风的夏天,又是中午,房子里,也觉得很闷热,钱文贵叫老婆又沏了壶茶。任国忠挥着蒲草编的小团扇,仰头呆呆的望着墙上挂的像片,又望望几张美女画的屏条。钱文贵体味到对方的无聊,便又递过去一枝太阳烟,并且说:"老任!俗话说得好,'寡妇梦见鸡巴'一场空,老蒋要放过了共产党,算咱输了;你等着瞧,看这暖水屯将来是谁的?你以为就让这批泥浆腿坐江山?什么张裕民,他现在总算头头上的人,大小事都找他做主了,哼,这就是共产党提拔出的好干部!嗯,李子俊的长工嘛!早前看见谁了也得哈腰的。还有什么农会主任,那程仁有几根毛咱也清楚,是咱家里出去的。就让这起混人来管事,那还管得好,如今他们仗着的就是枪杆,还有,人多。为啥要老是闹斗争,清算没有个完,要这样才好牢笼穷人么——说分地,分粮食,穷人还有个不眼红,不喜欢的?其实,这些人也不过是些愚民,等将来国军一到,共产党跑了,我看你们仗谁去?哼,到那时候,一切就该复原了,原来是谁管事的,还该谁管。你,咱说,老任,说文才,全村也没有人能比得上你,就说你是外村人,不好管事,总不会再白受这起混蛋的气呀!"

"二叔真会说笑话,咱是个教书匠,也不想当官,管事,不过不愿看见好人受屈。二叔,话又回到本题,这次土地改革,咱说你还得当心点。"

钱文贵看见他又把话逼过来,便仍然漾开去,"土地改革,咱不怕,要是闹得好,也许给分十二亩水地。咱钱义走时什么也没有要呢。不过,咱们为穷人少受灾殃,还是劝他们不要拿地的好,你在学校里有时候是可以找找那些穷人子弟,叫他们回家向他们父母去说说,共产党不一定能站长! 这倒是一桩功德。"

任国忠觉得很得计,他现在有事可做了,他会去做的,也会做得很机密。不过他总觉得钱文贵太稳重了,他还得提醒他:"张裕民那小子可鬼呢,你别见了他看见你就二叔二叔的叫,还有,说不定什么地方会钻出一个两个仇人的。"

"嘿……放心! 放心! 咱还能让这末几个孙子治倒,你回去,多操心点,有什么消息就来,报纸上有什么国军打胜仗的地方,就同人讲讲,编几条也不要紧,村子上也不全是蠢人,谁还不想想将来! 嘿……"他边说边下炕来,任国忠也穿好了鞋子,心满意得,从炕桌上又拿了一枝太阳烟,钱文贵忙去划火柴,这时他们都听到对面房子里的帘子括拉的响,两人不觉交换了一下眼色,而钱文贵便大声问:"谁呀?"

"二伯,是咱,"答应的是黑妮的声音,"咱赶猫呢,它在我屋子里闹得可讨厌。"

任国忠不觉的又坐到炕沿上。钱文贵明白这年青人,明白他为什么常到自己家中来,总想扳拉自己,但他却对他使眼色,并且说:"不留你了,孩子们该吃过午饭上学了,有空再来。"他打起了日本式的印花纱帘,任国忠只得跨了出来,这中间屋子里供得有祖先和财神爷,红漆的柜子上摆设着擦得发亮的一些铜的祭器。听得对面屋子里有纸扇撕拉撕拉的响。钱文贵随即又掀起到院子里去的竹帘,两人一同走了出去,一股火热的气息直扑到身上,几只蜜蜂在太阳下嗡嗡地叫着,向窗户上撞去。钱文贵直送到骑楼下,才又会意的交换了一下眼色。

七

就在这闷热的中午,顾涌的儿媳妇却趁着歇晌的空闲跑回娘家找她嫂嫂去了。嫂嫂住在村西头的一间土房里,用高粱秆隔了一个院子出来,院里还有一株葡萄,房小院窄,可是倒收拾得干干净净,明明亮亮。

董桂花也刚送饭回来,正在灶头洗碗筷,她丈夫的妹子不敢坐她们的热炕,站在她旁边喘气。用神秘的眼光望着窗子外边。

"你说的这些都是真的么?"董桂花一手拉着她姑娘,两人便都蹅过身来挤着靠在门边。"唉,我劝过你哥,你看他拉下了十石粮食的窟窿去买了五亩葡萄园子,唉,早知道就不该买那些地。"因为消息来得太突然了,她心里不知想哪一头的好，好像这消息会可以使她得着什么似的，同时又怕失去了什么。她在铅丝上拉下了一条破毛巾，揩了揩脸上的汗，坐在一张矮凳上，打算再从头去思索。

等不到她想好，也没有时间和她研究，她姑娘匆忙的又赶回去了。她关心她的兄嫂，他们除了这所小院和新买的五亩地以外，就只剩一屁股的债，而董桂花又成了村干部，她是他们把她拉出来当了妇联会主任的，这在她看来，也很倒霉。

这位妇联会主任在四年多以前从关南逃难到这里，经乡亲说合，跟了李之祥过日子。李之祥图娶她不花钱，她看见他是一个老实人，两相情愿的潦潦草草的结了婚。她是一个快四十岁的很俐洒的女人，配这个三十多岁的光棍也就差不多。两人一心一意过日子，慢慢倒也像户人家了。旁人都说李之祥运气好，老婆不错。她是吃过苦来的人，知道艰难，知道冷暖，过家有计算，待人没脾气，西头那一带土房子的人便都说她好。去年暖水屯解放了，要成立妇联会，便把她找了来。她说她不懂，又不是本地人，可是不成，她便被选上了，有事的时候，她便找人去开会。后来又办了识字班，她都很负责。

仍旧坐在矮的小凳上，她望着院子里的天空，天空上一丝云彩也没有，是一块干净的蓝色。她感着也许有风暴要来，终有一天暖水屯又要闹腾起来，人们又像发了疯一样。她回忆着去年，今年春上，那个时候她是多么辛苦呵！她一家一家的去找，男人们都在骂妇女落后，可是妇女呢总说"咱知不道嘛！咱听不精密"。开会的时候，谁也不张口，不出拳头，她也不懂什么，可是不得不站在台阶上喊，叫。可是后来呢，有些人家分到了地，她们也没分到，只得了些粮食，吃不到四个月就光了。就算买了五亩便宜地。可是却欠着十石粮食啦，那还是村干部们给的豆面子。现在呢，现在又要闹起来了，它觉得这对她会是件好事，要是能把窟窿填上那才好，可是……——她正要仔细的再去想一想的时候，妇女识字班的上课钟当当的响了起来。她立即站起，梳了一下头发，用夹子牢牢夹住，把身上穿的那破蓝布衫也脱了，换了一件新做的白洋布衫，锅里的碗也顾不上洗，带关了门扣上一把锁匆匆地便朝识字班走去了。她很想找个人谈谈，把这消息告诉他。

识字班设在许有武家里的大厅上，这所大院已经在去年就分给六七家没房的人住下了。房子很好，原来摆设的也是好的，如今却破破烂烂，乱七八糟，留下很多桌子放在厅子里上课。这时才到了几个年青的妇女，她们挤在一道瞧一个绣了花的枕头,接着又津津有味的去谈到丝线绒花的市价,她们完全不可能注意到她们妇女主任不安定的心情。

人越来越多,到处都叽叽喳喳,吃奶的孩子也抱着来了,她们又要哄孩子。后来黑妮也来了,黑妮是她们的教员。她一到识字班,于是她们就开始识字了。也有人在后边悄悄地谈些别的,或者就拿她们的识字教员做谈话的题材。

董桂花呢,她孤独的坐在一旁,她要告诉她们一些什么的欲望消失了。她一个一个的去找寻,她才发现还留在班上识字的,坚持下来了的一半都是比较富裕的人,那些穷的根本就无法来,即使硬动员来了,敷衍几天便又留在家里,或者到地里去了。只有这些无忧无愁的年青的媳妇们和姑娘们,欢喜识字班。她们一天来两三个钟头,识三四个字,她们脱出了家庭的羁绊,和沉闷,到这热闹地方来,她们彼此交换着一些邻舍的新闻,彼此戏谑,轻松的度过一个春天,而夏天又快完了。这时只有董桂花这妇联会主任一人是显然的同她的群众有了区别,她第一次吃惊自己是如何的不相宜的坐在这里。她虽然还不算苍老,不算憔悴,却很粗糙枯干,她虽然也很会应付,可是却多么的缺乏兴致呵!

她陡的有了一种奇怪的感觉,她不懂得她为的是什么?这些年青女人并不需要她,也不一定瞧得起她,而她却每天耽误三个钟头坐在这里?从前张裕民告诉她说妇女要抱团体才能翻身,要识字才能讲平等,这些道理有什么用呢?她再看看那些人,她们并不需要翻身,也从没有要什么平等。她自己呢,也是一样,她和李之祥是贫贱夫妻,他们也很安于贫贱,尤其是多少次濒于饿死的她,有现在的日子,也就该满意了。当然他们并不能满足,他们还有希望,他们欠了十石粮食的债,他们还需要一点点财富,他们最怕的是秋后还不了债,日子就要过得更操心更坏,如今她坐在这里有什么好处呢?唉,张裕民吹得多好,他硬把她拉到这妇联会来,他老说为穷人做事,为穷人做事,如今为了个什么穷人,连自己还要更穷了呢。

"丰,丰是丰富的丰,丰富就是多,就是有多余的意思,衣,就是咱们穿的衣服……"黑妮用手指着黑板,从她的嘴唇上发出带着银质的声音。

"咱那里有什么多余的衣服,她妈的,去你的吧,"董桂花站了起来,对平日本来有着好感的黑妮,投过去憎恶的眼光。她走出了院子。

董桂花第一次很早的离开了识字班,心里好像吃饱了什么一样的胀闷,又像饿过了时的那样空虚。巷子里没有什么人来往,一两只狗吐着舌头爬在那里。她又不愿回家去,她打算去找周月英,她是羊官的老婆,又是妇联会的副主任,却好久不来识字班。她觉得她的话羊官老婆一定会欢喜听的,她们彼此会很了解。

八

由顾涌赶回了大车而引起的一些耳语,慢慢地从灶头,从门后边转到地里,转到街头了。自然也有的是从别方面得到了更丰富的更确实的消息。他们互相传播,又加入一些自己的企望,事实便成了各种各式,但有一点却是一致的,说"共产党又来帮穷人闹翻身,该有钱的人倒霉了"!当大家歇晌的时候,他们仰卧在树荫下,遥望着河那边的平原,向往着那平原上燃烧着的复仇的火焰,他们屈指数着那边有名坏人的名字。当他们听到某些恶霸被惩罚的时候,当他们听到去分散那些坏人家财的时候,他们并不掩藏他们的愉快。他们村子上曾有过两次清算,有些人复了仇,分得了果实,但有些人并不满意,他们有意见,没有说出来,他们有仇恨,却仍埋在心底里。也有人感谢共产党,但也有人埋怨干部们,说他们欠公平,有私心,他们希望再来一次清算,希望真真能见到青天,他们爱谈这些事。一伙一伙的人不觉的就聚在一团,白天在地里,在歇晌的时候,晚上在街头巷尾,蹲在那里歇凉的时候。同时也还有一些另外的集团,他们带着恐惧,这些人都是属于生活比较宽裕一点的,他们怕的是打倒了地主打富农,打倒了富农打中农,他们也常三五成群,互相交换些新闻,盼望得到一些较好的消息,天呀!只不要闹得太利害就成了!他们总是小声的谈话,一看见有新人加入,便扭过头去敲烟锅,把话题又扯到天气上去,或者扯到妇女身上。这一个短时期,他们所有人都变得敏感了,只要区上一下来人,或者村子上不见了张裕民和程仁几个人,他们便传开了,说暖水屯要闹开了,干部都去开会受训了。他们便早早地从地里回来,想方设计去打听消息,他们心里着急的想:"假如有什么事一定会发生,那末,就让它早些来吧!"这热的天气显得多么的闷人呵!

和这些议论同时而来的,谣传着火车又不通了。国民党又调来了许多师的大兵,这些军队都是有许多美国的大炮,这些炮比日本的还好,八路军连见也没见过的大炮。那个叫什么马杏儿的美国官,本是来调解,要国民党"收编"共产党,现在也不满意共产党了,要讲和已经没有希望了。美国又运了许多许多的什么坦克、大炮、飞机,还帮国民党办军官学校,共产党怎么也打不过,他们的枪就不行,兵也少,八路军就占不长,说不定那天就背着小包袱走了。咱们暖水屯还得重改政权,那些闹红了的就得当心他们的脑袋,除非你拼了家不要,当八路军去……——这些谣言谁在讲着呢,好像又都是老百姓自己,他们并不愿意共产党吃败仗,他们就怕八路军占不长,可是他们却又悄悄地散播着这些谣言。

张裕民和程仁都到区上去过,回来后也没有什么动静,他们自己仍旧下地去,老百姓便又安定下来了。又当着是锄第三遍草的时候,下过雨,草长得真快,他们忙也忙不过来,于是他们便又专心到他们的谷子地、秫子地、高粱地、麻地,他们的果木园、菜园。他们像蜜蜂似的嗡嗡了一阵,他们猜疑,他们害怕,他们热望,不安定,他们起过各种各样的心,可是像夏天的阵头雨一样,一会儿就过去了。他们盼望了一阵子,没盼到什么,他们又把所有的精力集中到他们经常的劳动中去了。快乐,忧愁,都变成了平静。谣言呢,没有人听,也没有人讲了。通不通车,离暖水屯还远着呢。中央军来不来,有八路军挡着呢。再说,中央军也是中国人,咱们劳动吃饭,又不想当官当权,咱们还是做咱们的老百姓,庄稼人。如今这里是太平的天下,今年雨水很好,庄稼果木都长得不坏,还是等着即将到来的,丰收的秋天吧。

九

离现在两年以前,还是国民三十三年春天的时候,刚过了旧历年不久,在一个落雪的晚上,甲长江世荣披着他年前新买的羊皮短袄,轻轻地独自地溜出了家门。风仍旧很刺骨,他缩紧了头,露着两个小眼张望着,街上没一个人影,他悄悄地走到寡妇白娘娘的门口(这是村子上人在背地里对她普遍的称呼)。门还没上闩,他轻轻的托开门走了过去,看见西屋里灯光很明亮。他在院子里不觉的停住了脚步,听见骰子清脆的正在一个磁碗里的溜的溜的转,一个粗暴的男人声音在吼着:"靠,靠,二三靠呀!"同时一个沙嗓子也在喊:"三变六,三变六,哈……七点,七点!"骰子停了,一阵子喧哗,接着是数钞票的声音,人影在窗子上晃动。江世荣急步朝静悄悄的上房走去,已经闻到一种习惯的他认为特别好闻的气味从那有着棉门帘的房子里喷出来。

白娘娘正横躺在炕上,就着小灯在收拾那些吸烟的家具,看见闯了进来的甲长,忙坐起身来让坐。她接过了那件新羊皮衣,做出一副惊诧的亲热的神情,说:"呵,还在下雪?冷么?快上炕来暖一暖?你没有上西屋里去?天冷,来的人少,就几个穷鬼在那里。"

江世荣把帽子也脱了,抹那沾在皮毛上的水,他坐到了暖炕上。白娘娘在炕头的小灶上端过一把茶壶,满满地倒了一杯浓茶,并且会意的说:"让咱来替你烧一口。"

江世荣就势躺了下去,却问道:

"张裕民在西屋里么?"

"他刚来一会儿,又不知在那里喝了酒。"

"你去,你去把他找来。"他接过了那根细签子,蘸了点膏子,放到灯火苗上去。白娘娘会意的便走出去了。

当白娘娘再回来的时候,长得很结实的张裕民走在她的前面跨进房来。他敞着棉衣,拿着一顶旧的三块瓦皮帽预感着有什么事要发生,却装出一副满不在乎的样子。

"呵!三哥!快上炕,来!咱替你烧一口,"倒是甲长先招呼起来了。张裕民更看出这里面有讲究。

"不,这个东西咱不来,咱抽纸烟。"张裕民跨坐在炕沿上,一个脚盘着,一个脚蹬着,头靠着墙壁,从怀里掏出自己的纸烟来,并且顺手把白娘娘递过来的一根烟送回到烟盘里。

江世荣不得不坐起身,拿过刚刚落到盘子里的那枝烟,在烟灯上接上火,陪着笑脸说:"哈,三哥!咱们都是自己人,咱们什么不好谈……——哈哈,你也来这里玩,哈哈,这两天运气怎么样?"

张裕民也想说句笑话,说家里炕太冷,来这里找个睡处,可是一想不妥当,便半真半假的说:"这两天运气不好,闹肚子痛,别人都说白娘娘的白先生灵验,咱来找白先生瞧瞧,不知道是真灵假灵,哈……"

炕对面柜子上正供得有一个红绸神龛,在蒙蒙的灯底下,静静的垂着帘帷,好像摆出了一副哭笑不得的神气。白娘娘装做没有听见的样子,扬着头伸手从神龛旁边拿过一枝水烟袋,点燃纸煤,靠着柜子咕碌咕碌的抽着水烟。

"说正经话,三哥!咱有件事,要请你帮个忙,帮也得帮,不帮也得帮。"这时甲长把脸拉正了。

"成,你先说吧!"是张裕民爽朗的回答。

江世荣递了个眼色给白娘娘,等她走出去之后,他才咳了一声嗽,把最近一件为难的事告诉了张裕民。

打上月他就收到了一封从八路军那里寄来的信,这是封很有礼貌的信,但等不到他去报告日本人,八路军的人就到他家里来了。这些人年纪不大,可是利害,一阵软,一阵硬,说得漂亮,他们说你当甲长也不能怪,你是中国人,应该有良心,咱们也只向你们村上借点粮,你要能行,那就好,你要丧尽良心,那也行,咱们不杀你,咱们只去据点里报告声你通八路,据点里还有咱们的人呢!江世荣吓得不成,怕这些人杀他,满口答应一定交粮,还先写了个字据,好容易等这群人走了,他才像捡得了一条命似的。可是怎么办呢?去报告么,不行,自己写了亲笔字在人家手头,不去报告么,又怕日本人知道了杀头。他找钱文贵商量,钱文贵说,这是唬人的,不用管。可是八路军的信又来了,而且又来过人,他不得不应付他们。可是钱文贵还哨住了他,说他通八路,要去大乡里说呢。他不得不拿钱送给钱文贵,也不得不收集了几担小米,几斗白面,送给八路军去,但这差事有谁能办呀!又要机警,不能让据点知道;又要胆大,这是去见那杀人放火的八路军呀!事情要办得不好,起码也得坐牢监,谁也怕惹下这是非。他想了好几天,才想起了张裕民来,张裕民刚刚和李子俊闹了别扭,辞了工,手边正紧得很,这人又胆大心细,能办这件事,所以他这天特别到白娘娘这里来找他。当江世荣述说这段历史的时候,自然会把八路军渲染了一番,说送粮食去也是应该的,是替村子消灾少难,要不,八路真的来烧房子杀人的。

静静地听着,一声也没响,张裕民心里已经明白了甲长的企图,而且盘算定主意了。可是他不说,只顺着答应:"呵,""有这末回事么?""是呀!""唉,""这真做难呀!""……"

"只有你,三哥!只有你才能办,你就辛苦一趟吧!缺什么,都有咱,咱们哥儿们,还能让你吃亏!"甲长单刀直入的提出了问题。

"嘿……"接过了另一枝烟,张裕民摇了一摇头,说:"不是咱不帮忙,实在咱办不了这差事,咱是个粗人,一个大字不识,嘴又笨,这送粮食看着不打紧,可是,哈,这就好比两国相交。不成,不成,村子上能说能行的人多着呢,你点兵点错啦!要是差个粗活,扛锄头,抬木料,拉犁,咱张裕民帮你几个工倒是不在乎的。哈……"

江世荣又叫白娘娘整了酒菜来,她也坐在旁边陪客,又帮助恭维他。张裕民心里怪好笑的,因为他一听这差事就很乐意,去拜访一下早已闻名的八路英雄,是可以满足他的年青的豪情的。什么杀人放火,他就不信这一套,他一个光杆,也不怕,梁山好汉,还替天行道咧。但他却得装做出不愿意去的样子,他知道江世荣这起人都不是些好家伙,有了事就会把祸害全推在他身上,并且他想在这个时候乐得搭搭架子。江世荣没有办法,给了他亲笔信,盖了私章,还给足了路费,并且把张裕民的舅父郭全也找了来,当面立下了保,如果出了事,叫江世荣花钱买人。这样,张裕民才算勉勉强强的答应了。

当天的晚上,张裕民披了江世荣的新羊皮袄,赶着两头大骡子,向南山出发了。第二天的夜晚,他到了一个有四十户人家的小村,找到了他要找的人。八路军穿得像普通老百姓一样,腰上插了杆短枪,露出一角红绸子。他们待人很和气,很亲热,很大方,他们说他辛苦了,倒酒给他暖身体,擀面条给他吃,同他谈这样谈那样。他很注意的看他们,听他们,他觉得这些人很讲节气,打日本,反汉奸是天经地义啦,他们又打富济贫,这全对他的劲,他们讲平等讲义气,够朋友的。于是,他就告诉他们一些村上的事,他向他们骂江世荣,说他是日本人的走狗,是村上的一个"尖",要他们多提防他。

这一次的旅行给他很满意的印象,但他向江世荣却谈得很简单,掩蔽着他的心情。江世荣就不得不屡次屡次来求他,从此他就和八路混得很熟了。他自从八岁上死了父母,和刚满周岁的兄弟住到外祖母家去以后,他就从来不知道有什么亲爱一类的事。他成天跟着他舅舅郭全在地里做活,舅舅是个老实人,像条牛,生活压在他头上,只知道受苦,一点也不懂得照顾他。他们的关系,是一同劳动的关系,像犁与耙一样。外祖母也无法照顾他,常常背着他兄弟到邻村去讨吃,因为舅舅收得的粮食都交租了,即使是好年成,他们也常常眼看着别人吃肉,吃白面,吃小米,他们是连几顿正经高粱饭也难吃到的。他就像条小牛似的,只要有草吃也可以茁壮起来,他长到了十七岁,于是他自己立了门户,他拿自己的工资来养活着他兄弟。那瘦孩子就担负着捡柴,烧饭等等的事。这使他只明白一个道理,穷人就靠着自己几根穷骨头过日子,有一天受不了苦啦,倒在那里,就算完在那里吧。他是一个在暴日寒风中锻炼大的人,有一把好力气,有钱的人都愿意找他做活,他靠着两个臂膀也就生活下来了。可是这次他遇到了八路军,他不觉的在他们的启示和鼓励之下讲起了过去的生活。这些从来想也不愿去想的生活,如今回忆起来,向他们描述的时候,他第一次感觉到难受,感觉到委屈,这是如何的困苦,如何的孤零零,如何的受压抑和冤屈呵!但他却很安慰,第一次找到了亲人似的,他觉得他们对他是如此的关心,如此的亲切。当一个人忽然感到世界上还有人爱他,他是如何的高兴,如何的想活跃着自己的生命,他知道有人对他有希望,也就愿意自己生活得有意义些,尤其当他明白他的困苦,以及他舅舅和许多人的困苦,都只是由于有钱人当家,来把他们死死压住的原因,从此张裕民不去白娘娘那里了。他本来也是最近因为辞了工心里烦闷才去的。他心里要是又觉到难受的时候,他就去找朋友,找那起年青的穷小子,他告诉他们他看见的八路军同志们,他以能认识他们为夸耀,他也学着八路去挑动他们对生活的不平。为什么穷人的命这样苦,是不是天生的要当一辈子毛驴。在这年的夏季,暖水屯因为他开始有了共产党员。接着他发展了李昌,和张正国。在这年的冬季他领到了一枝橛枪和一枝土枪,他们秘密的搞起民兵来了。八路来村子上的次数,也就比较多,有时就去找甲长,江世荣不能不保护他们,有时就住在西头,民兵会替他们放哨。

但工作并不是很容易的就能开展的,村子上有出名的八大尖,老百姓恨这些人,却怕这些人。江世荣就是这八大尖里的一个代表,他因为会巴结他们,他们才要他当甲长,如今已挣到了一份不错的家私。他借日本人压榨了老百姓,又借八路军来勒索,村子上也许还有比江世荣更阴险的人,但现在只有江世荣最出面。八路同志曾经帮助过张裕民他们布置过减租减息,向老百姓宣传,在背底下他们也赞成,可是不敢出面闹,直到三四年夏天的时候,才发动起一个改选村政权的大会。在一个夜晚,民兵和八路军的同志们突然封锁了村子,放了哨,集合了全村的老百姓在学校里面开大会。老百姓看见江世荣被绑着,便胆大了,又因为在黑夜,认不清面孔,他们就敢在人群中说话,他们第一次吐出了怨恨,他们伸出了拳头。江世荣被打倒了,他们选了赵得禄,赵得禄是个穷人,能干,能应付日本人。赵得禄自己原来怕当村长,怕村子上的旧势力来搞他,但看见那末多人举他的手,他又高兴被选上。他当了村长,他就在八路军的区干部的帮助之下,和张裕民几人商量着应付了日本人。日本鬼子一点也不知道这村子上的情况,还满相信他。村子上的几个有钱有势的人,也被他们分别看待,团结他们,也孤立、分化、威吓住他们,就连许有武,钱文贵他们一时也没想出什么好办法来,从此暖水屯的老百姓当了权。不久,就是日本的投降,抗联会主任张裕民在村子里便公开的成了负责的人。他领导了两次清算复仇,穷人们有事便来找他,大家都高兴的说:"他可露脸了,他给八路军教成了一个能干人。"有些人心里瞧不起他,谁还不看着这穷孩子长大的呢,想跟他过不去,可是见了他倒更凑上来叫"三哥"。为什么是"三哥",连他自己都不明白这来历。也许因为他伯父有过两个儿子,但他伯父和他叔伯兄弟在他很小的时候就逃荒到口外去了,一直也没有回,也没有过音讯。在过去也很少有人叫他"三哥",除了有人要找他做活,或者他的赌友在他赢了钱的时候,但现在这称呼似乎很自然和很流行了。

一〇

张裕民和程仁曾经到区上拿回了一本石印的小书。这是县委宣传部印发的。他们两人都识字不多,到了夜晚便找了李昌来,三个人挤在一个麻油灯底下逐行逐行的念着。李昌还把一些重要的抄在他的小本上。他那个小本子抄了很多珍贵的东西,入党的誓词,做一个党员的起码条款,如:(一)死活替穷人干一辈子,(二)跳黄河一块跳,一口同音,叫我怎办就怎办,(三)要交党费,(四)凡不在党的,不管父,母,妻,子,该守秘密的事,也不能告诉他们……——都写在上边。每当碰到有什么为难的问题,李昌便去查他的小本子,常常就可以在那里边找着答案。这个有雀斑的,不漂亮的年青党员是个爱说话而且有唱歌天才的小伙子。

他们三个人一道研究这本"土地改革问答",却各有各的想法。总是容易接受新的事务而又缺乏思考的李昌,他越念下去越觉得有兴趣,他常常联系村上的具体人物来说明谁是地主,谁是富农,谁是中农,应该打击谁,应该照顾谁,愉快的笑不离开他的嘴,在他心里不断的涌起对党的,对毛主席的赞叹,他忍不住叫了起来:"这个办法可好呀,这样才把那些有钱的人给治下去了,穷人真真的翻了身嘛,"他对于本村的土地改革觉得是轻而易举,有十足的把握。程仁呢,因为春天他参加了做合理负担,他对于本村的土地比较熟悉,他又把那个户口册子拿了来翻阅,那上面登记得有详细的土地数字,他对于成份的鉴定特别细心,他常常说:"天呀!李大海有三十亩地,你能说他是富农,或中农么,他那个地是什么地呀,给人也没有人要的嘛!"或者就是说:"别看刘振东地少,一个青壮年,三亩好水地呀!"或者就又说:"李增山论地是贫农,可是他有手艺,他又讨了老婆,老婆还穿着新棉衣呢。"他觉得土地的分配是一个非常不容易的问题,要能使全村人满意,全村都觉得是公平的才算把这件事做好了,如果做不好,会反而使自己人闹起意见来,反而不好做工作了。这里只有张裕民说的比较少,他只考虑到一个问题,是他们究竟有多少力量,能够掌握多少力量,能否把村子上的旧势力彻底打垮,他深切的体会到要执行上级的决定,一般的是容易做到,因为有党,有八路军支持着,村子上的人也不会公开反对,但要把事情认真做好,要真真彻底铲除封建势力,老百姓会自愿的团结起来,进行翻身,可不是件容易的事。他总觉得老百姓的心里可糊涂着呢,常常就说不通他们,他们常常动摇,常常会认贼做父,只看见眼前的一点利益,有一点不满足他们就骂干部。张裕民也觉得又只有靠近他们,自己才有力量,可是他们又常常不可靠,忽东忽西的,要完全掌握住他们,张裕民清楚还是不可能,因此他对这即将到来的土地改革,虽然抱着很高的热忱,却有很多的顾虑,他只希望区上会早一点派人来,派一个得力的人来,能把这件大事好好的办妥。

　　不久,离他们七里路远的孟家沟也开了斗争恶霸陈武的大会,陈武在这一带是一个有名了的胡髭,谁要在他的地里走过,谁都得挨揍,他打人,强奸女人,都只是家常便饭,他买卖鸦片,私藏军火,也是无论什么人都知道的。当他们开大会的那天,暖水屯的村干部全体都去参加了,还去了一些老百姓。在那个大会上有四五十个人控诉他的罪恶,说到一半就忍不住冲到陈武的面前唾他,打他,妇女也站出来骂,挥动着带手镯的膀子,劈头劈脑的去打。暖水屯的人都看痴了,也跟着吼叫,他们的心灼热起来,他们盼望着暖水屯也赶快能卷入这种斗争中,担心着自己闹得不好。张裕民更去向区上催促,要他们快派人来,老百姓也明白这回可快到时候了,甚至有些等的不耐烦了。果然两天之后,有几个穿制服的人背着简单的行李到了暖水屯。

一一

　　这正是八月中旬,照旧历来讲是过了七月半不几天的一个傍晚。从区上来的几个人打东北角上的栅栏门走进村来。区工会主任老董走到合作社去找张裕民,还有三个显然是打县里或省里下来的穿得比较整洁的年青人,就留在小学校的门口休息,卸下了背上的背包,拭着满头大汗,逡巡着,看街上贴的标语,张望那正要散学了的学校的内部。坐在对面树底下谈闲天的人,便都悄悄议论起来,他们都狠狠的打量他们,想窥测出他们究竟有些什么能耐。刚打地里回来的人,也远远站住了朝这边望。那个最惹人注意的,生得身材适度,气宇轩昂的一个,做出一副很娴适的态度和他旁边一个小孩开着玩笑。那孩子不习惯在生人面前说话,便绷着脸走开了。那个儿小些的便朝合作社走去,并且回过头来问:"老乡!张裕民在合作社么?"只有那个瘦个子倒仍站在小学门口,他和着里面的歌声而轻快的唱着:"东方红,太阳升,中国出了个毛泽东……"

　　张裕民走在老董的前面,后边还跟着李昌和刘满两个人,他们一拥就拥到了这边,抢着把背包往肩上一扛便招呼着向南街走去了。那个瘦个子赶忙来抢背包,不留心脚底下一块石头,他踢着往前扑去,冲出去了好远,好容易没有让自己摔下去,站住了脚。他望见街上的人都望着他,便朝大家憨憨地笑了,大家也就都笑了起来。他又赶上去抢背包,可是李昌刘满他们已经走了好远。他们边走也边呵呵的笑,瘦个子就嚷着:"咳,咳,让咱自己拿吧,咳,这那行,这那行。"

张裕民把他们带到韩老汉家里,老汉家的西房正空着。老汉是个勤苦的人,他在今年春天加入了党,这房子是张裕民在春天提议分给他的,也是许有武的家财。房子很干净,又清静。他的儿子刚打山东复员回来,只有一个八岁大的孙子正上学。张裕民也为的是区上下来什么人,好安置在这里,叫老韩烧点茶水,照顾一下都很方便。

李昌像个主人似的,一进屋就让大家上炕,他用着热情的眼光打量着几个来客。他惊奇的拿起一把绑在背包上的胡琴。

"这就是抗联会主任张裕民。"做过卅年长工的老董介绍着,他又指着那个挂手枪的大个:"这是文采同志,这个瘦子是胡立功同志,那是杨亮同志。"他又从怀里掏出一封介绍信给张裕民,这是区委书记关于这三位同志的组织介绍信,它说明他们代表区委会在这里执行土地改革的工作。

"你们这里有多少党员呀?"文采同志即刻用着一个调查的口吻来问了。也没有注意到杨亮阻止他的眼色。

张裕民却只说:"同志们肚子一定饿了,先烧饭来吧,韩廷瑞,你帮助一下你爹,赶忙烧饭,刘满,你到合作社去称几斤面来!"他也不答复杨亮要求去吃派饭的争执,并随即自己也走了出去,他到韩廷瑞的房里拿出一盏高脚的麻油灯。他点燃了灯,他又向老董说:"你们先休息一会,我出去就来。"他丢下这群刚来的人,快快地跑走了。这时房子里还剩下一个李昌,他舍不得走开,拿出了那二胡,一面调着弦,一面就问胡立功:"你会唱梆子么?"文采走到房门口张望,黑了下来的院子里很寂寞,对面厨房里又拉开了风箱,水气在灯光下升腾,孩子、女人、老头都挤在一屋子,忙忙碌碌的很热闹。他又转过身来找老董谈闲天,竭力想抹去适才张裕民所给他的不良的鬼鬼祟祟的印象。

老董却伏在炕桌上写些什么,这个老长工在三年的党的工作下学到了能写简单的信。他的学习常被人称许,也使他自得,在他的挂包里是不会忘记带着那盖了区工会公章的信纸信封和他自己的私章的。只要有机会他就写信,如同只要有机会他就要长篇大论的爱讲演一样。

晚饭做好了的时候,张裕民才又走了来,他只默默地坐在旁边抽烟。杨亮又说到以后不能吃白面,也不必自己烧,最好大家都去吃派饭,并批评他不该这样费事。文采看见他敞开的胸口和胸口上的毛,一股汗气扑过来,好像还混和得有酒味。他记起区委书记说过的,暖水屯的长工出身的支部书记,曾有一个短时期染有流氓习气,这话又在他脑子中轻轻漾起,但他似乎有意的忽略了他的另外一句更其肯定的话:这是一个雇工出身诚实而能干的干部。

吃过了饭,按照杨亮和胡立功的意见,先了解这村的情况,区委书记和老董都曾简单的说了个大概,究竟还模糊。张裕民和李昌也赞成这意见,正准备说开去,可是文采同志认为人太少,他决定要召开一个干部会,并说明这是走群众路线。张裕民和李昌只得到街上临时四方去找人。过了很久,来了村副赵得禄,治安员张正典,民兵队长张正国,农会主任程仁,工会主任钱文虎,支部组织赵全功,李昌是支部宣传,连张裕民一共是八个人。只有村长没有来,村长是谁呢?却恰恰是去年打倒了的江世荣。在今年春天,他们又在赵得禄的提议下把他复了职,他们的理由是要他来跑腿办事,说他是有钱的人,误得起工,只要不让实权落在他手上就行。这意见村干部都以为很合理,于是便这末办了。

八个人都没有什么准备,心里很欢喜,一时却不知怎么说,加上这几个人都还陌生,也怕说错话。像张正国这种老实人,只觉得腼腆和拘束,他蹲在房门口,连炕也不肯上。他的心是热的,也有许多想头,就不会说,也不打算说,他自从参加了暖水屯的民兵工作,就认定水火都不怕,他是出力卖命的,却不是说话的。

爱说话的老董在这小小的会议上传达起土地改革的意义,他每次说话总是这样的开着头:"土地改革是消灭封建剥削大地主……",接着便说要去掉三怕思想,跟着话便说远了,连什么加拿大工人罢工,意大利水兵……,不知道什么时候听下的故事都说出来了,听的人完全不懂,他也不觉得,反津津有味,若不是文采同志阻止了他,他怕要把这一晚上的时间都占去了。文采同志想挽救会议的沉闷,尤其觉得首先应该把干部的思想搞通,于是他接着逐条的解释着晋察冀中央局关于执行土地改革的指示,这些几乎他都背熟了的。

他们谈得很晚,一直到他们相信在座的人都全部明了才停止,并且文采同志决定第二天晚上各种群众团体同时都要开会,传达政策,这几个新来的同志可以分别出席。这个通知是要在明天早晨老百姓上地里去之前就要发到的。文采同志的意见是至少一个星期,最多十天要结束这个工作,因为平绥路的时局,国民党时时要动枪刀,不得不要紧。

人都走了之后,张裕民还留在这里,似乎有些话要说。文采同志没有注意到,只再三向他指示着:要面向群众,要放手,说党员太少了。对这些批评,张裕民也不置可否,都接受了,他还想说什么时,却看到他们很疲倦,大声的打着哈欠,又只得退了出来。在出来时他告诉他们,他已经放了哨,并说明在放草的院墙外边有一条通西头的小巷,那巷里全住的是自己人,还交待着他们,这村子不容易出事情的。

他走了后,文采同志给了他一个结论:"胆子小,哥老会的作风。"

一二

张裕民从西屋里走出来,心里总觉得有一些遗憾似的。老韩还坐在厨房门口歇凉,老韩问:

"你还回来不?"

"不。闩门吧。"

老韩跟着他走到外边,悄悄地说:"村子上人都知道了,都在向咱打听呢,问是打区上,还是打县里省里下来的?"

"嗯,就说打区上下来的。"张裕民头也没回从小巷转到南街上去。看见那黑汉子张正国捎了杆枪站在街头上,他心里想:"这小子是个靠得住的。"他就走过去。

张正国在屋子里时候,已经很瞌睡,但一出来,在凉幽幽的街头走了两个来回,倒清醒了。这时他也迎了上来,用肘子去碰他,悄悄地说了三个字:"合作社。"张裕民在薄明的黑夜中又望了望他的脸孔,没有说什么,朝北到合作社去了。

合作社的门没有关,一推就开了,在小院子里便听到许多人在里屋说话,一股热气从房里钻出来。只有刘满一个人站在外屋的柜台边,他赤着上身,两个拳头抱在胸上,嘴里叼了一枝香烟,恶狠狠地望着进来的张裕民。张裕民没有注意到他,只听见赵全功在里边说:

"你说他是经营地主,对,他不雇长工,可雇短工呵,要论地,除了李子俊就数他多了。"

程仁却接下去说:"经营地主,嗯,他也算地主么?那末他这个地主可跟李子俊不一样,李子俊是坐着不动弹,吃好,穿好,耍钱,他老顾么,是一滴汗一滴血赚来的呀!咱们要把他同李子俊一样看待,管保有许多人不乐意!"

合作社主任任天华也接着说:"这次要把李子俊的地拿了,他准得讨饭。这个人连四两力气也没有,那年张三哥同他闹了架,他们家烧饭的又病倒了,他到井边去挑了半挑水,一摇三晃,走到大门口迈不过门栏,就摔倒了。说出了一身汗,着了凉,感冒了两个月才好呢。"

"哼!你们天天嚷替老百姓办事,替老百姓办事,到要改革地主了,又慈悲起来,拿谁的地也心疼,程仁!你个屋农会主任,你们全是软骨头。"

这说话的是张正典,长久都不活动了,今晚却留在合作社里。他说的话听来很有道理,只是使张裕民很注意,他就不进去,在刘满的旁边,柜台上坐了下来。

里边屋子里是刚才从老韩家里出来的一伙,他们在那里没有什么话说,瞌睡得很,可是一出来,大家脑子里都涌出了很多问题,谁也不想回家去,几人就到合作社来,把已经睡了的任天华也吵起来。不过他们的思想都很混乱,不知道这土地改革该从那里做起,他们的意见也不一致,虽然不能说一人一样,可是总不齐心。尤其是赵得禄觉得很无意思,他一人坐在面柜上,心里想:

"说让江世荣做村长做坏了,"这一点曾经被文采同志批评过,说这是机会主义,他很不痛快。"这又不是咱一个人的意见,打从在日本人手里咱就是村长,到如今一年多,咱误了多少工,咱是个穷人,五口人才三亩坡地,一年四季就靠打个短,两次分果实,咱什么也没有得到。江世荣是有的,他又能干,叫他跑跑腿,不正好,他们却说刀把子捏在人家手里去了,混话,如今江世荣敢动个屁,那件事他不要看咱们的脸色?咱又不是个傻人,咱不弄他,还让他弄了咱不成。"他便又想到江世荣知道他日子艰难,不好当面说,托人转手借了两石粮食给他,要不是这两石粮食,他们五口人早就没饭吃了。

钱文虎是个老实人,他做了十多年的长工,解放后,雇长工的人少了,他就专门打短。别人都知道他和钱文贵是远房兄弟,也知道他们并不对劲,钱文贵即使在本家也没有人说他好。

李昌也不赞成任天华的意见,却不服气张正典骂别人软骨头,他便嚷了起来:"典五哥!这次瞧咱们哥儿们的了。这次可比不得去年,去年你叫嚷得凶,那是许有武上北京了,他人不在家,谁也敢奋他的祖宗。今年春上找个老侯,清算出一百石粮食,老侯那时病倒在床上,他儿子又小,大家心里盘算得罪他不要紧。这次,嗯!程仁!你是农会主任,你看今年该斗争谁?"

"今年是只分地嘛,还是也要闹斗争?"赵全功也跟着问。

"按土地改革,就是分地,只是——"程仁想起了孟家沟的大会,又补充道:"也要斗争!"

"当然啰,不斗争就能改革了?"李昌满有把握似的。

"只是,孟家沟有恶霸,咱们这里就只有地主了,连个大地主也没有,要是像白槐庄有大地主,几百顷地,干起来多起劲,听说地还没分,多少好绸缎被子都已经放在干部们的炕上了,"逐渐腐化了的张正典,对于生活已经有了享受的欲望——不过假如他真只是有某些自私自利,那倒是可以被原谅的。他还向不大舒服的赵得禄说:"咱们这个共产党,不怕村子被解放了,可不真同大海里的鱼,咱们是不能自由的游来游去的,咱们都有个家,叶落归根,到底离不了暖水屯,要是把有钱的人全得罪了,万一将来有那末一天——嗯,谁保得住八路军站得长,别人一蹶屁股就走了,那才该咱们受呢。干水池子里的泥鳅,看你能滑到那里去?"

赵得禄瞧不起这些没骨气的话,要害怕,当初就不用干这一行。他心里骂他是动摇份子,又不愿得罪人,就不说出来。

张正典明白有人不赞成他的婚姻,都说他给钱文贵套走了。他觉得这些人真不讲道理,钱文贵不是反动派,也算不了什么地主,八路军连他儿子也要去当兵,为什么咱就不能要他的闺女?过两年钱义要混得一官半职,还不是八路军里面叫得响的干部,看你们还有啥好说的?过去他在村子上很有信仰,张裕民也很看重他,到这半年来,他就一天天脱离了大伙,他觉得别人对他抱意见,他也就少管事,他的想法,说话也就常常和别人不一样。有时他为怕别人打击他,就装得很左,有时又很消极,在后边说些泄气的话。

李昌还在追着问:"咱们这次该斗争谁?"

这个问题把大家都难住了,他们脑子里一个一个的去想,有时觉得对象太多,有时又觉得都不够条件,或者他们想到过谁,却有顾忌,他们不好说出来。

"这还要费脑子么,当然拣有钱的,哼!李子俊的甜馒头不错啊!你们都哑了?董主任不是说过土地改革是要消灭封建剥削大地主。依我说,明天就把他看起来,后天公审他。"张正典又做出一付理直气壮的样子。

李昌也争了起来:"拔尖要拔头尖!像李子俊这号子人,并非咱们是一个姓就来护住他,他有钱是有钱,可是在咱们手里他敢动一根毛,叫他向东他就不敢向西。"

张正典也接下去:"那末依你说,守着地主不斗争,是不是只有许有武才有条件?难道还得上北京把他找回来?他说咱怕他,好,只要你能找回来,咱就敢毙他。"

"哼!好费话!"赵全功也忍不住了,"咱说,你们谁也不要包庇谁。这些有钱的,吃冤枉的,作践庄户主的,谁也不能放过他。"

这把两个人都说得生气了,两人都跳起来质问他,可是赵全功还要补充说:"谁有心病,谁自己知道。"

赵得禄为解救这个要坏了下去的局面,便问大家要不要临时立个大灶,安几口大锅。他们都知道有些村子就是这样。去年暖水屯闹清算也安过。这样办起事来方便,干部们和民兵在一道吃饭,叫人有人,免得稀稀拉拉为了回家吃饭误事,这样大家也更有劲。可是又有了两个意见,而且又冲突起来了。张正典说干部日夜要开会,民兵日夜要放哨,当然要,白槐庄就是这样,五六十人一道吃饭,可不多热闹。这又不要另外开支,有什么吃什么,现存的胜利果实,有什么不应该。程仁反对这个意见,说这是浪费,干部们要开会,老百姓也要开会,民兵放哨,民兵还要打仗呢。再说区上来的几个同志,他们已经交代过了,他们有粮票菜金,那一家都可以去吃饭,动不动胜利果实,胜利果实该归老百姓,难道就让干部吃光了?要是没有胜利果实吃,干部就不开会了?程仁这一套意见立刻得到大家的拥护,把张正典气得噘着个嘴,咕碌着:"你们就会说漂亮话,看你程仁这回分不分地!"

李昌趁机会也来出气了:"你就是和大伙儿闹对立,你要不想包庇人,咱就不信。"

张裕民本来老早就想进去的,但他觉得当他们争论的时候,尤其是今年该斗争谁的这问题,他很难发表意见,因为他还没有和区上的几个同志取得一致的意见。他和这几个人也还没搅熟,没有和他们搅成一体,他怪自己没有学问,有些攀不上去的样子。他曾想起县上的章品同志,那是一个非常容易接近的人,尤其因为他是来开辟这个村子的,他了解全村的情况,对他也完全相信的。现在他看见屋子里的人,要闹起来的样子,他最怕自己人先闹个不团结。他跳下柜台打算走进去,不防却一把被刘满抓住了。刘满不知怎么知道了许多人都在这里,也跑来站在外边听,他这时一手抓住张裕民,一手在空中划着,一个字一个字好像警告他似的说:"三哥!老实说,嗯,告诉你,拔尖要拔头尖,吃柿子捡软的可不成!嗯,这回,咱们就要看你这武委会主任了。哼!"他眼睛瞪得很大,像要吃人似的,又把两个拳头在赤膊的胸上擂,一说完也不等别人的回答,调转头就大步的走出去了,口里还不住的带着察南说话时的特别腔调:"嗯,嗯。"

张裕民没有防备他这一着,开始不觉吓了一跳,却立即站住了,也大声的送过去他有力的回答:"有冤报冤,有仇报仇,你有种,你就发表!哼,咱还要看你的呢!"

屋里的人没听清外边说什么,都把头伸过来:"三哥!快进来吧!"

他一走进去,他便成了中心,大家都望着他,等着他发言。

他说道:"咱们这里,连任天华也算上,都是党员,是不是?"

"那还要说吗?"大家给他的回答。

"不管日本鬼子在的时候就闹起的,还是解放后才加入的,咱们都是生死弟兄,是不是?"

"咱们有福同享,有祸同当,跳黄河一齐跳。"大家又响应了他。

"那末,咱们要是有啥意见,咱们自个儿说说,可不敢说出去。"

"那当然!"李昌证明着,"党章上有这一条。"

"工作,该怎么办,有董主任,还有区上来的同志,咱们党员,只有服从。"

"那当然,"李昌又补充他,"这是什么呀,呵……"他又在他的单衫的口袋里去找那小本子,还没拿出来,却已经想到了:"呵,是组织规矩。"

"这次该斗谁呢?说老实话,咱们也凭不了自个儿的恩仇去说话,咱们只能找庄户主大伙儿乐意的。他们不恨的人,你要斗也斗不起来,他们恨的人,咱们要包庇也包庇不来。"他把眼睛去睖了一下张正典。

"对,咱们是替老百姓办事么。"赵得禄也说了,他还想把张正典对他说的无耻的话说出来,可是一想,又咽了下去。

"咱们入党都起过誓的,咱们里面谁要想出卖咱们,咱们谁也不饶他。咱张裕民就不是个好惹的。你们说怎么样?"

"谁也不敢起这个心。"大伙儿也说了。赵得禄又把眼睛去盯张正典。他心里有点痒,好像什么东西咬着他似的。

总之,大家的思想是否就一致了呢,不一定,大家也并不明白明天该办些什么事,但大家都轻松了好些,他们的情感结在一体了。他们都有一种气概,一种赴汤蹈火的气概。

他们开始觉得天气不早了。

"咱们都回去吧。明天还要开会呢。"谁在提议了。

"对,明天还要开会,谁也不要下地去。"张裕民首先走了出来。

下弦月已经升到中天,街道上凉爽得很,安静得很。赵全功和钱文虎朝南走,剩下来的人都绕过豆腐坊朝西去,但正要转到巷子里去,张裕民回过头的时候,觉得队伍里少了一个人,而在靠北的街边上,有一个人的背影,他心里完全明白了,却没有动声色。只悄悄地同李昌说了两句话。

一三

被派去参加妇女们开会的杨亮,一清早便去访问董桂花。他原在边区政府图书馆管理图书,年龄虽说不大,才二十五六岁,又没有进过什么学校,只在小学里读了几年书,但在工作中,尤其是这个图书馆的岗位使他读了好些书籍。他不只爱读书,也还有一种细致,爱用脑子的习惯,所以表面看来不过是一个比较沉静的普通干部,但同他相处稍久,就会觉得这是一个肯思想,有自己的见解,而且求上进的青年。图书馆的工作虽给了他很多好处,但他却不希望再继续这个工作了。他常想去做地方工作,到区村去,因为他在去年年底曾经到过怀来乡下,参加村的清算工作,一个多月的经历,给了他很大的兴趣。他觉得农村是一个大的活的图书馆,他可以读到更实际的书,这些实际的生活,更能启发他和明确他的人生观,以及了解党的政策。尤其使他愿意去的是这里有一种最淳朴的感情,使他的冷静的理智,融汇在群众的热烈的浪潮之中,使他感觉到充实和力量。他本来就是农村出身的,因为工作脱离了十来年,现在再反身到这里面,就更能体会这些感情,这是他在管理图书工作上所不能找到的。所以这次,他一知道政府仍准备派几个同志下来工作,参加土地改革工作实习队,他就竭力争取到这个机会,他是多么的愉快,他希望能在这次下来之中,做出一点成绩,和学得许多东西呵!因此昨晚文采同志分配他去参加妇女们开会,又要他去了解一下妇女的情形,虽然这使他感觉这工作对于他并不恰当,也不方便,但他也很乐意的接受了。他明白他们之中并没有女同志呀!只想,慢慢地来吧。这时趁着清凉的早晨,去打听妇女主任的家宅。

他走进了村西头的第三条小巷。巷很窄,两边都是土墙,墙根下狼藉着孩子们的大便。有一个妇女正站在一家门口,赤着上身,前后两个全裸的孩子牵着她。孩子满脸都是眼屎鼻涕,又沾了好些苍蝇。她看见杨亮走了过来,并不走进院去,反掉转脸来望,孩子也就在母亲身后伸过小脸呆呆的望着。杨亮不好意思去看她,却又不得不招呼,只好问:"你知道李之祥住哪一家么?"

女人不急于答应他,像对一个熟人似的笑了:"不进来坐坐么?"

"以后再来看你们吧。你是谁家的?你贵姓?现在我要去找李之祥。"

女人仍旧那末憨憨地笑着,答道:"进屋里来吧,看看咱们的破屋子,咱们是赵家,是村副家里,赵得禄,你看见过啦吧?"

"呵!你就是村副家里?"杨亮不觉的望了这个半裸的女人,她头发蓬乱,膀子上有一条一条的黑泥,孩子更像是打泥塘里钻出来的,杨亮从心里涌出一层抱歉的感情,好似自己有什么对不起她们母子似的,用手去亲爱的抚摸那两个孩子,同时答应她回来时一定来看她,又问老赵在家不在。

于是他匆忙的跑走了。女人在后边还大声的说:"就是间壁,间壁的院子里。"

李之祥已经下地里去了。董桂花也只穿一件打了补钉的背心,伸出两只焦黄的手臂,在院子里的葡萄架下松土。看见进来了穿制服的客人,很拘束的笑着,从架下走出来。

"吃啦吗?"她不知道说什么才好。

"还没有呢。你是董桂花?我是来看看你的。"

"呵……"她从架下走了出来。

"今天晚上你们要开会的事,你知道了么?"

"知道了。唉,咱们这个妇女会没有什么开头呀,谁也不会说。"

"不会说,没关系,要是大家都不欢喜开会,咱们就不一定开会,找几个人道絮道絮也成。你看怎么样?咱们现在拉拉,商量商量出个办法好不好?"杨亮便坐在她屋子门外的土台阶上。

"您还没吃饭咧,咱去替您烧点吧。"她不顾他的阻止,仍旧跑进去了。再出来时手里端了一碗高粱米汤,递给杨亮,说道:"咱们吃的不像样,没有什么好吃的,喝碗米汤吧。"这时她已经把那件破背心脱了,换了那件唯一的白布单衫。

他并不同她谈妇女会的事,只谈些家常。开始的时候,她还很拘束,总是问一句答一句,后来就自己讲开了。她原来是关南人,也是受苦人。从前那个丈夫被日本抓去当兵,走了后就没信来。她还有一个儿子,丈夫走后家里就更没法过活,过不下去,又遭年馑,没有法,公公把她卖给一个跑买卖的了。她跟着他离开了家乡,后来时运不济,他又病死了,她才随着几个逃荒的到了这里。如今跟了李之祥,李之祥也是个穷人,老实,她自己呢,身体可不如以前了,可是生活逼着她,她还抽空做鞋卖,也赚不了几个钱,都是替几个穷街坊做的,他们都是些光身汉,又嫌街上买的鞋不结实。她如今还想从前的那个孩子,那孩子该有十多岁了。这些话平日也没个说处,这会不知怎么她瞧着这小个儿可亲热,他又耐烦听她说了这又说那,他还问来问去的。后来她也问起他家里还有没有父母,想不想家。原来他从小就没有了母亲,他是个孤儿,老父亲也是个庄户人,在家里种着四五亩地,几年也没有通消息了。他是跟着他的叔叔跑出来参加革命的。现在他是走到那里,那里就是他的家,他自己是个穷人,穷人家里就是他的家,他就愿意把穷人日子都过好了,他的老父亲也就有好日子过了。她听着他讲,心里替他难受,越觉他可亲。她又一定要去替他再热点饭来吃。他不肯,她便又替他装了一碗冷高粱饭,他吃得很香,他的肚子实在饿了,他还称赞那一小碟酱萝卜丝腌得好。这使她很满意。

他了解了这个村的妇联会的大概情形,它并没有固定的会员,要开会时,便挨家挨户的去叫,来的总是识字班的占多数。妇联会有两个主任,还有组织宣传,大家都并不知道该管什么事,横竖有事都由董桂花一人去叫。实际工作是在识字班,识字班还有些成绩,在附近几个村子里算最好的,春上还表演过霸王鞭。但穷的妇女都没有时间去上课,也不喜欢打霸王鞭。识字班开始的时候是强迫上学,后来没法继续下去,只好随便了,来的大半都是家境比较好的。她们开会都不讲话,倒欢喜来听,有的是因为她们年青,容易接受一些新的思想,也有的是受了家庭的指使,好多知道些事情。

她先告诉杨亮说妇女对村子上的事都不热心,后来又说妇女对分果实真注意得紧,不说张家分多了,就说李家分少了,要是自己多分得一把扫炕的扫帚都是欢喜的。妇女在开会的时候不敢说话,害臊,怕说错,怕村干部批评,会后就啥也不怕,不说这家,就说那家,同人吵架,还有打架的呢。

杨亮说:"李婶婶!"他叫她婶婶了,"我看你就很会说话,有条有理,她们选你当主任是找对了人呵,尤其是因为你受的苦多,这样才会懂得别人的苦处,咱们都是穷苦人,只有穷苦人才肯替穷人办事。"

他告诉她不要开会了,她只要挨家挨户的去找那些穷人,把刚才他同她讲的那些道理去告诉她们,同她们谈家常,听她们诉苦,看她们对村子上的谁最有意见,对村干部的意见也要说。

董桂花心里很舒服,她觉得他为人真对劲,开始当他刚进来的时候,她害怕他过,怕他要她召集大会,要她在会上讲一套,那些事她是不容易做到的,现在呢,她只要去"串门子",他就是这么说的。只要去同人聊闲天,就像他同她谈话一样,这个她有准,别人一定也会欢迎她的,她常常难受了就去找羊倌老婆——她们可谈得来呢。她答应他能行。连她自己都觉得她的枯瘦的面颊上泛着微红,她还以为是今天天气特别热的缘故。

阳光的确很灼热,他们坐在阴凉的台阶上,也感到四周烈日的焦燥。他再三的嘱咐着她,站起来往外走,她送他到门外,指点着她的邻舍给他,他才想起答应去看赵得禄的,于是就走到隔壁的那个连门也没有的院子里去了。

院子很小,却很杂乱,没有人,杨亮只好大声喊老赵,原先看见的那个赤身女人便从房子里转了出来,她仍是很殷勤的招呼着。杨亮看见在房里还有一个穿得很干净,头发梳得放亮的年青女人,那女人好像是害羞,把身子藏到屋角里去,只伸出一付雪白的脸探望着。杨亮不便进去,又不便走,只好问:"孩子呢?"

"睡觉了,"中年了的村副的老婆很坦然的说:"到屋里去坐坐么?咱们家就这么一间半小屋,转身子也转不过来,这南边的两间,是咱们兄弟的,放得满满的一屋子破破烂烂,你不进来看看?他爹一会儿就回来了。"她又凑近了些,悄声说:"那是村长家里的,看人家穿得多精致。唉,咱要找件成形的衣衫也没有。"她自己把眼睛扫过她光着的膀子,和松松的下垂的奶房。

"村长家里的?"杨亮心里自己问着,却没有表示出任何惊诧,只温和地告别了这个好性子的女主人。女人回到屋子里去时,听到里面立刻发出吃吃的笑声。

一 四

杨亮回到南街上时,在另一条小横巷子里走出来好些人,他们都显着神秘的兢兢业业的神情,互相小声说着话,警告些什么,他们刚走到巷头上又站住了。回头再去望巷里的一家。杨亮不明白他们干什么,走到人群中间找到一个挂土枪的小民兵,问他这是回什么事。这个小民兵大约才十七八岁,白布头巾包着头,两个尖角垂便在两肩上跳动,他天真的望着杨亮,不答应,只憨憨地笑,看见杨亮老追着问,没有法,才不好意思的说:"咱也不清楚,老百姓迷信嘛!"

这时从后边又走上来一个人,也插嘴问:"你看见没有?"

"没有。"小民兵做出一副可惜的样子。

"什么?"杨亮再问时,那个人又跑回巷里去了。

杨亮也就跟着走进巷里去。

突然从那门里跑出一群人,有一个妇女披着头发,眼睛哭得红红的,手里抱着一个孩子,周围的人也屏住气,用着同情和恐惧的眼光随着她走。直跟到街上去。也有些人只站在远处望,慢慢地也就散了。杨亮觉得很奇怪,老百姓又都吞吞吐吐的不愿说。这是回什么事呢?他回头看见那家的大门并没有关,他被好奇心所驱使,决定闯进去看看。

院子里很清静,不像刚刚有过那末一大群人的,有一股什么香气飘出来。他轻脚轻手的直往里走,在上屋里的玻璃窗上凑过脸去,看见里面炕上正斜躺着一个女人,她穿一身白衣服,穿白鞋的小脚翘在另一只腿上。她的脸向里,但她好像已经听到窗外边的声音,并不回过脸来,只安详的娇声娇气的喊道:"姑妈!你把刚才送来的葫芦冰拿到屋里来吧。"

杨亮赶忙悄悄地退了出来,说不出的惊诧。这时从西房又走出来一个老妇人,那浓烈的气味就正从老妇人身后的屋子里飘出来。杨亮有些莽撞地抢过去伸手就掀帘子,老妇人并没有拦阻,反朝杨亮频频的哕着嘴,又噘着向北屋里指,她的脸又瘦又枯,干瘪瘪的,眼眶周围像镶了一道红边。已经看不清她的表情了,从她的挤眼,哕嘴也难使人一下明白她的用意。杨亮掀起帘子,走进去一看,原来这里正点着香烛,地下一个铜钵子里还有刚刚烧烬的纸钱,柜子上供了一个神龛,沉沉地垂着红的绸帐,白的飘带上绣着字,锡蜡台和锡香炉都擦得雪亮。杨亮又要去拉红绸帐幕,老妇人却又蹶着屁股走了进来厉声的问道:"你是找谁的?你来干什么?"她的身体像一张弓似地站着,两只小到比驴蹄大不了许多的脚,前后不住地移动着。

"这是什么?你们这里是干什么的?"杨亮逼视着那个老妇人。

这时院子里又响起那娇声的叫唤了:"姑妈!你在和谁说话?"

杨亮在老妇人身后也走出来。刚才那个躺着的女人已经站在门外的走廊上,一身雪白的洋布衫,裁剪得又紧又窄,裤脚筒底下露出一对小白脚,脸上抹了一层薄薄的粉,手腕上带了好几副银钏,黑油油的头发贴在脑盖上,剃得弯弯的两条眉也画了黑,瘦骨伶仃的,像个吊死鬼似的叉开两只腿站在那里,她看见从西屋里走出来的杨亮,丝毫没有改变她慢条斯理的神情,反笑哈哈地问道:"你找谁?"

杨亮赶快望外走,说不出是股什么味道的心情,好像成了《聊斋》上的人物,看见了妖怪似的,他急步跑到了街上,原来还是在酷热的炎日下,他顾不得再看什么了,忙着向前走,并忙着去揩汗,背后却传来胡立功的愉快的笑声。

"一上午你跑到些什么地方去来,让我好找。"

杨亮抓住他的手,露出心神不定的笑容,正想告诉他什么,李昌却不知道从哪里也钻了出来。李昌大笑着,说道:"哈哈哈,看你这个同志,你怎么就会跑到那个地方去的?"

"那是谁家?他家里是干什么的,供着菩萨咧。"杨亮赶忙的问。

"那是有名的白娘娘嘛。"李昌眯着鬼眼,继续说道:"她是个寡妇,会医病,她那个姑妈也是个老寡妇,年青的时候也会医病,如今传给她侄女了。哈……"他笑个不停,却又把头凑过来悄悄地说:"别人都说她会治个想老婆的病……哈……"

胡立功也哈哈大笑起来,用拳去捶杨亮的背部。

"鬼话可多呢。"李昌又接下去了。他们三人边朝老韩家里走着,李昌又说:"真也奇怪,今天早晨在她家里出现了一条蛇,蛇又钻到屋檐下去了,她一早就下了马,她是个巫婆,说那是她的白先生显原身——呵,白先生你们不懂,那就是她供的神嘛!白先生说真龙天子在北京坐朝廷了,如今应该一统天下,黎民可以过太平日子了,百姓要安分守己,一定有好报,……她就常编这末些鬼话骗人,今天好些人都跑到她家里去看白先生,刘柱生的老婆抱着娃娃给她瞧病,她说白先生说的村上人心不好,世道太坏,不肯发马,药方也没开,把那个女人急得要死。"

他们已经走回老韩的家里,文采同志还伏在桌子上写东西。他们便继续谈白娘娘,杨亮盘问着她的历史,李昌又说了很多笑话,胡立功格格的不断的笑。后来文采便一板正经的警告了杨亮,要杨亮注意群众印象,不要随便四处走。但杨亮似乎已经胸有成竹,他对于这种警告,丝毫未放在心上。

一　五

文采同志正如他的名字一样,生得颇有风度,有某些地方很像个学者的样子,这是说可以使人觉得出是一个有学问的人,是赋有一种近于绅士阶级的风味。但文采同志似乎又在竭力摆脱这种酸臭架子,想让这风度更接近革命化,像一个有修养的,实际是负责,拿庸俗的说法就是地位高些的共产党员的样子。据他向人说他是一个大学毕业生,或者更高一些,一个大学教授,是什么大学呢,那就不大清楚了,大约只有组织上才了解。当他做教育工作的时候,他表示他过去是一个学教育的;有一阵子他常同一些作家来往,他爱谈文艺的各部门,好像都很精通。现在他是一个正正经经的学政治经济的,他曾经在一个大杂志上发表过一篇这类的论文。

他又博览群书,也喜欢同人谈论这些书籍。有一次他同别人大谈茅盾的《子夜》和《清明时节》,以及中国民族工业的困苦的环境及其前途。人家就请教他,为什么茅盾在这两篇作品里同样安置一个那末精明、泼辣的女性,她极端憎恨她的周围,却又不得不像个妓女似的与那些人周旋。他就乱说了一通,还说那正是作者的恋爱观,又说那是最近代的美学思想。听的人都生气了,说他侮辱了茅盾先生,他以为别人要揍他了,才坦然的承认这两本书都没看,只看了《子夜》的批评文章,《清明时节》的序和一些演出的新闻。

另外一次,他在一个县委家里吃饭,想找几句话同主人谈谈,他便说:"你的胖胖的脸很像你父亲。"那个主人很奇怪,问:"你见过他老人家么?"他指着墙头挂的一张木刻像说:"这不是你父亲么?你看你的两个眼睛多像他。"不防备把一屋子人都惹笑了,坐在他对面的人,忍不住把满嘴的饭菜喷了一桌子。"天呀!那是吴满有嘛,你还不认识,同志,亏你还在延安住过。""吴满有的像我看得多了,这个不是的,这真不是你父亲么?"他还装出一付满不在乎的样子,后来才又自己解嘲说,这张像不知道是谁刻的,一点也不像,只有古元刻的最好,古元到他家里住过很久的。人家便又指着那木刻下边的署名,他一看却是古元两个字。这一来他没有说的了,便告诉别人,古元这个名字在外国如何出风头,美国人都知道中国共产党里有个天才的木刻家,古元同志。他认不认识古元,大家都不清楚,但他的确喜欢拜访名人,只要稍微有名的人,仿佛他都认识,或者知道他们的生平;他更喜欢把这种交往让那些没有机会,也没有兴趣的人们知道。

这都是他过去的事。他在延安住了一年,学习文件,有过很多反省,有些反省也很深刻,并且努力改正了许多不务实际的恶习。他诚心要到群众中去,向老百姓学习,但他去了之后,还是爱发挥些理论,把他那些学问,那些教条,那些道听途说,全搬了出来。有时他也明白,这些不会帮助他接近群众,但可受到一般缺乏文化者们的尊敬,他便也很自满了。

这次他用研究中国土地农村经济等问题的名义,参加土地改革的工作来了。组织上觉得让他多下来学习锻炼是好的,便要他正式参加工作。可是到了区上之后,区上并不了解他,只觉得他谈吐风生,学问渊博,对他非常客气,也就相信了他,要他做个小组长,代表区委会,负责这个二百多人家的村子暖水屯的土地改革了。

工作还刚刚在开始,文采同志便意识到有困难,这还不是由于他对村子上工作有什么了解,而使他不愉快的,甚至影响到生理方面去的,是他觉得他还没有在小组中建立起威信。他认为胡立功不过是一个普通做做宣传工作的人,文化程度也不高,却很骄傲,而杨亮又是一个固执的人。因此不论考虑什么问题的时候,他都会顾虑到如何能使这两个人佩服他。他并不清楚妇女青年的情形,便分配他们去参加开会,他自己则领导农会,甚至不惜化了一个上午的时间,来起草他晚上的发言提纲,这个发言既要包括丰富的内容,又要有精湛的见解。这个发言即使发表在党报上,也将是一篇很堂皇的论文才好。

老董也被派到里峪去了。里峪离这里三里地,只有五十户人家。区上的意见,那里不另派人去工作,一切由这个小组领导。恰巧里峪住得有老董的哥哥,老董也很愿意去,所以今晚的农会,主要就要靠文采同志主持了。

到了下午,那两位年轻同志又不知钻到那儿去了。张裕民来过一次,看见没有什么事,也走了。文采一个人觉得很疲乏,天气又热,他就很无聊的倒在炕上,温习他的发言提纲,一会儿他便睡着了,大约在梦里他还会重复的欣赏着自己的发言提纲吧。

一 六

这天,很多家都把晚饭提早了,吃过饭,没有事,便在街上蹓跶。好像过节日似的,有着一种新鲜的气味,又有些紧张,都含着欲笑的神情,准备"迎春接福"一样。人碰着人总要打招呼:"吃啦吗","今黑要开农会呀!"大家都走到从前许有武的院子里去,院子空洞洞的,一个干部也没有。门口来了个民兵,横挂起一杆土枪,天气很热,也包着块白布头巾,他站在门口游来游去。有人问他:"什么时候开会呀?"他说:"谁知道呀!好多人还没吃饭呢,还有的在地里。"人们又退了出来,可是无处可去,有的就到果园摘葫芦冰去了,有的捧半个西瓜去坐在小学校门口唔,西瓜水顺着嘴流到胸脯上,也有人嗑着瓜子,抽着烟。他们一看见有干部过去,就大声的嚷:"赵大爷!还不开会呀!叫红鼻子老吴再响遍锣,唱上一段吧。"赵得禄年纪也不过三十多一点,可是辈份大,人都管叫爷爷。他好像忙得要死似的,老是披着一件旧白布褂褂,总是笑脸答应:"嘿,再等一等嘛,天一黑就开会。"张裕民也不能在这里走过,一有人看见也要问他:"三哥,今晚开会有咱的份没有?""你真寻人开心,有没有份你自己还不知道,你在不在会嘛;是贫农就都有份!"旁边听的人都笑了,在不在会自个儿也摸不清,真是掉在浆糊锅里了。

有些小孩子看见这里人多,也走了过来,又看不出有什么,便呆呆的望一会,觉得不好玩,便又走向放了学的学校大门里。里面也很冷清,两个教员都不知到什么地方去了,剩个烧饭的在侧屋门口洗碗盏,他就是红鼻子老吴,村上有事打锣也是他。孩子们便又走到空地上,不知是谁唱着今天刚学会的歌子,这是那个姓胡的同志教的,大家就跟着唱了起来:"团结起来吧!嘿!种地的庄稼汉……"这末一唱又唱出几个老头子,他们蹲在槐树下,咬着一根尺来长的烟管,他们不说话,只用眼睛打量着四方。

妇女们也出来了,顾长生的娘坐在一个石磴上。这是到南街去的街头上,她知道今晚要开会,却并没有人通知她,可是她要打听,不管开个啥会,她都想听听。自从顾长生当兵去了,村干部却只给了她二斗粮食,大家都说她是中农,什么中农她不管,她儿子既然当兵去了,他们就得优待她,说好了两石粮食却只给二斗,什么张裕民,赵得禄,这起人就自私自利,丢着她老寡妇不照顾,她还是抗属呢。她坐在石磴上,没有人理她,她鼓着一个嘴,像同她的沉默赌气似的。

这时从她面前又走过一群女孩子,也有年轻媳妇,她们几个人叽叽喳喳的兴高彩烈的走过去,还有人顺手撩着吃剩的果核。顾长生的娘忽的开口了,她叫住当中的一个:

"黑妮!今晚你们开会不啦,咱也是抗属,咱能来听吗?"

"要开会,你就能听,有啥不能?咱也不清楚开不开,咱要去问妇女主任。"黑妮穿着一套蓝底白花的洋布衣服,短发蓬蓬松松的用夹子拢住,她不等顾长生娘再问话,扭头就又随着她的女伴走了。

顾长生娘又不高兴了,朝着那穿粉红袜子的脚踵吐过一口痰去,心里骂道:"看你们能的,谁还没有年轻过,呸,简直自由的不像样儿了!"

黑妮一伙人走到西头去找董桂花。

她们几个女孩子都是识字班的,年纪轻,都喜欢活动,喜欢开会,虽然她们的家庭经济都比较不差,甚至还很好,但她们很愿意来听些新道理,她们觉得共产党的这些道理和办法都很好。今天一早便有人告诉她们说今天要开妇女会,她们好不高兴,识字班是常常参加妇联会开会的,可是一直也没有人通知她们,在上课的时候,她们就曾彼此相邀,吃过饭,她们又彼此叮咛,天都快黑了,还谁也不清楚这回事,于是她们叽叽咕咕的商量了一阵,决定去问妇女主任。她们一路谈谈笑笑,不觉就走到董桂花门口了,可是谁也不愿走前边,你推我,我推你,一群人一涌便到了院子里了,大家又吃吃地笑了起来,还是黑妮叫了一声:

"李嫂子!"大家也不等董桂花答应,又推推攘攘的一群挤到房门口。她们才看见屋子里挤了七八个女人,四五个小娃娃,不知道她们在说什么,好像谈得很起劲似的,可是因为这一群闯入者,停止了说话,都呆着一付面孔望着她们。

"什么事?"董桂花也没有让她们进去坐,只冷淡地说。

"李嫂子!"黑妮还没有丧失她的愉快的心情,"李嫂子,咱们来问你今儿晚咱们开会不啦。"

"开啥会呀!"那个羊倌老婆,叫做周月英的,翻着她的细长的眼睛,"别人今晚开农会呀!是贫农会呀!"她把贫农两个字说得特别响,她还把眼光斜斜的飘过去,一个一个的去看她们。

"咱不是问的农会呀,"黑妮也感觉得有些不自在了,但她仍是好心肠的笑着说:"咱是问咱们的妇女会。"

"咱们的妇女会?"屋角里坐的一个小个子女人也冷笑了。

"黑妮,走吧!咱们犯不着呆在这儿碰钉子!"同去的一个女孩子说了。

这时董桂花却跑上前握住黑妮的手,她想起黑妮在识字班教书很热心,很负责,从来不要去找她,她常常很亲热的叫着她,她要有个病疼,她就来看她,替她烧米汤喝,又送过她颜料、花线、鞋面布,李昌也常说她好,她便走过去安慰她说:"黑妮,别不高兴,咱们今儿晚不开会,啥时开会,咱啥时去叫你,喜欢开会是好事嘛,多少人就不愿来,咱们妇女就是死脑筋多嘛!"

"嗯……"黑妮像一只打输了的鸡,她侧过头往外走。

"不坐会儿么,黑妮,不送你!"董桂花站在门口,看着走出去的一群和并不回答的黑妮的后影,她心里不觉嘀咕着:这姑娘确是不坏的嘛,她伯父不好,怎么能怪她呢?

可是屋子里却有人大声说:"这都是些……,哼!谁还不清楚,又想来打探什么了。"

董桂花赶忙说:"走,咱们去开会吧。今晚先去开农会,也听听人家是怎么闹的。咱们可不能不去,这回就是要把土地闹给穷人啦,咱们女人家也有份,穷人不去,穷人自己先闹不机密,事情就不好办啦!咱们走吧。"

"走,"羊倌老婆首先站起来了,她又展开她那长眉笑了起来,"咱就见不得这群狐狸精,吃了饭,不做事,整天浪来浪去的。"

这个瘦个子女人生就一付长脸,细眉细眼,有时笑得顶温柔,有时却很泼辣。羊倌总要三四天或五六天才回家来一次,有时甚至十来天半个月。她一个人生活,太孤单,又苦,不情愿,就常拿些冷言冷语来接待他。也不烧火,也不刷锅,把剩的一点粮食藏了起来,羊倌便从布袋里拿出二斤荞面,或一升豆子,羊倌告诉她谁家的老绵羊又生了小羊,却不告诉她又被狼偷走了两只的事,只说他们那只狗太老了,他们还想另外再找条好狗。羊倌又说来年不打算再看羊了,租几亩地种也好,再种上点麦子,年成要是好,就够吃,免得现买着吃,物价又涨得利害。羊倌已经快五十岁了,没有一点地,没法才去做了羊倌。他看见这年轻窈窕的老婆尽着诉苦,尽着生气,就自己去烧火,可是老婆还站到院子里去,还尖着嗓子骂:"只怪咱前世没有修好的过,嫁给这末一个老穷鬼,一年四季也看不到个影子,咱这日子哪天得完呀!"骂着骂着,那老看羊人也就动了火,他会像拧一只羊似的把她拧进屋来,他会给她一阵拳头,一边打就一边骂:"你妈的屄,你是个什么好东西,咱辛苦了一辈子才积了廿只羊,都拿来买了你,你敢嫌咱穷,嫌咱老!你这个骚货,咱不在家的时候,知道你偷了人没有;……"老婆挨了打,就伤心伤意的哭了。他是多么的冤枉了她呀!可是她却慢慢地安静了,她会乖乖地去和荞面,她做扁食给他吃。他便坐在炕火前面抽着烟,摸着他那像山羊胡子的胡子。她时时去看他,感到他是多么的可怜:热天还好一点,一到天冷了,也还得赶着羊群,冒着风雨,找着一些山坳坳的地方去找草吃。也还得找个平坦的避风点的地方支起帐篷来,垫一点点蒿草,盖一床薄被,一年到头才赚得一点儿粮食,或者几匹布,或者一两只羊羔;现在他已经不年青了,他希望回到地里来,有几亩地种,可是,哪来的地呢?每次回来,她总还要找他闹;到后来,她才慢慢地会觉得对他不起,就又向他送过去温柔的眼光。他也好了,过了一夜,他们就又像一对刚结婚的新郎新妇,难舍难分,她送他到村子外,坐到路口上,看不见他了才回来,她一个人的生活是多么的辛苦和寂寞呵!

这个瘦个子女人,好像除了她丈夫的拳头就没有什么可怕,也没有什么可以慰藉。所以常常显得很尖利,显得不可忍受,她在村子里是个不怕事的女人,她吵嘴打架都有过,在去年和春上的斗争里,她是妇女里面最敢讲话的,她的火一上来,就什么也不顾忌了,这时就常常会有一群人围着她,团结在她的激烈之下。

大家都走下炕来,娃娃们也嚷起来了,只有一个老太婆说她可不敢去。

董桂花去牵她,说:"姑妈!你要不去开会,就啥也不会明白,就翻不了身啦!"

"唉,"那老太婆叹气说,"咱可不敢去,你姑父那顽固,你还不清楚么?他今晚要去开会的,咱一去,他就看见咱了。他去,啥也不说,回来也不说,他自己宁愿去开会,只为怕别人叫咱清槐去,他说,好好赖赖,都让他老头子顶了吧。他要看见咱去了,准会给咱一顿臭骂。唉!咱们全给他没法办……"这个老太婆是侯忠全的女人,侯忠全也是这村子上有名的人物,他把春上分给他的一亩半地,又悄悄退还给侯殿魁了。他儿子清槐气的跳脚,骂他老顽固,他还拿扫帚追着儿子打呢。农会知道了,出来干涉,他不认账,还瞒着,农会也就没有什么办法。

"你就不能骂他,告诉他如今世道变了?谁也不能像他那样死奴才根子,死抱住穷不放手呀!"羊倌老婆又像一个麻雀子似的叫了。

老太婆还是执意不去,她一个人回去了。这群女人也动身到开会的地方,许有武的院子里。

这时已傍黑了,人站得远一点就看不清是谁。街口上时时有民兵巡逻,许有武院子的大门外,站得有十多个人,和挂枪的民兵,谁走来他们也凑过去看看。顾长生的娘也站在门外,他们不让她进去,劝她道:"你老人家回去吧,天黑了。"又有人说:"你要什么明天找村干部吧,别老站在这里。"她却咕哝道:"咱爱站么,连街道上也不准人站了么?要是咱长生在家,你们,嘿,嘿,还说优待抗属咧,连大街上也不准人站了。……"大家只好说:"好,你爱站,站吧。"

院子里已经挤得满满的,说是贫农会,实际一家只来一个人的多,也有很多中农,四周的台阶上,一团一团地坐着,只听见一片嗡嗡的声音。天上星星很明亮,看得见屋脊上还有人影,那是放哨的民兵,张正国自己也是来来去去,检查了这个,又检查那个,民兵们很喜欢他们的队长,虽说在他底下不容易偷懒。李昌在这里也不知忙些什么,一会儿跑出,一会儿跑进,他又叫这个,又叫那个。赵得禄还披着那件白短衫,点了一盏灯,放在上边台阶上的桌子上。

董桂花她们进来的时候,顾长生的娘也跟着进来了。她们妇女站在一个小角上,董桂花看见杨同志正同几个人在谈话,一群人围着他,时时听见从那里传出呵呵呵的笑声。

胡立功也在台阶上出现了,李昌大声说道:"咱们学一个歌好不好?"有两三个年青的农民答应了他,胡立功便唱着小孩们唱的那个歌:"团结起来吧,嘿,种地的庄稼汉……"

但许多人都焦急地望着门外,他们等着张裕民,等着农会主任,他们都用着最热切的心来等着今晚的这个会。他们有许多话要说,现在还不知道该怎样说,也不知道敢不敢说,他们是相信共产党的,共产党是穷人党,可是他们还了解得太少,和顾忌太多。

一 七

当文采同志走进院子里来的时候,从黑的人群中响起了掌声。大家让出一条路来,随即又合拢去,挤到桌子跟前,几个干部又拉出一条长凳。文采同志稍微谦虚了一下就坐下去了。全场人的眼睛都集中在他身上,他微笑地望着大家。

程仁,那个年青的农会主任,穿一件白布短褂,敞着胸口,光着头,站在桌子前面,在微弱的灯光下,也可以看见那两条浓眉,和闪灼的眼光。他有一点拘谨,望了望大家,说道:"父老们!"

底下的人都笑了。有人便说:"不要笑嘛!"

他再接下去:"今天呵!今天开这个会,就是谈谈呵,谈谈土地改革呵,你们懂不懂?听精密没有?"

"听精密了,"大家答应了他。

靠桌边站着的一个红鼻子老头,伸长着脖子,大声说:"有啥不精密,把财主家的地,拿出来分给庄稼人嘛,让种地的人有地种,谁也要种地,不能靠剥削人吃饭啦!"他又把眼睛望着文采,手也伸出去比划:"咱们去年就改革了一家子,去年斗争了许有武,清算了八百多石粮食,把他的地、房子、牲口全顶粮食,分给穷人了,这个院子就是他的,主任!咱们算不算把他改革了?是这末回事么?"这个老头就是那个打锣的老头。

后边有人喊:"不要随便说话,听主任们说。"

"咱只说了一句话,不说就不说。"老头望着文采同志不自然的笑着。

"土地改革还有许多条道理,咱们今天就来把它闹精密,咱们请文采主任给讲讲,好不好?"程仁说完了,也不等群众说什么,自己先鼓起掌来。

"好。"跟着一阵响亮的掌声。

文采站了起来。底下传过一片絮絮的耳语。人都往前挤近了些。

"老乡!"文采的北方话很好懂,他的嗓音也很清亮。"咱们今天是头一回见面,也许——"文采立刻感觉到这两个字不大众化,他极力搜索另外的字眼,可是一时找不到,想不起,他只好仍旧接下去:"也许你们还有些觉得生疏,……觉得不熟,不过,八路军老百姓是一家人,咱们慢慢儿就熟了,是不是?"

"是。"有人答应了。

"咱们这回是闹土地改革,土地改革是什么呢,是:'耕者有其田',就是说种地的要有土地,不劳动的就没有……"

底下又有人悄声说话了。

程仁喊:"不要讲话!"

文采便依照着他所准备好的提纲,说下去了。

他先说了为什么要土地改革,他从人类的历史说起,是谁创造了历史的呢? 他又分析了国际国内形势,证明着这一政策的恰合时宜。开始的时候,文采同志的确是很注意自己的词汇,这些曾经花过功夫去学习的现代名词,一些在修辞学上被赞赏过的美丽的描写,在这个场合全无用了。因为没有人懂得。文采同志努力去找老百姓常用的话,却懂得这样的少。后来他又讲到应该怎样去实行土地改革,翻来覆去的念着"群众路线",而且条款是那末的多,来了第一又是第二,来了第五,又还来个第一,因此他自己也就忘记注意他的语言,甚至还自我陶醉在自己的详尽透辟的讲演中了。

底下的人都吃力的听着,他们都希望听几个比较简短的问题,喜欢一两句话,就可以解决他们的某些疑问。他们喜欢听肯定的话。他们对粮食、负担、向地主算账,都是很会计算,可是对这些什么历史,什么阶段,就不愿意去了解了,也没有兴趣听下去。他们还不能明了,那与自己生活有什么联系。

他们大半听不懂,有些人却只好说:"人家有才学,讲得多好呀!"不过,慢慢地也感觉得无力支持他们的疲乏了。也许是由于白天的劳动,也许是由于兴奋过度,眼皮涩重,上边的垂下来了,又用力往上睁,旁边的人也拿肘子去碰他。于是悄悄地从人群里走了出来,坐到后边的台阶上,手放到膝头上,张着嘴睡着了。

杨亮写了一个条子给文采。文采看后揉成一个小团,塞到裤子口袋里。

顾长生的娘,老早就不愿意听了,她要出去,羊倌老婆不准许。后来有个娃娃哭了起来,他妈抱着他硬要回去,顾长生的娘也帮着她,说:"开会,总要大家情愿嘛,还能强迫人!这可把人憋死了,我五十岁了的老太太,露水都打湿了衣服,着了凉生病谁管呀!咱长生又不在家……"

"这个老太婆真讨厌,谁叫你来的!横竖进来了的就得听到底!你走,你走!门口还有民兵呢。"

"啊哟哟,好凶!当了个妇女主任,就这末瞧不起人,咱又不是汉奸,咱怕你!"

许多人正觉得站得很困,听到这边妇女吵,就都回过头来,踮着脚去看。一个小民兵也嚷:"谁吵,就把谁绑起来。"

说话的声音更多,嚷成了一片,文采同志讲不下去了。他只好停下来,看着这群无秩序的听众,涌上一阵烦躁。

"不要吵啊!安静一点!"站在文采身后的一个干部,死劲的叫。

许多人都跑出去拉劝了,做好做歹,才把那两个要出去的女人放走,还听见顾长生的娘在院外大声说:"捆人!拿捆人来吓唬人,捆吧,看谁敢?……"

干部们又赶来维持着会场,张裕民也站出来说:"咱们还是开会吧。咱们今天听文主任讲,大家要用心听,有啥不懂,咱们明天再问他,咱们自个儿总要把这些问题闹清,咱们是农会么,这是咱们自己的事,是不是?咱们还是耐心的听着点。"

老百姓才又一个一个的站回了原位,有些留在后边,台阶上已经坐满了人,他们就靠着柱子。

会议又继续了下去。民兵队长张正国,他本来就是个坐不住的人,听不进去,便到街上去查哨,兜了一转,回到院子里,看见文采还在讲,于是他又上了房。房顶上一片月光,微风吹来,穿单衣也觉得有些凉,他极目四望,围绕着村子三面的,都是黑丛丛的树林,月光在这丛丛的林子上边,漂浮着一层灰白,结连到远远的沥青的天,桑干河就隐立那林子后边。林子里有几处冒上来一层薄烟,这烟不直冲上去,却流荡在附近的一片林子上,月光透过去,更显得朦胧轻柔,那是看园子人,为了熏逐蚊虫而烧的蒿草艾叶。天上的星稀疏而明亮,天河也只是淡淡的一抹白色,北斗星已经横下去,左近不知哪家的毛驴又喀喀喀的叫起来了。张正国再看三个哨兵,他们都坐在屋脊下,托着杆枪或横抱着,其中一个悄悄地走近来,低低地叫:

"队长!队长!"他靠近了些,又说:"庄稼户都瞌睡得不行了,谁也听不懂,主任们讲的太长,太文!……文化了。队长!你记下他讲的是些啥么?"

张正国却答道:"人家是为咱办事嘛,咱们就得操心。咱们要警卫的好。"

院子里黑沉沉的,灯油快干了。程仁挑了几次灯捻,胡立功又去文采耳旁说了几句,文采才结束了他的演辞。就这一下,许多人都清醒了过来,他们不等程仁宣布散会,就稀稀拉拉的往外走。程仁不得不大声通知:"明天晚上早些来!"

从识字班的教室里,走出了几个揉着眼睛的干部,李昌糊糊涂涂,莽莽撞撞的问:"散会了?散会了?"

张裕民伴着文采同志几人回去,一路上谁也不吭气。有几个农会会员走在他们前边,那群人也无精打采,他们大声的打呵欠,里面更有一个人说起怪话来了:

"身还没翻过来,先把屁股坐疼了。"

另外一个回头看了张裕民他们一眼,就赶上去撞那个人。那个人没有说下去了,只啊啊啊的笑了几声,他们加快了脚步走远了。

杨亮问:"是谁?"

张裕民答:"还不是那两个胡捣鬼,嗯,复员军人呢,一个是张步高的兄弟,一个就是你们房东的儿子。"

他们到了家,韩老汉还没睡,忙着过来殷勤的问讯。胡立功严肃的说道:"咱们今晚大家好好谈谈吧,工作究竟该怎样搞呀!"

文采同志从会场出来,一路上只感到辛苦和兴奋,觉得这个会开的还算不坏。他听到胡立功这种很不满的声调,不免一怔,也觉得不舒服,只想顶他几句,可是转念一想,是非自有公论,何必显得自己那末小气呢?他便仍保持了他的高兴,问张裕民道:"老张!你对今晚的会有什么意见呢?你觉得不需要向农民解释,先作一个思想动员么?"

张裕民还没想好怎样答复,胡立功却抢着说了:"好一个思想动员,一个会开了五六个钟头,就听一个人讲,谁要不瞌睡那才怪,文同志!原谅我心直口快,你就没有看见许多人都睡着了么?加上你的话,唉,实在太不群众化了。"

文采并不会为这几句话而失去了自信,他只感到胡立功的幼稚,他到桌子上拿起来一本《北方文化》,冷静的说道:"农民么,农民本来就落后,他们除了一点眼前的利益以外,就不会感到什么兴趣,这得慢慢地来,先搞通思想,想一下子就轰轰烈烈,那是不能的,那只是小资产阶级的思想。我对今晚的会倒很满意,虽然,我承认我的话老百姓味道少一些。"于是他翻开了书本,去找他要阅读的一篇文章。

"你不要太看轻农民了,农民固然文化低,不会讲理论,可是农民老早就懂得战争,和怎样要土地了。"胡立功又说了,为证明他的说话,他更说道:"老张!你是本村人,对村上的事最熟悉,你也有过斗争经验,你说,照这样开会下去行不行?"

杨亮也不让张裕民说话,抢着说:"会是要开的,也需要向老百姓解释,土地改革是回什么事,这个会当然也有它的作用,不过——今天太晚了,有话咱们明天说吧。"

"今晚就谈谈有什么要紧,老张又不是外人。"胡立功还愤愤不平的。

"老张还是主角呢。村上的事当然还是他们村干部最了解,我的意见是今晚都太疲倦了,就谈也不会有什么结果,今晚大家都多想想,明天再谈不更好些么。老张!你的意见怎么样?"杨亮用有把握的神情望着他。

"对,老杨!就照你说的这末办吧。文同志!你休息吧,咱走了。"张裕民很知趣的就往外走。

"等等,老张!我来替你关门。"杨亮进了出来,他拍着他的背,低声的说话,两人走到了门口,他说:"老张!工作中总要碰钉子的,今晚的会,我也知道稍微嫌长了些,讲话又不合老百姓口味,不过也算不了什么,第一天嘛,总得谈谈土地改革的内容。你也是解放以前的党员了,又是雇工出身,有意见多向咱们提,在群众面前不要随便说,多听他们意见,站稳立场。村上的事,你要多操心,我们是新来的,有事都得和你商量,不要作难,有困难大家设法解决,咱们明天慢慢再谈,总要把这回事做好。对不对?"

张裕民虽然有他的稳重,却喜欢痛快,他答道:"好,老杨,咱们明天说吧。村子上的事,看着就这末几户人家,可不容易办咧,啥人都有,好在有你们在这儿,你们多出些主张,咱们就照着办,你们这一来,咱们就得好好儿向你们学习。"

杨亮最后更说道:"只要我们依着毛主席的指示,走群众路线,启发群众,帮助群众,一切和群众商量,替他们出主意,事情总可以搞好的。老张!我们都要有这个信心,我们还得加油干!"

原载《中国新文学大系 1937—1949　第九集　长篇小说卷二》,
上海文艺出版社 1990 年版